김석범 대하소설

火山島

12

김환기 · 김학동 옮김

보고사

차례

제26장 5

제27장 97

종 장 213

평화를 위한 진혼곡 371

제26장

1

한라산 서쪽 능선의 북면 경사에 융기한 오름(측화산) 무리 중의 하나로, 중앙부가 계곡이 되어 깊이 파인 해발 5백 미터 정도의 빗게오름이 있다. 남쪽은 N오름과 사이를 두고 트인 완만한 고원지대로 이어져 있는데, 북쪽 기슭의 해안 쪽에서 오르는 경우에는, 절벽 사이의 계곡에서 좁고 바위투성이 길을 타게 된다.

이 오름에는 12월 상순까지 한라산 중턱의 관음사 부근에서 도당 본부와 함께 주둔하고 있던 노루중대의 새로운 아지트가 있었다.

중대는 빗게오름의 천연동굴을 이용했는데, 동굴 입구 근처에 억새로 가린 허술한 가옥 두 채를 만들어서, 일개 소대는 그곳에서 생활하고 있었다. 게릴라 전원이 동굴에 들어가는 것은 적의 불의의 습격을 당하면 위험하기 때문에 피해야 했다. 남승지도 도당 조직부의 조직책 두 사람과 함께 숲 속의 숯가마를 떠나 당분간 노루중대의 동굴로 아지트를 옮겼다.

이 주변은 관음사에서 서쪽으로 직선거리로 12, 3킬로미터가 되었다. 빗게오름으로 이어진 작은 오름에는 제주, 애월 지역의 피난민 8, 90명이 생활하고 있었다.

해안선에서 5킬로미터 이상의 중산간부를 무인지대로 하는 토벌대의 초토화작전으로 마을이 불타버려, 해안 부락의 친척에게 몸을 의탁했지만, 게릴라의 동조자로서 방해물 취급을 받은 피난민들은 살육의 공포에서 벗어나 산으로 들어온 것이었다. 하지만 게릴라 측의 '입산은 애국, 하산은 매국!'이라는 캠페인에 의한 영향도 컸다. 입산하면 언젠가 고향의 섬이 해방되어, 평화로운 마을로 돌아갈 수 있다는 희망을 걸었던 내일의 산생활이, 낙원이 아닌 가시밭길이라는 것은 입산 이후 나날의 현실이 알게 해 주었다.

실제로 피난민 사이에서는, 앞으로 어떻게 될지, 이 어두운 동굴생활에 빛은 비치는 것인지, 앞으로 해방된다는 것은 거짓말이 아닌가, 라는 불안과 불만이 특히 노인이나 병약자 가운데에서 터져 나오고 있었다. 그와 함께 그 이상의 공포이며, 죽음이라는 것, 예전에 마을에서의 평화로운 생활은 이제 더 이상 있을 수 없다는 것도 현실이었다. 사람들은 하산하면 토벌대의 손에 죽임을 당할 것을 두려워했다.

피난민은 게릴라의 가족이나 친척인 경우도 있었지만, 농부나 해녀, 목동, 중학생이나 성내의 농업학교 학생, 다양한 직업의 사람들이었고, 그중에는 배가 부른 것이 눈에 띄는 임산부도 있었다. 그들은 출산은 둘째 치고 이동할 때에는 커다란 배를 부둥켜안고 계속해서 산속을 걸어야 했다.

대부분의 피난민은 제각기 마을 안의 그룹별로 동굴이나 절벽 밑, 숲에 피난 장소를 만들면서 토벌대를 피해 떠돌았다. 피난민이 게릴라의 아지트 부근에 정착하는 일은 거의 없었다. 이들은 게릴라와 토벌대의 전투에 말려드는 것을 피하려 했지만 경우에 따라서는 산속을 탐색하러 온 군경의 앞잡이로 처형당하는 일조차 있었다. 항상 이동이 전제인 게릴라 측도 여자나 아이, 노인을 다수 포함한 피난민을 지켜가면서 행동을 함께할 수는 없었다. 이 빗게오름의 경우, 피난민이 마침 노루중대의 대원들과 같은 마을 출신이어서 가족이나 이웃이었다는 점, 비교적 청장년들이 많아서, 해안 부락을 상대로 한 식량투쟁에서 공동보조를 취할 수 있다는 이유로 서로 가까이에서 생활하는 이점이 있었다.

피난민들은 빗게오름으로 이어진 작은 오름의 천연동굴에 수십 명,

옆의 숲 속 와지(窪地) 두세 곳에도 작은 천막을 쳐서 몇몇 가족이 살고 있었다.

동굴은 갈지자형으로 굽어 있었지만 안은 넓었다. 동굴의 흙이 섞인 암벽의 울퉁불퉁한 우묵한 곳에, 가족이 입산하거나, 나중에 합류한 사람들이 몇 명씩 모여 생활할 자리를 점하거나, 단신으로 입산한 사람들끼리 함께했다. 동굴 안쪽은 수십 미터 앞에서 막혀 있었다. 그곳에도 피난민이 있었다.

취사의 연기는 토벌대에게 위치를 알리는 신호가 되기 때문에, 취사는 동굴 안쪽에서 이루어졌다. 자욱하게 올라오는 연기가 아닌 한, 어느 정도의 연기는 동굴 밖으로 나오기 전에 거의 사라져 버렸다. 그것은 게릴라도 마찬가지였다.

농가 부엌 아궁이에 있던 가마솥이 비치되고, 손으로 돌리는 자루가 달린 맷돌을 놓아, 불타버린 부락에서 겨우 가져오거나, 식량 투쟁으로 획득한 볍씨의 정미에 사용했다. 현미를 생으로 먹고 소화불량을 일으키는 일도 있었지만, 무엇을 먹든 사람들의 약해진 위장은 늘 설사 아니면 진똥을 누게 만들었다.

식사라고 해도 기아 상태나 다름없었다. 식사라고 할 수가 없었다. 게릴라와 달리 종일 동굴에 숨어서 활동하는 일이 없기 때문에, 소량으로 족하다고는 해도, 쌀 한 줌을 냄비 가득 물을 넣어 풀뿌리와 함께 죽을 쑤었다. 그것을 하루치의 식량으로 하여, 쌀 다섯 되만으로 한 달을 연명했다. 동굴 안에서는 먹을 것 때문에 싸움도 일어났다.

산에서는 식량이 자급자족이며, 피난민이라 해도 자신들이 입산할 때 지녔던, 언제까지고 이어질 리 없는 비축식량이 끊기면, 굶주림에 직면하게 된다. 게릴라들조차 저장식량이 바닥나면서, 이제는 짐이 될 수 있는 피난민들에게 식량을 대줄 여유 따위는 없었다. 방목으로 야생마가 돼 버린 말을 잡기도 했지만, 식량은 각 부대 모두 곤궁한 상태로 내몰리고 있었다.

해안에서 5킬로 이상인 중산간지대로의 통행금지와, 게릴라의 '보급로'가 되는 중산간 부락의 소개, 소각에 이은 계엄령 포고는 해안 부락에서 산으로의 보급을 곤란하게 만들었지만, 그에 대한 효과적인 대응책이 게릴라 측에는 없었다. 퇴각로가 되기도 하는 후방이 없는 외딴 섬의 게릴라 투쟁에서는 장기적인 해방 지구, 광역의 근거지에서의 개간, 농사로 식량을 확보할 수 없었다. 원래 4·3봉기 이전부터 외딴 섬이라는 지리적 조건이 게릴라 투쟁에는 부적절하다는 인식은 강몽구 등 일부 간부 사이에도 없지 않았다. 그것이 게릴라 측의 열세화로 인해 확실히 증명되었던 것이다. 남승지도 비판적이었지만 이제 와서 어찌 할 도리가 없었다. 장기전으로 버티는 것은 무모하기까지 하지만, 달리 방법이 없었다. '북'으로부터의 원조도 절망적이었다.

게릴라가 물고기이고 인민이 그것을 지키는 물이라면, 인민과의 유대가 끊겨 보급로를 잃은 게릴라는 자신의 활로를 찾아 해안 가까운 부락에 출몰해, 식량 투쟁을 할 수밖에 없었다.

식량 투쟁이라고 해도 그것은 거의 강제적인 식량탈취, 약탈이어서, 게릴라의 허기는 물론이거니와, 또 중간부의 밭으로 갈 수도 없어서, 자신들이 굶주림에 처한 섬 주민들의 저항과 반감을 사게 되었다. 그것을 게릴라는 알고 있었다. 그러나 산에서의 이동생활로 자급자족이 불가능한 게릴라나 피난민들은 어떤 형태로든 자신들의 가족이나 친척을 포함한 섬 주민들의 원조에 기댈 수밖에 없었다. 그리고 그것만으로는 부족한 게릴라들은 분산화하면서 식량 투쟁으로 나아가, 저항을 하면 '혁명'을 위해서라며 마을 사람들을 처단하는 일도 생겨났다.

남승지와 다른 두 명의 조직부 일원은 도당의 지시로, 근처에 무장 게릴라의 아지트가 있으면 그곳에서 식량의 분배를 받고 있었지만, 게릴라의 소부대 편성의 분산 행동이 만연하여 이동이 잦아지자, 그들도 단독으로 해안 부락에 침입해, 약탈 행위를 하는 등, 자력으로 식량 확보를 해야만 했다. 이전에는 휴대식량으로 일본에서 들어온 건빵류가 있었지만, 그것은 이제 기억의 단편에 불과했다. 자루에 넣은 보리나 쌀, 옥수수를 생으로 씹거나, 삶아서 두부처럼 얇게 사각으로 만든 말린 말고기를 아껴 먹거나 했다. 말고기는 짭짤해서 따로 조미를 할 필요가 없었다. 위험을 무릅쓰고 해안 마을에서 보내온 미숫가루나 차조로 만든 떡은 딱딱하고 잘 상하지 않아서 휴대용으로는 귀중한 양식이었다. 그리고 아지트는, 아무리 2, 3일의 임시시설이라도 물이 있는 주변을 찾아야 했다.

일정한 간격으로 식량과 그 밖의 물자가 도당 아지트가 있는 관음사로 운반되어, 관할 내의 게릴라 조직에 분배되었던 때와는 상황이 크게 달라졌다. 남승지가 관음사 근처 숲의 숯가마를 아지트로 삼았던 때만 해도, 공양주(밥을 짓는 승려)인 용백으로부터도 가끔 식량 공급이 있곤 했다. 해안 부락으로, 특히 성내로 공작을 나가 이방근의 집 등에 묵었을 때 음식은, 산 생활에서는 죄의식이 남을 만큼 상상 외의 것이었고, 허기질 때 아니, 늘 허기가 진 상태였지만, 거듭 꿈에 나타나 잠을 깬 남승지를 힘들게 만들었다.

게릴라의 식량 투쟁은 목전의 굶주림을 견디는 것 말고도, 토벌대의 동기(冬期) 대공세에 대한 지구전을 위해서도 필요했다. 비무장 게릴라인 남승지도, 당연하다는 듯이 거기에 참여하고 있었다.

빗게오름에 자리 잡은 지 얼마 안 된 12월 9일 밤이었다. 노루중대의 1소대 열 몇 명과 병약자, 노인, 젖먹이를 안은 여자들을 남기고 약 70명의 피난민이, 무장 게릴라를 선두로, 심야 도착을 목표로 10

킬로 아래의 해안과 가까운 제주읍 쪽 곽지리로 식량 투쟁을 나갔다. 12, 3세의 소년들도 몇 명인가 섞여 있었다.

내리막이라고는 해도, 있는지 없는지 알 수 없는 험한 밤길을 가는 백 명에 가까운 인원이, 하늘에 초승달이 걸린 정도의 어둠이지만, 어디선가 야영이라도 하고 있는 적과 엇갈리면 곧 발견되어 조우전(遭遇戰)이 벌어질 것이다. 부락에는 심야 열두 시경에 습격을 가해서, 빼앗은 식량을 동트기 전에 아지트로 옮기고 돌아와야 한다.

피난민들은 열 명 단위의 조를 만들어, 그것을 네 개 소대 그룹으로 편성해, 피난민 중 식량 담당자가 대장이 되어 인솔하는데, 남승지는 게릴라 소대의 바로 뒤를 따르는 피난민 제1소대의 일원이었다.

경찰의 추적을 피해 입산하는 청년이나 마을 사람들로 피난민의 수가 늘어가고 있었지만, 게릴라 대원이 많아진 것은 아니었다. 게릴라 대원의 보충이 필요하게 되면, 몇 차례 게릴라와 행동을 함께한 다음에 피난민 청년들을 게릴라 부대로 편입시키는데, 우선은 용기, 적을 두려워하지 않는 용감함이 첫 번째 조건이 된다.

출발에 즈음하여 게릴라 소대장이, 식량창고의 고방을 노리지만, 절대로 다른 방에 침입하거나 식량 이외의 물건을 가져와서는 안 된다, 우리는 조국 통일의 혁명과 제주인민의 해방을 위해 싸우고 있다. 우리는 인민의 식량을 지원받는 것이지, 도둑이 아니다, 인민의 것은 바늘 하나도 손을 대면 안 되지만, 혁명 투쟁을 위해 감히 식량 투쟁을 나간다, 식량 투쟁은 중요한 혁명 투쟁이다. 최근 식량 투쟁에서 규율이 흐트러져 약탈 행위를 저지르는 자가 있는데, 중대한 규율 위반은 인민재판이다……. 이 경우 인민재판은 처형을 의미했다. 소대장은 남승지와 비슷한 22, 3세의 차(車) 동무였다.

서너 시간 걸려 목표인, 제주읍과 경계를 이루는 애월면의 동쪽 끝에 위치한 곽지리에 이르렀다. 애월면 서쪽 끝에 있는 경찰지서 소재지인 애월리나 그 밖의 토벌대 주둔지에서는 거리가 있어, 토벌대가 오기 전까지 어느 정도 시간을 벌 수 있다는 것이 곽지리를 습격하는 이유 중 하나였다.

무장부대(총 소지는 3분의 1에 해당하는 수 명, M1총과 구일본군의 99식. 그 외는 죽창이나 철창을 가지고 있었다)의 바로 뒤를 따라, 남승지 일행도 '축성' 도중인 곽지리의 출입구, 남문의 그림자가 보이는 근처까지 접근했다. 게릴라를 막아내기 위해 마을을 둘러싼 높이 3미터에 가까운 돌담 위에 민보단원의 보초인 듯한 창을 가진 서너 명의 그림자가 보였다. 이쪽은 마을 입구 밭의 돌담 밑에서, 엉거주춤한 자세로 준비하고 있었는데, 차 동무가 일어나, 달이 보이는 밤하늘에 묵직한 M1총의 총구를 겨누고 한 발 발사했다. 그 반동으로 총을 든 차 동무의 상반신이 뒤로 밀리는 것을 알 수 있었다. 심야의 두터운 정적에 구멍을 내고, 무시무시한 총성이 마을 상공에 울려 퍼졌다. 돌담 위의 그림자가 무너지듯이 흔들렸다. 이어서 한 발, 두 발. 세 발째의 총성이 밤하늘 높이 메아리쳤을 때는 돌담 위의 그림자는 벌써 사라진 뒤였다.

"폭도다!"

"폭도다!"

"폭도가 왔다!"

공포에 떠는 외침이, 마을을 둘러싼 돌담 성 안에서 우왕좌왕하며 뿔뿔이 흩어진다. 폭도다, 폭도가 왔다……! 개가 짖었다. 여기저기서 개가 짖기 시작했다.

게릴라들은 잠시 그 자리를 떠나지 않았다.

마을이 어수선해지기 시작했다. 무장부대를 선두로 마을길이 이어진 남문으로 들어가자(거의 무혈입성이다), 맨몸뚱이의 마을 사람들이 아직 축성이 끝나지 않은 북쪽 방향으로 쇄도하며, 땅을 울리면서 도망치기 시작했다. 울부짖는 아이와 여자. 놀라서 꽥, 꽥, 여기저기에서 날뛰는 돼지 울음소리.

"식량만 가지고 나온다. 다른 것엔 절대 손대지 마라!"

차 소대장이 목소리를 높였다.

줄을 지은 한 개 부대는 우선 남북으로 나 있는 마을길을 통해, 그 길을 경계로 좌우 두 조로 나뉘어, 집집마다 신발을 신은 채로 덮쳤다. 대체로 안채 한가운데의 마루 안쪽에 위치한 고방을 노리지만, 먼저 마루 구석에 매달린 남포등에 불을 붙인다. 그리고 고방의 미닫이를 열어, 장독에 들어 있는 곡물, 고구마 말린 것이나 감자 등을 자루와 그 근처의 덮개를 뜯은 천에 싸서, 안채 앞의 안뜰로 내던졌다. 그것을 여자, 소년들이 짊어지고 멀리 도망친다. 닭이 비명을 지르고 있었는데, 누군가가 잠들어 있던 밤눈 어두운 닭을 잡아 목을 비틀고 있는지도 모른다. 다른 곳에서도 닭이 도망쳐 다니는 소리가 나고 있었다.

"불 조심해! 남포등을 떨어뜨려 집에 불이 붙게 하지 마!"

남승지가 노상에 나와 외쳤다. 소대장인 차 동무도 따라서 불조심해! 라고 외친다.

남승지는 두 말 가까운 곡물, 보리나 조를 한데 섞어 넣은 자루를 짊어지고 있었다. 게릴라 대원도 총을 가진 대원 이외는 각각 '전리품'을 등에 업고 있었다.

저장한 식량이 많지 않은 집의 고방을 비워서는 안 된다. 부자는 다르다. 인원수가 많을수록 다량의 식량을 탈취, 그것을 실어낼 수 있고, 위험한 식량 투쟁에 직접 참가한 자의 발언권이 세어진다. 약탈자는 대부분 소리 내지 않았고 말이 없었다. 그야말로 침묵의 약탈이 이어졌다. 미처 피하지 못한 마을 사람 중에는 스스로 나서서 곡물을 내놓는 자도 있었지만, 식량은 받아도, 그에 저항하지 않는 한, 사람을 다치게 하지는 않았다. 노파의 욕설과 저주가 울음소리에 섞여 들렸다.

"당황하지 마, 침착하게, 빨리 해!"

소대장이 허공을 향해 총을 한 발 쏘았다. 마을 밖으로 도망간 민보단원들에 대한 위협이었다.

짐을 멘 피난민들이 앞서서 마을길에 흙먼지를 일으키며 서둘러 떠났다. 무거운 탓에 벌써부터 다리를 거의 질질 끌다시피 하는 자도 있었다.

남승지는 등에 묵직한 느낌을 받으며, 자루를 짊어진 한 청년이 한 손에 뭔가 이상한 것을 손에 들고 있는 것을 알아챘다. 자세히 보니, 그것은 죽은 닭으로, 청년은 두 다리를 잡아 닭을 거꾸로 들고 있었다. 아까 어디선가 비명을 지르고 있던 닭이 틀림없었다.

"이것은 뭔가?" 남승지는 등짐을 내려놓고 청년의 앞을 가로막고 섰다. "동무가 닭을 죽인 것인가?"

"……"

청년은 남승지를 노려본 채 아무 말도 하지 않는다.

"닭을, 원래 자리로 돌려놓고 와."

"이건 이미 죽었어."

"동무가 죽였겠지. 원래 있던 곳에 갖다 놔."

"뭐야. 이건 내가 가지고 갈 거야."

"규율 위반이야. 죽은 것이라도 상관이 없으니 원래 자리로 돌려놔. 당장 가, 시간이 없어."

"동무는 누구야? 방해하지 말라고……."

"몇 소대인가?"

남승지는, 여기 소대장은 있나! 라고 외쳤다.

근처에 나타난 것은 피난민 소대의 대장이 아닌, 마침 게릴라 소대장인 차 동무가 다가왔는데, 그는 손에 닭을 들고 있는 남자를 보자, 느닷없이 그 뺨을 후려갈겼다.

"넌 이걸 가지고 가서 골짜기 밑에서 혼자 먹을 셈인가. 식량 외에는 절대 손대지 말라고 한 걸 잊었느냐. ……뭐라고, 이것도 식량이라고……. 이 새끼, 억지소리를 늘어놓다니. 규율 위반으로 처형이다!"

차 동무는 M1총의 총구를 청년의 가슴에 힘껏 들이받았다. 그 기세에 뒤로 넘어질 듯하면서 몇 걸음 물러난 청년은 완전히 겁을 먹고 있었다. 실제로 관음사 근처에 노루중대가 주둔하고 있던 당시인 9월 초, 게릴라 동료 하나가 골짜기 밑에서 규율 위반으로 총살에 처해졌다. 여자 피난민이 마침 골짜기 시냇물 근처에서 용변을 보고 있는 것을 발견하고, 욕정을 일으킨 게릴라 대원 하나가, 그녀에게 접근해서 강요, 비명을 지르는 것을 총으로 협박해서 폭행을 자행한 것이다. 피난민 소년, 소녀들 앞이라 공표는 되지 않았지만 모두가 알고 있는 일이었다.

청년이 자루를 짊어진 채 되돌아가려는 것을, 차 동무가 여기서 기다려 줄 테니, 짐을 놓고 빨리 갔다 오라고 명령했다.

"시간이 없다. 곧 적이 온다. 외톨이로 남게 될지도 몰라."

청년이 닭을 들고 달려갔다. 그러자, 바로 근처까지 왔던 또 한 명이, 그것도 닭을 거꾸로 손에 든 소년이, 청년과 하나가 되어 달려갔다.

"김 동지 미안하오." 차 동무는 남승지한테 동무가 아닌 동지라고 했다. 도당 조직부의 그를 부서는 다르지만 상급 간부로 보고 있기 때문이었다. "김 동지, 닭을 몇 마리라도 가지고 가고 싶소. 부자나 악질 반동 놈들의 것이라면 가져가도 되겠지만, 거기까지 알 수 없고. 우린 '서북'과는 다르니까……."

짐을 짊어진 약탈부대는 식량 투쟁의 성공에 기세가 올라 있었지만, 당연히 하산할 때와 같은 기세로 나아갈 수는 없었다. 동이 트기 전에 빗게오름의 아지트에 도착하지 못하고, 만약 도중에 날이 밝아 추격하는 토벌대에게 발견될 경우에는, 몇 명의 게릴라만으로 총격전이 될 것이고, 승패는 명백해서, 전멸에 시간은 걸리지 않을 것이었다.

"식량 이외엔 손대지마! 토벌대와 같은 짓을 하지 마!"

"규율 위반은 하지 마라, 인민재판이다!"

여러 무장대원의 목소리.

약탈은 30분 정도로 끝났다. 마을의 길 위 여기저기에 곡물이 어지러이 흩어져 있었다. 한 사람의 짐이 너무 무겁지 않도록 분배하고, 전원이 빠짐없이 등에 짊어졌다. 여자의 대부분은 몸빼를 입고 있었지만 속바지만 입고 벗은 치마에 곡물을 바꿔 싸는 자, 저고리를 자루 대신 셔츠 하나만 입고 있는 자. 산에서 가져온 크고 작은 자루와 보자기. 무장부대가 대열의 앞과 뒤, 두 조로 나뉘어 나아간다. 차 동무 일행은 가장 후미에 섰다.

모두가 공복으로, 걸으면서 주머니에 넣어온 보리나 쌀알을 입안에 던져 넣고 씹어 가며(일상식이 아닌 제사나 정월용으로 준비한 백미는 '약탈'이기는 하지만 가슴이 아팠다), 밭의 흙이 묻어 있는 고구마를 옷으로 문질러 진흙을 털고 베어 먹으며 걸었다. 남승지도 고구마를 씹었다. 입안에 모래가 껄끔거리는 것을 같이 씹어 으깼다. 밤의 냉기 따위는 땀으로 아무렇지도 않았다.

마을을 나온 지 얼마 안 되어, 5, 6분 지났을까, 뒤에서 와아, 하는 군중의 함성이 들리고, 폭도를 잡아라! 놈들을 잡아라! 놈들을 죽여……! 많은 사람의 목소리가 뒤쫓아 왔다. 몇십 미터인지, 백 미터인지. 희미한 달빛 아래로 기묘하게 움직이는 구름과 같은 덩어리가 다가왔다. 돌이 날아오는 모양이었다. 아이고, 아이고…… 하며 여자들은 뒤를 돌아보지만, 대열은 필사적으로 앞으로 나아갔다.

뒤에서 쫓아오는 것은 토벌대가 아닌, 마을 사람들, 죽창이나 철창을 든 민보단원들이었다.

만약 토벌대도 함께 있었다면, 이미 발포가 있어도 이상하지 않았을 것이고, 이쪽에서 먼저 발포하면 적에게 위치를 알리게 된다. 이웃 마을에 군의 주둔소나 경찰서가 있는 것도 아니고, 경찰서로 폭도의 습격을 통지하는 것만으로도, 낡은 자전거를 타고 삐걱, 삐걱……30분 이상은 족히 걸릴 것이다. 게다가 통행금지의 계엄령하였고, 폭도 습격의 통지라고 해도, 심야에 함부로 멀리 마을을 벗어나는 것은 위험하기 짝이 없는 일이었다. 도중에 경찰이라도 만날 경우에는, 불심검문, 사소한 계기로 설명할 틈도 없이 즉각 사살당할지도 모른다. 무사히 경찰서에 들어갔다고 해도, 심야라서 상황에 대한 청취며, 그 밖의 일로 출동준비가 곧바로 가능한 게 아니었다. 뒤에서 추적해 오는 것은 약탈을 당한 마을 사람들의 분노와 원한이 담겨 있었다.

"기다려라, 도둑놈들……!"

대열의 후미에서 총소리가 울려 남승지의 고막을 때렸다. 사람의 비명이 들렸다. 뒤돌아본 남승지의 몇 미터 뒤에서 사람 그림자가 쓰러져 있었다. 게릴라 한 명이 바싹 뒤따르는 마을 사람을 사살한 것이다. 하늘을 향해 총성 한 발이 울려 퍼졌다.

마을 사람들의 뒤쫓는 소리가 사라졌다.

게릴라들은 서둘렀다. 토벌대의 추격 가능성이 없는 것이 아니었다. 아침이 되어 찾아올 수도 있었다. 대열은 쉬지 않고 산을 향해 밤길을 걸었다.

아지랑이가 자욱이 낀 새벽녘 빛을 숲 속에서 맞이했다.

"아이고, 한라산이다!"

"한라산이 보인다!"

숲을 빠져나온 새벽녘 하늘에, 눈 덮인 정상이 엷은 주홍색으로 물든 한라산, 아침안개 속에 펼쳐진 오름의 무리, 빗게오름의 그림자를 우러러보면서 약탈부대의 일행으로부터 목소리가 솟아올랐다. 1년의 대부분을 정상에 구름을 두르고, 모습을 드러내지 않는 날이 많은 탓도 있겠지만, 사람들은 산 생활로 늘 보아 익숙한 한라산을 우러러 무심코 소리를 질렀다.

배후의 어둠 속에 다가오던 토벌대 추격의 공포는, 환영으로 끝났다.

일행은 무사히 각자의 아지트에 도착하여, 남아 있던 사람들의 환영을 받았다. 피로와 허기로 피난민들의 대부분이 짐을 안고 그 자리에 쓰러져 버렸다. 배 모양을 한 짚신이나 찢어진 운동화, 고무신을 신은 발바닥이 갈라져 피가 스며있었다.

눈은 한라산 중턱을 덮고 있었지만, 빗게오름 주위에는 아직 적설을 볼 수 있을 정도의 눈은 아니었다. 눈의 계절이면 게릴라가 피난민을 데리고 식량 투쟁을 할 수 없다. 짐을 지고 눈이 쌓인 밤길을 행진할 수도 없거니와, 오히려 눈 위에 도로와 같은 발자국을 남겨 토벌대를 안내하게 될 것이다.

대열에서 낙오자는 나오지 않았지만, 끝까지 지고가지 못하고 도중에 짐을 내리는 자가 여러 명 나왔다. 길 위에 짐을 그냥 두고 갈 수는 없다. 곧 올지도 모르는 토벌대의 추격에 떨면서, 밭 가운데의 돌담 옆에 철창이나 맨손으로 구멍을 파 그것들을 묻었지만, 야음을 틈타 한 일이라, 표시가 될 만한 것이 바로 보이지 않았다. 근처의 소나무

가지 하나를 눈에 띄지 않게 부러뜨려, 그 가지 끝은 그 자리에 버리지 않고 도중까지 가지고 걸었다. 양식을 묻은 장소를 잘 기억해 두어야 했다. 후일에 식량을 회수하러 가는 것이다.

식량은 총무부의 책임으로 다시 재배분한 뒤, 나머지는 비축되었다. 그것들은 구멍을 파서 땅속에 묻힌다.

배분된 양은 결코 충분하지 않았다. 같은 약탈이라면 닭 한 마리의 모가지를 비틀어 가지고 돌아오려는 것도 무리가 아닐 것이다. 눈이 멀게 된다. '서북'이나 토벌대가 마을에 들어오면 닭 정도가 아니라, 돼지를 죽이고 눈에 띄는 살림살이의 약탈이 당연한 일이니, 굶주린 사람이 혼잡한 틈을 타, 닭 한 마리 정도야……가 된다. 차 동무는 그것을 규율 위반이라 하여 원래 장소로 돌려보냈다.

사살된 마을의 남자는 무엇을 되찾으려고 했던 것일까. 남승지는 사살 장면을 확실히 목격한 것은 아니지만, 총성에 뒤돌아본 순간, 마을 사람 하나가 쓰러지는 것을 본 것이었다. 퇴각을 서두르면서 차 동무가 발포한 동료에게 말하는 것을 들었다. 저항하는 경우에는 어쩔 수 없다. 우리를 방해하는 것은 반혁명이다. 규율 위반은 처형이라고 외치며 닭을 되돌린 차 동무가, 동료의 발포를 혁명이라고 단정했다. 희미한 달빛 아래 확실하지 않았지만, 대낮이었다면 지면은 곧 피투성이를 이루었을 것이다.

남승지가 토벌대에 의해 불타버린 어음리에 가까운 빌레못동굴에서 12월 16일에 행해진 학살을 알게 된 것은 곽지리 식량 투쟁으로부터 열흘 정도 지나서였다.

학살 이틀 전, 2개 소대 편성의 노루중대원 거의 전원 약 30명이, 10킬로 남짓 떨어진 어음리 옆의 보성리로, 대낮에 버젓이 식량 투쟁을 나섰을 때, 마을의 민보단원들이 저항하였는데, 곡물 자루를 메고 도망 나오는 게릴라에게 돌을 던지며 추적하였다. 미처 피하지 못한 게릴라 한 명에게 달려들자마자 발길질을 하여, 짐과 함께 넘어진 것을 붙잡았다. 그곳에 모여든 민보단원들이 손에 든 죽창으로 게릴라를 마구 찔러 죽였다. 게릴라 몇 명이 짐을 짊어진 동료를 먼저 보낸 뒤, 총을 쏘면서 부락 쪽으로 되돌아가자, 민보단원들은 아직 완성되지 않은 마을을 둘러싼 성벽(돌담) 밑에서 돌을 던지며 응전했지만, 얼마 안 있어 해안 쪽 이웃 마을로 도망쳐 버렸다. 게릴라들은 죽창으로 수없이 찔려 얼굴을 분간하기 힘들 지경이 된 동료를 메고 십 킬로에 이르는 산길로 아지트까지 옮겨와, 오름 기슭에 깊은 구덩이를 파서 묻었다.

다음날인 15일 밤, 북풍이 세차게 부는 눈 속, 그 보복을 겸한 두 번째 출동을 강행하여, 축성 중인 마을 입구의 보초막(감시대)에 불을 질러 두 사람을 죽였는데, 때마침 강풍이 몰아쳐 마을 일부가 불길에 휩싸였다. 밤하늘에 솟아오르는 불길에 놀란 토벌대는, 애월지서 관하의 경찰대, 한림, 귀덕 주둔의 군부대를 출동시켰다. 이것이 빌레못동굴 학살의 계기가 되었다.

심야에 보성 마을에 도착한 토벌대는 집합한 마을 주민을 앞에 두고 게릴라습격의 경위를 조사한 뒤, 가까운 동굴의 소재를 알고 있는 자가 없는지 물었다. 한 사람이 옆의 불에 탄 어음리를 한라산 기슭 쪽으로 올라가면 빌레못이라는 동굴이 있다고 말했다. 아직 동이 트기 전이었지만, 토벌대는 바로 그 동굴로의 진격을 알리고, 마을의 민보단원 중에서 뽑은 길을 잘 아는 열 명을 첨병부대로 삼아, 경찰 한 사람을 거기에 배치하였다. 그 빌레못동굴에 게릴라의 아지트가 있다고 짐작한 진격이었다. 눈보라 속을 첨병부대의 뒤에 군경 토벌대,

민보단원들이 따르며, 목적지 부근까지 올라왔을 때는 완전히 날이 밝아 있었다.

마침내 선두부대의 경찰이 호루라기를 불어 동굴로 보이는 장소를 발견했다는 보고를 후속부대에 알렸다. 전원이 동굴이 있는 언덕을 포위한 뒤, 명령을 받은 첨병부대 민보단원 하나가 한 사람이 겨우 들어갈 수 있는, 밑의 구멍으로 떨어질 것 같은 좁은 동굴로 철창을 들고 주뼛주뼛 몸을 밀어 넣었다. 내부는 꽤 넓었고, 잠시 나아가니 어둠 속에서 어떤 소리가, 아기의 응애 하는 소리가 들렸다. 놀라서 동굴 밖으로 뛰쳐나온 남자는, 대장의 힐문에 뭔가 이상한 소리가 난다고 대답했다. 두 명의 민보단원이 가세하여, 이번에는 횃불을 들고 다시 들어간 세 사람은, 동굴 안쪽에 감자와 곡물이 대량으로 쌓여 있는 것을 발견했다. 더욱 안으로 들어가니 횃불이 소리를 내며 꺼져 버렸다. 인기척은 없었다. 어두워서 더 이상 전진할 수 없었던 세 사람은 다시 동굴 밖으로 나왔다.

그래서 토벌대가 회중전등을 들고 동굴 안으로 돌입해 들어갔고, 이윽고 차례로 동굴생활자가 끌려나왔으며, 민보단원이 손으로 식량과 기타 생활도구를 밖으로 들어냈다. 밖은 전날 밤부터 눈이 섞인 삭풍이 세차게 불었지만, 동굴 안은 더웠다. 총 21명 중 한 명이 15, 6세인 소년이었고, 나머지는 노인과 아이, 여자들이었다. 더위 탓인지 그들은 속옷 차림에 거의 맨몸에 가까웠고 맨발이었다.

동굴 안에 있던 것은 어음리 등, 근린 중산간 부락으로부터의 피난민이어서, 토벌대에 가담한 민보단원들과는 안면이 있었고, 게다가 친척에 해당하는 자들이었지만, 게릴라는 아니었다. 그러나 마을을 벗어나 동굴 안에 숨어 있는 것 자체가 죄였고, 게릴라 추적이 미수로 끝난 토벌대는 일단의 취조를 한 결과, 동굴 근처 소나무 숲이 있는 얇게 눈이 쌓인 밭에서 21명 전원을 사살하고 철수했다. 마지막에 사살된 여자의 경우는 중학생 아들이 입산해 있었다. 그녀는 마을을 떠나 해안의 애월리에 있는 딸의 시집에 일단 몸을 의탁했지만(소개지에서는 어디든, 소개민을 피난자 가족이니, 빨갱이니 하면서 백안시했고 차별이 심했다), 역시 산 쪽으로 가면 살 수 있다고 생각한 결과 선택한 동굴생활이었다.

이 학살의 사실은, 빗게오름에 게릴라의 아지트가 있을 것으로 탐지한 토벌대가 보성리나 근린의 민보단원들을 총동원하여 폭도 토벌에 출동한다는 정보와 함께, 납읍리의 연락원이 알려 온 것이었다. 학살 이틀 뒤의 일이었다.

동시에 빌레못동굴에서의 유일한 도망한 생존자가 근처 바리오름 중턱에서 게릴라에게 발견되었다. 토벌대는 전원 체포한 줄 알고 답답한 어둠의 동굴에서 철수했지만, 깊숙한 동굴은 도중에 여러 갈림길이 있었고, 몇백 미터나 끝없이 이어져 있었는데, 자신만이 알고 있는 은신처에 몸을 숨겨 토벌대의 손에서 벗어난 홍 아무개라는 우리 나이로 19세 소년(조선에서는 어엿한 성인, 청년이지만)이었다. 그는 학살의 심야에 동굴을 탈출하였는데, 과거 일제강점기 말기에 미군 상륙에 대비하려는 일본군에 동원되어 직사포대 설치를 위해 바리오름 기슭에 팠던, 지금은 좁은 입구 근처가 관목이나 가시덤불 등으로 덮인 굴에 몸을 숨기고 있었던 것이다.

학살로부터 며칠이 지나, 그와 같은 연령으로 육촌이 되는 게릴라 대원이(그는 홍 씨가 아니라, 게릴라 소대에서는 그냥 백 동무라 불렸는데, 4·3 봉기 이전에 홍 아무개에게 안내를 받아 그 굴에 간 적이 있었다), 혹시 육촌이 빌레못동굴의 학살을 면하여 그 굴에 있는 것은 아닐까 하고 찾으러 갔더니, 역시나 그가 혼자 숨어 있는 것을 발견한 것이었다.

백 동무는 비겁하게 숨지 말고 게릴라에 참여하라고 촉구했지만, 홍 아무개는 산부대(게릴라)는 적어도 국민학교라도 나온 머리가 있는 사람이 할 수 있는 일이다, 자기 같은 사람은 산부대의 임무 같은 것은 도저히 할 수 없다며 목숨을 구걸했고, 그대로 바리오름의 굴에 혼자 남았다.

홍 아무개는 소나무 숲이 있는 밭에서 사살된 피난민이 21명이라는 것을 알자, 아마 아직 두 명이 동굴 안에 남아 있을 것이다, 안으로 들어갈수록 몇 개의 길이 미로가 되어, 일단 들어가면 어둠 속에서 노인이나 여자, 아이는 더 이상 나올 수가 없다는 말을 했다고 한다. 나올 수 없는 깊은 동굴의 어둠.

홍 아무개가 애초에 빌레못동굴로 피난한 것은 한 달여 전의 어음리를 불태운 뒤의 일로, 소개지인 해안 부락 근처 납읍리에서 옛 예언서를 해석하여 점복(占卜)에 정통한 한 노인을 만났는데, 2, 3개월 어딘가로 피난해서 시간을 보내면, 곧 난리는 지나가고 사람들은 살아남을 것이라고 노인이 말했다 한다. 노인의 말을 완전히 믿었던 홍은 노인과 둘이서 '80인 피난의 장'인 빌레못동굴로 미리 확인차 다녀왔고, 소개지인 납읍리에서 노인의 예언을 믿는 마을 사람들과 함께 그 동굴로 '피신'했다. 그로부터 한 달 여 만에 토벌대의 습격을 받은 것인데, 예언자인 노인 자신이 마을 사람들을 길동무로 해서 무덤으로 들어간 셈이었다. 다시 인과관계를 더듬어 가면, 노루중대원이 식량 투쟁을 위해 보성리에 출동한 것이, 하나의 학살 계기로 작용했던 것이다.

납읍리의 연락원에게서 빌레못동굴 학살의 사실과 함께, 적의 빗게오름 공격의 정보가 있고 난 이틀 뒤인 20일, 드디어 내일, 토벌대의 공격출동이 있을 것이라는 새로운 소식이 전해졌다.

한림 주둔 토벌 중대는 한 달 전에 15가구, 60여 명의 주민 대부분이 집단학살된 산촌인 원(院)으로 이동해 있었다. 보성, 납읍리 등의 민보단원, '서북' 그 밖의 첨병부대를 골라 수십 명의 민간토벌대가 편성되어, 다음날 21일 이른 새벽에 원으로 출발, 그곳에서 토벌 중대와 합류한 뒤, 토벌전에 참가한다는 것이었다.

빗게오름에 게릴라의 아지트가 있다는 것을 어떻게 탐지했는지는 모르지만, 12월 9일 곽지리 식량 약탈 습격과, 그로부터 일주일도 안 되는 사이에 백주의 보성리 식량 약탈, 더욱이 다음날 보성 야습과 방화, 그리고 게릴라의 아지트라고 짐작했던 빌레못동굴 공격의 실패와 게릴라 대신 피난민에 대한 학살, 이러한 거듭된 실책에 토벌대가 게릴라의 아지트 수색에 혈안이 되었다고 해도 무리는 아니었다. 연기가 신호가 되어, 순찰하던 민보단원들의 눈에 뜨인 것인지, 어쨌든 무언가 냄새를 맡은 것이었다.

토벌 중대의 주둔지인 원은, 성내에서 한라산의 산기슭지대를 서남쪽으로 비스듬히 횡단, 대정 방면으로 산을 넘어가는 오래된 길가에 두 채의 주막을 중심으로 생긴 15호, 60여 명의 궁벽한 마을이었다. 행인 이외의 출입은 드물었다. 두 채의 주막은 행인에게 술 한 잔과 간단한 식사를 제공하고, 그 외에는 방목과 농사를 지어왔다.

마찬가지로 산촌인 두럭에서 집단학살을 행한 다음날 새벽에, 트럭으로 약 백 명의 토벌대가 원으로 내습하여, 자신들은 산에서 내려온 산부대라느니, 북한에서 왔다고 외치며, 마을 주민 전체를 마을의 도로 옆 공터에 집결시키고, 초가지붕에 설치한 기관총으로 주민 대부분을 사살한 뒤 철수했다. 몇 명이 살아남아 해안에 가까운 부락으로 소개했는데, 아이들을 포함한 노인들은, 어째서 토벌대가 이른 새벽에 갑자기 찾아와서 야차처럼 행동하며 마을 사람들을 집단학살했는지 전혀 알 수 없었다. ……군인들이 왜 그렇게 마을 사람을 죽인 것인가. 산과 가까운 곳에 살고 있다는 죄 밖에 없는데, 산에 가까워서 총에 맞아 죽은 것이 유일한 이유였다. 마치 자신들이 산부대처럼 행동하면서, 산부대라고 하면 믿고 모일 것이라 생각한 것인가…….

이러한 무차별 학살은 제9연대장 송일찬이 강행한 소개작전, 바리캉이라든가 토끼사냥작전으로 불리는 토벌작전의 하나로, 게릴라를 백 미터 간격으로 포위해서 산속으로 몰아넣는다는 것이었다. 다만, 지금 빗게오름을 향해 행군 중일 원(院) 주둔 토벌대가 아닌 다른 토벌대의 소행이지만, 근본은 같은 것이었다.

이 원 주둔 토벌부대는 안 좋은 일이 있었던 중대였다.

아지트를 나올 때, 총을 어깨에 멘 노루중대의 윤 중대장이 남승지와 같은 조직부 조직책인 천 동무에게 말했다. 중대장은 25, 6세, 얼굴도 몸집도 각이 진 느낌이지만, 소년 같은 목소리였다. 옛 일본군 병졸의 옷을 입고 낡은 전투모를 쓰고 있었다. ……그 중대는 안 좋은 일이 있었는데, 저승사자, 물귀신이 붙어 있지. 한림 주재 부대와 교대로 육지에서 배를 타고 왔는데, 한림의 바다에서 수송선으로부터 보트로 갈아탔을 때 보트가 뒤집혀 버렸지. 대부분이 바다에 빠지는 등 난리가 나서, 한림의 마을 사람들한테 갈아입을 옷을 조달받거나, 옷을 말리거나 했던, 한 번 죽을 뻔했던 군대야. 오늘은 정말로 천국에 보내 버리겠어. 앗핫핫하…….

원 주둔의 토벌대는 약 40명, 정규 편성으로 보면 1개 소대 정도로 빗게오름의 게릴라와 큰 차이가 없지만, 장비는 게릴라와는 비교가 안 되는 M1총이나 카빈총으로 무장하고 있었고, 민보단원들의 죽창, 철창부대를 합치면 백 명이 넘었다.

윤 중대장은 처음에 이곳에서 비교적 가까운 한라산 남쪽의 안덕, 대정 지구의 무장 게릴라에게 연락해서 원군을 요청, 공동작전을 생각했지만, 시간적으로도 무리가 있고, 소대장들과 합의한 결과, 빗게오름의 지형을 이용하면 원군의 필요 없이, 노루중대만으로 적에게 섬멸에 가까운 타격을 줄 수 있다고 결론을 냈다.

다음날, 시간은 확실하지 않지만, 아랫마을을 이른 새벽에 출발하면, 7, 8킬로 거리인 원에 도착한 민간부대가 재편성된 뒤, 토벌대 중대와 함께 출동, 빗게오름까지 3, 4킬로의 오르막 산길을 두 시간 안에 찾아올 것이므로, 아마도 정오 전부터 오후 사이에 있을 적의 출현에 대비하기로 했다.

원에서 올라오는 토벌대는 숲을 지나, 완만한 경사의 평지를 통해, 빗게오름 어귀에 도달한다. 남쪽을 향해 깊이 파인 계곡의 깊이는 십여 미터, 양쪽 절벽은 깎아지른 듯한 암벽이었고, 바윗장이 융기한 험한 오르막길은 폭이 2미터 전후, 낮 동안에도 절벽 위의 나무들이 그늘져서 어둑어둑했다. 적이 배후의 N오름에서 내려온다면 모를까, 원에서 빗게오름으로 올라올 경우에는 이 계곡 길을 통과해야 했다. 노루중대는 이곳에서 매복하고 혼성토벌대를 기다리기로 했다.

다음날 21일, 이른 아침부터 절벽 위에 총을 든 정찰병이 섰다. 두 소대 합쳐서 중대의 총은 10정(많은 편이다), 윤 중대장, 제1소대의 세 명, 제2소대 세 명이 총을 들고 양쪽 절벽 위에 매복했다. 나머지는 철창을 든 게릴라가 후방을 지켰다. 남승지도 창을 들고 천 동무와 함께 게릴라에 섞여 있었다.

무장대의 제1진, 중대장 이하 네 명은 계곡 쪽의 절벽 중간, 계곡 입구에서 약 10미터 후미진 주변의 절벽 위에 매복하고, 제2진의 세 명은 반대쪽 절벽의 다시 몇 미터 뒤로 내려간 부근에서 대기했다.

계곡 입구의 절벽 위에는 정찰병이 있었다.

바람이 살을 엔다. 산악지대는 한겨울에 접어들고 있었다. 하늘은 흐렸고, 한라산은 산중턱까지 묵직한 구름을 뒤집어쓰고 있어 모습이 보이지 않았다. 눈은 있었지만, 서리처럼 희미하게 쌓인 정도였고, 군데군데 지면을 보이며 얼어붙어 있었다.

이제 곧 오전 열한 시, 몇 시에 빗게오름 앞으로 펼쳐진 평지에 토벌대 일행이 모습을 드러낼지 모르지만, 게릴라는 사냥감을 노리는 고양이처럼 몇 시간이라도 인내심 강하게 적을 기다릴 줄 알고 있었다. 오로지 폐허가 된 원 방면에서 다가오는 군민혼성 토벌대의 도래를 기다리고 있었다.

잎을 떨군 고목이 절벽 위의 우거진 수풀에 하늘에서 빛을 들이고 있었는데, 여전히 한 잎, 한 잎 바람에 실려 마른 잎이 떨어져 내렸다. 겨울의 지독한 한기에 애처롭게 타올라 검붉게 바랜 낙엽이 쌓여서 부드러운 나뭇잎의 깔개가 되었지만, 눈이 내린 뒤여서 촉촉이 젖어 있었다. 올라서면 신발바닥이 깊숙이 들어갔다.

계곡 입구 근처의 절벽으로 가면 나무들 사이로, 아득히 한라산 기슭의 광대한 들판 여기저기에 원추형의 완만한 능선을 그리며 융기한, 형제처럼 몇 개씩 늘어서 있는 오름의 무리가 보였다. 오름이 이어진 기슭 일대에 연무가 길게 깔려 있었고, 그 위에 드러난 산의 모습이 환상적이기까지 했다. 비슷한 모양의 두 개의 오름이 가까이 늘어서 있는 것이, 마치 위를 보고 누운 여자의 풍부한 유방을 닮아서, 자신도 모르게 움찔한다. 분화구의 흔적인 한가운데 부근에서 움푹 패어 갈라진 틈을 만들어, 전체가 여자의 엉덩이와 같은 형태의 오름. 삼각형으로 우뚝 솟은 것, 그 이름처럼 누운 소와 같은 형태로 평평하게 펼쳐진 것, 바다에 절벽을 깎아 세운 것, 섬 전체에 360여 개가 있다는 벌집과 같은 분화의 흔적인 오름——측화산의 무리. 그리고 오름 기슭 해안 부락의 깨알 같은 덩어리. 멀리 납빛으로 펼쳐진 부동의 바다. 추자도에 있는 두 개의 오름 그림자가 희미하게 보였다.

남승지와 천 동무는 마른 잎 냄새가 나는 낙엽 위에 책상다리를 하고 앉아, 제1진으로부터 적의 도래 신호를 기다리고 있었다. 물론 둘 다 적과 마주하면 게릴라들과 함께 싸울 태세를 취하고 있었지만, 비전투원인 그들은 게릴라 중대의 '승리적'인 실전을 목격하기 위한 '지원병'이기도 했다.

남승지는 점퍼 속에 벽돌색의 따뜻한 터틀넥 스웨터를 껴입고 있었다. 유원이 직접 손으로 뜬 선물이었다. 유원……. 자신도 모르게 마음속에서 중얼거리고 고개를 흔들었다. 서울…….

북동 방향이 성내이지만, 도중의 오름 그림자에 가려 시야에 들어오지 않았다. 이방근은 어떻게 된 걸까. 게릴라를 섬 밖으로 탈출시킬 계획을 진행하고 있다니…….

반외투를 걸치고 게릴라와 똑같이 각반을 찬 천 동무는, 어제 막 조천 지구의 조직책에서 돌아왔다.

이방근을 모르는 천 동무가, 어제 뜻밖에 남승지 앞에서 그의 이름을 꺼내며, 그의 일이 조천의 면당 조직에서 문제가 되고 있다, 그가 게릴라 구제라고 칭하며 탈출 계획을 세워, 탈출자를 모집하고 있는 것 같다고 말해서 남승지를 놀라게 만들었다. 이것은 반조직, 반혁명적인 이적 행위이며, 방치하면 안 된다는 의견이 있어 도당 조직부에 제기되었는데, 조만간 조직부에서 회의를 하게 될 것이라는 이야기였다.

게릴라의 섬 밖 탈출. 그런 이방근의 움직임을 몰랐던 남승지는, 사실이라면 게릴라 조직의 반격이 있는 것이 당연하다고 생각했다. 충격이었다. 조직의 파괴가 아닌가. 양준오는 이 움직임을 알고 있었을까. 알고 있으면서도 입산한 것일까.

최근에 남승지가 성내에 들어간 것은 10월 하순, 마침 여수, 순천 봉기와 날짜가 겹쳤다. 10·24선전포고 호소 삐라 3천 장의 인쇄와 살포, 성내 지구 조직원의 일제검거, 한라신문 편집장 김문원의 체포와 심야의 총살, 그리고 간신히 이방근의 집 어두운 헛간에서 나와 성내를 탈출했다. 그런 이야기를 듣거나 이야기할 수 있는 분위기가 아니었고 시간적 흐름도 없었다. 단지 이방근이 전부터도 게릴라에, 아니 조직 자체에 비판적인 생각의 소유자임은 누구나가 알고 있었다. 아니, 지금에 와서 생각하면 이방근과 양준오는 묘한 태도의 대화를 주고받았었다. 남승지가 추궁하려고 하면, 이야기를 적당히 얼버무리고 말았는데, 그것이 혹시…….

어쨌든 그의 움직임이 사실이라면, 반조직적 파괴 행위이고, 더욱 사실의 진위를 확인할 필요가 있었다. 조직부 회의의 결과에 따라서는, 어쩌면 위험을 무릅쓰고 계엄령하의 성내로 가는 것도 생각할 수 있었다. 성내……. 지금은 산이 안전했다.

이쪽 제2진에서 휘파람 소리가 들렸다. 정찰병, 그리고 제1진에서 보내는 신호를 받은 것이다. 창을 손에 든 게릴라들이, 오오 하고 작게 신음하고, 나무숲 그늘에서 엉거주춤한 자세로 태세를 갖췄다. 남승지와 천 동무도 함께 몸을 일으켰다. 남승지는 흉곽에서 심장이 뛰는 소리를 들었다. 여기에서는 오름 너머 숲을 등지고 평지에 나타난 것인지, 숲 입구에서 진용을 갖추고 있는 것인지, 어느 쪽이든 이 계곡으로 빨려들 적부대의 움직임은 볼 수 없었다. 계곡의, 오른쪽 절벽 위에 남승지 등이 있고, 왼편 계곡 쪽 절벽에 제1진이 있었다. 윤 중대장과 소대장이 계곡 입구 절벽에 정찰병 한 명을 남기고, 10미터 정도 들어간 원래의 장소로, 잡목 사이로 등을 굽히고 돌아오는 것이 보였다. 계곡의 바닥은 눈에 들어오지만, 20미터 앞의 계곡 밖에 적이 오고 있을 평지의 공간은 시야에서 벗어나 있었다.

바람이 마른 잎 하나를 떨어뜨리고, 나뭇가지를 흔들며 지나갔다. 제2진으로부터 몇 미터 앞의 맞은편에 있는 제1진에서, 중대장이 오른손을 들어 신호를 보냈다. 계곡 밖 적의 움직임이 포착된 모양이었다. 육박해 온 것이다. 정찰병이 포복하여 제1진으로 돌아오고, 다섯 명이 엎드려서 십여 미터 아래 계곡을 향해 총을 겨눴다. 제2진의 세 명도 엎드려 총을 겨눴다. 제1진의 집중사격에서 벗어나 안으로 도망쳐 오는 적을 쐈다.

적의 부대편성을 간파한 듯, 제1진에서 돌연 제2진으로 신호를 보냈다. 순간 쥐 죽은 듯이 고요한, 시간이 멈춘 듯한, 깊은 바다 속과 같은 정적이 주위를 덮었다. 나무의 새소리도 없었다. 창을 꽉 움켜쥔 남승지의 손에 땀이 배었다.

머리 위로 바람 소리가 되살아나고, 발소리, 분명히 집단으로 생각되는 대열의 발소리가 계곡 20미터 안쪽인 여기까지 들어왔다. 어라? 운동화 바닥인 듯한 여러 명의 발소리, 울퉁불퉁한 바위를 문지르듯 계곡 안으로 들어오는 발소리가 났고, 으흠……, 작은 헛기침 소리가 좁은 계곡에, 조용한 연못에 자갈이 던져진 것처럼 메아리쳤다. 남승지는 침을 삼켰다.

적의 모습이, 철창을 든 두 명의 남자가 대각선 맞은편의 제1진이 있는 절벽 아래쪽에 보였다. 길이 험한데다가 경계를 하고 있어 걸음걸이가 느렸다. 절벽 위에서는 총구가 불을 뿜지 않았다. 둘은 섬 출신의 길안내로 내몰린 보성 일대의 '척후(斥候)'인 듯했다. 본토에서 온 토벌대는 제주도 지리에 어두웠을 뿐만 아니라, 도처에 돌담이 둘러쳐진 지형에서의 전투에 서툴렀다.

"여긴 길이 험하군."

"그렇군. 흠, 흠……."

한 사람은 코가 안 좋은 것인가.

"폭도 놈들은 어디에 있는지, 그런 건 모르겠지만, 이 길로 오름을 넘어야 해."

"응, 정말로 이 오름에 폭도가 있는 건가?"

"몰라. 그러니까 지금부터 가는 거지……."

한 명이 뒤를 돌아보며 전진의 신호를 보냈다. 둘은 남승지가 있는 제2진의 총구도 무사히 통과해, 남승지의 눈 아래로 지나갔다.

계곡의 공기가 일변하며 집단이 들어왔다. 일렬로, 우익 청년단, 민보단원들의 첨병부대가 차례차례 계곡 바닥을 메우면서, 제1진, 제2진 밑을 통과했다. 다음은 토벌대의 짐을 짊어진 민보단원의 보충부대인가 했더니, 철모를 쓴 무장본대가, 그것임을 확실히 알 수 있는 군화의 묵직한 발소리를 울렸다.

선두가 제1진 밑을 지나 안으로 들어서고, 제2진 밑으로 접어들었을 때, 골짜기 밑을 겨누고 일제히 사격이 시작되었다. 좁은 계곡에서 폭발, 튀어 오르는 총성이 빗게오름의 하늘 높이 울려 퍼졌다. 좁은 계곡은 아비규환의 도가니로 변했다. 적은 마구 발포했지만, 응전은 되지 않았다. 계곡의 바위가 새빨갛게 물들었다. 넘어질 듯 비틀거리며 시체를 밟고 넘어 계곡 밖으로 도망치는 군복의 등 쪽에 총탄이 명중해 구멍을 냈다.

와아-, 와아-, 우와-……. 그때 총성의 틈새를 비집고, 오름 너머에서 터져 나오는 함성이 들려왔다. 전투를 거의 구경하고 있었다고 해도 좋은 남승지와 천 동무가 놀라서 뒤를 돌아보았다. 많은 사람의 고함이 오름 너머에서 나고 있었다. 세차게 울리며 이어지는 군중의 박수가 멀리서 울리는 천둥소리처럼 메아리를 동반했다.

"피난민이다."

"어, 맞다, 피난민이야."

근처까지 와 있는 것이 아닌가. 창을 든 게릴라들도 오름 쪽을 돌아보았다. 총성은 계속되고 있었다.

노래가, 대합창이 들려왔다. '민중의 노래'였다. 전투중인 게릴라에 대한 가족들과 피난민의 성원이었다. 마치 무슨 축구시합을 응원하는 것 같았다. 어둠의 동굴에서 나온 피난민들이 흐린 하늘이지만 가슴 가득 대기를 실컷 들이마시면서 총성이 울리는 방향을 향해 대합창과 박수의 성원을 보내고 있었던 것이다.

조선의 대중들아 들어 보아라
우렁차게 들려오는 해방의 날을
시위자가 울리는 발자국 소리
미래를 고하는 아우성 소리

노동자, 농민은 힘을 다하여
놈들에게 빼앗긴 토지와 공장
……

남승지는 가슴이 뜨거워지면서 훅, 훅하고 복받쳐 오르는 것을 느꼈다.

끝없는 총성 속에서 '후퇴! 후퇴!' 하고 외치는 토벌대 지휘관인 듯한 비통한 목소리. 내려다보니, 지옥 양상인 전황을 확인하려고 나중에 들어와, 정신이 나간 듯한 토벌대 중대장이 네발로 기며, 피를 토할 것처럼 외치고 있었다.

토벌 대장의 후퇴명령 이전에, 토벌대는 절벽 위를 향해 총을 쏘아 대며 도망치고 있었다. 계곡 길을 올라가 퇴로가 막힌 꼴인 민보단원들은 어디론가 모습을 감춰 버렸다.

전투는 피난민들의 대합창과 박수가 울려 퍼지는 가운데 10분도 걸리지 않았다. 게릴라는 도망치는 토벌대를 추격하지 않았다. 매복한 게릴라전법이야말로 우세할 수 있는 것이고, 신출귀몰, 기습공격을 가하고 도망치는 것이 게릴라의 전법이다. 평지에서는 완전무장한 정규군과 싸워서 승산이 있을 리가 없었다.

전투는 윤 중대장의 작전대로, 불과 일곱 자루의 총으로 토벌대에게 섬멸적 타격을 주고, 게릴라의 승리로 끝났다. 총성이 완전히 그치고, 대합창과 박수도 멈췄다.

적의 완전한 후퇴, 도망을 확인하고 나서, 게릴라 부대는 절벽 위에 보초 두 명을 세우고, 전원이 피 비린내를 뿜고 있는 죽음의 계곡으로 내려왔다.

후퇴라고 외쳤던 토벌 대장이 계곡 입구에서 소대장과 함께 쓰러져 있었다. 시체를 세고, 총을 빼앗았다. 사망자의 수와 같은 총 24정, 전원이 토벌 중대원이었다. 토벌대가 게릴라 측의 총 1정을 노획하면 6만 원의 보상금이 나온다. 계곡 안쪽에 숨어 있던 길안내 '척후' 두 명이 게릴라 부대에게 사살되었다.

야영을 할 생각이었는지, 후속의 민보단 부대가 두고 도망간 짐에는 건빵, 통조림 등의 식량, 100개 이상은 될 상자에 채운 담배도 있었다.

남승지도 천 동무도 전원이 총이나 신발 등의 전리품을 거두어 가지고, 시체가 겹겹이 쓰러져 있는 계곡 길을 올라 오름으로 나왔다.

보초는 손에서 총을 놓치지 않았다.

게릴라 부대는 오름 중턱의 숲 속을 통해 적은 눈이 깔려 있는 마른 잔디뿐인 완만한 경사로 나왔다. 그러자 맞은편에서 한 명의 소년이 다가오는 것이 보였다. 머리를 상하좌우로 흔들고, 히죽거리며 이쪽을 향해 다가왔다.

"이봐, 삼배-, 너, 어딜 가는 거야."

"……"

삼배는 멈춰 서더니, 고개를 끄덕이고는 그대로 지나가려고 했다. 15, 6세 정도의 가느다란 얼굴에 광대뼈가 튀어나올 듯 말라 있었다.

"이봐, 삼배-, 그쪽으로 가도 아무것도 없어. 자, 같이 돌아가자. 아지트에서 벗어나면 안 되는 거 알고 있겠지. 응, 삼배-……."

게릴라 한 명이 삼배의 팔을 잡고, 아지트 쪽으로 걸어가기 시작했다. 삼배는 말없이 자신이 방금 왔던 방향으로 되돌아갔다.

실성한 소년이었다. 모자가 작은 천막을 치고 살았는데, 최근 정신에 이상이 왔는지, 맨손으로 땅을 파고는(괭이로 밭을 갈 생각일 것이다) 흙덩이를 손바닥에 담아, 굶주린 어머니에게 내밀기도 했다.

무얼 하러 오름으로 나온 것일까. 어디로 갈 생각이었을까. 조금 전 응원의 대합창과 박수에 소년도 같이 박수를 치고 있었던 것일까. 총성. 총성이 사라진 지금, 그 총성이 울리고 있던 곳을 찾아서 어슬렁 어슬렁 나왔을지도 모른다.

총을 멘 남승지는(총은 다시 분배되지만, 다른 게릴라 부대로 가는 경우도 있어서, 노루중대가 독점할 수는 없었다) 한라산을 바라보았는데, 구름이 눈 덮인 산 중턱 부근까지 묵직하고 낮게 드리워져 있었다.

조금 전 한순간의 격멸전이었던 계곡의 전투는, 게릴라에게 있어 최근에 없는 커다란 전과였다. 그러나 새로운 문제……. 조만간, 그것도 서둘러서 아지트의 이동을 해야만 했다. 윤 중대장도 그것을 생각을 하고 있을 터였다. 오늘 내일은 아니지만, 대규모로 편성된 토벌대가 공격해 올 것이다.

까마귀 울음소리에 남승지는 뒤를 돌아보았다. 전장이 된 계곡의 절벽 상공에, 한 마리, 두 마리 늘어나기 시작한 까마귀 떼가 날면서, 마치 아래를 응시하고 있는 것처럼 보였다.

2

군민 혼성토벌대의 주력, 원 주둔 토벌 중대의 반을 넘는 24명의 죽음과, 총 24정, 기타 전리품의 노획. 빗게오름에서 거둔 전과는 게릴라의 사기를 크게 높였지만, 동시에 대합창과 박수로 성원을 보낸 많은 피난민의 거주가 토벌대에게 노출되었다.

곧 토벌대가 부대를 재편성해 30여 명의 게릴라 중대에(토벌대 측은 게릴라병력을 그 배로 보고 있을지도 모른다) 대공격을 해올 것은 명백했지만, 그것은 그리 간단한 일은 아니었다. 연말에 본토의 대전으로 이동 예정인 제11연대와 교대로, 대전에서 제2연대가 입도해 있었지만, 여수반란 진압의 실전부대라고는 해도, 섬 전체가 돌담에 둘러싸여 지형이 험한 제주도의 지리에 생소한 그들은, 산악지대에서 게릴라와의 전투를 곧바로 개시할 수가 없었다.

제2연대는 대대를 제주(제2), 제주읍의 중산간 부락 오등(梧登, 제3), 서귀포(제1)에 배치하여, 한라산 협공 태세를 취하고 있었지만, 제주도 상륙과 거의 동시에 빗게오름의 게릴라 토벌에서 원 주둔 토벌 중대의 파멸적인 패배는 커다란 좌절감을 맛보았다.

여하튼 상대에게는 보여도 이쪽에서는 보이지 않는, 어디에 있는지 모르는 적을 상대로, 여기가 어느 골짜기고 길이 어디로 통하는지도 모르는 지형에서의 전투는, 돌멩이가 골짜기 밑으로 떨어져도 토벌대는 간담이 서늘해지며, 대장 스스로 돌멩이를 겨누고 발포했다……. 야음을 틈타 아지트인 듯한 곳으로 기습을 감행한다고 해도, 고양이 눈처럼 밤눈에 밝은 것은 게릴라였고, 행동도 원숭이처럼 민첩한 게릴라 쪽이 기습에 능했다.

빗게오름을 재공격한다 해도, 주변의 지리, 한라산 중턱에 이르는 배후지를 검토한 이후에 종합적인 작전 계획을 세워야 한다. 10정의 총을 소지한 30여 명의 게릴라 중대병력은 평지에서의 정규전이라면 순식간에 섬멸이 가능하지만, 일단 산악지대로 잠입하면 거의 손을 쓸 길이 없었다. 게릴라의 포로, 투항자, 하산한 피난민 등을 이용한 정보수집, 게릴라의 아지트 물색이 필사적으로 이루어진다. 섬 주민과의 보급로를 끊는 식량차단작전을 토벌과 병행하여 진행하고 있었지만, 하루아침에 성과를 볼 수 있는 것은 아니었다. 궁지에 몰려 있는 게릴라 측도 마찬가지겠지만, 격화소양(隔靴搔癢), 보이지 않는 적을 상대로 한 토벌대 측의 초조함은 그들로 하여금 전도 초토화작전을 철저하게 수행하며 무분별한 섬 주민 학살로 내몰았다.

빗게오름 재공격에는 당연히 길 안내역으로 섬 주민의 첨병부대를 세우게 되지만, 그것으로 토벌대의 기동력이 보장되는 것은 아니었다. 박격포나 비행기로 폭탄을 투하, 빗게오름 입구 계곡의 지형을 파괴해서, 매복의 거점을 빼앗으며 대편성부대로 진격한다고 해도, 게릴라가 언제까지나 토벌대를 맞아 싸우기 위해 빗게오름에 대기하지는 않을 것이었다. 어쨌든 게릴라가 지금으로서는 빗게오름을 사수

할 이유가 없었다.

어차피, 전투 패배의 책임을 져야 할 중대장과 소대장 한 명이 죽어 버렸기 때문에, 중대의 상급자인 제2대대장에게 책임이 미칠 것이었다. 그렇다면 재공격은 대대장이 지휘하는 대대병력이 될 것인가.

게릴라 측은, 적이 빗게오름의 패배에 질려서, 새로운 작전으로 공격에 나설 것이라고 충분히 계산하고 있었다. 그때까지는 시간을 벌 수 있었다.

교전의 불리함을 계산해서, 게릴라가 적의 공격을 피해 아지트를 이동하는 것은 문제가 아니었다. 하나의 아지트를 잃게 되지만, 아지트 이동은 게릴라의 행동 스타일이다. 애초에 적의 침공에서 멀리 벗어난 해방 지구가 형성되지 않는 한, 반항구적인 게릴라의 근거지 따위는 있을 수 없었다. 행동의 비밀과 신속함, 동쪽에 있는가 싶으면 서쪽에 출현하고, 신출귀몰, 깨달았을 때는 그 모습이 이미 사라진, 그런 것이어야만 했다. 예를 들자면, 빗게오름의 노루중대의 이동은 적이 가까이 다가온 뒤에도 늦지는 않았다. 오히려, 숙지한 지형을 이용해 길을 헤매면서 기동성을 잃은 적을 도발하고, 서쪽에서 동쪽으로 유도하면서 매복하고, 많지 않은 적의 병력이라면 게릴라전법으로 다시 결정적인 타격을 줄 수도 있었다.

그러나 일정한 생활의 장을 만들어 낸 피난민들의 이동은 새처럼 민첩한 게릴라 같을 수는 없었다. 피난민 자신들이 참여한 식량 투쟁의 전리품으로 굶주림을 견뎌 내는 와중에 다시 냄비, 솥, 이불 등의 생활도구와 식량을 짊어지고 어디론가 움직이기 시작해야 한다.

적의 표적이 된 지금은, 게릴라가 피난민들과 같이 행동할 수는 없었다. 피난민들이 붙어 다니게 되면, 자유로운 게릴라전을 펼칠 수 없을 뿐더러, 비전투원인 그들을 전쟁 속으로 끌어들이게 된다.

피난민 측과 게릴라 측의 토의 결과, 다음날이라도 서쪽으로 몇 킬로 떨어진 바리오름 기슭의 계곡 절벽 옆 동굴로 병약자나 노인, 여자, 아이들을 합한 약 30명의 그룹이 게릴라 1소대의 호송을 받으면서 먼저 출발하고, 이어 2, 3일 내로 70여 명 전원이 피난하기로 결정했다. 전원이 다 못 들어갈 경우에는, 젊은이들은 동굴 밖의 바위 그늘에 자리를 잡겠지만, 비바람에 노출되어 겨울철은 견디기 힘들었다. 그 근처의 굴에 빌레못동굴의 유일한 생존자인 소년이 혼자 지내고 있는 것을 게릴라 부대는 알고 있었는데, 피난민 중 몇 명은 그곳으로 가게 될 것이었다.

게릴라 부대는 당분간 빗게오름에서 아지트를 지키며, 아랫마을에서의 연락을 기다리기로 했다. 적병이 육박해 오면 그 병력에 따라, 중대 편성이면 적당히 험한 지형으로 유도하면서 일전을 벌이든지, 대대급의 편성부대라면 처음부터 민첩하게 한라산 산중으로 이동하여 모습을 감춰 버린다.

단지 피난민 중에 부모 등 육친이 있는 게릴라 대원들은, 가능하면 전투에 지장을 주지 않는 범위에서 피난민들의 동굴 부근에 근거지를 만들고 싶어 했지만, 사적인 감정에 좌우돼서는 안 되었다.

남승지 일행은 무장 게릴라 부대와는 우연히 아지트를 같은 장소로 하고 있는 것뿐이고, 원래는 다른 조직이므로 이동은 간단했다. 무장 게릴라 부대의 다음 아지트는 미정이었지만, 남승지 일행은 또 한 명의 멤버인 임 동무가 돌아오는 것을 기다렸다. 며칠 내에 게릴라 부대와 함께 출발한 뒤, 각 소대가 분산행동을 하게 될 그들과는 도중에 헤어지게 된다.

남승지 일행은 모포나 취사도구, 대나무빗자루 따위를 배낭 대신 메고 다니며, 일단 이전에 머물렀던 관음사 부근의 숯가마에 들렀다가 다시 거기서 떨어진 산중턱 밀림을 올라가는 도중에 또 하나의 숯가마가 있는 폐가를 잠시 거점으로 삼을 생각이었다. 이미 많은 눈이 쌓인 한라산 중턱을 오르는 것은 식량 확보에도 불편해서 피하는 것이 좋았다.

다음날 아침, 병약한 노인이나 임산부 등의 여자, 아이들이 대부분인 제1진이 출발했다. 그런데 동굴 옆 움푹 팬 땅에 살고 있던 삼배가 바깥 공기를 마시기 위해 동굴을 나오는 게 아닌, 이 거처를 버리고 이동하는 것이라는 걸 알고 동요하는 모양이었다. 호송 소대와 빗게오름 아지트에 2분대 열 명 정도를 남기고 배웅 나온 윤 중대장 이하 무장 게릴라, 남승지 일행 앞에서, 자신들 모자는 이곳을 떠나지 않겠다고 버텼다. 이곳을 나가면 밖은 추운 겨울이고, 밭이 눈에 묻혀 곡물을 얻을 수 없다, 이곳에는 제대로 된 음식이 있다며 찌부러진 알루미늄 용기에 흙을 담아 모친에게 먹으라고 하고, 모친이 응하지 않자 손으로 흙을 쥐어 엄마 입에 억지로 밀어 넣고는 히죽히죽 웃었다. 참기 어려웠던 모친이 힘없는 양손을 들어 자식의 뺨을 때리고, 목덜미를 잡아서 바닥에 넘어뜨렸지만, 삼배는 모친에게 맞으면서도 저항하지 않고 웃고 있을 뿐이었다. 남승지는 관음사의 본당에서 대나무 회초리로 맞으며, 그저 아이고—, 아이고— 하며 신음할 뿐, 저항하지 않던 용백이 떠올랐지만, 설마 이 모친이 목포보살은 아닐 터. 삼배의 정신이 이상해지기 시작한 것은 며칠 전부터였는데, 과연 이 정도로 참을 수 있을까. 아이고, 차라리 나를 죽이고 먹어라. 아이고, 무슨 죄가 있어서, 이 세상이 지옥인가. 아이고, 나를 살려다오…….

아이들이 처음에는 삼배의 행동을 흉내 내서 작은 손바닥에 흙을 담아 자기 어머니에게 가져갔다가 혼나거나, 아이들끼리 서로 주고받거나 했는데, 눈앞에서 삼배가 심하게 맞는 것을 보고, 와아— 하고 소리 내어 울기 시작했다. 이어서 아기의 울음소리. 시끄럽다, 울면 소리를 듣고 토벌대가 온다! 쉿! '서북'이 온다니까! 그래, '서북'이 울음소리를 찾아온다……. 아이들의 울음소리가 딱 멈추었다.

모친의 손을 벗어난 삼배가 동굴 옆 이끼가 낀 바위 위에 감물색의 너덜너덜한 삼베 작업복으로 감싼 가녀린 몸의 엉덩이를 올리고, 지팡이 대신 마른 나뭇가지로 땅을 딱딱 치면서, 나는 사슴 사냥을 했다며, 가냘프게 우는 듯한 목소리를 냈다. 사슴피는 내가 다 마셔 버렸어, 엄마한테 주지 않고 나 혼자 다 마셔 버렸다니까. 헷헷헤……. 고기만 여기에 남아 있으니까, 다들 나눠 먹으면 돼. 빨리 오는 게 좋을 거야. 이봐, 다들, 빨리 오라니까. 헷헷헤…. 없어져도 괜찮겠어? 아이고, 어떡하지, 이제 없어져 버렸네……. 삼배는 뜯은 풀뿌리를 사슴 고기라며 손에 들고, 모친의 입가에 가져가 다시 모친의 비탄에 잠긴 목소리와 함께 두들겨 맞았다.

삼배는 호송 역인 소대장의 어깨에 있는 총을 만지면서, 왜 총으로 꿩을 쏘지 않는지, 자신들에게 꿩고기를 안 먹이는지 따졌지만, 그는 화를 내고 있는 게 아니라, 흙빛 얼굴에 두 개의 구멍이 뚫린 듯한 멍한 눈으로 웃고 있었다. 도대체 삼배는, 이 모자는 어디로 가는 것인가. 삼배는 마을에 남아 있더라도, 사소한 계기로 토벌대의 손에 살해당하고 말 것이다. 실성한 것은 요 며칠 전부터였고 입산하고 난 뒤였다.

소년의 부축을 받아 땅에 웅크리고 앉은 노인이 히-이, 히-이, 휘파람 같은 괴로운 숨을 내쉬다가, 숨이 멎을 듯이 심한 기침을 계속했다. 만약 추격당하는 도중이었다면 계속되는 기침이나 아기 울음소리는, 적에게 절호의 신호가 된다. 피난민의 무리는 빗게오름을 떠나 바리오름으로 향한다. 바리오름은 어디에 있는가. 지상인가 천상인

가. 날씨는 좋았지만, 추위 속에서 바리오름에 도달할 때까지 쓰러지는 사람이 나올지도 몰랐다.

남승지는 분노가, 적에 대한 분노를 넘어, 뭔가에 대한 치가 떨리는 분노가 치밀어 올랐다. 병자, 약자가 겨울의 눈 덮인 산으로 향하는 기나긴 행진. 무엇을 위한 행진일까. 갑자기 호수 바닥에서 떠오르는 것처럼 유원과 겹쳐서 이중으로 보이는 이방근의 얼굴이, 갑자기 이방근만 분리된 얼굴이 머리를 스쳤다. 게릴라의 섬 밖 탈출……. 눈앞의 피난민들은 어디로 가는가. 바리오름으로? 그리고…….

"비행기다!"

게릴라 부대에서 외치는 소리가 들렸다.

옆의 빗게오름 맞은편, 어제 전투가 있었던 계곡으로부터 더 맞은편 하늘에서 폭음이 들려왔다.

"자식들, 이제 와서 무얼 하러 날아온 거야!"

"한 대다. 가까이 오면, 한 발 쏴 버릴까."

"놈들은 기관총과 폭탄을 싣고 있단 말야."

호송 역인 소대장이 지시하기 전에, 폭음에 겁먹은 피난민들은 동굴로 도망치거나 숲의 움푹 팬 땅으로 몸을 숨겼다. 게릴라 부대가 동굴 근처 나무 그늘로 들어가, 폭음이 다가오는 하늘을 주시했지만, 아직 비행기의 모습은 보이지 않았다. 상당히 다가와 있었지만, 빗게오름 저편에 숨어 있었다.

오름 정상 부근의 그늘에서 갑자기 날아 괴조처럼 비행기의 모습이 나타나서는 주위를 선회했다. 단엽 프로펠러 연락기였다. 아마도 미군 정보 관계 장교가 동승했을 것이었다.

피난민들이 동굴 입구에 모여 하늘을 바라보았다. 연락기는 잠시 빙글빙글 경계하듯 선회하면서, 갑자기 마치 어딘가에 착륙하듯 고도를 낮추어 산 중턱 아래로 사라졌다가 다시 날아올라 선회를 계속했다. 어제의 전투 현장인 계곡 부근을 정찰하고 있는 것이었다.

"이쪽으로 날아와도 쏘지 마라. 만일 아지트를 발견하고 저공비행으로 공격해 오면 흩어져서 일제사격이다. 반드시 쏴서 떨어뜨려!"

윤 중대장이 대원들에게 명령했다.

어제 전투의 전리품인 총으로 게릴라 전원이 무장하고 있었다.

이윽고 연락기는 빗게오름 상공을 크게 선회하면서 이쪽으로 굉음을 내며 날아왔다. 고도는 백 미터 정도일까. 조종사 등 몇 명인가의 모습이 보였다. 피난민들은 동굴 입구를 벗어나고, 게릴라 대원은 총을 손에 들고 나무 그늘에 몸을 숨기고 있었다. 연락기는 주위에 굉음을 흩뿌리면서 머리 위를 지나갔다. 동굴 안에서는 아기가 울기 시작했다. 어미는 저고리의 옷고름으로 아기가 신음하는 것도 상관하지 않고 입을 막고 있었는데, 삼배가 고함을 지르며 밖으로 나가려 했다. 게릴라와 동굴의 젊은이들이 움직이지 못하게 눌러댄다.

연락기는 상공에 크게 원을 그리며 두세 번 선회하더니, 고도를 점점 올려 한라산 상공에서 새처럼 작은 그림자를 만들며 서귀포 쪽으로 사라졌다.

"개자식들, 여기가 어느 나라 하늘이라고……."

피난민들은 다시 동굴이나, 숲의 움푹 파인 곳에서 나왔다.

연락기는 당분간 제주도 상공을 날아다닐 것이다. 그리고 다시 와서 빗게오름 상공을 스쳐 지나가면서 성내 근교의 미군 비행장으로 날아갈지도 모른다.

출발은 잠시 중지되었다. 산그늘이나 삼림을 횡단하는 이동이지만, 도중에 오름과 오름 사이의 초원을 지나, 골짜기를 넘어 계류를 건너야 했다. 연락기가 날아오면, 한두 명이라면 바로 그 자리에 엎드리기라도 할 수 있지만, 대열은 금방 비행기에 포착된다. 눈이 쌓였다면 더욱 그러하다. 몇 킬로의 거리지만 산악지대이고, 병약자나 노인, 여자, 아이들이 많은 그룹이기 때문에, 아침 일찍 출발해서 해질녘까지는 도착해야 했다. 밤이 되면, 동굴에 먼저 살고 있는 사람들이 있어서 새로운 피난민을 맞아들일 준비를 하고 있는 것도 아니고, 혼란이 일어난다. 게다가 도중의 보행이 위험했다. ……아이고, 내 팔자야, 어차피 죽을 거면 여기서 죽는 게 낫다……. 노파들의 절망적인 신음소리가 땅에서 기어오른다. 호호호, 실없는 소리……. 어험, 이제 그만, 그만…….

윤 중대장이 피난민들에게 상황을 봐서 출발한다, 불가능한 경우에는 내일 새벽으로 연기하고, 나머지 제2진은 호송 게릴라 소대가 바리오름에서 귀환한 뒤 출발한다고 했다.

피난민들은 한 시간 후에 출발했다. 열 시가 넘었다. 게릴라 대원이라면 두 시간이면 충분히 갈 수 있지만, 병약자나 노인을 부축해야 하고, 보행 불능에 대비해서 들것도 준비되었다.

제1진에는 삼배 모자도 포함돼 있었다. 남승지는 출발 직전에 삼배에게 또 다른 한 벌의, 여동생 말순이 떠준 엷은 청색 스웨터를 주었다. 처음에는 삼배도 무슨 일인가 의아해 했지만, 그것이 스웨터라는 것을 알고, 잠시 남승지의 점퍼 안의 벽돌색 터틀넥 스웨터와 비교해보는 듯했지만, 소중하게 포대 안에 밀어 넣었다. 남승지는 눈앞에서 입으라고 했지만, 완강하게 고개를 가로저으며 먼저 한 손을 내밀며 마치 동지 사이인 양 굳은 악수를 했다. 남승지는 잡은 손을 흔들며, 이상하다기보다 눈시울이 뜨거워지는 것을 느꼈다.

하늘은 맑았지만, 산악지대의 날씨는 변하기 쉬웠다. 분산행동이 필요하다고 하루 이틀 연기했다가 눈보라를 만나기라도 하면, 도착

전에 희생자가 속출하고, 게릴라 부대가 길을 잃을 수도 있었다.

만약, 출발 후에 연락기가 날아든다면 추적을 당할 것이다. 게릴라 토벌의 정보로 삼고 싶은 토벌군은, 가능하면 발견한 사냥감 무리의 생포를 노렸다. 게릴라 소대 전원이 총을 소지하고 있어서, 저공비행의 기총소사에는 응전할 수 있지만, 사상자가 나오는 것은 피할 도리가 없다. 그러나 적측도 모험이기는 마찬가지고, 지상에서 쏜 총이 한 발이라도 심장부에 명중하면, 기체는 금세 불을 뿜을 것이다.

심야, 호송 게릴라 소대 전원이, 하현의 달빛 아래 무사히 귀환했다. 연락기와의 조우는 없었다. 피난민의 사망자도 없었다.

다음날, 제2진 약 40명이 게릴라 중대 제2소대의 호송을 받으며 빗게오름 뒷산 동굴의 아지트를 뒤로 했다. 재회를 기약하면서.

피난민 전원이 바리오름으로 이동한 다음날, 아랫마을과 연락을 취한 뒤, 노루중대는 분산 행동을 위해 소대별로 아지트를 떠났다. 불과 사흘 전까지는 총 10정이었던 중대는, 전리품인 24자루의 총과 탄약으로 곧 게릴라끼리 재분배가 이루어지겠지만, 지금 전원이 무장을 했다. 동굴 근처 두 개의 오두막은 그대로 남았지만, 머지않아 토벌대가 발견하고 불을 지를 것이었다.

중대 본부 멤버와 1개 소대는 비무장인 남승지 등 조직부 멤버 세 명과 함께 N오름으로 향하고, 그 외 1개 소대는 21명의 피난민 학살이 있었던 빌레못동굴 부근에 아지트를 만들기 위해 바리오름보다 더 남쪽으로 내려가, 적의 지구에 가까운 중 산간지대로 나아갔다. 폐촌인 어음리에서 멀지 않았다. 어음리에서는 군경이 주둔하지 않았기 때문에, 집집마다 마루 밑이나 마당 등을 찾으면 꼭 나오는 은닉식량을 확보하는 한편, 해안에 가까운 부락의 경찰지서를 습격할 목적이 있었다.

남승지 일행과 한라산 남쪽 대정 지구에서 돌아온 임 동무도 배낭 대신 모포 등으로 꾸린 묵직한 짐을 짊어졌다. N오름에 가까워질수록 점차 깊어지는 눈 위로 무장 게릴라와 함께 행진했다. 30센티미터나 되는 눈 속에 각반을 찬 다리가 빠졌지만, 관음사 부근은 수십 센티미터 이상에 달할 것이었다. 대설의 계절은 이제 시작이었다. 날씨는 맑았지만, 뺨을 가르는 바람이 주위 나뭇가지에 쌓인 눈을 흩뜨려 낙설을 일으키기도 하는지라 한동안 눈보라 속을 걷는 상황이 이어졌다.

눈의 계절이 되고부터 골칫거리가 하나 더 늘었다. 대나무를 베어 만든 빗자루가 눈 위의 행군에 없어서는 안 되는 물건이었다. 비무장 게릴라에게는 추적의 길을 끊고, 조직과 자신을 지키는 총을 대신했다. 약 20명의 일행은, 좁은 길은 1열로, 그 길을 벗어나면 간격을 둔 2열로 나뉘어 나아가면서, 각각의 최후미 대원이 눈 위의 발자국을 대나무 빗자루로 지워갔다.

빗게오름의 전리품인 담배가 잔뜩 있었지만, 행진 중에 흡연은 허락되지 않았다. 휴식 도중에 담배 한 대를 피우는데, 담배꽁초는 분대장이 모았다. 버려진 꽁초 하나로 꼬리가 잡힐 수도 있었다. 아지트를 찾는 민간토벌대인 민보단원들은, 동물 배설물의 흔적을 찾아내고 사냥감을 쫓아가듯이, 담배꽁초는 눈 위의 발자국을 아지트 접근의 발판으로 삼아 사냥개의 후각을 발휘했다.

눈에 덮인 N오름의 오름 능선 너머로 겨울의 한라산 정상 부근의 빙벽이 겨울 하늘 아래 투명한 푸른빛을 발하면서 거대한 절벽처럼 다가왔다. 오랜만에 구름의 베일을 벗은 한라산의 모습에 일행은 멈추어 서서, 산 정상으로 향하는 등산대처럼 한라산을 올려다보았다.

한라산은 온 산이 눈투성이였지만, 오름은 군데군데 눈을 떨어뜨린 나무들이 머리카락처럼 검게 무리지어 경치는 눈 일색만은 아니었다.

1대가 N오름에 도착한 것은 정오를 조금 지난, 네 시간 정도를 행군한 뒤였다. 무장대는 도중에 오름 기슭 근처의 산소를 둘러싼 돌담 밑을 파고 옮겨 온 식량의 일부를 은닉했다.

남승지 일행은 N오름 근처에서 무장 게릴라와 헤어져, 옛 일본군이 제주도로 상륙하는 미군에 대비하여 한라산의 요새로 쓸 병참 목적으로 만들어 놓은 마찻길을 따라 관음사 쪽으로 향할 작정이었는데, 걸어가면 밤새 가야 했다. 관음사 방향으로는 내일 아침 일찍 출발하기로 하고, N오름에서 무장대와 함께 하루 묵기로 했다.

중대는 북쪽 기슭의 나무들로 가려진 틈과 같은 계곡 조금 위쪽의 동굴 하나에 일단 자리를 잡았다. 2, 3일 중에라도 오름의 중턱을 내려다볼 수 있는 장소를 골라, 아지트인 오두막을 만들게 된다.

밖은 계곡의 뾰족한 바윗장마저 부드럽게 메워 버린 눈이었지만, 옆에 갈라진 듯한 낮은 동굴 입구로 등을 구부리고 들어가니, 갑자기 천장이 위로 트이고 안쪽까지 깊이도 있어서, 2, 30명은 충분히 들어갈 수 있는 공간이 나타났다. 동굴 안은 바람이 차단된 탓도 있지만, 눈이 오는 바깥 공기를 막은 것처럼 따뜻한 느낌이었다. 짐을 내리자 땀이 솟아났다.

남승지는 빌레못동굴의 피난민들이 토벌대에게 밖으로 끌려나왔을 때, 남녀를 불문하고 거의 알몸에 가까웠을 정도로, 동굴 안이 더웠다는 이야기를 떠올렸다. 여자와 아이들도 알몸 그대로 희미하게 눈이 쌓인 소나무 숲 속 밭에서 총살당했다. 떠올릴 일이 아니다. 생각해서는 안 된다.

동굴의 커브가 있는 안쪽에서 촛불이 켜졌다. 불이 꺼지지 않았다. 동굴의 암벽이나 암반은 울퉁불퉁해서 몸을 누이기에는 다소 불편했다.

조금 전, 윤 중대장은 계곡 입구에 멈춰 서서, 잠시 계곡의 경사를 바라보고 있었는데, 뭔가를 확인한 듯 고개를 끄덕이고는 앞으로 나아갔다.

기온이 영하가 되면, 동굴 구멍에서 수증기가 연기처럼 피어오르는 일이 있었다. 동굴 안이 넓고 입구가 좁을수록, 안과 밖의 온도차가 크게 벌어져 일어나는 현상으로, 뜻밖에 꽤 먼 곳에서도 눈에 띄는 연기——수증기가 오르는 것을 목격했을 때는 그 근처에 커다란 동굴이 있다고 추측하는 것이다. 동굴이 커도 동굴 입구가 넓은 곳에서는 지열이 발산해서 안팎의 온도차가 줄어들어 수증기가 연기처럼은 되지 않았다. 이 동굴에 뿜어 나오는 하얀 수증기는 사정을 알고 있는 자에게는 동굴을 찾아내는 하나의 표시였다.

무장 게릴라들은 몇 명의 분대별로 장소를 정했는데, 안쪽 깊숙이 자리한 촛불이 흔들리고 있는 곳이 중대 본부였다.

남승지 일행은 동굴 입구에서 5, 6미터 들어간 부근에 잠시 자리를 차지하고는, 점퍼를 벗었다.

옆으로 길쭉한 동굴 입구의 가장자리를, 바깥의 흰 눈에 반사된 햇빛이 경쟁하듯 진을 치고, 동굴 안의 어둠을 휘감으며 눈부시게 쏟아져 들어왔다. 계곡 위로 불어 대는 바람이 눈보라를 부르듯이 으스스하게 울고 있었지만, 동굴 안은 마치 투명한 문으로 외부세계와 격리된 것처럼, 바깥바람이 불어 들지 않았다.

계곡 입구의 길목에는 두 명의 보초가 서 있었다.

임 동무는 도당의 연락원으로서 한라산의 남쪽 안덕면과 대정면이 접한 산중턱 한 오름에 있는 대정 지구 조직과 무장 게릴라의 아지트 조직책으로 갔다 오면서 토벌대가 아지트 근처 절벽 위의 북쪽과는 다른, 눈이 적은 깊은 계곡의 계류를 타고 올라오는 것을 보았다고 이야기했다. 게릴라 냄새를 맡은 민보단원들의 안내로 왔던 토벌대는 게릴라 측의 아지트를 확인하지 못한 채, 계곡 물가의 숲에 포진해서, 확성기로, 하산하면 죄를 용서하고 생업을 준다…… 운운하며 귀순 권고를 시작했다. 이 주변에 있는 폭도의 귀에 들어갈 것이라고 어림 짐작한 스피커의 목소리가 골짜기에 크게 메아리쳤다. 분명히 골짜기를 타고 올라오는 그 권고를, 절벽 위의 게릴라들과 임 동무는 함께 들었다.

적은 수십 명의 중대 편성인 듯했으나 전모를 알 수가 없었다. 계곡 물가의 평평한 암반에 한 사람씩, 열 명 정도의 마을 주민들이 뒤에서 군화로 걷어차이며 등에는 총구가 들이대인 채 나왔다. 대부분이 노인과 나이 든 여자들이었다. 어디에 아지트가 있는지는 모르지만, 어쨌건 그 게릴라들의 가족일 것이다. 절망의 바닥에 빠진 인질 가족들은, 모습이 보이지 않는 손자나 아들, 딸의 이름을 부르며 하산을 촉구하거나 욕을 퍼붓거나 울며 애원했다. 땅바닥에 쓰러져 토벌대의 총대로 구타를 당했지만, 게릴라 측은 무시, 반응이 없자 한 시간 뒤 절반이나 계곡의 암반에서 사살되었다.

그중에 체구가 작은 노파 한 명이 있었다고 했다. 그녀는 남승지가 이방근에게 들었던 오남주의, 올 여름 서울에서 제주도로 귀향, 체류 기간이 지나도 경찰에 출동하지 않고 행방불명되었다는 S대생 오남주의 모친이었다. 스피커 앞에 서게 된 오남주의 노모는, 넌 정부의 중요한 분을 죽이고 큰 죄를 범한 인간이다, 그뿐이 아니다, 여동생 정애도 마당의 복숭아나무에서 목을 매고 죽어 버렸다. 이 늙은이가 혼자 살아남아, 이런 산속까지 널 데리고 돌아가려고 왔다, 네가 제대로 된 인간이고, 이 계곡 어딘가에 있다면 이 에미를 위해 얼굴을 내밀어 더러운 죄를 깨끗이 씻어야 한다……고 힘이 다한 목소리로 스피커를 울렸지만, 마지막에는 아이고–, 내 아들아, 귀여운 내 아들아…… 하며 태도를 싹 바꾸어, 난 어쩔 수 없이 이런 꼴로 여기까지 왔다, 어쩔 수 없이 끌려왔단다, 네 여동생도 죽어 버렸다, 넌 네가 생각한 대로 나와 여동생 제사를 지내라……고 목소리를 짜내 호소했다. 그 순간 총성이 골짜기에 울리고 오남주의 모친은 계류로 고꾸라지듯 떨어졌다.

제주도를 오욕의 땅, '서북'에 강간당한 땅, '서북'이 여동생을 범한 땅이라고 하던 오남주가, 여동생의 '남편' 양(楊) 아무개라는 '서북' 출신 하사관을 결국 죽였다. 이방근의 말에 따르면, 핵처럼 굳어진 살의를 현실화시킨 것이었다. 핵이 있는 살의라고 이방근은 말했지만, 오남주 자신의 말인 듯했다. 살의만은 핵이 되어 굳어가고 있는데, 살의를 현실화시키기 위한 '장치'가, 실행력이 나오지 않아 실현할 수 없는 자신의 무력함을 부끄럽게 여겼다는 것이다.

여동생은 '남편'이 살해당한 현장에 있었는지. 아니면 나중에 오빠가 죽였다는 것을 알았는지. 만약, 여동생이 현장에 있었다면, 왜 산으로 같이 도망치지 않았던 것일까. '남편'과 함께 여동생을 제 손으로 죽일 수 없었을 것이다. 그녀는 복숭아나무에 목을 매고 죽었다고 하지만, 어차피 그대로는 살아남을 수 없었을 것이다. 현장에 여동생은 없었을 것이다. 그리고 살아남은 모친도 오남주가 있는 아지트 근처 골짜기 아래서 사살되었다. 마치 어떤 운명의 일치와 같은, 남승지는 이상한 느낌이 들었다. 오남주가 그 여동생을 죽인 것이다. 서울의 하숙집에서 심야에 살아 있는 모친과 여동생의 제사를 지냈다는 그 주박 같은 행위가 현실이 되었던 것이다. 이방근도 아마 오남주의 '서북' 살해를 경찰을 통해서 알았을 것이다. '참고인'으로서 호출을 받았을지도 모른다. 남승지는 왠지 모르게 오남주의 '살의'에 관심이 있었던 이방근이, 입산한 오남주와 언젠가 만날 일이 있을까 하는 그런 생각을 했다.

"'서북'을 죽이고 모친이 살해당한 그 오 동무는 S대 건축과 학생으로, 올 여름방학에 제주도에 돌아왔던 모양이야. 이미 휴학 중이었다고 하니, 방학은 의미가 없지만. 우수한 인재가 그 능력을 발휘할 수 없는 세상, 그것이 일제 지배에 이어 미 제국주의 지배하의 반식민지, 조선인이야."

임 동무는 피우다 만 담배를 입을 오므려 피우면서 낮은 목소리로 말했다. 동굴 안에서는 소리가 울렸다. 동굴 입구에서 비쳐 들어오는 그을린 듯한 빛의 반사 속에, 담배 연기가 자유로운 모양을 그리며 피어올랐다.

"그 오 동무와 만났었나?"

천 동무가 말했다.

세 사람은 암벽 밑의 짐 옆에서 각자 모포를 엉덩이 밑에 깔고 마주 보고 있었다.

"난 면당 조직의 아지트 쪽에 있어서 만나지는 못했지만 얘긴 들었어. 그는 게릴라야."

"그는 골짜기 밑에서 모친이 사살되는 현장을 계곡 위에서 지켜보고 있었던 건가?"

남승지가 말했다.

"응, 보고 있었겠지. 다들 보고 있었어. 이를 갈면서."

"놈들을 공격할 순 없었나?"

"골짜기 한참 건너편이었고, 벼랑의 나무 그늘에 숨어 있다 보니 적의 움직임을 확실히 포착할 수 없었어. 마을 주민인 인질도 있었는데, 유격태세 없이 섣불리 발포하면 아지트를 노출시킬 뿐이야."

"흐-음, 건축과 학생의 입산이라. 좀 더 대학에서 공부해도 좋았을 텐데. 건축과는 S대 밖에 없잖아?"
천 동무가 말했다.
남승지가 그렇다고 고개를 끄덕였다.
"뭐야, 천 동무는 오 동무가 입산한 게 마음에 들지 않나?"
임 동무가 어둠에 그늘진 각진 얼굴로 조금 찌푸리며 말했다.
"왜, 내가 마음에 안 들겠나. 그 오 동무는 '서북' 놈을 해치워서 가족이 희생된 영웅적 혁명분자야. 그렇지만 말야, 난 대학 따위와는 인연이 없는 인간이지만, 법률이나 경제 같은 건 어느 대학이나 있어. 하지만 건축과 같은 건 별로 없잖아. 일본의 식민지정책의 결과지만, 그건 귀중하니까 공부를 계속할 수 있다면 말이지, 우리들이 할 수 없었던 새로운 사회 건설에 도움이 될 거라는 얘기야."
"조금은 달라. 휴학으로 공부도 불가능한 상태니까. 그러니까 왜 휴학을 했냐는 거지. 돈이, 학비가 없었거든. 휴학이 아니었다고 해도, 남북 분단이 영구화돼 조국의 존망이 걸려 있는 현 정세하에서 학업을 중단하고 많은 학생들이 혁명의 전열에 참가하고 있어. 그것이 현재의 조선 청년의 애국적, 혁명적 의무야. 부르주아 사상에 물든 자가 미제 지배하의 조국의 운명을 외면하고 있는 거야."
"얘기가 빗나가고 있어. 그런 기본적인 걸 얘기하는 게 아니잖아. 그 오 동무가 건축과 학생이라고 해서 얘기가 나온 것뿐이야. 임 동무는 그런 버릇 그만두는 게 좋겠어."
"핫하아, 버릇이라는 건 또 뭔가. 동무 자신이 말한 기본적인 게 우선이야. 원칙이지. 문제가 원칙과 관계되는 이상, 난 원칙을 고수하는 게 버릇이라고 할 정도가 되고 싶어. 혁명적 기질이지. 혁명을 수행하고 새로운 국가사회의 건설, 그것이야말로 웅대한 건축이거든. 예를 들면, 게릴라 소년들한테 배워야 한다니까. 중학생들은 침수된 보트라는 토론을 거듭하고 입산해 온 거잖아. 학교 공부가 먼저인가, 혁명에 참여하여 미국과 그 앞잡이들에게 짓밟힌 고향과 조국의 통일에 자신을 바칠 건가. 기특한 혁명적 결의. 긴급한 일은, 구멍이 뚫려 침수된 보트의 물을 빨리 퍼내는 것, 우리가 타고 있는 보트에는 계속해서 물이 들어오고 있는데, 느긋하게 책을 읽고 연구를 할 수가 없다는 거지. 연구는 눈앞의 혁명이 성취되고 나서 하면 된다는 거야."

"지금, 게릴라가 된 뒤 책을 들거나, 연구하는 동지가 있나. 사실은 그런 여유가 있으면 좋겠지만. 우린 그렇지 않아. 난 다 아는 사실을 얘기하고 있는 게 아니니까. 우리 게릴라 부대만으로는 투쟁이 불가능해. 농작물을 생산하는 농민이나, 어업이나, 각자의 장소에서 일하는 사람이 필요하다는, 그런 얘기를 하고 있는 거야. 그렇지 않나."

"소리가 울려."

남승지가 말했다.

그는 둘의 이야기에 끼어들지 않았다. 연구는 눈앞의 혁명이 성취된 뒤 하라는 것은, 분명히 그렇지만, 눈앞이 언제의 일인가. 입산한 피난민에게 선전한 것처럼, 일주일이면 해방된다는 것은 아니었다. 지금은 피난민이 그것을 믿지 않는다. 일주일은 몇 번이나 지나가고, 굶주림 속에서의 긴 겨울의 도래가 그것을 증명하고 있었다. 연구는 혁명 성취 후에 하라. 확실히 그 혁명적 정열과 헌신은 남승지 스스로도 긍정한다. 그러나 이것은, 미술가는 혁명적 선전 포스터만 그리면 된다, 예술성 운운하는 작품은 필요 없다, 그런 것은 혁명이 성취되고 나서다……라고 하는 것과 같아서, 폭론(暴論)이라고 생각하지만, 남승지는 이런 종류의 논의는 의식적으로 피했다.

"그래, 그건 당연한 거지. 난 원칙적 입장, 관점을 말하고 있는 것뿐이야. 특별히 오 동무가 입산한 걸 천 동무가 반대하고 있다곤 하지 않았어. 가능하면 연구를 해야겠지만, 그게 허락되지 않는다는 건 동무 얘기나 내 얘기나 마찬가지야. 오류를 범했을 땐 원칙으로 돌아가는 걸 원칙으로 한다는 입장에서의 나의 발언이지. 천 동무가 오류를 범했다고 하는 건 아니야. 그렇지 않나, 난 특별히 쌍심지를 켜고 얘기하는 것도 아니고."

임 동무는 일그러진 웃음을 남겼지만, 언쟁은 그만두었다.

"임 동무는 대정 지구에서 무슨 일 있었나?"

천 동무가 말했다.

"왜 그래. 아무 일도 없는데, 어째서 그런 걸 묻나? 내 얘기와 뭔가 연관시키려는 건가. 난 그런 비원칙적인 일은 하지 않아."

"……그렇지만 오 동무는 용케도 잘 참았군."

"혁명을 위해서야. 언젠간 그놈들에게 천벌이 내리겠지."

임 동무는 도당 조직부의 멤버라는 것도 있지만, 무슨 일에 대해서 원칙이라는 말이 입버릇처럼 나왔다. 원칙 고수가 본인이 말하는 것처럼 혁명적 기질이 된 것이겠지. 히죽거리며 이야기하면서도, 원칙 운운이 입에 오른 순간, 딱딱하고 근엄한 표정이 되었다. 천 동무도 이방근의 게릴라 섬 밖 탈출 계획이라는 것에(아직 그 실체가 확실하지 않지만), 조직파괴, 반혁명 행동이며, 이방근을 적성분자라고 비판하는, 타협을 허락하지 않는 원칙분자지만, 원칙 운운하는 입버릇은 없었다.

남승지는 9월초, 조천면 한라산 기슭의 중산간 부락의 회의에서, 중앙인지 전라남도 당위원회인지에서 온 조직책으로 보이는 주(朱) 아무개가 게릴라 대원 앞에서 했던 꽤 긴 발언을 떠올리고 있었다. 게릴라 투쟁의 원칙론, 혁명적 정신에 따른 무장에 대한 이야기였지만, 번쩍번쩍 예리한 칼날 같은 느낌이 드는 냉철한 어조의 이야기에 대원들 사이에는 일종의 두려움 같은 공기가 흐르고 있었다. ……혁명은 총포에서 일어난다(마오쩌둥의 말이다). 피로써 혁명을 쟁취하는 정신으로 무장해야 한다……. 강대한 적을 상대로, 불리한 조건하에서 싸우는 것이 게릴라 전술이며, 희생을 두려워하는 혁명가는 짐승을 두려워하는 사냥꾼과 같은 것이다. ……이러한 주장은 싸움을 포기하는 투항주의고, 적에게 등을 보여 스스로 목숨을 내미는 사상, 혁명정신의 무장해제다. 혁명의 길은 혹독하고, 무자비하며, 혁명에는 피를 무서워하고 죽음을 슬퍼할 여유는 주어지지 않는다. 고금동서, 전쟁 없이 달성된, 피의 희생 없이 달성된 혁명은 없다. 게릴라 대원은 무기로 무장하고, 정열과 불꽃과 핏빛의 붉은 혁명정신으로 무장해, 더 많은 인민대중을, 도민을 무장시켜야 한다. 원칙의 엄수, 오류를 범한 경우에는 망설이지 말고 원칙으로 돌아갈 것을 원칙으로 해야 한다……(피라는 말이 반복되어 나왔다). 그리고 의거 입산한 국방군 출신자에 대해서, 정치교육과 군사교육의 결합이 필요함을 강조했다. 군 출신 동지들은 군사지식이나 기술에는 뛰어나지만, 미 제국주의 지배하의 군대에서 실시된 반동사상교육의 영향으로 혁명사상이 부족하다. ……동지들은 더욱 정치교육을 높여 인민에 봉사하는 혁명사상으로 무장해야 한다……. 남승지는 본토에서 온 군사전문 조직책으로 보이는 주 아무개에게 품었던 혐오감을, 지금도 그때의 광경과 함께 환기할 수 있었다. 그러나 지금까지 주 아무개 외에도 본토의 상급 조직에서의 왕래가, 남승지는 직접 만난 적은 없었지만, 반복되는 모양이었다.

회의에 참석한 게릴라 사령관 이성운도, 문제는 근거지를 지키고 유격구를 확대해, 전도(全島)를 해방시키는 데에 있다……고 했지만, 그로부터 3, 4개월이 지난 현재, 아지트와 아지트를 이었던 해방 지구, 장기적인 근거지의 확립은 이루어지지 않았고, 그 반대로 아지트와 아지트의 선이 끊겨, 전도적인 투쟁은 불가능하게 되었다. 게릴라는 소부대 편성의 단독행동으로 전전, 피난민들은 산야를 유랑하기에 이르렀다. 군사전문 조직책이라는 주 아무개도 배후지가 없는 고립된 섬의 절망적인 게릴라 투쟁의 전망에 대해서는 일절 언급하지 않고, 단지 혁명정신에 의한 무장과 무기에 의한 무장투쟁을 강조한 것이었다.

지금은 '북'으로 탈출한 도당 간부들이 원조물자를 가득 싣고 귀환해도 절망적이었고, 여수봉기의 승리로 인한 혁명적 국방군 장병들의 제주도 게릴라 투쟁에의 합류와 원조도 환상이 되었다. 지리산, 태백산 등, 본토 산악부에서의 게릴라 활동이나 도시의 투쟁은 상당히 격렬하게 전개되고 있는 듯하지만, 제주도로 원군을 보낼 힘은 없었다. 소년 게릴라들은 차치하고, 누구도 게릴라 투쟁의 승리를 확신하기 힘들었다. 어떠한 기적이 일어날 수 있는가.

남승지도 외부로부터의 어떠한 원조, 힘의 도입이 없는 한, 패배까지는 생각하지 않더라도, 승리에 대한 확신을 갖고 있지 않았다. 승리에 대한 전망이 없는 투쟁은 어떻게 되는가. 남승지는 내심 덜컥했다. 육지에서 온 조직책 주 아무개의 냉철한 면모와 말. 이것은 적에게 등을 보이는 투항주의다.

그런데 임 동무는 그 주 아무개의 발언에 감동해, 그와 마침 악수를 했던 감격으로, 오랫동안 그 오른손을 붕대 대신 다른 한 손으로 소중하게 감싸는 시늉을 하여, 남승지로 하여금 내심 비웃게 만들었다. ……핏빛의 혁명정신으로 무장하는 것이 혁명 달성, 승리의 담보라고 역설한 주 아무개. 그는 이미 이 섬을 떠났다. 혁명의 길은 냉혹하고, 무자비하며, 혁명에는 피를 두려워하고 죽음을 슬퍼할 여유는 주어지지 않는다……. 그는 그 말을 남기고 이 섬을 떠났다. 남승지도 긴장으로 몸서리를 쳤던 주 아무개의 말이지만, 임 동무에게는 오류를 범한 경우에는 항상 망설이지 말고, 원칙으로 돌아가는 것을 원칙으로 한다……는 말이 감동을 주었던 것이다. 원칙으로 돌아가는 것을 원칙으로 한다는 다소 수사적인 이 표현이 마음에 들었던 것일까, 그의 입버릇이 돼 있었다. 원칙의 고수가 버릇이 될 정도로 혁명가의 기질이 되는 것을, 결국 체현화를 염원하고 있는 것이었다.

대정 지구에서 막 돌아온 임 동무는, 아직 조천면 당 조직에서 문제가 됐다는 이방근의 게릴라 탈출 계획을 몰랐다. 조만간 강몽구 등도 참석하여 열릴 조직부회의에서 의제가 되기 전에, 불확실하지만 천 동무로부터 이야기가 나올 것이다. 그때 임 동무는 어떻게 할 것인가. 천 동무 이상일 것이다. 그리고 원칙주의자(누구나 원칙주의자이지만) 부부장인 장(張) 동무가 있다.

이방근의 의외의 행동은, 남승지 자신도 승리에 대한 분명한 확신을 가질 수 없게 된 게릴라 투쟁의 전망(패배……. 그런 무서운 상상은 할 수 없다)과 관계가 있는 것이 아닐까, 하고 생각은 했었다. 하지만 임 동무는 이방근의 문제를 일의 추이에 따라서는 자신과 연결할 것이라는 걸 남승지는 알고 있었다. 읍사무소에 적기 게양 사건의 여파로 체포된 남승지의 일을 토의한 8월 하순의 조직회의에서 부부장인 장 동무가 자유주의적 경향과 혁명적 경계심의 문제로써 사문적인 비판을 했는데, 동석한 임 동무도 원칙 고수, 금후의 남승지의 성내로의 출입을 처음에는 반대했던 것이다.

남승지가 성내 지구에 대한 조직책이고, 개인적으로도 이방근이나 양준오와 친해서, 공작의 대상이었던 점에서(강몽구도 이방근의 공작을 맡아, 조직으로의 기부와 자금 조달을 위한, 일본과의 밀무역에 필요한 배의 조달을 이방근에게 부탁하고 있지만) 이방근의 움직임에 따라서는 다시 남승지의 사상 문제로 발전할 가능성이 있었다. 무엇보다도 임 동무는 바다를 건너온 군사 전문 조직책 주 아무개의 신봉자였다. 승리에 대한 확실한 확신을 가질 수 없다……. 투항주의. 이방근은 실로 싸움을 포기한 투항주의자, 패배주의인 것이다. 어쨌든 회의에서 확실한 정보, 사실을 알 필요가 있었다. 그리고 남승지 자신이 일의 진위를 확인하고 싶었다.

"……수수께끼를 하나 내어 볼까. ……만약 알고 있으면 둘 다 고개를 끄덕여 줘. 답은 나중이다." 임 동무가 갑자기 화제를 바꿔 말했다. "자르면 하나가 되고, 자르지 않으면 두 개가 되는 것, 이것이 뭘까요? 어험, 물건은 자르면 두 개도 되고, 세 개도 되고, 더 많아지기도 하지. 김 동무부터 갈까, 동무는 알겠나?"

"……"

남승지는 말한 대로 조용히 고개를 끄덕였다. 이전에 들어 본 적이 있었다.

"호오, 좋아, 이번엔 천 동무, 어떻습니까?"

"……"

천 동무도 고개를 끄덕였다.

"오오, 둘 다 알고 있었나." 다소 실망한 말투다. "그럼, 함께 한마디로 대답해 봐."

"동지를 믿지 않는군."

"국민학교 1학년이야."

"답은?"

"38선."

둘은 웃으며 대답했다.

"흐-음, 당했군."

"실망한 목소리네."

남승지가 말했다.

"속세였다면, 이걸로 술 한 되라도 걸 텐데. 38선을 끊어 버리는 일이 어려워졌어. 이 수수께끼는 처음 듣는 사람이라도 절실한 남북통일의 애국심이 있다면 풀 수 있지. 눈앞에 있는 걸 끊어 버리면 우리는 하나가 된다. 누가 생각했는지 모르지만 말 한번 잘 했어. 인민대중의 지혜야."

"출제자인 임 동무가 생각한 게 아니었나?"

남승지가 웃으며 말했다.

"인민대중 안의, 뜨거운 조국 통일에 대한 염원이 만들어 낸 거야."

"으음, 역시 임 동무는 원칙적이군. 인민이야말로 기본이지. ……원칙으로 돌아가는 것이 원칙이지, 그것이 원칙……. 헷헷헤……."

천 동무는 농담처럼 말했지만, 임 동무는 화를 내지 않았다.

무장대는 취사를 위해 동굴 안쪽의 입구에서 떨어진 세 곳에, 돌로 쌓아 작은 아궁이를 만들고, 물은 밖의 계곡에 쌓인 눈을 냄비나 반합에 담아와 열을 가했다.

내일 아침에 출발하는 남승지 일행은 옆 분대의 아궁이를 빌려서, 마른 나뭇가지를 지펴 구운 고구마에 귀중한 소금을 조금 떨어뜨려 먹었다. 눈을 녹인 물을 마셨다. 이것이 저녁이었다.

밤, 남승지는 유원의 꿈을 꾸었다. 짧은 꿈이었지만, 눈을 뜬 동굴 어둠에, 오랜만에 연지를 찍고 예쁘게 화장한 아름다운 유원의 얼굴이 보일 정도로, 분명하게 기억하고 있었다. 긴 머리를 양 어깨에 늘어뜨리고 있었다.

어딘가 시골의 돌담을 쌓은 부두, 어디일까. 고모가 있는 S리 같기도 했지만, 유원은 어느새 부두 저편 바다에 뜬 작은 기선을 타고 있

었다. 아마도 물가에서 거룻배로 바다에 정박해 있는 기선에 옮겨 탄 듯한 그녀는 갑판 뒤의 난간을 손으로 잡고 있었다. 아무 말 없이 이쪽을 향하고 있을 뿐, 서먹서먹한 느낌이 들었다. 본 적이 있는 듯한 기선은 아마도 일제강점기에 오사카와 제주도 사이를 왕래하고 있던 정기선인 기미가요마루(君が代丸)인 듯했고, 소학교 학생인 자신이 타고 처음으로 일본에 갔던 배였다. 배로 가는 여행길이었다. 어디로 가는지 알 수 없지만, 남승지는 그녀의 행선지를 알고 있는 것처럼, 이상한 느낌으로 납득하고 있었다.

남승지는, 해안의 바위에서 그녀를 배웅하고 있는 자신의 모습을, 마치 타인처럼 꿈속에서 보고 있었다. 신기하게도 바위에 서 있는 자신을 보고 있는 듯한 또 다른 자신의 존재를 의식하고 있었다. 그것은 아무래도 꿈밖의 일처럼 느껴졌다. 배는 먼 바다로, 해무로 희미해진 넓은 바다로 유원과 함께 사라져 갔다.

그것뿐인, 꿈이라고는 해도 전후의 맥락이 없는(눈을 떴을 때는 이미 대부분을 잊어버렸을 것이다) 스틸 사진 같은 한 장면의 정경이었지만, 그것이 꿈을 추상적으로 만들었다.

예로부터 해몽서에 맑은 물에 물고기 떼가 있으면, 재물을 얻는다느니, 병자가 배, 수레 등으로 여행길에 오르면 죽음의 여행이라……느니 하는 종류의 내용이 쓰여 있는데, 남승지는 꿈의 길흉 판단을 믿는 것은 아니지만, 그래도 마음에 걸렸다. 매우 신경이 쓰였다. 설마, 그 연지를 찍은 아름다운 얼굴은 죽기 전의 얼굴이 아닌가. 그는 놀라서, 신발을 신은 채 몸을 모포 위로 일으켰다. 그렇지 않다. 탈것을 타고 출발하는 것은 병자에 한한다. 유원은 병자는 아니다. 아니, 혹시 엄동의 서울에서 감기라도 걸려, 그것이 악화되어 폐렴이 되어……. 남승지는 한동안 계속 앉아 있었다.

그녀는 아프거나 그런 것이 아니다. 그는 그 상반신을 따뜻하게 감싼 그녀가 손수 떠준 터틀넥 스웨터의 감촉에, 그녀와 두 차례 있었던 강한 포옹(아아, 육체관계를 한 것은 아니다!)과 입맞춤을 가슴을 죄는 고통 속에서 떠올리며, 해몽서 같은 것에 휘둘리지 말자, 망상을 버려, 하며 머리를 흔들었다. ……언젠가 유원을 다시 만날 수 있을까. 어려운 것이 아닐까……. 유원도 주임교수에게 기대를 받아 일본 유학을 추천받았는데도, 4·3봉기 후에 제주도로 돌아왔을 때, 음악을 버리고 게릴라에 참가하려고 크게 흔들렸던 것이다.

그때의 유원에게는 임 동무의, 연구는 눈앞의 혁명이 성취되고 하면 된다……가 들어맞았고, 그런 범위 안에서는 옳을 것이었다. 순수한, 외적에게 짓밟히게 된 고향을 사랑하고, 조국을 사랑하는 젊은 영혼은, 모든 것을 버리고 총을 잡으려 할 것이다. 그러나 유원은, 오빠가 허락하지 않았기 때문인지, 서울에 머물며 오로지 음악의 길을 갔다. 남승지는 그것이 옳다고 생각했다. 아니, 유원은 성취될지 안될지 모르는 눈앞의 혁명보다도, 그 재능을 죽이지 않고 음악의 길을 가야 한다고 생각했다. 혁명의 성취 후가 아닌, 지금 그 길을 나아가는 그녀가 옳다. 나는 그녀의 몫까지, 배로 싸울 것이다……. 이미 12월 말, 대학은 겨울방학이지만, 계엄령하의 완전한 교통 차단으로, 그녀가 제주도로 돌아오는 일은 거의 있을 수 없었다.

옆에서 어둠에 잠겨 모습이 보이지 않는 천 동무의 코 고는 소리가 들렸다. 모포 아래가 바윗장이어도 게릴라는 잘 잤다. 실밥이 풀린 모포는 때로는 덮기도 하지만, 동굴 안은 옷을 입고 있는 것만으로도 충분히 따뜻했다. 수면 중에도 신발을 벗는 일은 절대 없었다. 신발을 벗고 발을 편하게 하거나, 가끔은 피부처럼 된 두꺼운 때를 씻어 내거나 하는 것은 낮에 안전이 확보되었을 때 하는 일이었다.

동굴 밖에는, 철야로 두 명의 보초가 계속 서 있었다.

조직부 회의에서 이방근의 문제가 어떻게 토론되고, 어떤 결론이 나올지는 모르지만, 그의 섬 밖 탈출 계획의 움직임이 사실이라면, 아마도 내가 성내로 가게 될 것이다. 그리고 경우에 따라서는 강몽구도 이방근과 만나게 될지도 모른다고 남승지는 생각했다. 이방근과 만난다고 해도, 과연 그에게 그 계획을 버려야 한다고 번복하게 만들 수 있을지, 자신이 없었다. 일단 행동을 결의한 이방근을, 외부의 작용, 힘으로 움직이게 하는 일은 불가능하다는 것을 남승지는 알고 있었다. 좀체 일정한 행동을 취하지 않는 사람의 행동이기 때문이었다. 어쨌든, 게릴라 탈출 계획 자체가 보통일이 아니었다. 내용이 아니라, 이방근의 그 행동이 그렇다. 이방근보다도 양준오, 입산해서 제주읍당 조직의 멤버와 게릴라행동을 하고 있는 양준오와 연락을 취해 먼저 만나는 편이 좋지 않을까 생각했다.

다음날 이른 새벽, 노루중대장인 윤 동무와 차 소대장 등과 굳은 악수를 나누고, 모두에게 이별을 고한 뒤 N오름의 동굴을 출발한 세 사람은, 해질녘 관음사와 가까운 계곡의 숲에 당도했다. 20킬로가 넘는 산길을, 그렇게 무거운 짐이 아니라고 해도, 둥글게 만 모포를 비스듬히 어깨에 걸어 묶고(도중에 노숙할 경우는 지붕이나 텐트 대신도 되고, 몸을 감싸고 자는 침구가 되는 '자신의 작은 집'이었다), 고구마나 미곡 등의 약간의 식량, 취사도구 등을 짊어지고 걷는 것은 강행군이었다. 하늘에서 태양이 사라지고, 한라산의 모습은 구름에 덮여 보이지 않았지만, 날씨 맑은 설원에서는 햇빛의 반사로 눈이 아팠다.

눈 위의 발자국을 교대로 없애며, 이전에 사용했던 숯가마의 폐가로 왔을 때는, 도중에 게릴라 부대에서 받은 찐 고구마를 먹긴 했지만 허기로 지쳐, 세 사람은 짐을 내던지고 오두막 안에 쓰러졌다. 관음사 부근은 해발 7, 8백 미터이지만, 이미 눈이 무릎 근처까지 쌓여, 땀이 식으면 한기가 틈새가 많은 오두막으로 밀려들어왔다.

세 사람은 백 미터 정도 서쪽 숲에 있는 또 하나의 숯가마로 가 볼 생각이었지만, 오늘 밤은 이곳에서 지내기로 하고 내일로 미루었다.

폐가에는 그동안 사람이 출입한 흔적이 없었다. 또 하나의 오두막 근처에 있는 소나무 거목 뿌리 아래의 바위 그늘을 파고 물자 등을 넣어 둔 저장소에도 가 봐야 했다. 구멍에는 지금, 식량은 없지만 변장용 경찰복이나 군복 등이 숨겨져 있었다.

저녁때와 함께 육박해 오는 한기 속에서, 온기를 유지해야 했다. 잊고 있었지만, 오두막 구석의 아궁이 위에 이전에 쓰던 잘 말린 덩굴류의 뭉치가 남아 있는 것을 발견했다. 덩굴이나 청미래덩굴은 태워도 연기를 내지 않았다. 밀림에 숨겨진 오두막의 작은 불이지만, 계속 태울 때는 바람이 없는 한, 한 줄기 연기가 끊임없이 올라갔다. 잘 태우고 나서 마른 나뭇조각을 지피면, 적은 연기는 불꽃과 함께 사라져 버렸다.

세 사람은 교대로 한 명이 숲의 좁은 길 입구에서 보초를 서는 동안 각반을 풀고, 신발을 벗어 불로 말리면서 비쩍 마른 다리를 따뜻하게 했다.

"어라?"

남승지가 오두막 밖으로 귀를 기울였다.

"무슨 일이야?"

임 동무가 남승지를 보았다.

"관음사 쪽에서 북 소리와 꽹과리 울리는 소리가 들리는 것 같아."

"그러고 보니, 북 소리가 울리고 있군. 그게 어때서?"

"평소에는 절에서 북을 치거나 꽹과리를 치지 않잖아. 들리는 건 목탁과 독경 소리 정도야. 뭔가 불공을 드리고 있다는 말이로군. 그렇다면, 아랫마을에서 온 사람이, 신자가 관음사에 와 있다는 것이지."

"계엄령 중이잖아."

"특별허가를 받고 와 있는 거야."

"음, 그렇다면 보통사람은 아니로군. 권세가야. 성내 부근 사람이겠지."

"그렇다고 생각해……."

어떤 사정이 있어서, 이런 세밑에 관음사에서 불공을……. 성내 부근의 '권세가'라면 누구일까.

3

특별통행증명서를 받아, 섬의 본산에 있는 절에 참배할 만한 가문은 어디의 누구인가. 남쪽 서귀포 부근에서는 아무리 권세가라도 눈 덮인 겨울 산을 넘어오기는 어렵다. 게릴라의 공포도 있다. 어떻게 해서라도 참배를 해야 된다면, 버스나 택시를 이용해서 일단 성내 쪽으로 돌아서 와야 할 것이다.

남승지는 어떤 형태의 보이지 않는 예감의 발동, 직감에 흠칫하면서, 그것이 어쩌면 이방근 일가가 아닌가 하는 생각에 달하자, 예감과 생각의 일치에 더욱 놀랐다. 불공의 시주는 관공청이나 경찰 관계자가 아니다. 경제인일 것이다. 그리고 이씨 집안이 아니라면 제일은행 이사장이자 통조림 공장 등의 경영자 최상규, 유원에게 결혼을 강요하고 있었다는 청년의 아버지 일가이다.

남승지가 혹시 이씨 일가일지도……라고 생각했던 것은, 이방근의 계모인 선옥이 임신 중이며, 이방근에게 기대하지 않는 아버지 이태수가 장래의(이 동란의 제주도에서 한가한 이야기이지만) '후계자'로서 남자아이 이외의 출산을 절대 원치 않는다는 것, 선옥이 집에 무녀를 불러서 액맴 등의 굿——무제를 계속해 온 것 같았고, 후처인 그녀 자신이 남편 이태수 이상으로 남자아이를 원했으며, 절대 여자아이여서는 안 된다는 강박관념에 마음 졸이고 있다는 것을 부엌이에게 들어서 알고 있었기 때문이었다. 말하자면, 순산과 남아 출산 기원의 불공인 것이다. 만약, 시주가 이씨 일가라면 아마 그것을 위한 참배일 것이다. 이 시국에 그것이 가능한 '권세가' 중에서 이씨 집안을 빼놓을 수는 없다. 어쩌면 출산에 얽힌 안 좋은 조짐이라도 있었는지 모른다. 이렇게 생각하니, 지금 관음사에 와 있는 속세의 신자가 이씨 집안사람일 것이라는 점은 충분히 납득할 수 있었다. 세밑이라고 해도, 경사도 제사도 음력으로 행해지기 때문에, 설날 준비가 필요한 것도 아니고, 특별히 분주한 일도 없다.

설마, 이방근도……. 남승지는 이 지나친 상상에 스스로도 웃었지만, 거의 있을 수 없는 일이다. 그러나 산천단 동굴의 주인 목탁영감도 있을 것이고, 그 사람이라면 뭔가를 구실 삼아 왔을지도 몰랐다. 관음사는 일찍이 해방 전에 그가 서대문형무소 출소 후, 보호관찰의 몸으로 반년인가 1년 가까이 요양을 이유로 도피생활을 했던 곳이었다.

어떻게 할까? 깊은 골짜기에 깃든 황혼의 공기로 타고 투명하게 들리는 꽹과리와 북의 희미한 울림에 귀를 기울이며, 남승지는 생각했다. 이씨 일가가 아니면, 갈 일도 없었다. 만일 이씨 일가라면, 이방근이 있든 없든 간에 부엌이가 안주인 선옥을 따라왔을 것임에 틀림없었다.

숲 속은 이미 어두웠지만, 숲 밖의 여름이면 풀이 무성했을 초지를 덮은 눈이 반사되어 밝았다. 남승지는 눈이 내리지 않기를 빌었다. 밤사이, 눈이 내리면 적설의 반사도 불안하고, 산 전체가 어둠에 갇혀 오두막 밖으로 나갈 수 없었다. 바람인지, 눈으로 가지가 부러지는 소리인지, 높은 나뭇가지 끝에서 소리를 내며 낙설이 작은 눈사태처럼, 연속적으로 부서져 흩어졌다.

숯가마에서는 불길이 계속 이어졌다. 밤에는 생나무를 지펴서 연기가 나도, 깊은 밤의 어둠이 그것을 삼켜 흔적을 남기지 않았다. 세 사람은 불을 계속 지피면서, 교대로 거적 위에 누워서 잤다.

밤 일곱 시경에 깊은 계곡에 메아리치던 꽹과리와 북의 울림이 들리지 않게 되었는데, 불공이 끝난 모양이었다. 아홉 시가 되면 깊은 산의 사람은 잠이 든다. 심산유곡의 어둠의 무게가, 사람을 자석처럼 잠으로 유혹한다. 잠의 깊은 바닥이 그대로 유곡의 어둠인 것처럼. 공양주인 용백도 부엌이도 둘 다 일하는 것밖에 모르는 사람이었지만, 아직 잠들지 않았을 것이다. 기원제의 뒤처리에서 내일의 준비까지, 일은 많이 있을 것이고, 없으면 물건처럼 찾아내서라도 일을 한다.

남승지는 열 시경, 대나무빗자루를 손에 들고 오두막을 나서, 엷은 구름을 쓴 약한 달빛 아래, 적설의 반사를 의지하며 절로 향했다. 바람은 눈의 깊은 표면을 스쳐 소리를 내며, 가루눈을 말아 올리며 불어왔다. 약 1킬로의 거리를, 무릎까지 쌓인 절로 올라간 남승지는, 전방의 어두운 승방이 있는 건물 모양을 확인하고, 오른편 산 쪽으로 끼고 돌아서, 뒤쪽에서 절 전체를 끌어안은 듯이 솟아 있는 작은 산인 아미산(阿彌山)으로 올랐다. 왼편 경내로 난 통로를 지나면 발자국을 지우는 것이 힘들고, 그곳에서 절 내부를 살피는 것은 위험했다.

희미한 달빛 속에서 눈의 반사에 의지해서 발 디딜 곳을 확인하면서 나무줄기나 밑가지를 잡고 올라간 작은 산 중턱에서 아래를 내려다보니, 눈 쌓인 법당의 큰 지붕, 양 옆에 승방과 부엌이 있는 건물이 어둠 속에 경내를 둘러싸고 희미하게 드러났다. 오른쪽 부엌이 있는 건물은 본당과의 사이에 아미산으로 올라가는 입구가 있어서 건물이 별채로 돼 있었다.

아니나 다를까, 부엌 주위에서 따뜻한 석유남포 불의 빛이 새어 나오고 있었다. 용백이 있는 것은 틀림없지만, 이씨 집안사람들이 와 있다면, 부엌이도 그곳에 있을 것이었다. 경계해야 할 것은 부엌에 있는 것이 두 사람 뿐인지 아닌지였다. 부엌과 인접한 큰방은 음력 4월 8일 석가강탄제(釋迦降誕祭) 등으로 찾아오는 단체 신자용으로 쓰이는 용도인데, 어지간히 많은 인원이 아닌 이상, 선옥 등은 아마 승방이 있는 건물 객실에 묵고 있을 것이다.

남승지는 경내로 난 좁은 길을 내려갔다. 본당 측벽의 큰 처마 밑에는 눈이 없었다. 그는 그곳으로 들어가서 빗자루를 벽 그늘에 기대어 놓고, 밤눈에도 차가운 거대한 초석 옆에 섰다.

바로 눈앞이 물 마시는 곳으로, 뒷산에서 끌어온 대나무 통 끝에서 물이 끝없이, 시냇물 같은 작은 소리를 내면서 흘러내렸다. 오른쪽 부엌이 있는 건물 끝이 남자 머슴방이었는데, 불빛 없는 방에 사람이, 용백이 있는 기색은 없었다. 이방근이 와 있을지도……라는 예감의 두께는 이미 엷어졌지만, 부엌에 있는 이는 용백임에 거의 틀림없었다. 그가 혼자라면 남승지는 부엌으로 직행했을 테지만, 다른 누군가, 혹은 절의 여자 관리인인 목포보살이 있을지도 몰랐다.

갈증을 느낀 남승지는 물 마시는 곳으로 다가가, 양손으로 차가운 낙수를 받아 배가 부를 만큼 마셨다. 본당 여러 개 달린 장지문에는 등불인 듯한 불빛이 비치고 있었는데, 독경 소리가 나는 것도 아니고 사람이 있는 것도 아니었다. 경내로 불어 드는 바람 외에는, 수조에 흘러내리는 맑은 물소리만 날 뿐이었다. 경내에는 제설한 뒤의 넓은 통로가 생겼다. 눈은 어디로 옮긴 것이었는지, 아마도 용백이 멀리 떨어진 연못 근처로 옮겼는지 몰라도 경내에는 보이지 않았다.

남승지는 다시 본당의 벽 쪽 그늘로 돌아와, 잠시 부엌 쪽 상황을 지켜보기로 했다.

그러자 부엌의 덧문이 열리고, 밖으로 새어 나온 불빛 속에 커다란 사람 그림자가 나타났다. 바로 용백임을 알 수 있었다.

그는 양동이를 손에 들고 물 마시는 곳으로 오더니, 바가지로 수조에 넘치는 물을 퍼서 양동이로 옮겼다.

"이봐, 용백이." 남승지는 몇 걸음 앞의 건물 그늘 끝까지 다가가서 말을 걸었다.

"명우야, 김명우."

"……?"

용백은 어둠 속의 갑작스러운 목소리에 놀라는 기색도 없이, 소리 나는 쪽을 응시하더니, 바가지를 양동이에 던져 넣고 몇 걸음 어슬렁 어슬렁 다가왔다.

"무슨 일이우꽈, 명우 동무는?"

"부엌에 누가 있나?"

남승지는 용백의 손을 잡고 말했다.

"예-, 성내에서 불공드리러 와 있수다."

"자동차회사의 사장 댁이지?"

"예-, 그렇지만 어떻게 알고 있수꽈?"

"부엌에 있는 건 부엌이라는 여자로군."

"예-……?"

용백은 과연 놀라는 듯했다.

"부엌이 혼자인가? 다들 자고 있겠지. 건너편 건물의 승방 쪽인가?"

"예—, 명우 동무는 어떻게 그렇게 다 알고 있는 거우꽈?"

"가자구."

남승지는 용백과 함께 부엌으로 가서, 부엌이와 만났다.

"아이고……." 부엌이는 거의 소리를 지르는 듯이 남승지의 갑작스러운 출현에 놀랐다. "아이고, 선생님은 어떻게 되신 거우꽈?"

남승지는 부엌이의 크고 튼실한 일꾼의 손을 잡았다.

"안주인도 같이 오셨지요?"

"예—."

부엌이는 무슨 일인가 하며, 큰 눈을 더욱 크게 뜨고 남승지를 바라보았다.

"방근 씨는?"

"성내에 계시우다."

"으—음……." 착각한 부엌이의 대답이었지만, 관음사에 동행하지 않는 것은 사실이었다. "방근 씨는 건강하신가요?"

"예—."

"유원 동무는 잘 있나요?"

남승지 머릿속에 어제의, 어딘가 시골 부두에서 유원이 배로 여행을 떠나는, 이상하게 서먹서먹한 느낌이 들었던 꿈의 장면이 떠올랐다.

"……예, 예—."

부엌이는 순간 말을 머뭇거렸다. 머뭇거렸을 것이다.

"아프지는 않은 거로군."

"예—. 건강하게 잘 계시고말고요……."

커다란 가마솥에 물을 끓이고 있는 아궁이의 불꽃과 빛은 밝았고,

부엌 안은 따뜻했다. 봉당과 이어진 마루에는 천으로 닦은 유기나 백자의 다양한 용기가 놓여 있었다. 용백은 잠시 덧문 틈으로 밖을 살피고 있었는데, 두꺼운 짚으로 된 부엌용 방석에 앉아 아궁이에 장작을 지폈다.

남승지와 부엌이는 마루 가장자리에 앉았다.

평소에는 출입할 수 없는 관음사로 이씨 집안 덕분에 공덕을 얻으려고, 이웃의 고네할망과 주부 몇몇이 동행한 모양이었다. 이씨 집안이 시주하는 불공은 남승지가 생각한 대로 남아 출산 기원이었다. 내년 봄 예정이라고 하는데, 젖먹이도 말려드는 학살 속에서의 생명탄생을 위한 준비, 일반 도민은 바랄 수 없는 준비. 이것이 준비가 되는 것일까. 이방근과 유원의 남동생 또는 여동생의 탄생…….

그저께 아침, 성내를 출발해서 오는 도중에, 오등(梧登) 주둔 제3대대 소속의 중대에게 검문을 받았지만, 토벌사령부 발행의 통행증명서로 무사히 통과했다고 한다. 산천단의 작은 절에서, 짊어지고 온 약간의 쌀과 과일들로 공양물을 내리고 잠시 휴식한 뒤 그곳에서부터 점차 험악해지는 눈길 오르막을 임신 중인 선옥이 부엌이의 부축을 받으면서도 자력으로 걸어 겨우 해질녘에야 절에 당도한 모양인데, 이 고행 또한 순례처럼 남아를 얻는 공덕이 된다는 것이었다.

남승지는 이방근에게 장문의 편지를 써서 부엌이에게 맡기고 싶은 심정이었다. 게릴라의 섬 밖 탈출 공작, '탈출자 모집' ……이란 무슨 일일까. 일의 진위는 아직 모르지만, 그것에 대한 의문, 그리고 게릴라 조직에서는 조직파괴, 반조직, 반혁명 행위로서 문제가 커질 가능성이 있다는 것(사실이라면, 반혁명분자로 '숙청'의 대상이 될지도 모른다), 조만간 열리는 회의의 결정으로 아마 자신이 성내로 가게 되겠지만, 꼭 만나고 싶다는 내용을, 연필과 종잇조각이 있으면 바로라도 쓰고 싶었다. 그러나 부엌이에게 편지를 맡기는 것은 위험했다.

남승지는 기대하지 않으면서도 부엌이에게, 이방근의 게릴라 섬 밖 탈출 계획을 들어 본 적이 있는지 물어보았다. 하지만 그녀는 모른다고 대답했다. 그럴 것이다, 아무리 단편적으로 그런 일을 들었다 해도, 그녀가 상관할 일이 아니었지만, 그는 단지 '탈출 공작'의 사실 여부를 확인해 보고 싶었던 것이다.

그는 앞으로 며칠에서 일주일 사이에 성내로 가는데, 언제 갈지 연락할 테니 이방근에게 꼭 만나고 싶다고 전할 것, 그리고 부엌이가 성내에 남겨진 조직의 연락망 중, 중산간지대의 제주읍 지구 아지트로 연결하는 선을 확인해 둘 것을 부탁했다.

남승지는 30분 정도 지나 부엌을 나왔다. 갖가지 떡, 감, 곶감, 섬에서는 고가인 사과 같은 과일, 콩나물, 관음사 일대에서 채취한 고사리 등의 채소 무침 같은 불공의 공물을 '나누어 받은' 보따리를 들고, 본당의 벽 밑에 두었던 빗자루를 들고 낙수 소리를 뒤로 한 채 뒷산을 올랐다.

천 동무와 임 동무는 아직 깨어 있을 것이다. 남승지가 불공이 있는 절에 갔으니, 약간의 기대를 하고 있을 것이었다. 오랜만에 셋이서 진수성찬을 먹게 되는 것이다.

남승지는 요행에 감사했다. 이방근의 일로 계엄령하의 성내로 간다……. 남승지는 아마 그렇게 될, 자신의 성내 행에 다소 망설였던 마음이 부엌이를 만나면서 싹 가시어 지금은 단단히 각오하게 된 느낌이었다.

승방이 있는 건물 쪽으로 아미산을 넘어온 남승지는, 쌓인 눈을 밟은 발자국을, 바람에 흩날리는 가루눈을 얼굴에 맞으면서 빗자루로 천천히 지워가며 숲 속의 오두막으로 돌아왔다.

다음날 아침, 남승지 일행 셋은 아지트를 나와 관음사와는 반대편인 서쪽 숲의 숯가마로 향하는 도중, 이전 노루중대의 1소대가 주둔하고 있던 숲 속 평지 부근에서 하나의 커다란 '천혜(天惠)'와 조우했다.

근처의 관목류가 밀집한 비탈의 바닥에 계류가 있었다. 계류 옆에서 용변을 보고 있던 피난민 여자를 보고 욕정을 일으켜, 결국 총의 힘을 빌려 폭행을 가했던 게릴라 대원이 규율 위반으로 처형당한 것을, 남승지가 우연히 목격한 곳이기도 했다. 사체는 골짜기 밑에 삽으로 구덩이를 파서 정중히 매장했다.

흐린 하늘 아래, 주위는 골짜기 밑까지 눈 일색이었지만, 10미터 정도 앞의 산중턱으로 깊이 들어간 계곡의 경사 일부가 띠 모양으로 무너져 내려, 눈 사이로 베어져 쓰러진 것처럼 관목 줄기나 나뭇가지가 검게 드러나 보였다. 비탈진 산중턱의 절벽처럼 불룩하게 튀어나온 융기에 쓰러진 나무를 덮은 눈이 높게 쌓여 있었다. 일대에 눈사태가 일어났던 모양이었다.

"저것은 뭐지? 이봐, 저것 좀 봐."

남승지가 손가락으로 가리켰다. 가벼운 난시와 근시인, 입산 전에는 안경을 쓰고 있던 남승지의 눈길이 눈의 퇴적 속에서 이상한 것을 발견한 것이다. 자세히 보니, 커다란 동물, 소의 머리 부분 같은 것이 눈에 파묻혀 쓰러진 나무 사이로 튀어나와 있었다.

"소 같은데."

"소다, 죽었어. 이거 대단하군. 눈사태에 휘말렸나 봐."

세 사람은 한 명씩 눈이 떨어지는 나뭇가지를 잡으며 경사를 따라 골짜기 중턱의 현장으로 내려갔다. 황소가 위를 보고 이를 드러낸 머리와 사지를 눈 밖으로 내밀고 죽어 있었다.

남승지는 순간 눈을 돌렸는데, 소가 단말마의 눈을 커다랗게 뜬 채 얼어붙어, 그 눈이 유리구슬처럼 빛나고 있었다. 며칠인가 지났을 것이었다. 소의 사체에도 눈 위에도 혈흔이 없었다. 까마귀들이 온 흔적이 없는 것이 이상했다. 소 한 마리가 통째로 세 사람 앞에 있었다. ……소처럼 큰 눈의 여자다, 부엌이는. 이방근의 중얼거림. 분명히 그렇다. 유원 아씨는 건강하시우다. 어젯밤 절의 부엌을 나와 헤어질 때, 부엌이는 묻지도 않았는데 그렇게 말해, 새삼스러운 느낌을 주었다.

밤, 고원지대에서 야생화된 소와 조우하면, 어둠 속에 두 개의 눈이 파란 빛을 발하며, 주위에 살기를 띤 기운이 다가와 무서웠다. 이쪽의 눈빛이 상대에게 보이는지, 어떤지는 모르지만, 조금 거리를 유지한 채 조용히 지나간다. 처음 조우했을 때는, 두 개의 눈이 틀림없는 파란 불꽃같은 빛에 괴물인가 하고 기겁했던 것이다.

아마도 목동이나 방목주를 잃어 무리에서 벗어난 소가, 물을 마시러 산으로 올라왔을 것이다. 60여 명의 마을 주민이 대부분 학살당한, 풀이 우거진 방목촌 원(院)의 경우처럼.

죽은 소의 발견은 세 사람에게 적의 1중대를 섬멸할 때와 비슷한 흥분을 일으켰다. 한라산의 눈에 감사했다. 하늘의 은혜였다. 잘 하면 소 한 마리로 세 사람이 겨울을 넘길 수 있을 것이다. 아니, 독점은 안 된다. 자급자족의 원칙, 발견한 자의 소유이긴 하지만, 이 정도의 '사냥감' 독점은 은혜 아닌 천벌을 받을 것이다.

이것을 어떻게 할까. 닭과 달리, 처리하는 것은 간단하지 않았다. 천 동무가 마을 동네의 추렴——먹고 마시는 모임에서 '돼지잡기'를 도운 적이 있지만, 서툰 사람이 한두 번 보았다고 할 수 있는 일이 아니었다. 실수를 하여 호통을 들을 것이 뻔했다. 어쨌든 여름이 아닌 것이 다행이었고, 산중의 눈은 천연 냉동고의 역할을 할 것이었다. 눈을 파서, 언 땅에 묻어 두면 된다. 한 번에 모두 해체할 필요는 없었다. 필요한 만큼 고기를 칼로 잘라내는 것은 누구나 가능하다. 더군다나 굶주린 게릴라들이다. 다만 가능하면 빨리 이동시켜야 한다. 햇빛이 눈 덮인 산에 열을 일으키면, 어디선가 다시 눈사태가 발생할 위험이 있었다. 하루 이틀 그대로 두기로 하고, 세 사람은 일단 그곳을 벗어났다.

같은 날, 남아 출산 기원의 불공을 끝낸 이태수 부인의 일행은 하산했는데, 동시에 산천단의 작은 절의 스님과는 달리, 속세를 좋아하는 파계승 같은 주지도 동행하여 서둘러 절을 떠났다. 이씨 집안의 경우처럼 대규모의 불공은 거의 없는 일이었고, '근행'이라면 속세의 절에서도 할 수 있어서, 눈이 많이 쌓인 산사에서는 아무것도 할 일이 없었다.

절에는 언제나처럼 목포보살과 용백이 남았다. 불공 중에는 그녀의 대나무 회초리가 용백의 살을 도려낼 일은 없겠지만, 신자들의 하산과 함께 다시 그녀의 발작이 반복될 것임에 틀림없었다.

이틀 뒤 저녁때, 관음사에서 조직부회의가 열렸다. 도당 부위원장 겸 조직부장인 강몽구, 부부장인 장 동무, 그리고 남승지, 임 동무, 천 동무가 회의에 참석했다. 강몽구 일행은 무장 게릴라 두 명과 조천면의 중산간지대에 있는 아지트에서 올라왔다.

밖에는 눈이 내리고 있었다. 산문 밖의 2백 미터는 족히 되는, 깊은 삼림의 참배 길 부분만 나무를 잘라내고 조성된 폭넓은 길에, 맑은 날에는 저 멀리 아래로 산천단도 보이는 입구 주변에 게릴라가 보초를 서고 있었다.

불을 넣지 않은 온돌방에는 화로가 하나, 빙 둘러앉은 각자의 엉덩이에 방석이 놓여 있었다.

강몽구는 이번 달 6일, 대구 제6연대의 제2차 반란과 지리산, 태백산 등 남조선 각지에서 게릴라 투쟁으로 확산되고 있는 혁명 정세를 진전된 것으로 분석하면서, 계엄령하의 제2연대 입도에 따른 적 병력의 재편성, 한라산 포위작전 계획, 학살과 초토화작전의 철저라는 혹독한 정세에 대응하는 지구전 태세에 대해 강조했다. 적은 단기 '토벌'을 서두르고 있지만, 그것을 우리는 지구전 태세로 끌고 간다. 우리에게도 겨울은 혹독하지만, 적은 더욱 더 눈 쌓인 산악지대에서의 '소탕'작전이 곤란하며, 전투는 거의 불가능한 상태가 된다. 적은 낙엽기의 게릴라 섬멸을 구가하고 있지만, 실제로 겨울이 되면 낙엽을 대신한 눈에서는 움직일 수 없다. 우리는 조직의 정비와 온존, 방위의 강화를 꾀하고, 월동의 지구전 태세를 취하면서, 효과적인 반격의 기회를 노린다…….

한라산의 눈 속에 겨울 동안 틀어박혀 있는 것은 안전하지만, 무엇보다 식량 획득이 곤란했다. 눈 속의 풀뿌리를 먹고, 나무껍질로 연명할 수 있는 것이 아니다. 그리고 혹한. 위험은 배가되지만, 가능한 촌락에 가까운 중산간지대로 아지트를 옮겨야 한다.

강몽구는 이어서, 최근의 애월면 빗게오름에서의 전투, 안덕면 사계리 계곡 부근의 서귀포에서 제주로 향하는 토벌대 트럭에 대한 매복과 기습의 성공(적 여섯 명 살해, 무기 탈취), 구좌면 송당 주둔 대대병력에 대한 습격에서 70여 명 살상, 소총 32정 노획…… 등등의 전과가 갖는, 적의 '토벌'작전 좌절의 군사적 의의와 인민대중을 고무하는 정치적 의의를 지적했다. 그리고 지구전 태세라고는 해도 우리는 거북이 새끼처럼 손발을 집어넣고 숨는 것이 아니다, 게릴라 사령관 이성운의 지휘하에 매우 가까운 시기에 적의 주력부대에 대한 공격이 이루어질 것이라고, 어느 주력부대인지 구체적인 위치는 언급하지 않았지만, 군사부 회의도 아닌데 '상호차단원칙'에 벗어나는 이야기를 했다. 아마도 게릴라 부대의 각지의 전과를 보이면서, 일동을 고무시키기 위해 추가한 것일 게다. 상호차단원칙이란, 최소한의 필요한 일 이외는 같은 아지트 동지 간에도 알면 안 되는 조직방위의 원칙이었다.

임 동무가 대정 지구 조직책의 보고, 천 동무의 조천 지구. 조직책으로서는 아니었지만, 노루중대와의 공동행동, 피난민들의 아지트 이동에 대해서는 남승지. 조천면당회의에 조직책으로 참가한 천 동무 대신, 같은 회의에 출석한 장 동무(그는 이전에, 조천면당의 조직부장이었다)가 이방근에 관한 문제를 보고한 뒤, 이어서 조천면과 대정면 지구 조직, 게릴라 조직이 모두 강력하니 전력을 집중하고, 온존을 위해 대정면에 인접한 안덕면 등 두 개의 면 지구 게릴라를 통합해, 하나의 지구부대로 재편성할 필요가 있다면서, 조직이 약한 지구로는 주로 남승지가 조직책으로 있는 제주읍, 성내 지구를 들었다.

이곳은 확실히 적 권력의 집중 지구이기도 했고, 원래 조직이 강한 편은 아니었다. 그러나 조직이 파멸적 타격을 입은 것은, 이성운 명의로 된 10·24'선전포고' 삐라 인쇄와 살포, 도당 군사부의 지도에 기인한 것인데도, 이 점에 대해서는 일절 언급하지 않았다. 그리고 중요한, 본래 강몽구가 언급해야 할 투쟁방침이 장 동무의 입에서 제출되었다.

앞으로, '입산애국, 하산매국' 캠페인 선전을 하지 않는다. 축성 혹은 축성 중인 해안 부락 등의 전략마을에는 그대로 마을 주민들이 정착하게 하고, 조직 투쟁의 대중적 기초를 단단히 해야 한다는 조직책 공작의 지침이 내려졌다. 이제는 겨울 산에 '월성입산(越城入山)'을 해도 거의 전력이 되지 않고, 오히려 게릴라 활동의 장애가 될 뿐만 아니라, 피난민 자신이 굶주려 눈 덮인 산야를 방황하게 될 것이다.

마지막으로 장 동무가 조금 전 언급한 이방근 건을 주제로 다시 꺼냈다. 그 보고는 주로, 조천면 지역의 실정에 밝은 장 동무가, 최근 한 달 동안에만 집단적 밀항이 조천 지구에서 세 번에 걸쳐 약 150명, 11월 하순에는 한림에서 30여 명……이라는 식으로 숫자를 든 것인데, 그는 남방에서 귀환한 한대용이라는 인물이 밀항선의 선주를 하고 있지만, 배후에는 이방근이 있다고 했다.

이것은 밀항자 이야기가 아닌가? 이방근과의 관계로 자신에게 비판이 미칠 것을 각오하고 있던 남승지는 속으로 어라? 하며 고개를 갸웃거렸다. 그는 한대용이 선주 운운한 배의 이야기를 알고 있었다. 밀항자의 운반은 둘째 치고 그 배는 일본과의 밀무역, 조직의 물자 조달용으로 강몽구의 요청에 응해, 이방근이 구입한 것이 아닌가.

그는 장 동무가 그 사정을 모를 리가 없다고 생각하면서, 그 배는 조직을 위해 조달된 것이 아니냐고 따져 물었다.

장 동무는, 그렇다, 그것은 알고 있지만, 이방근이 한편으로 그 배를 이용해 탈출자를 모으고 있다고 대답했다. 그것은 밀항자 이야기가 아닌가? 아니, 다르다. 밀항자도 있지만, 조천 지구의 조직원도 섞여 있다, 하산자도 있다. 그들은 조직을 이탈한 도망자, 탈락분자다…….

"……문제는 게릴라의 탈출을 대상으로 하고 있다는 점이다. 게릴라대원의 구제라고 칭하며, 탈출 계획, 탈출자 모집을 하고 있다. 적의 대공세와 계엄령하에서, 그 영향으로 조직에서 도망자가 나오고 있는 사실을 엄숙하게 인식해야 한다. 음, 그것을 이방근은 탈출 계획이라느니 구제라느니, 구세주라도 되는 것처럼 말하고 있는 것 같은데, 악질적인 조직파괴, 우리들 애국세력에 대해 적과 한통속이 된 도전 행위이자, 반혁명적 행동, 적에 가담하는 매국 행위 이외의 아무것도 아니다."

반혁명적 행동, 매국 행위, 탈출자 모집? 말 자체가 이상하다. 섬에서인지, 조직에서인지. 게릴라 탈출자다…….

"밀항자들을 태우는 것이 아니라면, 섬 밖 탈출 계획이니 하는 것은 사실이다. 그러나 '탈출자 모집'이라는 것은 이상하다고 생각하는데, 소문이 그런 식으로 퍼진 게 아닌가?"

"동무는 지금까지 내가 얘기한 것을 듣지 않았나? 이방근은 말뿐이 아니다. 실제로 더러운 행동을 하고 있다. 그러니까 경찰도 눈감아 주고 있다. 제군 동지, 이것은 보통일이 아니다. 부위원장 동지와도 교섭이 있고, 조직에 자금 협력을 해 왔던 동조자라서 더욱 문제는 심각하다. 하지만 그것과 이건 별개이다. 원칙이 우선돼야 한다. 아까 부위원장 동지로부터도 얘기가 있었지만, 지구전에 대비해 전력의 온존, 조직방위가 긴요한 지금, 이방근의 행동이 조직파괴, 반혁명성을 가지고 우리에게 다가오고 있는 이상, 우리는 확고한 원칙을 견지해 온정주의, 기회주의를 배제하고 단호히 반격을 가해야 한다. 이대로 방치할 수 없는 사태인 게 명백하다."

"옳소……."

임 동무가 받았다.

"단, 지금 당장은 아니다." 장 동무가 임 동무를 제지하듯 말을 이었다. "긴급을 요하는 사태지만, 그에 대한 반격은 당분간 유예를 둔다. 부위원장 동지, 그렇지 않습니까?"

"……" 잠자코 팔짱을 끼고 듣고 있던 강몽구가 고개를 끄덕였다. "반격이라는 건 무슨 뜻인가?"

"유예를 주고 응하지 않을 때는, 그때는 적으로 보고 실력행사를 한다는 겁니다. 조직의 힘이 어떠한 것인지, 유아독존, 이방근은 모르는 겁니다."

실력행사라는 것은, 어떤 제재를 의미하고 있었다. 남승지는 몸속에서 오싹하게 떠오르는 한기와 함께 몸서리 처지는 것을 느꼈지만, '유예를 주고 응하지 않을' 때는 산으로 납치하거나 아니면 '처형'에 이르는 제재를 의미하고 있다.

"처분해야 한다. 온정주의는 후환을 남겨, 우리 자신의 자살 행위가 되는 것이다." 임 동무가 말했다. "단기간에 사상개조는 어렵지만, 일단 경고를 하고 유예를 준다, 그래도 독불장군, 계속 혼자서 장군 연기를 계속한다면, 단호한 조치를 취해야 한다. 무원칙적인 타협은 기회주의이며, 조직방위의 포기와 무장해제, 조직을 적에게 팔아넘기는 투항주의의 길을 가게 된다. 혁명의 길은 혹독하고 무자비하며, 피를 두려워하고 죽음을 슬퍼할 여유는 주어지지 않는다고, 전남도 당위원회 조직책인 주 동지가 말했다. 따라서 오류를 범한 경우에는 망설이지 말고 원칙으로 돌아오는 것을 원칙으로 해야 한다. 이방근의 문제는, 실로 우리들 자신의 조직 원칙에 어떻게 맞서야 하는가의 문제로 귀결되는 것이 아닌가……?"

강몽구는 장 동무의 조금 전 발언 중에서, 최근 한 달 동안만 해도 조천 지구에서 집단적 밀항이 세 번에 걸쳐 150명가량 있었다는 말을 지적하고, 그것은 이방근이 관련된 배만이 아니다, 그룹 이외의 배와 공동으로 작업한 것이고, 동일한 배가 한 달 안에 일본을 왕복할 수 있는 것은 한 번, 많아도 두 번 정도라고 한마디 덧붙였다.

회의에서는 이방근에 대해, 그의 도가 지나친 행위가 조직파괴 행위이며, 도당 조직은 조직방위와 자위조치를 위해서라도 이방근의 반인민, 반혁명적 이적 행위를 경고하고, 즉시 그 중지를 요구하는, 조직의 메시지를 전달해야 한다, 설득 공작과 함께 그 임무를 남승지가 맡는 것으로 결정되었다.

이방근과의 관계로 남승지에 대한 비판은 나오지 않았지만, 구두에 의한 조직의 메시지가 닿은 후 이방근의 행동 여하에 따라 그에 대한 제재와 함께, 남승지의 사상 문제로 한꺼번에 발전하는 것도 생각할 수 있었다. 문제는 보류된 것이라고 할 수 있었다.

남승지는 큰일이라고 생각했다. 임무를 다하지 못하면 어떻게 될까. 남승지는 잠시 동안 머릿속 공간에 안개가 생겨나 산 전체를 에워싸 희미해지는 것처럼 느껴졌다. 그는 이방근의 '탈출 계획'에 대한 동기는 모르지만, 일단 행동하기로 한 그를 '설득'할 자신이 없었다. 강몽구가 간다 해도 불가능할 것이다. 불가능. 하물며 제재…… 운운한다면, 그는 일소에 부칠 것이다. 할 테면 해 보시오…….

다만, 남승지 자신이 이방근의 조직파괴의, 반조직적 행위에 납득이 가지 않고, 비판적이라는 점이, 그 스스로를 이방근과 맞서게 만들었다.

회의가 끝나고 앞서 있던 불공에서 남은 공물과 사찰음식의 간소한 식사가 나왔다. 눈 위에 계속해서 서 있는 두 명의 보초도 교대로 식사를 했다. 검소한 음식이라고는 해도 절에서 식사를 하는 것은 '부수입'이었다.

세 사람은 그저께 발견한 죽은 소에 대해 이야기하지 않았는데, 식사를 하면서 남승지가 처음으로 약간의 심술을 느끼며 그 이야기를 공표했다. 회의는 마지막의 이방근이라는 '반혁명적 분자'의 문제로 어색하게 끝났지만, 남승지로부터 소 이야기가 나왔을 때, 장 동무가 하늘에서 보물이라도 떨어진 듯 눈을 동그랗게 뜨고 놀라며, 민첩한 반응을 보였다. 그 이야기가 진짜인가? 왜 좀 더 일찍 이야기하지 않았냐며 푸념도 아닌, 다소 요점을 벗어난 느낌의 말을 했다. 더 일찍 알았다면 회의는 뒷전으로 하고, 즉시 고기를 잡아서 먹을 생각이었나, 그러기에는 동지들이 이미 해질녘에 당도했기 때문에 시간이 안 됐을 것이라고 임 동무가 말을 받아, 모두를 웃게 했다. 죽은 소 한 마리로 남포등 불빛이 어둑한 방의 분위기가 금세 부드러워지니 참으로 우스웠다.

장 동무는 발견자가 누군지를 확인하고, 발견 장소——관음사 아래 계곡에서 서쪽으로 첫 번째 계곡의 눈사태 현장과, 그곳에 소가 머리와 사지를 눈 밖으로 드러내고 죽어 있다는 구체적인 설명을 들은 뒤, 음…… 하고 납득한 뒤, 일말의 불안이 사라지고 만족한 것 같았다. 마치 자신의 소유물이 그곳에 있기라도 한 것처럼. 첫 발견자가 남승지라는 것을 알고, 장 동무의 태도가 알랑거릴 정도는 아니었어도 어쩐지 바뀐 것 같은 것은 남승지의 지나친 생각이었을까.

다음날 아침, 다섯 명 전원이 계곡 현장으로 가서 소를 각 부위별로 해체하기로 했다. 강몽구가 한다고 했다.

남승지가 소가 얼어서 칼이 안 들어가는 것 아니냐고 물었다. 몇 년이나 깊은 눈 밑에 있었던 것이 아니다. 아마도, 요 며칠 사이에 일어난 일일 것이다. 머리도 네 다리도 눈 밖으로 나와 있는 것 같으니 괜찮다. 표면은 얼어도, 커다란 동물의 몸속까지는 얼지 않는다. 소를 골짜기 밑으로 내려서, 계류에 담그면 된다. 예-, 그렇군요. 모두가 안도하는 탄성을 냈다. 잡으려면 물 있는 곳이 필요한 법이지. 다행스럽게도 골짜기에서 죽어 줬군……. 삶은 소고기를 말려, 방수가 되도록 참억새로 싸서 저장식으로 한다.

눈이 계속 내리고 있었다. 눈보라는 아니었지만, 방의 덧문을 때리는 바람 섞인 눈이었다. 외풍에 문풍지가 요란스럽게 떨리고 있었다. 제설한 경내의 통로가 하얀 눈에 쌓였다.

소의 머리도 다리도 눈 속에 파묻혀서 찾을 수 없는 것이 아닌지, 모두 크게 걱정하기 시작했다. 눈에 푹 파묻히면, 거짓말을 해도 모르니까 말야. 누군가가 농담을 했다. 거짓말이면 죽인다. 이런 큰 사냥감을 눈앞에 두고 놓치게 되면, 그것이야말로 '반혁명적 행위'다. 우리들은 고기를 먹고, 힘차게 혁명 투쟁을 지속한다. 그래, 혁명을 위해, 고기를……. 아이고, 마을로 돌아가 돼지고기를 먹고 싶다. 그만해, 내일은 소고기를 먹을 수 있어…….

시각은 여덟 시였지만, 눈이 계속 내리는 밖은 어둠에 잠겨, 세 사람은 불빛 없이 숲 속 아지트로 돌아갈 수 없었다. 아무리 무인지대라 해도 초롱, 회중전등 같은 불빛으로 어둠을 깨우면 안 된다. 어둠 속을 가는 동물의 눈이어야만 했다.

평지라고는 해도, 숲의 입구까지 약 1킬로의 깊은 눈 속을, 방향감각에만 의지해 도달하기란 어렵다. 왼쪽의 산중턱 밀림이 이어지는 평지는 폭 20미터 정도지만, 그 오른쪽은 산기슭으로 내려가는 급경사이기 때문에, 칠흑 같은 어둠 속에 길을 잃고 언제 절벽으로 떨어질지 모른다.

밤사이 건물의 벽, 덧문을 세차게 내리치고, 지붕 위에 쌓인 눈을 휩쓸고 지나가는 음산한 바람의 절규가 심해졌다. 노도와 같이 으르렁거리는 숲의 소리도 산을 가득 채웠다. 눈보라였다.

보초는 참배 길 입구를 벗어나, 부엌에서 멀지 않은 산문에서 교대로 한 사람이 서 있었는데, 인정사정없는 눈보라의 타격을 피해 보초의 위치를 부엌으로 옮겼다.

내일 아침까지는 하늘이 좁다고 불어 대는 눈보라가 잠잠해질지. 바람으로 눈이 날려도, 또다시 쌓여간다. 죽은 소는 눈 밑에 숨어 안 보이게 될 것이다. 보이고 안 보이고를 떠나, 눈보라 속에서는 움직일 수 없다. 사십 대인 강몽구 외에는 모두 이십 대 전 후반의 젊은이들이었고, 그들의 볼이 홀쭉해진 얼굴에는 동시에 큰 실망감과 초조함이 보였다. 그들은 고기에, 기름기 있는 살덩어리에 굶주리고 있었다. 눈앞에 살덩어리를 매단 채, 덥석 물 수 없는 굶주린 위장이 위산과다를 일으켜 쓰렸다.

밤늦게 온돌 아궁이에 불을 지폈다. 교대한 보초 한 명을 포함한 전원이 이번 겨울 들어 처음으로 따뜻한 장판 위에 몸을 누이고 잤다.

그들은 꿈속에서 고기를 입 안 가득 넣고, 마셔도 더욱 갈증을 풀어주지 않는 환상의 물처럼, 채워지지 않는 공허감으로 잠을 깨고는, 현실의 공허한 위장을 움켜쥐고 몸부림쳤다. 그러나 꿈인 줄로만 알고 잠을 깬 몸 아래의 따뜻한 장판에 이끌려, 다시 잠에 빠졌다.

가람은 밤새 눈보라 속에 서 있었다. 다음날 아침도 눈보라가 멈추지 않고 산속이 계속 거칠어져, 게릴라들을 절망에 빠뜨렸다.

"날씨가 어떻게 된 거야."

겨울의 한라산에 눈보라가 치는 것은 드문 일이 아니었다. 며칠 동안 계속해서 바람이 거칠게 불어 대고, 바다는 비등하듯 소용돌이치는 '바람 많은' 섬에, 눈이 내리면 눈보라가 되는 것은 자연현상이지만, 지금은 서쪽 계곡의 눈에 묻혀 있는 소를 점점 멀리 갈라놓고, 게릴라들에게 식량을 빼앗는 분노의 대상이 되고 있었다. 눈보라는 반혁명이다.

오후에는…… 하는 기대를 날리고, 게릴라들은 완전히 눈보라 속에 갇혔다. 야외가 아닌 튼튼한 건물 안에 있는 것만으로도 다행이었다. 그러나 아침부터 소를 찾으러 출발할 예정인 하루가 저물고, 포효를 계속하는 눈보라의 포위망에서 나오지 못하면, 서쪽에 위치한 눈사태 현장이 회색의 광란으로 시야를 가리는 무한 눈보라의 저편으로 사라져 버리듯이, 소가 죽어 있는 계곡 중턱의 눈사태 현장은 원래 존재하지 않았던 것처럼, 현실성이 희박해져 갔다. 처음에 조우한 소의 존재를 고했던 남승지의 듣기 좋은 말만이 묘하게 확실한 어떤 형태를 띤 채 방 안에 살아남았다.

눈보라가 거칠어지면서 묵직한 납빛 같은 시간을 흘려보내고, 점점 눈사태의 현장이 절망적으로 멀어져감에 따라, 남승지는 자신이 어느 누구에게도 도움이 안 되는 쓸데없는 이야기를 한 것이 아닌지, 미친 소리를 한 것이 아닌가 하고, 셋이 함께 계곡 중턱으로 내려가 눈 속에서 소의 사체를 목격한 사실, 현실성의 근거가 위태로워지는 느낌에서 벗어날 수 없었다. 거짓말을 했다고 생각하는 것이 아닐까…… 로부터, 한발 더 나아가, 실제로 자신이 거짓말을 한 것 같은 느낌에, 아니 그렇지가 않다며 제동을 걸고, 천 동무, 임 동무, 확실히 계곡 중턱의 눈사태 현장에서 죽은 소를 봤지……라고 남승지는 거듭 확인하는 상태가 되었다.

둘은 못 봤다고는 하지 않았지만, 소는 그때 망막에 맺힌 존재일 뿐이었고, 지금은 실재하지 않는 존재가 되어 버렸는지도 몰랐다. 소에 대한 마음이 강렬한 만큼, 거기에서 멀어진 게릴라들에게는 소의 존재가 현실성을 잃으면서 아지랑이와 같은 형체가 되어 갔다.

현장을 목격한 것도 아닌 장 동무는, 소는 가공의 것, 말이 엮여낸 환상인 것처럼 생각하기 시작한 듯했다. 그러나 그는 남승지나 다른 두 사람에게 동무들은 거짓말을 했다……고는 하지 않았다.

"한라산 정상에 백록담으로 가면 말이지……." 강몽구가 담배 연기를 천천히 뿜어내면서 말했다. "화구호의 근처나 화구 밖에 소의 두개골이랑 백골이 흩어져 있어. 어떻게 올라갔는지, 백록담의 물 냄새를 한참 아래쪽에서 맡은 것인지, 소가 눈 덮인 겨울 산을 올라가 물을 마시지만, 하산하지 못하고 정상에서 그대로 죽지. 아니면 소가 그 물 마시는 곳을 무덤이라는 생각으로 찾아가는지, 신기한 일이야……."

어째서 산 정상의 소의 두개골 이야기가 나왔는지는 모르지만, 눈보라 속에서 현실성을 잃은 환상적인 소의 모습이 게릴라들의 머릿속에 나타나는 듯한 분위기 때문에 무심히 강몽구가 말을 했을 것이다. 끝없이 절규하는 눈보라의 비명이라고도 할 수 없는 스산한 소리에 휩싸이면서, 게릴라들이 있는 방은 조용했다.

남승지도 입산하기 전이었지만, 한라산 2천 미터 정상의 날아갈 것 같은 바람 속에서, 그것을 보았다. 화구 밖 정상 능선에, 백골의 무리가 서 있는 듯한, 눈보라에 씻긴 새하얀 피부의 죽은 고사목 지대가 있고, 밑동 여기저기 소의 커다란 두개골과 늑골이 흩어져 있던 광경은 황량했다.

"제주도에서는, 제사 때 꼬치에 사용하는 소고기를 굽기 전에 식칼로 두드리고 칼집을 내는데, 왜 그러는지 알고 있나. 그건 의식이 아니야. 돼지고기의 경우는 그렇게 안하니까. 알고 있듯이, 제주도에서 소는 소중한 존재야. 우리들의 농사는 소의 힘으로 이루어지고 있어. 섬사람들은 그래서 원래 소를 신성시하고 죽이지 않지. 그러나 제사에는 돼지고기도 소고기도 필요하고, 그것 없이는 효도에 어긋나. ……침을 꿀꺽 넘기는 소리가 들리는군, 음. 그래서 불쌍하지만 늙은 소를 희생시켜 쓰는 것인데, 이건 고기에 힘줄이 많아서 질겨. 그대로는 단단해서 씹히지가 않지. 맛도 떨어지지만, 고기가 질겨서 부녀자들이 시간을 들여 식칼로 두드려 부드럽게 풀어 주는 거야. ……음, 섬사람들은 한라산의 영기(靈氣)를 믿고 있잖나. 산신의 존재도 말야. 난 특별히 믿는 것은 아니지만, 어험, 산속에서 이런 말을 하면, 산신님의 분노를 살지도 모르겠군. 한라산은 신비한 산이야. 깊고 넓은 계곡 바닥으로 내려가서, 그곳에서 커다란 소리를 내면, 곧 주위에 짙은 안개가 자욱이 끼지. 신심 깊은 여자라면, 이 눈보라는 산신님의 뜻이라고 할지도 몰라."

산속에서 마음을 비우면, 왠지 산신이 있는 느낌이 들기도 하는 법이다. 실제로 정면에 처마 밑 대웅전 현판이 있는 본당의 본존 석가삼존상을 향해 왼쪽 벽에 극채색의 커다란 산신도가 걸려 있고, 산신은 신앙의 대상이었다.

임 동무가, 어째서 눈보라가 산신님의 뜻이 되냐고 물었다.

"앗핫핫하, 산신님의 뜻이라는 것은, 아마도 소를 포기하라는 거겠지."

"이 정도 눈이라면 이제 가망이 없군. 그렇게 생각하고 포기할까."

장 동무의 한마디. 다들 웃었지만 왠지 허무했다. 고기는 혁명이다. 도대체 오늘 배부르게 먹었을 터였던 고기는 어디로 간 것인가. 눈사태 현장의 죽은 소는, 어젯밤의 보고로부터 다음날에는 환상의 소로 끝난 듯했다. 게릴라들의 빈 위장은 큰 소동을 일으키고, 일단 소의 이야기는 끝났다. 가슴이 쓰린 느낌이었다.

"이제부터가 대설의 계절이야. 눈은 더욱 쌓인다. 눈 녹는 봄까지 맡기자. 그때가 되어 눈 속에서 모습을 드러내면, 산신님의 선물로 받도록 하자."

강몽구가 모두를 격려하듯 말했다.

"산신님의 선물이라면, 빨리 받고 싶다."

"오오, 월동이다."

"지구전이다."

"고기는 혁명, 아이고, 고기가 먹고 싶다."

모두가 소리 내어 웃었다.

"조만간 먹게 해 주지."

강몽구가 웃으면서 말했다. 눈 녹는 봄까지 맡겨 놓는다. 눈 녹는 봄…….

게릴라들은 이미 눈보라 너머의 소는 포기했지만, 포기했는데도 눈보라는 멈추지 않았다.

다음날 아침, 눈을 떴을 때는 어찌 된 일인가 싶을 정도로 심산유곡의 절은 깊은 정적 속에 놓였다. 눈보라가 그친 것이다. 약해진 눈발은 여전히 바람에 나부끼면서 계속 내리고 있었다.

용백이 삽으로 경내의 제설을 하고 있는 것을 알아챈 게릴라들이 보초 외에 강몽구와 함께 도와, 금세 넓은 통로를 만들었다. 제설은 절의 정문까지 이어졌는데, 연못 부근으로 옮긴 눈은 작은 산이 되었다.

용백이 준비해 준 아침식사를 고맙게 먹은 게릴라들은, 눈이 그치기를 기다리지 않고 출발하기로 했다. 약해진 눈발은 발자국을 지워 주었다.

남승지는 다른 두 사람과 함께 숲의 아지트에 들러 행군에 필요한 짐을 가지고 돌아와 강몽구 등과 도중까지 동행했다. 그리고 성내로 가지 않고 제주읍의 중산간지대, 한천 상류지역에 있는 제주 지구 조직의 아지트로 향할 생각이었다. 아마도 그곳 아지트에 합류했을 양준오를 먼저 만날 필요가 있었다.

세 사람은 먼저 절을 떠났다.

새로 내린 눈은 무릎 위까지 도달해, 사박사박 소리가 났다. 숲의 좁은 길 입구로 가는 것도 강행군이었다.

아지트인 오두막은, 깊은 숲이 지켜서 괜찮을 것이다. 전에 숯을 굽는 사람들이 적당한 장소를 골라 지은 뒤, 폐가가 된 현재까지 긴 시간 동안 눈과 바람을 견뎌 왔던 오두막이었다. 그러나 산속에서의 월동은 어렵다. 아래쪽으로 이동해야 한다.

누구 할 것도 없이 눈사태 현장으로 가 볼까, 라는 말이 터져 나왔다. 숲 입구 근처까지 온 세 사람은, 눈이 내리는 가운데 그대로 지나쳐 얼마 안 걸리는, 계곡 근처로 발걸음을 옮겼다. 계곡의 비탈진 골짜기 밑을 향해, 눈 사이로 노출된 채 넘어져 있던 관목들은, 눈에 파묻혀 모습이 보이지 않았다. 소가 죽어 있던 절벽의 융기는, 그동안의 적설로 꼴사납게 거대한 눈덩어리처럼 솟아올라, 쓰러진 관목이나 그곳에 있던 소의 사체를 눈 속 깊숙이 흔적도 없이 묻어 버렸다. 흐-흠…….

다시 큰 눈이 와서 눈사태와 같은 충격으로 눈이 골짜기 아래로 떨어지지 않는 한, 수북이 쌓인 눈은 더 쌓이는 일은 있어도 녹지는 않을 것이었다. 봄의 해빙까지는……. 도저히 삽을 넣을 여지가 없는 죽은 소가 눈에 파묻힌 현장이었다. 봄이여, 오지 마라. 그대로 영원히 눈이 녹지 않고 죽은 소의 무덤이 되면 좋겠다……라고, 남승지는 생각했다.

세 사람은 아지트에서 더욱 서쪽 산중턱으로 올라간 곳에 있는 또 다른 숯가마로 옮기지 않고, 지금까지 지낸 오두막을 당분간 이용하기로 했다. 이 제1아지트에서의 집합기한은 지금까지는 사흘간으로 정해져 있었다. 그때까지 멤버 중 누군가가 돌아오지 않는 경우는 사고가 있다고 생각하고, 남은 자는 조직방위를 위해 제2의 '비상선'으로 아지트를 옮긴다. 항상 제3의 비상선까지 미리 정해 놓고, 제3의 '트(아지트)'로 재결집하지 못한 경우는, 대열에서 탈락하게 된다.

남승지는 이번 하산에 관해서는 기한을 삼일에서 닷새간으로 연장해서, 그때까지 돌아오지 못하면 아지트가 이동했다고 보고, 제2의 '트'로 집결하기로 했다. 겨울의 산악지대에서는 행동이 곤란하여 시간이 걸린다. 이번에는 성내로 직접 들어가는 것이 아니었다. 일단, 제주읍당 조직의 아지트로 찾아간 후에, 성내로의 진입 대책을 생각하게 된다면, 2, 3일 만에 돌아오기는 어려울 것이었다.

남승지는 낡은 배낭에, N오름에서 올 때 지참했던 식량 중 고구마 다섯 개, 보리 5홉, 그리고 절에서 받은 콩가루를 묻힌 시루떡 남은 것(언 것처럼 굳어졌지만, 휴대식량으로는 적당했다) 등을 넣어, 둥글게 만 모포와 함께 어깨에 메고, 머리에는 등산모를 썼다. 자급자족의 원칙. 이전처럼 마을에서 식량보급이 있었던 시기라면 모를까, 다른 조직 아지트에 식량의 부담을 주면 안 된다. 식량이 모자란 경우는, 동지간에 서먹한 일이 생기기 마련이었다. 이 정도만 있으면 충분히 사치스러운 편에 속할 것이다. 아이 주먹 정도로 남은 시루떡은 걸어가면서 먹는다.

절에서 남승지가 합류한 게릴라 일행은 산문을 나와, 넓은 일직선의 아름답게 눈 덮인 참배 길을 지나, 그 끝 비탈에서 산천단으로 통하는 참배 길을 택하지 않고 오른편의 낮은 절벽 아래에서 시작되는, 있는 듯 없는 듯한 작은 길을 찾아, 그곳에서 하산을 시작했다.

나무 사이로 펼쳐진 좁은 참배 길은 산천단에서, 근처에 솟은 삼의양오름 서쪽으로 완만하게 꺾인 길과 이어져 성내로 뻗은 주요도로가 되기 때문에, 사람 눈에 띄기 쉬웠다. 성내까지 길가 구석진 길목에는 토벌대의 캠프가 있었다.

일행이 내려가는 산골짜기 길은, 산천단에서 꽤 떨어져 삼의양오름의 동쪽을 스쳐 지나, 용강마을이나 동쪽 조천면으로 빠지는 길과 이어져 있었다. 훨씬 선두에는 무장대원 한 명이 척후를 겸해서 앞장서고, 후미에는 주위를 살피고 있는 강몽구를 뺀 세 사람이 교대로 발자국을 지우며 눈 쌓인 한라산을 내려갔다. 계속 내리는 눈이 더욱 깨끗이 발자국을 메워 줄 것이었다.

도중에 일행과 헤어진 남승지는 삼의양오름의 아랫마을, 월평리 쪽으로 도중에 펼쳐지는 고원지대 기슭의 경사를 따라 왼쪽으로 꺾어, 에둘러 온 길을 서쪽으로 크게 우회하여 나아갔다. 눈은 계속 내리고 있었지만, 쌓인 눈은 산간부 같지 않아 남승지의 발걸음이 빨라졌다.

설사 지형에서 차폐(遮蔽) 역할을 하는 기복이 있고, 무인지대에 소나 말이 지나는 좁은 길이 있어도, 그는 되도록 그곳을 피해 돌담으로 둘러싸인 밭이 이어진 곳을 횡단하며 나아갔다. 겨울 밭에는 사람이 없기 때문이기도 했지만, 등을 구부리면 주위의 돌담으로 외부로부터의 시야가 차단되기 때문이었다.

돌담으로 둘러싸인 밭끼리 접해 있어서 짐을 짊어지고서 거듭 돌담을 넘는 것은 쉽지 않았다. 마치 도보 마라톤의 장애물넘기 같은 것이다. 그런 경기가 있다면 아마도 우승할 것이었다. 짐이 없으면 높이뛰기 요령으로 단숨에 뛰어넘을 수 있고, 예전에는 뛰어넘었던 돌담이었지만, 지금은 눈으로 흐려진 회색 시야 저편에 짓궂은 반투명으로, 그러나 확실한 장애물이 이어져 있었다. 주위에 사람은 없겠지만 모르는 일이다. 돌담이 무너지고 돌과 돌이 부딪치는 큰 소리라도 나면, 그 소리가 어디로 울릴지 모른다. 그는 돌담이 낮은 곳을 찾거나, 때로는 몇 개의 돌을 뺐다가 다시 제자리에 올려놓으며 앞으로 나아갔다.

그렇게 무겁지 않은 등짐은 부담이 되지 않았지만, 내리는 눈 속에 무인지대를 마치 숙명처럼 돌담 넘기를 반복하면서 산천단에서 성내로 이르는 길을 서쪽으로 넘고, 또 다시 밭의 돌담을 넘어 목표인 한천 근처까지 당도했다. 전방에 보이는 2백 미터 정도의 부드러운 원추형이 두 개 늘어선 형제 오름의 표시였다.

손목시계의 바늘은 2, 3분의 오차는 있을 테니, 정확하진 않겠지만 세 시가 지났음을 가리켰다. 관음사를 나와 다섯 시간 남짓 흘렀다. 이제 곧 고독한 행군은 일단 끝이 난다. 저 한라산 쪽 오름 기슭의 소나무 숲 주변까지 한 시간이 채 걸리지 않는다.

마침내 이어진 밭의 돌담과 돌담 사이에 좁고 울퉁불퉁한 돌투성이 길로 나왔는데, 그는 돌담 그늘에 앉아, 땀이 밴 몸을 쉬었다. 눈은 조금씩 계속 내렸지만, 바닥을 두텁게 덮을 만큼 쌓이지는 않았다. 군데군데 바닥이 드러나 보였다.

등짐 위의 눈을 털고 모자의 눈도 털고, 몹시 담배를 피우고 싶다는 생각을 하면서, 머릿속에 마치 눈앞의 눈송이가 흩어질 것처럼 무언가가, 여러 상념이 머릿속 공간이 좁다는 듯 투명한 날개를 달고 어지럽게 날아다녔다. 이를테면 생각지도 않았던 어머니 얼굴이 어머니와 여동생이 있는 오사카 이카이노(猪飼野) 거리와 함께 떠올랐고, 기차를 탄 서울역 홈, 오사카 이마자토신치(今里新地) 공원의 수양버들, 관음사를 출발해서 도중까지 동행한 강몽구가 아닌, 올봄에 일본으로 밀항선을 타고 함께 갔을 때 고베에서의 강몽구, 이유원의 입술, 일제 강점기에 양준오와 조국 조선의 독립을 서로 이야기했던 고베·나가타(長田) 해안의 조수가 밀려왔다 빠져나가는 바다(양준오는 간조를 일본의 퇴조, 패전으로 기우는 것에 비유하곤 했었다)와, 수많은 상념의 단편이 모자이크 모양으로 소용돌이쳤다. 하지만 거기에는 지금 향하고 있는 아지트에 대한 편린은 볼 수 없었다. 머릿속 공간 어디에서인지 지금 이 순간의 시간은 텅 비어 있었다.

그는 일어나서 걷기 시작했다. 근처 돌담 위에 멈춰 있던 까마귀 몇 마리가 울면서 내리는 눈 속으로 날아갔다. 게릴라의 섬 밖 탈출 계획은 정말일까? 무엇을 위해, 이방근은 그런 일을 하는 걸까.

조금 전 까마귀로 보이는 무리가 어디로 갔다 왔는지, 뭔가 떠올리기라도 한 듯, 다시 이쪽 방향으로 머리 위를 향해 날아왔다가, 다시 제자리로 돌아간 모양이다. 뭔가 있는 걸까. 설마 사체? 아니 동물의 사체인가……. 밭에 무슨 동물의 사체가……. 그는 머리를 세게 흔들고 멀리 희미한 그림자에도 신경을 곤두세우며, 등을 구부린 채 걸어갔다. 눈사태 현장에서 죽은 소를 꺼내 해체했다면, 넓적다리 살을 한 덩어리 잘라줄 수 있었을 텐데. 고기는 혁명이다……. 뒤를 돌아보았지만, 까마귀들의 모습은 돌담 위에 보이지 않았다. 벌써 그렇게 멀리 날아간 것인가. 밭으로 내려와 있음에 틀림없었다. 무언가가 있는 것이다. 무얼 하러 까마귀들은 날아오른 것일까.

그는 서둘렀다.

넓은 소나무 숲의 어슴푸레한 터널 같은 좁은 길이 끝난 주변에, 소나무 숲으로 덮인 오름 기슭으로 보이는 낮은 언덕이 이어져 있었는데, 그곳에서 망을 보던 게릴라가 총을 들이대었다. 서로 얼굴은 몰랐지만, 상대는 수하하기 전에 접근해 오는 남승지를 보고, 비무장 게릴라라고 직감한 모양인데, 근처에 있는 자연동굴로 데리고 갔다. 흡사 소나무 숲 안의 동굴이었다.

동굴은 넓고, 여자들을 합해 열 명 남짓이 있었다.

남승지의 출현에 양준오는 매우 놀란 듯했는데 남승지도 홀쭉하게 살이 빠진 그의 얼굴을 보자마자 깜짝 놀랐다. 원래부터 깡마르고 각진 턱을 갖고 있었지만, 탈출하기 2개월 전 성내에서 만났을 때의 생기는 어찌 된 일인지 사라진 느낌이었다. 어디가 아픈지 물으려다가 그만두었다. 조금 전 눈에서 나온 죽은 소의 붉은 넓적다리 고기 한 덩어리가 머릿속 공간에 둥실 떠올랐다 사라졌다.

여자중학교 교사였던 성내 세포 책임자인 유성원도 있었다. 여자 두 명은 여성동맹의 간부였다. 읍당 조직의 위원장도 있었다. 이 동굴은 성내 세포 그룹의 아지트였고, 성내 외의 제주읍구역 조직 그룹의 아지트가 두 곳 정도 있을 터였다. 전체 30명도 안 될 것이다. 관음사의 조직부회의에서, 제주읍이나 성내 조직은 약하다……고 했던 장 동무의 말을 떠올렸다. 무장 게릴라는 세 명, 함께 동굴에서 생활하고 있는 듯했다.

짐을 내린 남승지는 각반을 풀고, 안쪽 길이가 십 미터가량 되는, 약간 갈지자 형태인 동굴에서, 마침 취사를 하기 위해 돌을 쌓아 만든 아궁이의 불로 발을 따뜻하게 녹였다.

"김 동지, 식량은 있습니까?"

총무 담당인 듯한 젊은 청년이 말했다.

"예."

남승지는 바닥의 배낭에 손을 대고 고개를 끄덕였다. 자급자족이며, 다른 그룹의 식량을 침범하면 안 된다. 서로 굶주림에 시달리고 있었다.

그는 권(權) 위원장과 유성원, 양준오 앞에서 아지트로 찾아온 목적에 대해 이야기하고, 그 이방근의 움직임에 대한 사실 여부를 확인했다. 그런데 답은 사실이라고 돌아와, 예감한 일이었지만 역시 충격이었다. 남승지는 도당 조직부회의의 결정으로(도당 조직 결정과 마찬가지지만) 조직파괴적인 반조직 행동을 하고 있는 이방근과 만나, 그 중지를 요구해야 하는데, 직접 성내로 들어가야 할지 고민하고 있다, 이곳에서 성내로 연락하는 방법으로, 성내의 조직 연락원인 이방근 집의 식모 부엌이에게 선을 연결하려면 어떻게 하면 되는지 물었다.

그것은 조금도 어려운 일이 아니라고 권 위원장이 말했다. 성내에서 연락원의 출입은 매일 있기 때문에 부엌이에게 연락하는 것은 간단하지만, 이방근과 어디서 어떻게 만날지, 그가 그것에 응할지, 만날 수는 있어도 과연 그가 조직의 요구에 응할지가 문제다…….

남승지는 우선 부엌이에게 선을 연결해서, 이방근에게 성내에서 멀지 않는 장소에 와 있는데 꼭 만나고 싶으니(그 일은 요전에 관음사에서 만났던 부엌이를 통해서 전해졌을 것이다), 형편을 묻고 싶다, 가능하면 장소와 시간 등의 지시를 부탁하고 싶다는 뜻의 연락을 보내기로 했다.

섣달 그믐날인 다음날 아침, 연락원이 온다고 했다.

남승지는 그때까지 동굴 안쪽에 가까운 장소에 양준오와 함께 있기로 했다.

그는 양준오와 단둘이 되자, 이방근의 '탈출 계획'에 대해 성내 탈출 이전부터 알고 있었냐고 물었다. 양준오는 조용히 고개를 끄덕였다. 그리고 그 문제에 대해 이방근의 집에서 이야기를 들었지만, 심각한 문제다, 서로 토론이라기보다 말싸움까지 있었다, 그러나 그의 생각은 결코 반혁명을 해서 조직파괴를 하려는 것이 아니다, 그의 마음속에서 나오는 것이고, 그는 그 일에 전력을 다할 것이라고 이야기했다. ……그는 그 때문에, 나의 입산에도 강하게 반대했다, 나는 그걸 무릅쓰고 입산한 거야……라며 양준오는 웃었다.

"나는 솔직히 말해서 실망했네. 좀 더 산의 조직이 튼튼하고, 무기도 있고, 무장 게릴라도 있다고 생각해서 기대하고 입산했으니까. 아무것도 없는 것이나 마찬가지야. 위원장 동지에게도 그렇게 얘기했어."

"이 그룹은 무장 게릴라가 아니잖아요. 당분간은 조직의 온존이 조직방위가 되는 걸요."

"알고 있어. 비무장대는 이렇게 아지트를 바꾸면서 동굴에 가만히 있는 것이 조직 보존을 위한 월동 공작이지. 이 현실에 입각해서 마지막까지 할 수 있는 일을 할 뿐이야."

구김살 없는 어조로 말한 양준오는 다시 웃었다.

"위원장에게 이야기한 것까지는 괜찮지만, 너무 솔직하게 비판적인 말은 안 하는 것이 좋아요. 여기는 조직이라서, 투항주의, 기회주의가 된다고요."

남승지는 목소리를 낮춰서 말했다. 환상까지는 아니더라도 상당한 기대를 가지고 입산을 달성한 양준오의 속마음에는 본인의 실망했다는 말보다 더 깊은 것이 있었을 것이다. 실제, 동굴 안에서 일정한 학습은 하지만, 토벌대가 적의 소재를 찾는 작전을 피해서 가만히 숨어 있는 것 말고는 달리 할 일은 아무것도 없었다. 한 곳에 오래 있을 수 없기 때문에 새로운 아지트를 찾아 산야를 떠돈다. 이것이 성내 그룹의 실정이었다.

제 27 장

1

열흘 정도면 일본에서 제주도로 돌아올 예정이었던 한대용이 늦어졌다. 지난달 말에 오사카 기타쿠(北區)에 있는 재일조선인연맹에 한대용이 얼굴을 내밀었다는 소식은 서울에서 동향회 멤버에게서 들었지만, 여동생 유원이나 영옥 등의 일은 알 수 없었다. 그러나 한대용이 오사카에 있다고 하니, 여동생 일행도 일엽편주인 밀항선으로 대해를 헤쳐 나가, 무사히 일본에 상륙한 것은 틀림없었다.

이방근은 목포에서 밀항해서 제주도로 돌아왔다. 일본에서 밀수한 견직물류를 사들이러 가는 서울 남대문시장의 상인들과 함께 송래운 선주 그룹의 발동선을 탔는데, 부산까지의 반나절, 열 시간 남짓한, 이방근에게는 조금 익숙한 느낌의 두 번째 밀항이었다. 밀선에 의한 것이니, 같은 국내라도 밀항이 되는 것일까. 같은 국내라는 것이 도무지 이상하다. 밀항은 물론이거니와 왜 나는 기다리는 사람이 있는 것도 아닌 제주도로, 풍파가 심한 겨울의 제주해협을 구토의 고통을 반복하면서 건너야 할까 생각했다.

유달현이 '갑작스러운 죽음'을 맞이한 지금, 이방근은 정세용을 만나야만 했다. 그러나 그와 만나려면 유달현이 죽음을 맞이했던 그 배가 어둠 속 저편에서, 별이 빛나는 밤하늘로부터 실제로 제주도에 돌아온 뒤가 아니면, 그리고 한대용과 얼굴을 마주하고 유달현의 유품을 정리한 뒤가 아니면, 사실 어떻게 만날지 결심이 서지 않았다.

이방근이 제주도로 돌아와 열흘가량 지난 20일이 되어서야 비로소 한대용이 한 달 만에 섬으로 돌아왔다. 조천항에 들어온 다음 날, 성내에 들른 그는 구입 착오로 귀국이 많이 늦어진 것을 사과한 후, 여동생이 도쿄의 M음대 3학년으로 편입하여(서울에서는 올 9월에 4년제로 승격된 대학의 4학년이 되어, 내년 6월에 졸업 예정이었다), 한동안 일본으로 귀화한 큰오빠가 있는 곳에서 기거하다가, 내년부터 대학 기숙사에 들어가게 된다고 알렸다. 여동생을 이 나라에서 내보내는 것이 큰일이었다. 어째서 이렇게까지 해야만 하는 것인가. 이방근은 복잡한 심정이었지만 안도의 한숨을 내쉬었다. 괴로운 일이었다. 반민족적인 떳떳치 못한 기분이 사라지지 않는다. 조국의 통일과 혁명으로 젊은 피가 계속 희생되는 이 땅을 떠나 유학이라니…….

유원 자신이 오빠 이상으로 격동하는 조국을 등진 자신에게 부끄러움조차 느끼고 있었다. 조직원이 아니라도 이 시대에 적 앞에서 도망치는 것 외에 아무것도 아니었다. 유원아, 십자가를 짊어져라. 여동생에게는 절대 하타나카 요시오(畑中義雄)의 신세를 지지 말라고 했었지만, 잠시 같이 지낸다는 말을 듣고 마음이 차분해지는 것이 이상했다. 도쿄에서 오누이가 몇 년 만에 만나는 것인가. 7, 8년……. 10년까지는 안 되겠지만, 잘 모르겠다.

여전히 직접 건넸던 머리핀 하나로 머리를 고정시키고 있을 신영옥은 오사카의 쓰루하시(鶴橋)에 있다고 하는 현기림의 딸 부부가 운영하는 조선요리점에서 일을 도우며 앞으로의 계획을 세울 것이다. 모두가 무사히 상륙했다는 것은 기뻤지만, 한대용을 감시하기 위해 승선했던 두 명의 아직 스무 살 전후의 젊은 병사, 자칫하면 유달현처럼 바다에 던져질 뻔했던 일등병들이 귀국을 거부하고 한림의 청년들과 의기투합하여 함께 상륙해서 일본에서 탈주병이 된 관계로 배에 남겨진 두 자루의 총은 한대용이 가지고 돌아왔다고 했다. 이방근은 뜻하지 않게 웃음이 나왔다. 함흥차사라고나 해야 할까, 아직 나이가 젊은 두 사람에게는 그다지 어울리지 않은 비유이지만.

배는 한림으로는 가지 않았지만, 한림 주둔 토벌 중대가 임무를 마치고 올해 안에 있을 본토 병력과의 교대를 위해 대기 중이라는 것을 안 한대용은, 약속한 견직물 선물을 중대장들에게 보내며 짐짓 성실함을 보였다. 그리고 탈주병이 된 두 병사의 총 두 자루를 건넸다. 가능하면 총을 마을 민위대나 게릴라 조직에게 넘기고 싶었지만, 병사도 총도……라면 쓸데없는 의심을 살지도 모른다고 우려했던 것이다.

유달현의 유품, 이방근이 가지고 돌아온 사냥모자 외에 신사복 상하, 코트, 구두 등은 일본에 상륙한 두 병사가 사용하게 되었지만, 일본돈 30만 엔은 그대로 남았다. 이방근과 한대용은 그것을 돈이 없는 섬 탈출자 운반비용에 충당하기로 했다. '전리품'이라고 생각하면 된다. 이 돈을 경찰 쪽에 되돌려 줄 수는 없었다.

만일 정세용이 유달현의 죽음을 안다면(어떻게? 어쩌면 내가 그 사실을 이야기할지도 모른다. 단, 유서도 없이 캄캄한 밤에 투신자살했다는 '사실'만을. 의심해도 상관없다) 아마 그가 관여한 30만 엔의 행방을 어떻게 생각할 것인가. 한대용도 그것을 걱정했지만, 설령 안다고 한들 어쩔 수 없는 것이다. 그 돈은 스파이 행위의 대가로서 지불이 끝난 것이고, 이미 그들이 관여할 바도 아닐 뿐더러, 그것을 공공연히 드러낼 수도 없었다. 유서뿐만 아니라, 사냥모자 외에는 어떤 유품도 없었던 것이다. 그것이 투신자살의 '사실'이다.

이방근은 한대용을 만난 사흘 뒤에 도경의 정세용에게 전화를 걸었다. 새삼스럽게 무슨 일인가? 무슨 용건이라도 있나……. 지난 달 10일을 지나, 아직 이방근이 밀항선에 승선하기 전 전화로 이야기했을 때와 똑같은 말이었지만, 차분하게 응답했던 그때와 달리 그 어조에 의심 어린 그림자가 있었다. 이방근은 단적으로 예-, 할 이야기가 있습니다……라고 대답했다. 이야기 외에, 하수인 정세용과 얼굴을 마주할 필요가 있었다. 이야기? 으-음, 무슨 이야기……? 예-, 그것은 만나 뵙고 말씀드리겠습니다만, 시간이 어떠신지요? 이방근은 이때 순간적이었지만, 밀항선 위에서 죽은 유달현에 대해 이야기해야겠다, 알려야겠다고 생각했다. 순간적이라기보다 상대방 말의 위세에 이끌려 지금까지 주저했던 결단이 바뀌었다고 해야 할 것이었다.

도대체 유달현의 죽음과 정세용은 무슨 관계가 있는가. 눈에 보이는 증거가 있는가. 상대는 연말이기도 하고, 지금 당장은 시간을 낼 수 없어서, 일주일 뒤 연말이 임박한 30일에 만나기로 정했는데, 그 순간 이방근은 정세용이 나를 피하는 것은 아닌지, 육감으로 뭔가 느끼고 있을지도……라고 생각했다. 일전에는 이야기를 꺼내는데 실패하여, 제주도의 앞으로의 정세라든가 경찰 당국의 생각을 현직에 있는 세용 형님한테 듣고 싶다……며 그 자리를 얼버무렸지만, 이미 그때 이쪽 마음의 움직임을 간파하고 있었는지도 모른다. 동시에 그것은 정세용 자신의 '정체'도 이방근에게 간파당한 게 아닌가…… 하는 의심과 한 쌍을 이루는 것이었다. 그리고 단적으로 할 이야기가 있다고 하는 수화기를 손에 든 정세용은 4·28화평협상 파괴 공작은 둘째치고 유달현과의 사실관계를 이방근이 눈치 챘다는 것을 깨달았음에 틀림없었다.

일전에 정세용은 아마 아버지 이태수로부터 아들이 한림에서 밀항선을 타고 부산에서 일본으로 향하는 여동생과 만났다는 사실을 들어서 알고 있을 것이다. 유달현이 한림에서 승선했다는 것을 알고 있었다면, 같은 배에 이방근이 함께 탔다는 우연에 정세용은 놀랐을 것임에 틀림없었다. 그러나 유달현의 죽음까지는 생각하지 못할 것이었다. 게다가 고 경위를 사살한 사실을 이방근이 파악하고 있다고는 결코 생각하지 못할 것이다. 그것이 일전에 전화를 했을 때와는 근본적으로 사정을 달리 만들고 있었다.

서재 소파에 앉은 이방근은 아버지와 정세용의 바둑이 끝나기를 기다리면서, 손에 든 소형 권총을 가벼운 취기로 희미하게 달아오른 볼에 대고, 차갑고 매끄러운 쇠붙이의 감촉을 느끼고 있었다. 자동 장전식 브라우닝, 서울에서 황동성이 '선물'로 준 것이었다. ……이건 이조백자 항아리는 아니지만, 일단 몸 가까이에 두고 손질하며 쓰다듬고 있자면, 정말로 주인에게 순종하는 느낌이 전해져서 도저히 몸에서 떼어 놓고 싶지 않은 물건이지요. 마치 살아 있는 거나 마찬가지로……. 올 여름, 종로의 잡거빌딩 3층에 있는 창원부동산에서 황동성이 열쇠가 채워진 로커 안에 또 다른 열쇠로 채워진 서랍에서 꺼낸 권총을 보이면서 중얼거렸던 말을 따라 하는 것은 아니지만, 달아오른 볼에 차가운 금속의, 폭발을 품고 있는 감촉이 좋았다.

당신은 권총을 갖고 싶어 하는군요. 권총을 손에 들었을 때의 이동지의 표정, 눈빛이 다른 사람과는 꽤나 달랐습니다……. 권총을 가지시오. 뭔가 도움 될 때가 있을 테니……. 그때는 일단 거절했던 것을, 이번 서울 출발 사흘 전에 명동의 술집까지 가져오도록 부탁했던 것이다.

이방근은 분명히 전부터 권총을 갖고 싶었다. 이렇다 할 목적이 있는 것은 아니었지만, 변덕스러운 욕망처럼 한 자루의 권총이 바로 곁에 있다면…… 하고 생각한 것은 사실이고, 그것이 자살 의도와 관계가 있을지도 모른다는 생각을 한 것도 사실이었다. 최초에 황동성이 창원부동산의 밀실에서 권총을 보이며, 괜찮다면 주겠다고 했을 때, 뭔가 총신과 같이 차갑고 오싹한 느낌을 등줄기에 느꼈던 것은 까닭없이 그런 것은 아니었다.

그는 주머니에 들어가는 작은 권총의 차가운 총구를 관자놀이에 살며시 대보았다. 후후, 권총을 들이댔다고 해서 자살하고 싶은 마음이 생기는 것은 아니지만, 이방근은 지금, 그러니까 최근, 그리고 가까운 장래에 자살할 일은 없을 것이다. 또 하고 싶다는 생각은 하지 않았다. 자살이라는 관념이 이방근의 실체를 떠나 스스로 유예를 두고 있는 느낌이었다. 왜 권총을 받아온 것일까. 안으로 향하는 것인가, 밖으로 향하는 것인가. 만일 예전에 자신의 것으로 삼았다면, 어디론가 혼자 돌아다니고 있을 것 같은 예감에 사로잡혔던 권총.

조금 전 인삼차를 가져온 부엌이가 서재에 들어왔는데도 신경 쓰지 않고 권총을 손에 들고 있자, 아이고—, 그 대단한 부엌이도 눈을 크게 뜨고 억제된 소리를 질렀다. 서방님, 그런 걸 손에 들고, 어찌 된 일이우꽈? 권총이야, 놀랄 것 없어. 단, 입 밖에 내지마. 세용 형님은 아직 아버지와 상대하고 있나? 예—. 바둑 끝난 것 같으면 바로 알려줘. 예—. 정세용이 아버지와 바둑을 두기 시작한 지도 이미 한 시간. 이곳에서 이른 저녁을 함께한 뒤 아버지와 상대하고 있었다. 여섯 시가 지났다. 정세용은 바둑알을 손에 들고 바둑판을 노려보면서, 서재에서 나눌 이야기의 어떤 계획을 세우고 있는지도 모른다.

이방근은 붉은 핏빛 비로드 천으로 권총을 싸서 탁자 위에 올려놓았다. 탁자 위에는 한 통의 봉한 편지가 있다. 유달현의 편지였다. 유서는 아니었지만, 일종의 유서가 돼 버린 유달현의 편지였다. 거친 밤바다 위 마스트에 매달려 죽은 유달현치고는 매우 내용이 변변치 않은 것이지만, 경우에 따라서는 정세용에게 보여 주려고 생각하고 있었다. 유달현의 섬 밖 탈출의 명확한 증거, 이방근에 대한 의사표시로서.

조천면의 십일장이 열리는 노천시장 입구에서 막 잘린 게릴라의 목을 이방근이 본 것은 사흘 전이었다.

그날 오후, 이방근은 밀항자 운반 문제를 의논하기 위해, 전날 밤부터 조천에 가 있는 송래운을 찾아갔다. 이방근이 게릴라를 선동해서 하산시켜, 그들의 섬 밖 탈출을 돕고 있다……는 조직 관계자로부터의 비난 공격이 송래운의 귀에 들어갔다는 것이었다.

어쨌든 하산한 자도(가능하면 입산한 모든 게릴라가 탈출해야 한다) 탈출시킬 생각이지만, 하산을 선동한 적도 없거니와, 지금까지 배를 태운 것은 지난달 한림 청년들 30여 명에 지나지 않았다. 일은 이제부터, 게릴라의 패배가 결정적이 된 지금부터가 고비인데, 조직은 마치 앞으로의 행동에 선수를 쳐서 저지하려는 것 같았고, 결국 그것은 도망갈 곳 없는 외딴 섬의 산속에서 전원 살해당하거나, 굶어 죽거나, 얼어 죽게 만드는 것이나 마찬가지였다. 이방근은 그것을 확신하고 있었다. 천재지변을 대신할 기적이 없는 한 게릴라의 승리는 있을 수 없었고, 제3의 길인 화평도 있을 수 없었다. 단지 궁극의 사태로 치달을 수밖에 없는데 어떻게 해야 하는가. 게릴라가 다른 방도를 강구하지 않는다면, 이상하다고 할 수밖에 없었다. 강구할 대책이 없다는 것인가.

강몽구와 선이 닿아 있는 송래운은 경찰에 쫓기는 자들은 재산에 관계없이 승선시키지만, 게릴라에게 하산하도록 '선동'하는 것은 불가능한 입장이었는데, 이방근도 게릴라를 '선동'해 하산시킨 적은 없었고, 송래운의 생각에 찬성이었다.

그러나 송래운은 섬 대부분의 밀무역선을 청산하고서, 동란 속의 섬 주민을 섬 밖으로 나르고 있었기 때문에, 섬에서 일어나고 있는 현실의 사태를 심각하게 바라보고 있었다. 그는 많은 말을 하지는 않았지만, 이 섬에 오게 될 멸망적 징후를 이미 보고 있었던 것이다. 무슨 일이 일어날 것인지. 섬 주민 전체가, 그리고 산중의 피난민과 게릴라가 어떻게 될 것인지. 그 나름대로 이미 어찌할 수 없는 지옥도를 그리고 있는 것 같았다.

조천 시장에서 목격한 게릴라의 잘린 목이 그 지옥도의 한 장면이었다.

조천만은 제주도에서는 드물게 복잡한 해안선이 뒤얽혀 있고, 모형 정원처럼 암초가 여기저기 흩어져 있어서 이조시대에는 육지로 가는 항로의 기점이 되었던 요충지였고 제주목사의 출입항이었다. 송래운 선주 그룹은 거의 공공연하게 이곳을 거점으로 삼고 있었고, 한대용의 배도 외해에 가까운 곳의 안쪽에 정박하고 있었다.

조천리에는 면사무소와 경찰지서가 있었지만, 원래 조직의 힘이 강해서 낮 동안에도 경찰들의 순찰이 자유롭지 않은 지역이었다. 토벌대는 동쪽의 이웃 마을 K리에 한 개 중대가 주둔하고 있었다.

새해 벽두의 일본행에 대비해 의논하러 찾아온 한대용도 함께 이방근은 시장 구경에 나섰다. 열흘에 한 번 열리는 면 시장인지라 각지에서 온 사람들로 혼잡한 노천시장 앞까지 왔을 때, 윽! 하고 한대용이 목이 막힌 듯한 소리를 내며 멈춰 섰다. 몇 미터인가 바로 앞의 시장 입구를 드나드는 사람들의 머리 위를 올려다보자, 입구 기둥과 기둥 사이에 이상한 것, 아니 그것임을 바로 알 수 있는 잘린 사람 목이 공중에 뜬 것처럼 매달려 있었다. 한순간 공중에 떠 있는 것처럼 보인 것은 착각이었고, 풍선도 아닐 터라 그럴 리가 없었다. 가까이 다가가 보니, 몸집이 큰 편인 이방근이 손을 뻗으면 닿을 만큼의 높이에, 잘린 목은 귀에서 귀로 관통된 혈흔이 들러붙은 철사에 매달려 있었다. 쑥대머리를 한 서른 전후의 남자로, 눈도 입도 닫혀 있었지만, 흙빛 얼굴에는 거의 상처가 없어 얼굴 생김새를 똑똑히 확인할 수 있었다. 아마도 고문은 몸에 집중되었을 것이다. 귓바퀴에 피가 굳어 있었지만, 효수하여 신원 확인에 방해가 되지 않도록 귀 밖으로 흘러나온 핏자국을 닦은 흔적이 있었다.

세 사람은 불과 몇 초만에 그 자리를 떠났다. 효수는 게릴라의 것임에 틀림없었지만, 세 사람은 아무 말도 하지 않았다.

요란하게 꽹과리를 치는 소리가 나서 돌아보니, 신작로(일주도로)를 두 대의 지프가 면사무소 앞을 지나 천천히 달려왔다. 선두의 토벌대에 이어, 청년들이 탄 뒤쪽 지프에서 꽹과리가 울리고, 깃발처럼 무언가 꽂아 세우고 있었는데, 그것은 바로 죽창으로 찌른 사람의 머리라는 것을 알았다. 청년들이 무언가 큰 소리로 외치고 있었다. 조천 출신 폭도의 머리를 보라……는 일종의 선전이었다. 잡초 같은 덥수룩한 머리를 바람에 날리고 있는, 아직 혈흔이 들러붙어 있는 막 잘린 목이었다. 2, 30미터 떨어져 천천히 다가오는 또 한 대의 지프에 미군 네 명이 타고 있었는데, 앞서 가는 지프의 머리가 아니라, 시장 입구 공중에 뜬 것처럼 바람에 흔들리고 있는 머리를 올려다보며 웃고 있었다.

그날 송래운과 한대용은 조천에 묵고, 이방근은 당일로 돌아왔다. 다음 날 성내에 들른 한대용이 장이 끝나갈 저녁 무렵, 사람들 속에서 갑자기 대여섯 살 먹은 사내아이가 잘린 목을 올려다보고 아버지, 아버지 하고 소리 내어 울기 시작했다는 마을 사람의 이야기를 전했다. 전투 중에 체포된 그 남자, 게릴라인 문 아무개는 신원을 일절 발설하지 않고 K리 주둔의 토벌대에 살해당했다. 토벌대는 '거물'일 것 같은 남자의 가족을 검거하기 위해 효수한 것인데, 아이의 눈에 띄면서 신원이 탄로나, 아내와 부모가 체포되어 다음날 처형당하고 두 어린아이만 살아남았다…….

시장 입구에 막 잘린 목이 매달렸다고 해서 놀랄 일은 아니었다. 지프에 탄 '민주주의 국가'의 미군이 웃으며 그것을 쳐다본 것이 보다 놀라운 일일 것이다. 혼잡한 시장 입구의 효수나 지프 위의 잘린 목이 중세적인 풍경이라고 한다면, 그에 이르게 한 초토화와 전략촌 작전은 미군의 명령에 의해 자행된 것이다.

이에 필적하는 일들이 이 섬 도처에서 자행되고 있었다. 성내에서도 보상금에 의해 잘린 섬 주민의 머리가 경찰서 안에 굴러다니고, 우익단체의 사내들이 자루에 넣어 들고 다니기도 했지만, 일반 대중 앞에서 효수된 머리를 보기는 이방근도 처음이었다. 아이 둘이 살아남았다는 것은 다행스러운 이야기였지만, 아이를 처형에서 제외했다는 당연한 일에 안심하고, 갑자기 감사의 마음까지 드는 건 어째서일까. 그것은 토벌대에 대한 것이 아니었다. 고맙다고 한다면, 맥박을 이어 가는 하나의 생명에 대한 감사일 것이었다. 계모 선옥이 일부러 토벌사령부의 특별 허가를 받아서 부엌이를 데리고 눈 내리는 관음사에 올라, 남아 출산을 기원하는 불공을 드리고 온 것은, 불과 2, 3일 전의 일이다. 이런 시기에 사치스럽고 어울리지 않는 일이었지만, 선옥으로서는 필사적이었다. 어쩌면 남아 출산을 이루지 못하고, 여아라도 낳는다면, 이 집에서 추방될지도 모른다고 생각하고 있을 것이다. 이씨 집안 후처로서의 명예와 체면이 걸린 일이었다.

관음사에서는 부엌이가 우연히 남승지와 만났다고 하는데, 가까운 시일 내에 성내로 찾아올 예정이라고 했다. 서울에 있는 유원은 건강한지, 아프지는 않은지 등을 물었다고 하는데, 나완 상관없는 일이다. 그 이상 알 필요는 없다.

조천시장 입구에서 잘린 목을 본 후, 이방근은 어디선가 유달현의 잘린 목을 본 느낌이 되살아났는데, 어디에서 그런 느낌의 실체가 떠오르는 것인지 처음에는 막연하여 알 수가 없었다. 그의 잘린 목을 보았다는 것은 있을 수 없었다. 아아, 바다에서 본 유달현의 사체에 생각이 미친 순간, 몇 번이나 환각에 나타났던, 해상에 떠올랐다가 사라진, 바닷물로 하얗게 씻긴 유달현의 얼굴, 스크루에 잘려 해수면을 수박처럼 구르며 떠올랐다 잠겼다를 반복하는 머리가 확실하게 눈앞에 나타났다.

이방근은 유달현의 편지를 손에 쥐었다. 처음에 서울에서 돌아와 책상 위에 놓여 있던 그것을 읽었을 때는, 터무니없는 내용에 찢어버리려고 생각했다. 그렇게 하지 않았던 것은 정세용에게 보이기 위해서가 아니라, 이 편지를 부친 그날 밤에 그가 배 위에서 죽었다는 것에 생각이 미쳤기 때문이었다. 스크루에 잘려 밤바다를 떠도는 유달현의 머리.

잘린 머리는 머지않아 성내의 동문시장, 서문시장 입구에도 양쪽 귀를 철사로 꿰인 채 매달릴 것이다. 게릴라들의 잘린 목을 제등 대신 손에 든 집단이 관덕정 광장을 행진할지도 몰랐다.

"친애하는 이방근 군. 소생은 지금, 오늘 밤 배를 타기 위해 집을 나서네. 갑자기 일본으로 향하게 되었는데, 모든 것이 긴급한 상황을 맞아, 출발하기 전에 직접 만나서 천천히 이야기를 나눌 수 없는 것이 매우 유감이지만, 넓은 마음으로 용서하길 바라네. 이번에 성내를 덮친 폭풍우에 휘말려 소생도 20여 일 부득이하게 별장생활('별장생활'이란 유치장이 아닌 형무소 생활의 비유이지만, 첫 경험인지라 흔히 말하는 별장생활이라고 썼을 것이다)을 하고, 이제 겨우 집에 돌아온 참일세. 현명한 이방근 동무는 짐작할 수 있으리라 믿지만, 현 정세하에서는 석방된 몸으로 이 땅에 끝까지 버틸 수 없는 까닭에, 단장의 심정으로 혁명이 진행 중인 고향과 조국을 등지고 출발하네. 그 땅에 무사히 도착하면(단순히 도착이 아닌 무사히 도착이라고 쓴 것이 인상적이다), 재일동포를 주체로 한 조직활동에 참여하여 전진을 기약하는 바일세. 전진! 비록 사는 곳이 바뀌어도 혁명은 국경을 넘어 전진이 있을 뿐……."

전진이란 무엇인가. 그리고 !의 감탄부호. 그의 도망이 혁명이나 전진과 무슨 관계가 있는 것인가. 그는 머리가 혼란, 아니 정신착란을 일으키고 있는 것은 아닌가. 이방근은 웃음이 나왔다. 이것이 자네에게(친애하는 이방근 군에게) 한 통 적었다는 편지였다. 내용도 없을뿐더러 이해하기 힘든 편지였다. 그가 뜻밖의 죽음을 당한 일도 있고, 자신은 절대 스파이가 아니라고 배반을 강경하게 부정하고 있었던 만큼, 얼마나 심각한 내용의 편지인지, 배반을 했더라도 그에 수반하는 고뇌와 진실이 담긴 편지일 것이라고 기대했건만, 이것은 단순한 슬로건이 아닌가. 잠자코 떠날 수도 없어, 한마디 말을 걸고 떠난다는 성질의 것일 게다. 마치 자신을 얼버무려 넘기고, 편지의 상대를 얼렁뚱땅 속이려는 것으로, 편지를 쓸 필요 따위는 없었던 것이다. 아니, 얼버무리는 정도까지도 가지 못했다. 적반하장에다 궁지에 몰린 족제비가 뿜어내는 악취까지 난다. ……그리고, 그는 역시 이방근을 무시하고 있지 않다는 인사 표시이기도 하다. 내용이 거짓이라도 그것은 상관없다. 자신은 몰래 섬을 떠나는 것이 아니다. 제대로 작별 인사를 했다는 형식을 갖춘 것일 게다.

이방근은 철저히 거짓말로 일관된 편지를 읽었을 때, 거듭 하찮다는 생각으로 읽으면서, 선상에서의 예기치 못한 죽음에 대한 뭔가 뒤가 켕기는 느낌으로부터 자유로워지는 느낌이 들었다.

거짓이 아닌, 그야말로 감동을 주는 고뇌와 진실이 드러나 있는 편지를 받았다면, 그의 죽음은 일종의 주박이 되어 이방근의 내부에서 좀체 사라지지 않았을 것이다. 이방근은 이 거짓으로 점철된 편지 덕택에 구원되었다는 느낌마저 들었다.

음, 유달현이 그 정도까지 끈질기게 입을 열지 않았던 것은 편지 탓이다. 마지막까지 이방근, 넌 위선자다, 비열한 놈. 무고한 나를 배신자로 만들어 죽이려고 하다니, 신의 얼굴을 한 악마다, 라며 제멋대로 말하며 입을 열지 않고 죽어간 것은, 이 하찮은 편지에 충실하고자 한 것이다. 그가 마스트 위에서 한 '고백'은 편지 내용과 일치한다. 편지 내용이 거짓이라면, 그 거짓에 충실한 고백도 거짓이 된다. 그가 마지막까지 배신을 부정한 것은 거짓에 충실했던 것이다. 그리고 마스트 위에서의 죽음에 대한 공포, 스파이로 밤바다에 던져질지도 모른다는 죽음에 대한 공포가 그를 그 거짓에 충실하게 만들었다. 거짓에 충실이란 것도 이상한 말이다. 눈앞의 이익에, 죽음의 공포가 야기하는 삶에의 욕망에 충실했던 것이다. 실제로 무사히 도착했다면 편지에 쓴 대로 재일동포를 주체로 한 조직에 잠입하여 '전진'할 작정이었던 걸까. 학살의 아수라장을 빠져나온 혁명가, 애국자로서. 그 부분을 알 수 없다. 그러나 그것이 유달현의 살겠다는 의지이기도 했다.

그는 유려한 펜글씨 편지를 손에 든 채, 생각을 처음으로 돌리자, 어떻게 이런 편지를 쓸 수 있는지 새삼 이해할 수가 없었다. 해방 후에 친일파 대부분이 조선 민족의 보전을 위해 '내선일체', '동화정책'의 친일을 한 것이라고(내선일체로 일본 황국신민에 동화되어 '민족의 보전'이 가능할 리가 없다) 강변하고 있지만, 유달현의 편지도 그 반증과도 같은 것일 게다. 혁명이라든가 조직이라는 좌익의 용어는 해방 후 최근 몇 년간, 지금까지의 적극적 친일 대신 그의 안에 세 들어 살듯 임시로 거처했던 것이고, 그 역할이 끝난 지금도 그는 자신의 행위를 숨기기 위해 마지막까지 좌익적 언변으로 편지를 꾸미고 있는 것이었다.

이방근은 결이 거친 두 장의 편지지를 원래대로 접어 봉투에 넣은 다음, 탁자에 다시 올려놓았다.

그는 인삼차를 마시면서 정세용을 기다리고 있었는데, 툇마루 쪽에서 다가오는 발소리가 났다. 부엌이었다.

그녀는 아버지와 정세용의 대국이 끝난 것 같아, 곧 손님이 이쪽으로 오실 거라고 고하고는 물러갔다.

이방근은 편지는 탁자 위에 그대로 두고, 붉은 천으로 싼 권총을 상의 오른쪽 주머니에 넣었다. 붉은 색, '서북(서북청년회)'들은 이 색깔만으로도, 권총이 공산주의 사상에 물들었다고 하겠지. '빨갱이'가 금기인 이 나라, 특히 이 섬에서는 모든 빨간 색에까지 그것이 미치고 있다. 이건 뭔가? 권총입니다…… 하고, 일부러 유도할 건 없다. 넌지시 보이고 싶다면 이건 서울에서 손에 넣은 겁니다……라며 주머니에서 꺼내면 되는 것이다.

아마 여기가 정세용과의 결말을 짓는 장소, 적어도 그 제1장이 되겠지만, 이전부터 이방근이 막연하게 그리고 있던 어딘가 이 세상과는 격리된 것 같은 둘만의 장소는 아니었다. 평소와 마찬가지로 아버지 이태수 집의, 지금은 사용하지 않는 방이나 다름없는 사람의 숨결이 사라진 서재였다.

이 세상과 단절된 것 같은 둘만의 장소로 정세용을 불러내거나 강제로 연행하는 것은 불가능하지 않았다. 이방근이 섬으로 돌아온 지 얼마 안 되어 찾아온 박산봉은 유달현이 배 위에서 죽었다는 말을 듣고 나서 자기 손으로 놈의 숨통을 끊어 주고 싶었다고 원통해하며 이전보다도 더욱 정세용의 행동을 체크하고 있었다. 성내에 살아남은 조직 관계 청년들의 손으로, 밤, ○중학교 뒤편의 사람들의 왕래가 없는 그의 집 근처 노상에서, 혹은 성내로 나올 때를 가늠해 뭔가의 방법으로 납치하는 것도 불가능한 일이 아니다. 그리고 중산간지대로 데리고 가면, 그곳이 '사문'의 장소가 된다. 이는 공상이 아니었다. 이방근은 제주도로 돌아오고 나서 산의 게릴라 조직과 연락을 취해 실제로 정세용을 연행하는 일을 생각했던 것이다. 그러나 일단 산으로 연행한 후에는 그를 다시 성내로 돌려보낼 순 없을 것이다. 4·28화평협상 파괴의 음모에 가담한 사실이 입증된다면, 정세용은 처형을 면할 수 없다. 아니, 이번 서울 여행에서 문동준의 입으로 그가 고 경위를 살해한 하수인이라는 증언을 얻었다. 처형……. 맞은편 아버지의 방에 있는 남자. 이방근은 무서운 상상에 머리를 흔들었다.

이방근은 반복해서, 어딘가 이 세상과 단절된 둘만의 장소로 가는 것을 생각했지만, 친척인 형을 산이나 어딘가로 납치하여 그곳에서 얼굴을 마주할 수는 없었다. 겁이 나서도 두려워서도 아니었다. 세상에는 아버지를 죽이는 놈도 있다. 재산을 노리고, 또는 왕위찬탈을 위해 아버지를 죽인다. 서민도 아버지를 죽인다. 그들은 겁쟁이가 아니라 용감한 것인가. 비겁한 자가 아니기 때문인가.

"여기―, 부엌아―!"

이방근은 순간 입을 뚫고 나온 자신의 목소리에 자극을 받은 것처럼 소파에서 일어나, 발작을 일으키듯 큰 걸음으로 툇마루 쪽에 다가가더니, 미닫이를 열고 다시 한 번 소리치듯 목소리를 내었다.

"부엌아―, 거기 없나?"

"예―."

부엌 출입구에 부엌이의 큰 그림자가 비쳤다.

"컵에 술 한 잔만 가져다줘. 다른 건 아무것도 필요 없고."

"예―."

차가운 바람이 여전히 달아올라 있는 볼을 어루만지며 방으로 불어들었다. 눈은 거의 그친 듯했다. 최근 2, 3일, 섬은 눈보라가 거셌는데, 그 여세가 얼음처럼 차가운 바람에 남아있었다. 안뜰 맞은편의 아버지가 계신 거실의 불빛. 바둑이 끝났는데 세용은 뭘 하고 있는가. 시간이 얼마 없지 않은가. 일부러 시간을 조절하고 있는 걸까. 그렇지 않다면 방근이 기다리고 있어서요, 하고 자리에서 일어나면 되지 않는가. 이방근은 미닫이를 닫고 다시 소파에 앉아 담배를 물었다.

부엌이가 반투명한 기름이 뜬 것 같은 소주를 컵에 한 잔, 쟁반에 올려놓고 방으로 들어왔다.

"세용 님은 아직 주인마님과 이야기하고 계시우다."

부엌이는 묻지도 않았는데 그렇게 말하고 방을 나갔다.

부엌이가 대국이 끝났음을 알리러 온 지 십여 분, 20분 가까이 지나고 있었다. 시각은 이제 곧 일곱 시에 가까웠다. 계엄령은 오늘을 끝으로 내일은 해제될 예정이지만(연말 31일에 해제라는 것이 지나치게 새삼스럽다. 게릴라 평정은 연내에 끝내서, 새해를 넘기지 않았다는 인상을 주고 싶은 것이었다. 이런 종류의 게릴라 전면 소탕 발표는 조령모개(朝令暮改)식으로 지금까지도 몇 번이나 반복돼 왔다), 오늘 밤은 여전히 오후 여덟 시부터 '통금'시간대로 들어가는데, 어찌할 것인가. 지금은 아직 상대는 모르고 있지만, 한 시간으로 끝날 이야기가 아니었다.

전에 여동생 방이었던 옆방 앞에서, 어험, 하고 왔음을 알리는 정세용의 헛기침 소리가 났다. 이방근은 무서울 정도로 심장의 고동을 들었다. 반사적으로 탁자 위의 편지를 집어 상의 안주머니에 넣었다. 꼴깍하고 한 모금, 강한 자극 덩어리를 목구멍 안쪽으로 흘려 넣은 탓이었지만 기왕이면 몇 분 더 늦게 왔으면 좋았을 것이었다.

미닫이를 열고 들어온 정세용과 정면으로 얼굴을 마주한 이방근은 담뱃불을 끄고 자리에서 일어나 상대를 소파로 맞이했다. 돌연 고동이 진정된 것 같았다.

"기다리게 한 모양이군. 시간이 별로 없을 것 같아." 정세용은 소파에 앉으며 말했다. 그리고 한숨 돌릴 기색도 없이 이야기를 계속했다. "무슨 일인가? 뭔가 중요한 얘기라도 있는 것 같은데."

"예, 그렇습니다……." 어떻게 말을 꺼낼까. 이제 막다른 곳에 와서 이런저런 상념이 앞을 다투고, 아니 선두에서 후퇴하려고 서로 다투고 있었다. "꼭 이야기하고 싶은 것이 있어서(꼭……이란 말이 스스로 탄력을 돋웠다), 달리 이렇다 할 장소가 없어서 일부러 이쪽으로 오시게 했습니다. 저는 여기가 아닌 어딘가 둘만의, 이 세상에서 벗어난 듯한 곳에서(왜 나는 이런 바보 같은 말을 입 밖에 내는 것일까), 아니, 이건 뭐랄까, 남녀가 몰래 만나는 장소같이 되었습니다만, 어쨌든 그런 장소를 생각하고 있었는데, 결국 여기가 되었습니다. 시간이 말이죠, 벌써 일곱 시네요……."

방을 가득 채우고 무서운 독을 품은 상상이 숨겨진 말이었다. 이방근은 마음속으로 세용 형님을 산속에라도 납치하려던 생각을 실천하지 못하여, 여기에서 이야기하게 되었다는 동시통역을 하고 있었다. 그래서 산속의 사문은 잠시 미뤄두었습니다.

"음, 이 방은 둘만이 아닌가?"

"예, 이 방은 둘뿐이지만, 이 집 안은 그렇지 않습니다."

"이상한 말을 하는군. 자네가 말하는 둘만이라는 것의 의미를 알 수가 없어. 도대체 자넨 어떤 장소를 생각하고 있었나. 마치 유람이라도 할 작정이었다는 투의 얘기로군. 음, 요즘 같은 시기에 한가한 소린."

"아닙니다, 세용 형님이 술이라도 마실 수 있었다면, 어디선가 한잔 기울이면서……라는 말입니다."

이방근은 움찔하여, 자신의 말에 심취되지 않도록 억제하고, 한발 물러나 피했다.

"흐음."

오늘 밤 이야기하는 장소를 경계하고 있음에 틀림없는 정세용은 입가에 의심에 가까운 미소를 띠었다. 그러나 다가오는 사태의 중대함에는 아직 경계의 촉수가 뻗어 있지 않았다.

미닫이 밖에서 부엌이의 목소리가 나더니, 코에 수수한 기품의 향기가 전해지는 인삼차를 가져왔다. 이방근도 술 컵을 옆에 밀어 놓고 차를 마셨다.

"얘기할 장소로 이 방은 훌륭하고 충분한 곳이야. 난 신경 쓰지 말고 자넨 한 잔 마셔도 돼." 정세용은 뜨거운 차를 홀짝거렸다. "장소를 신경 쓰는 모양인데, 그 얘기란 건 뭔가?"

질문조의 말투와는 달리, 이야기가 어떤 내용이라도 두려워하지 않는다는 방어의 태도가 느껴졌다.

"유달현에 관한 일입니다."

이방근은 단호하게 말했다. 좀 전에 소주가 목구멍을 태우던 강한 자극의 냄새가 입안에서 되살아났다.

"뭐라, 유달현? ○중학교 교사 유달현 말인가? 일전에 나를 찾아왔을 때도 그에 대해 얘기했었는데……."

"예, 찾아뵈었을 때 체포된 유달현이 신경이 쓰여 그렇게 이야기했습니다. 형님은 도경찰국 경무계라서, 경찰서에서 한 일까지는 체포건, 석방이건 조회라도 하지 않는 이상 모른다고 그때 말씀하셨습니다. 그로부터 얼마 안 돼서 석방된 것이겠지요."

이방근은 완곡하게 추궁했다. 벌써 석방된 지 한 달 반, 죽은 지도 한 달 이상이 지났다.

"그렇겠지."

애매한 대답이 돌아왔다.

유달현은 지금 뭘 하고 있는 걸까요? 라고 거의 입에서 나오려는 것을 이방근은 억눌렀다. 섣부른, 게다가 천박한 유도이고, 곧 이어질 자신의 이야기를 스스로 뒤엎게 된다. 이방근은 찻잔 테두리를 입술에 대고 천천히 인삼차를 마시면서, 아주 조금 취기를 띠고 급속히 회전하는 머릿속에서, 형님은 유달현이 섬을 빠져나간 것을 알고 계십니까? 라고 음성이 되어 나오는 몇 갠가의, 물고기 떼와 같은 단어의 움직임을 물리치고, 목구멍 너머로 차를 넘김과 동시에 찻잔을 탁자 위에 조용히, 하지만 딱딱한 소리를 의식하면서 놓았다.

"그런데 유달현이 제주도를 떠났다는 것 같습니다만, 형님은……."

"뭐라고……."

정세용이 이어지는 말을 가로막았다.

"그가 제주도를 떠난 것은 형님이 알고 계실 거라 생각합니다만……."

"몰라."

"밀항으로 섬을 떠난 유달현이 바다에서 죽은 것을 알고 계십니까. 아니, 그건 모르시겠지요."

이방근은 상대에게 유예를 주지 않고 한달음에 다그치면서 마지막 사실을 정세용 앞에 들이밀었다. 유달현이 죽은 것을 정세용은 아직 알 리가 없었다.

"뭐라……. 유달현이 바다에서 죽었다……. 바다에서 죽었단 말인가, 으음, 그건 무슨 소린가." 냉정하고 낮은 목소리가 떨리고 있었다. 찻잔을 향하던 그의 손이 멎더니, 갈 곳을 잃은 듯 허공에 떠 있었다. 역시 쇼크를 숨길 수 없었는지, 그렇지 않아도 간에 병이 있는 사람처럼 혈색이 좋지 않던 얼굴이 갑자기 흙빛이 되었다. "밀항으로 제주도를 떠났다느니, 바다에서 죽었다느니. 무슨 소린지 전혀 모르겠군. 음, 그게 이 정세용과 무슨 관계가 있단 말인가?"

"……" 이방근은 말문이 막혔다. 그래, 관계가 있는 게 아닌가……. 몇십, 몇백 분의 1초, 말이 빛이 되어 달렸지만, 1초, 2초, 3초…….

"유달현이 죽었다든가……, 그의 죽음에 직접 관계가 있는 것은 아니지만, 형님과 유달현은 관계가 있다는 말입니다."

"오호, 인간은 누구나, 특히 제주도 같은 좁은 지역사회에선 누구라도 서로 관계가 있는 법이야. 그래서 무슨 관계를 말하는 거지? 유달현의 죽음에 내가 직접 관계가 있는 건 아니라고 했는데, 무슨 말인가, 그 직접이라든가, 직접이 아니라든가 하는 것은?"

정세용은 냉정한 어조로, 너의 속마음을 죄다 털어놓아 봐라! 며 압박하고 있었다.

"……"

2, 3초의 침묵, 이방근은 말문이 막혔던 것이 아니라, 상대에 대한 선고유예 같은 시간의 간격이었다.

"방근이, 설마 자넨 내게 생트집을 잡으려는 건 아니겠지."

정세용이 2, 3초라는 시간의 협공을 물리치듯이 말하고, 겨우 찻잔을 손에 들어 입술로 옮겼다. 손은 떨고 있지 않았다. 천천히 한 모금, 두 모금 마시는 소리, 단계를 밟듯 목구멍을 지나 넘어가는 소리가 희미하게 들렸다. 서로 어딘가에 바늘 끝을 대는 듯한 소리였다.

이방근은 담배에 불을 붙이려고 하다가 멈췄다.

"트집이 아닙니다."

"……"

정세용의 차가운 눈빛이 이방근의 두 눈에 쏟아졌다.

"솔직히 말씀드리죠. 묻고 싶습니다만, 세용 형님은 유달현 군이 떠난 것을 알고 계셨겠지요."

"아까와 같은 말을 하고 있군. 몰랐다고 하지 않는가. 그런 일은 전혀 몰라. 마치 신문하는 것 같군. 이봐, 방근이, 자네 왜 이러나?"

순간의 쇼크와 동요를 가라앉힌 듯한 정세용은 냉정한 감정이 밖으로 나오지 않는 반듯한 얼굴 표정으로 돌아와 있었다. 콧방울 언저리에 엷은 웃음의 파장이 일었다.

“설마 경찰 간부님께 어떻게 신문 따위가 가능하겠습니까?”

“빈정거리는 겐가? 지금 자네가 하고 있는 짓이 그러잖아. 이쪽은 직업의 성질상 그렇다지만, 지금 자네 태도가 그래. 자네가 할 얘기란 게 그거라면 생트집이나 마찬가지 아닌가 말야, 현직 경찰관으로서의 정세용은 차치하더라도, 친척 연장자에 대한 실례 아닌가. 내 말이 틀렸나. 자네가 꼭 할 얘기가 있다고 사람을 불러 놓고는, 상식적으로 생각해도 그런 얘길 한다는 게 말이 되는가. 타인에 대해 그게 가능하냔 말일세. 경찰의 신문도 아닌데, 그런 힐문을 가만히 듣고 있을 수 있다고 생각하나. 음, 저기 방에 계신 자네 아버님 앞에서 똑같은 말을 해 봐. 어머니 쪽 친척이라고 우습게 보지 마. 만약 자네 어머님이, 숙모님이 살아 계셔서 이 광경을 눈앞에서 보셨다면 자네 태도를 뭐라 하시겠나? 음, 호로자식이라고 큰 소리로 개탄하셨겠지. 도대체가, 허허, 근자에 없던 일야. 난 자네를 좋게 평가하고 있지만, 그 이방근은 어디로 간 겐가. 이렇게 되면, 모처럼 찾아왔는데, 그만 돌아가지 않을 수 없군.”

정세용은 분노를 품은, 그러나 늘 그러하지만 감정의 기복이 없는 냉정한 어조로 말했다. 잘도 이야기를 모면해 간다. 친척, 장유유서란 유교적 관계에 이르면, 더 이상 이야기가 진행되지 않는다. 기세가 꺾이는 느낌이다. 그러나 마구 분노를 느끼게 하면 그것이 적반하장일지라도, 상대의 마음속에서 스스로의 불의에 눈을 감고 ‘정의’의 감정의 물길을 열게 만든다.

“예, 형님, 진정하세요. 예의에 어긋난 태도라고 느끼셨다면 용서하세요. 신문이라니, 대관절 그런 일이 가당키나 하겠습니까. 저는 그저 솔직히 말씀드려 형님에게 어떤 의혹을 가지고 있습니다. 실례가 될지도 모르지만, 사실 제 마음 속에 그게 있습니다. 친척이라서 더욱 의혹을 명확히 하고 싶은 것이 있지 않겠습니까(참으로 서툰 말이다. 상대는 의혹을 부정하면 끝날 일이어서, 이대로는 상대에게 그물망에서 도망갈 길을 열어 주는 것일 뿐이다)."

"명확히 하고 싶은 것이 있다니, 무슨 말투가 그런가. 그리고 나에 대한 의혹이라는 건 뭔가? 현재 중앙에서 문제가 되고 있는 친일에 관한 것인가? 그럴 리는 없겠지."

완전히 방어 태세가 된 정세용의 감정은, 스스로를 지키기 위한 본능적인 가장, '정의'의 물길로 들어서 있었다.

"그렇습니다. 제 이야기를, 그 내용을 들어주세요. 아마 아버지로부터 제가 지난달 동생 일로 부산으로 갈 때 한림에서 밀항선을 이용한 것을 들으셨겠지만, 저는 그 배에서 우연히 유달현을 만났습니다."

물론 선상에서 우연히 알았던 것은 아니었다. 출발 전날, 마침 한림에서 같은 배에 유달현이 승선할 것 같다는 것을 한대용의 정보로 포착하고 있었다. 그리고 절대 놓치지 말도록 지시를 해 두었다.

"음, 그런가. 그런 우연도 있군."

이미 밀항선 위에서 둘이 우연히 만났을 거라고 그 상황을 충분히 생각하고 있었을 터인 정세용은 어떤 기색도 보이지 않았다.

"우연이라고 해도 놀랐습니다." 이방근은 틈을 두지 않고 말했다. "저도 놀랐습니다만, 유달현은 더욱 놀란 것 같았습니다. 부산이 아니라 일본으로 간다고 해서 말입니다. 아닌 밤중에 홍두깨였지만, 전혀 모르고 있던 상황에서, 선상에 갑자기 유달현이 나타나다니. 거친 밤바다 한복판에서 말입니다."

"음, 그렇겠지. 일본엔 뭘 하러 말인가?"

"그는 입을 다물고 이야기하지 않았습니다. 잘은 모르겠지만, 밀항이니까, 대체로 그런 일이겠지요. 그런데 그렇게 되리라고는. 그에게 비극이 일어났습니다. 그의 불의의 죽음 말입니다." 이방근은 굳이 '비극'이란 단어를 사용했다. 불의의 죽음은 정말이었다. "형님, 저만 실례하겠습니다." 그는 마실 생각이 없었던 탁자 위의 술 컵을 손에 들고(담배도 술도 입에 대지 않는 상대의 냉정함에 대비하기 위해서는, 취기의 여세로 냉정함을 잃어서는 안 된다), 한 모금 꿀꺽 목구멍에 날을 세우고 강렬한 마찰을 일으키며 흘러내리는 소주를 위장으로 보내고 나서, 컵을 탁자에 내려놓고는 하앗 하고 숨을 토해 입 안의 자극을 발산시켰다. "투신자살입니다. 그는 배 위에서 저에게 고백했습니다. …… 자살입니다. 그건. 아니, 자살입니다."

이방근은 눈에 힘을 주고 상대를 똑바로 응시했다. 거짓을 진실과 현실성으로 무장하는 힘을 얻으려는 것처럼.

"아까부터 말한 나에 대한 자네의 의혹이라는 건 뭔가?"

다리를 꼰 정세용은 등받이에 상반신을 기댄 자세로 의심하듯이 이방근을 마주 보며, 투신자살도 고백이란 말도 일체 무시하고 말했다. 그는 이야기의 핵심을 교묘하게 딴 곳으로 돌리면서도, 완전히 이야기의 움직임에 끌려들고 있었다.

"유달현과의 관계입니다."

"아까부터 유달현, 유달현 하는데, 그 유달현과 무슨 관계란 말인가?"

"……" 이방근은 한순간 말문이 막혔다. 네가, 당신이 그의 배후인물 아닙니까. 유달현은 너의 앞잡이다. 그러나 당장은 상대의 부정에 반격의 방법이 없다. "편지를 보시겠습니까?"

"무슨 편지인가?"

어디까지나 냉정하다.

"유달현이 제 앞으로 보낸 겁니다."

"유서인가?"

"아니요, 유서는 아닙니다. 유품도……(왜, 이렇게까지 필요 없는 말을 지껄이는가). 편지는 제주도를 출발하기 직전에 제게 부친 겁니다." 정세용을 몰아붙임과 동시에 몰리는 초조함에 압박감을 느끼며 천천히 상의 안주머니에 손을 넣어 편지를 꺼냈다. 스스로도 뭔가 있는 척 행동하고 있다는 것을 충분히 의식하고 있었다. 편지에는 특별히 정세용과의 관계가 쓰여 있는 것은 아니었다. "이 편지는 형님과의 관계를 언급하고 있는 것은 아닙니다만(만일 상대가 손에 들고 읽는 경우를 대비한 한마디였다), 섬을 떠난다는 걸 적고 있습니다. 저는 서울에서 돌아와, 즉 그가 죽은 후에 편지를 읽게 되었습니다."

"자네 앞으로 온 편지야. 나와는 관계가 없겠지."

"그건 그렇겠지요. 세용 형님 앞으로 보낸 편지가 아니니까." 이방근은 내심 안심하면서, 도내 제주읍 이도리(二徒里) 이방근 아형(雅兄), 이라고 쓰인, 번지를 생략한 유달현의 필적이 분명한 갈색 봉투의 편지를 안주머니에 다시 넣지 않고 탁자 위에 두었다. 보고 싶으면 보라는 듯이. 쓸데없다고 찢어 버리지 않은 게 다행이란 생각이 들었다. 지금은 말을 걸어올 듯 반가운 느낌조차 드는 사자의 필적이었다. 편지를 꺼내는 팔의 움직임에 따라 상의 오른쪽 주머니가 권총의 무게로 다소 내려가는 느낌이다. "유달현은 다른 밀항자들과 갑판 아래 선창에 있었기 때문에, 선원실에 있던 저는 그가 승선하고 있다는 걸 바로 알지는 못했습니다. 게다가 김달준이라는 가명을 쓰고 있었습니다. 그가 같은 배에 타고 있는 것을 안 것은 훨씬 뒤였습니다(취기가 오른다. 먼 파도 소리처럼 취기의 발소리가 들려온다), ……형님은 유달현의 일에 관심이 없습니까?"

무슨 바보 같은 소리를! 바람에 덧문이 울리고 있었다. 후회가 공중에서 마음을 친다. 상대에게 다시 도망갈 길을, 그것도 포장해서 주고 있다…….

"없어. 죽었다면, 그는 같은 성내 주민으로 아내 조카의 담임교사이기도 했으니, 밀항 도중에 죽은 건 유감이고, 명복을 빌 뿐이야."

"유달현은 형님 이야기를 했습니다."

조금 전에 그가 선상에서 고백했다는 말을 던졌을 때처럼 거짓을 진실로까지 만들어 내려는 내부로부터의 박진감은 없었다.

"그게 어쨌다는 거야. 무슨 얘긴지 모르겠지만, 내가 없는 곳에서 어떤 얘길 하든 말든 나와 무슨 관계가 있지? 불의의 죽음을 당한 건 죽은 것은 안됐지만, 나완 전혀 관계가 없는 일이야."

이방근의 귓가에 저쪽에서 다가온 취기의 발소리가 멈췄다. 그는 탁자의 소주잔을 들어 한 모금 벌컥 기울여 일단 입안에 머금고 천천히 목구멍으로 흘려 넣은 뒤, 타는 자극을 달래듯이 조용히 숨을 토해냈다. 사뿐히 그러나 바다에 기름이 뜬 것 같은 무게감의 술기운이 파도처럼 머리에 퍼지기 시작했다. 그는 정세용에게 양해를 구한 뒤 담배를 입에 물고 성냥불을 붙였다. 이방근의 머릿속 공간에서 밤바다가 거칠어져 있었다. 큰 파도를 뒤집어쓰면서 흔들리는 밀항선. 쿵, 쿵……. 로프로 공중에 매달려 흔들리는 진폭을 크게 넓히며 마스트에 강하게 부딪히기를 반복하는 몸, 빈사 상태의 유달현. 어떻게 할까. 막다른 곳에 다다른 것 같았다. 쏘아 떨어뜨릴 방법이 없다. 꼼짝 못 하게 만들 증거가. 투명한 어둠의 배후에 권총을 늘어뜨린 하수인, 정세용의 그림자가 파도 사이에 있는 것처럼 흔들린다. 네가, 당신이 그의 배후인물이 아닌가. 유달현은 너의 졸개다……. 방금 전의 마음속 외침을 밖으로 내뱉었을 때는 상대의 완강한 부정의 벽을 뚫을 힘이 있어야만 한다. 잠깐의 침묵이 손가락 끝의 담뱃불처럼 조금씩 움직였다.

정세용은 신사복 상의의 소매를 조금 올려 손목시계를 보더니 일어섰다.

“가시는 겁니까?”

설마. 이방근은 얼굴을 들며 말했다.

“아니.”

그는 잠자코 방을 나서더니, 오른편의 여동생 방(참으로 괴로운 말이다) 앞을 지나 변소 쪽으로 간 것 같았다.

“흐음…….”

이방근은 크게 숨을 들이켰다가 토해 냈다. 일곱 시 반에 가깝다. 긴장이 기체처럼, 미닫이를 연 순간에 바람이 들이치는 어두운 안뜰 쪽으로 빠져나가는 느낌이 온몸에 전해졌다. 덜컹덜컹……. 덧문이 울리고 있었다. 쿵, 쿵……. 음, 불쾌하다. 마스트는 십자가가 아니었지만, 유달현의 그 비참한 모습이 이방근으로 하여금 숨 막히게 만들면서 그와 함께 어떤 성스러운 이미지를 엿보게 했다. 아니, 그렇지 않다. 이미지가 다가오자 그것은 유달현의 실체를 잃고 추상적인 존재로, 이미 지울 수 없는 악몽 속 영상으로 변했다.

이방근은 담뱃불을 재떨이에 비벼 끄고 소파에서 일어났다. ……난 정세용을 용서하지 않겠다. 여기에서 한마디 해 두자. 4·28화평협상이 경찰 측의 음모로 파괴된 것은 자네도 알고 있는 일이다. 그때, 만일 화평이 성립되었다면……. 흔들리는 배의 선원실 안이다, 유달현. ……아니, 이미 늦었다, 그 화평의 파괴가 오늘의 학살로 이어진 것이다. 그 화평협상 파괴의 음모에 내 친척인 정세용이 관여하고 있음을 밝혀 두겠다. 상당히 깊이 말이다. 자네도 어렴풋이 알고 있지 않은가. 도경으로 영전한 것은 그 논공행상이고, 세간의 눈을 딴 데로 돌리려고 일부러 시기를 늦춘 것이다. 정세용, 나는 용서할 수 없다. 옛 친구를 팔아, 목포경찰서 순사부장이 된 인간이다. 친일파……. 결국 죽음에 이른 유달현을 향해 나는 정세용을 용서치 않겠다고 했던 것이다.

하산귀순자 습격 사건은 경찰의 음모였다는 고 경위의 자백을, 경찰에 잠입한 공산주의자의 망언이라 단정하고 사살한 것도 정세용이었다. 이방근은 어째서 이렇게까지 정세용을 추궁하려는 것인가. 그에게는 정세용을 죽여도 어쩔 수 없다는 마음이 있었다. 양준오의 말처럼 달리 더 큰 거물이 있기 때문은 아니었다. '조무래기'라 해도 살해당할 이유는 충분히 있지만, 뺏을 만한 가치가 있는 생명이라는 모순된 마음이 있었다. 그러면서도, 살의를 후퇴시키지 않는 증오와 분노를 초래했다. 정세용은 거물이 아니더라도 제주도 파괴자의 하나의 상징이 될 수 있었다.

이방근은 상의 주머니에 넣은 오른손으로 벨벳 천에 싸인 쇳덩어리의 감촉을 느끼며 총을 잡아보았다.

이걸 보여 주면 정세용은 놀랄까. 아니, 그의 냉정함은 무너지지 않을 것이다. 자신에게 향할 것이라고는 생각하지 않기 때문이다. 목소리도 낮고, 냉정한 점은 유달현과도 다소 닮았다(유달현은 냉정을 가장한 것이라서 그 자세가 보였다). 그러나 정세용 쪽은 얼굴빛이 간이 안 좋은 사람에 가깝지만 꽤 호남아다. 꽉 닫힌 조개껍데기를 상대하는 것은 마치 바위를 바늘 끝으로 쑤시는 것과 같은 것, 전에 만났을 때가 그랬었다. 조개가 스스로 입을 열게끔 도발해서 해수를 뿜어내게 만든다. 마지막에는 이 냉정한 남자를 화나게 만들어야만 할 것이다.

취기가 한발, 힘껏 나아갔다. 이방근은 멈춰 서서, 탁자의 소주 컵을 손에 들고 한 모금 기울였다. 탁자로 되돌린 컵에는 삼분의 일 정도의 알코올 성분이 수십 도인 반투명 액체가 남아 있었다. 한 홉이 안 돼도 술기운은 에는 듯 퍼지기 시작했다. 쿵, 쿵……. 두근거림은 술기운 탓이었다. 해면에 수박처럼 구르며 떴다 가라앉기를 반복하면서 하얗게 씻겨 가는 스크루에 잘린 목. 시장 입구의 기둥과 기둥 사이에 양쪽 귀를 꿴 철사에 매달린 막 잘린 목. 훌륭하다니, 저는 동준 오빠가 정 씨를 훌륭하다고 한 것을 용서할 수 없어요. 문동준보다도 먼저 함병호가 정세용은 훌륭하다고 했던 것이다. 얼마나 슬픈 일인가. 훌륭한 정세용과 이러한 일로 마주한다는 것이. 툇마루가 삐걱거리는 소리가 나고 정세용이 돌아온 것 같았다. 어험.

미닫이가 열리고 정세용이 들어오는 것과 동시에, 이방근은 소파로 돌아가 자리에 앉았는데, 그 순간 목에 강한 갈증을 느꼈다.

그는 정세용과 교대로 다시 자리에서 일어나, 이제 막 닫힌 미닫이를 열어 부엌이를 불렀다. 그리고 물을 한 잔 가져오도록 일렀다.

부엌이는 신경을 쓴 것인지, 물주전자에 컵을 두 개 곁들여 가지고 왔다.

이방근은 단숨에 물 두 컵을 비웠다. 저 멀리 배 위에서, 나는 정세용을 용서치 않겠다는 선언이 거친 밤바다를 건너와 머릿속 공간에서 울려 퍼졌다. 이방근은 머릿속 자신의 목소리가 상대에게 들리는 것은 아닐까 두려워하면서, 뭔가 이야기를 꺼내야만 했다.

그런데 물을 컵에 따라 가볍게 반 컵 정도 마신 정세용이, 방근이…… 하고 먼저, 앞을 다투는 일은 아니지만, 말을 꺼냈다.

"자넨 서울에 종종 출입하고, 다양하게 교제를 넓히는 인간이야. 지금 제주도의 정세가 격변하고 있다는 걸 충분히 알고 있겠지만, 이런 시기에 빨갱이들과 너무 깊이 관계하지 않는 편이 좋아."

"……" 지금까지의 이야기 맥락과는 단절된 느낌의 갑작스러운 말에 이방근은 멍하니 한순간 상대의 얼굴을 바라보고 있었다. "그건 무슨 이야깁니까?"

"그건 자네 자신이 생각해 보면 알 수 있는 일이야."

"……" 뭣이라. 이방근은 취기의 너울이 감정의 너울과 서로 겹쳐지며 가슴이 메슥거리는 걸 느꼈다. "이것은 마치 아까 제가 형님께 질문드린 유달현과의 관계를, 반대의 입장에서 대하는 듯한 말씀이군요. 저도 유달현과의 관계는 형님 자신이 생각해 보면 알 수 있는 일이라고 지금 새삼스럽게 말하고 싶군요. 똑같은 겁니다. 안 그렇습니까."

"……" 바보 같은 자식! 이라고 욕설이 날아오지는 않았지만, 과연 정세용의 표정이 굳어졌다. "그래, 자네가 말한 대로야. 그러나 관계가 없으니 생각해 봐도 알 순 없겠지."

"그건 저 역시 마찬가지 아닙니까?"

이방근의 마음에 한쪽 다리가 구덩이에 빠져 움직일 수 없게 된 듯한 절망감이 달렸다. 선상의 유달현에 대해 신문할 계제가 아니었다. 이런 방식으로 이 남자로부터 뭔가를 알아내는 것은 불가능했다. 안이했던 것 같다. 어쨌든 정세용의 비밀을, 그가 해 온 '만륙유경(萬戮猶輕 : 만 번을 죽여도 모자라다)'의 죄를 이방근은 잘 알고 있다는 것을 상대의 마음에 깊이 새기게끔 해야만 한다. 하수인 정세용의 내심에 이르는 이방근의 시선을 항상 의식시키는 것이다.

"난 깊이 관여하지 말라고, 반국가세력과 관계를 갖지 말라고 주의를 주고 있는 거야. 네 자신과 자네 아버지를 위해서지. 예컨대 자네의 친한 친구로 일본에 밀항했다고 하는 도청의 양 군을 봐(일전에도 간접적으로 떠보듯이 양준오 이야기를 꺼냈었다. 교환조건, 뭔가의 '거래' 재료로 삼을 작정인가). 현재, 입산자도 계속 줄고 있지만, 입산은 자살 행위 이외에 아무것도 아니야. 입산하고 싶은 자는 하면 돼. 시간과 수고가 들고, 국고의 낭비로 이어지지만, 지금 당장은 어쩔 수 없는 일이야. 시간문제지만, 결국 죽음의 산에서 돌아오지 못하고 백골화될 뿐이지."

죽음의 산, 백골화……. 황량한 표현이다. 이방근은 어느새 천에 쌓인 권총을 만지고 있는 주머니 속의 오른손에 상대의 시선이 옮겨진 것을 의식했지만, 그대로 계속했다. 권총은 이 자리와 아무 관계도 없었다. 그러나 죽음의 산, 백골화는 정세용과도 무관하지는 않을 것이다.

"양준오가 반국가세력입니까?"

"그렇잖은가. 확실히 말해 두지. 그는 도청에서 경리과장을 하며 게릴라와 내통하고 있었어. 지난 달 말부터 모습을 감춘 그는 지금 도대체 어디에 있는가."

"제가 알고 있는 양준오는 일본으로 떠난 양준오이고, 다른 일은 모릅니다. 양준오를 가지고 빨갱이와의 관계 운운하는 것은 이치에 맞지 않습니다. 핫하, 그거야말로 본직인 경찰 권력을 배경으로 한 교묘한 신문이 아닙니까?"

"양준오를 잘 알고 있으니까 얘기하고 있는 거야. 음, 속이 빤히 들여다보여. 난 경찰의 신문을 하고 있는 게 아니야. 친척의 정분에서 나온 주의지."

"친척이라서, '법적'으로는 체포도 가능하지만, 눈감아 준다는 겁니까?"

"이 무슨 말버릇인가. 오만하군."

연장자를 향해 젊은 살육자가 이 자식, 개새끼……라고 욕을 퍼붓는 이 세상에 이미 예절은 없다. 나는 친척 연장자이기 때문에 예를 다해 '평신저두(平身低頭)'하고 있다. 오만이 어디에 있는가.

"오만이 아닙니다. 저는 형님에게 예를 다하고 있는 셈입니다."

"예를 다 해? 음, 예에 있어서는 그렇지. 말투도 그렇고. 그러나 내용은 멋대로 하고 싶은 말을 다 하고, 마치 말로 남의 뺨을 때리는 것 같군."

"뭐라고요?" 이방근은 엉겁결에 웃음이 터져 나왔다. 말로 남의 뺨을 때린다니. 취기의 파도가 돌아왔다. 자신이 토해 내는 숨결이 코끝에서 술 냄새를 감돌게 했다. 무슨 말을 하든 상관없다. 웃음이 사라지자 분노의 감정이 끓어올랐다. "뭐가 하고 싶은 말을 다 한다는 겁니까. 양준오 군 이야기가 나와서, 형님은 그를 잘 알고 있다고 하셨습니다. 저 또한 형님을 잘 알고 있습니다. 모든 걸 알고 있어요. 멋대로 지껄이는 게 아닙니다. 백일몽을 꾸고 있는 것도 아니고, 그런 걸 형님을 오시게 해서 이야기할 시간도 없습니다. 저는 그렇게 오만무례한 인간이 아닙니다. 친척으로서 제가 품고 있는 의문에 대해 묻는 것뿐입니다."

"그냥 지나치기 어려운, 무서운 말을 하는군. 양준오를 잘 알고 있다고 했더니, 형님을 잘 알고 있다고. 맞서겠다는 건가? 음, 나의 뭘 전부 알고 있다는 게냐?"

"알고 있습니다. 형님이 아니라고 부정해도, 저는 알고 있습니다. 부정한다면 그 의혹을 언젠가 풀지 않으면 안 되겠지요." 친척이기에 더욱 용서할 수 없다. 마침내 정세용과의 대결의 때가 도래했음을 안 이방근은 탁자의 컵을 들고는, 기름이 번쩍이는 소주를 한 모금, 씹어 맛보듯이 삼켰다. "……유달현의 자살은 무엇을 의미합니까? 그의 자살 현장은 아무도 보지 못했기 때문에 사고사일지도 모르지만, 아마 투신자살이겠지요. 그의 저에 대한 고백이 그것을 뒷받침하고 있습니다. 그는 당신의, 형님의 지시로 움직인 인간입니다……."

“오호호……, 도대체가, 천지가 뒤집어질 어이없는 얘길 하는군.” 정세용은 오른손을 흔들고 상반신을 뒤로 젖히면서 이빨을 조금 내보이며 웃었다. 쓴웃음이었다. “쓸데없는 얘길 그만두지 않으면, 난 일어날 거야.”

“전 조금 취했지만, 이 쓸데없는 이야기는 취하기 전부터 제 마음에 있던 겁니다.” 이방근은 개의치 않고 말을 이었다. “양준오와 반국가세력 얘기가 나왔습니다만, 그건 도대체 뭡니까. 지금의 군경 이외에는 모두 반국가세력이라고 한다면, 그들 좌익이나 민족주의자들이야말로 ‘친일’을 청산하고, 정통적인 민족국가 건설을 위해 해방 이후 줄곧 싸웠지 않습니까. 반국가세력이라는 것은 최근 몇 년 전까지는 반일본 제국을 의미했던 겁니다…….”

“잠깐. 얘기가 달라.”

“크게 다르지 않습니다. 형님도 해방 후엔 육지에서 제주도로 돌아와 성내 경찰서에서 경찰관을 하면서도 좌익진영과 협조적으로 해나갔지요. 인민위원회에 출입하셨던 것도 저는 알고 있습니다.”

“음, 그저 한때였어. 당시는 시대가 그랬지. 난 공산주의자로서 행동한 게 아니야. 새로운 민주경찰과 새로운 조국 건설을 위해 서로 협조한 거지. 모든 경찰, 미군정이 인민위원회와 협조적이었고, 좌익진영 쪽도 적극적으로 우리들에게 접근했어. 시대의 흐름이야. 지금과는 달라.”

정세용은 물을 들이켰다.

“그렇습니다. 그런 시대였습니다. 좌익만능의 황금시대에서, 전 지금도 그렇지만, 반동분자, 불순타락분자, 반혁명분자 등등으로 몰렸던 겁니다. 그런 거에요. 그러나 형님도 알고 있듯이 전 이승만 지지자가 아닙니다.”

"그걸 큰 소리로 말할 일은 아니지."

"세용 형님은 지금 공산주의자로서 행동했던 것이 아니라, 새로운 조국 건설을 위해 협조했다고 말했습니다만, 미국이 중국 등과 함께 조인한 조선 4개국 신탁통치에 좌익이나 공산당들이 찬성하여 미군의 상륙을 환영했던 겁니다. 그러나 9월 말에 상륙한 미국은 우파 좌파를 불문하고 거족적으로 막 만들어진 민주정부를 부인했습니다. 9월 초에 서울에서 1,300여 명이 출석하여 열린 전국인민대표자회의에서 임시정부조직법 안이 가결되어 수립된 조선인민공화국을 미국은 부인, 해산시켜 군정을 실시했습니다. 그 대통령으로 추대된 사람이, 아직 미국에서 귀국하지 않았던 이승만인 것은, 지금 생각하면 참으로 아이러니한 이야기지만 말입니다. 게다가 형님 앞에서 감히 말씀드리죠. 미국은 조선총독부의 통치기구를 그대로 계승하고, 친일파도 몽땅 그 용기에 넣어 군정을 실시했습니다. 그 밑에서 비호를 받은 패거리가 토대가 되어 대한민국이 만들어진 거 아닙니까. 이것은 사실로서 우리들의 눈에 보이는 겁니다."

"그런 이야기는 지겹게 들었어. 아니면 신탁통치가 좋았다는 건가?"

"반탁, 찬탁의 문제가 아닙니다. 그것은 이미 무용지물이 된 겁니다. 지금은 성립된 대한민국의 현실을 전제로 한 이야기입니다."

"자넨 대한민국 성립에 반대하나?"

"반대라고는 하지 않았습니다. 형님은 얘기의 방향을 다른 곳으로 돌리고 있습니다. 통일을 전망한 정상적인 민주주의사회를 건설하기 위해서는 친일 문제를 해결해야만 한다는 것입니다. 형님도 국회를 통과한 반민법을 전적으로 부정하지는 않잖아요. 경찰은 법의 집행자니까."

"난 법 제정의 정신에 찬성하고 있어. 그러나 그걸 가지고 그들의 단죄를 주장, 국론을 이분하려는 분열책동분자는 용인하지 않아. 지금은 민족화합이라는 대화합 정신을 가지고 매진하는 민주국가 건설이 급선무인 때야."

"그렇습니다. 단순한 단죄, 복수는 안 됩니다. 전 특별히 세용 형님을 말하고 있는 건 아니지만, 형님은 해방 후, 그 나름의 반성을 한 후에 민주경찰을 위해 일해 오셨습니다. 과거의 청산이란 자기반성이 있은 뒤에 재출발을 의미하는 것이지, 단순히 과거에 대한 단죄는 아닙니다. 올 6월 부하에게 살해당한 전 제9연대장 박경진은 연대의 장병 앞에서 자신의 부친이 일제강점기에 대정익찬회(大政翼贊會) 간부였다며 그 '혈통'을 자랑하던 친일파입니다만, 그가 제주도에 휘발유를 뿌려 30만 도민을 몰살해도 상관없다고 군중 앞에서 연설했던 것은, 바로 그 농업학교에서였습니다."

"그만해, 무슨 말을 하려는 거야." 정세용은 갑자기 굳게 표정을 바꾸며 말했다. "반공입국, 이건 우리 대한민국의 국시야. 용공은 용서할 수 없다는 말이지."

"잠깐만요. 30만 도민이 모두 빨갱이란 겁니까."

"그 영향하에 있어……."

"그건 군경 이외엔 모두 반국가세력이라는 견해와 같은 겁니다. 가령 그렇다고 칩시다. 생각 좀 해 보세요. 전 형님에게 묻고 싶습니다. 지금 그만두라고 말씀하셨는데, 형님도 박경진 같은 사람들과 입을 모아, 30만 도민의 몰살을 입에 담을 수 있습니까?"

"어험……." 정세용은 화를 참기위해 컵을 손에 쥐었다. 그리고 기가 차다는 듯이 가볍게 웃었다. "자넨 도대체 뭐하는 사람인가. 그게 친척 형에게 할 수 있는 말인가. 자넨 나의 어떤 대답을 원하는 거지? 술에 정신을 빼앗긴 건가."

"술은 그 정도로 마시지 않았습니다. 다만, 제주도의 상황이 이렇다는 것뿐입니다. 형님 역시 박경진의 발언을 환영하는 건 아니라고 저는 생각하고 있습니다. 그렇지 않습니까." 이방근은 컵을 들고 꿀꺽 바닥에 남은 소주를 비웠다. 컵 테두리를 타고 강렬한 자극의 냄새가 톡 쏘며 비강을 타고 올라와, 뇌수의 심지에 뭔가 둔탁한 소리를 내며 폭죽처럼 흩어졌다. 상당히 노골적으로 이야기를 진행시켰지만, 결국 상대가 끝까지 입을 열지 않을 거라는 생각이 취기의 흔들림을 타고 고개를 쳐들고 있었다. "……그런데, 얘기가 바뀝니다만, 올 4월말에 4·28화평협상이란 것이 토벌대 측과 게릴라 측 사이에 성립된 적이 있었지요. 그것이 며칠 지나지 않아 파탄을 초래해서 다시 원래의 전투 상태로 돌아가 버렸습니다. 그 일이 오늘날 사태에까지 이르게 된 셈입니다만, 만일 파탄되지 않았다면 전혀 다른 상황이, 그렇게 되었다면 희생자도 거의 나오지 않는 평화로운 상황이 되지 않았겠습니까?"

"그렇지 않아." 정세용은 반년도 더 된 이야기에 한순간 당황한 듯했지만, 이방근의 말을 단정적으로 부정했다. "그건, 평화도 그 무엇도 아니야. 용공의 길을 여는 것이지. 당시 국방경비대 제9연대장이었던 김익구가 공산주의자의 감언에 놀아난 결과로서 종잇조각, 공수표 같은 것으로, 익구 개인의 영웅주의적 선언을 위한 것이었어. 직후에 게릴라 측이 파괴 공작을 했던 게 그 증거야. 그 때문에 김익구 자신이 용공분자로서 즉각 파면되어 육지로 소환됐어……."

"파괴 공작이란 5월 1일 메이데이의 ○리 방화사건과, 그 직후인 3일, 하산하는 '귀순' 게릴라들이 무장 경찰대의 습격을 받은 사건을 말하는 겁니까?"

예상하고 있던 정세용의 말을 보충하듯 물었다.

"그래." 정세용은 수긍했다. "그러나 그건 경찰대가 아니야. 게릴라 측의 위장경찰대지."

겨우 정세용을 궁지로 몰아넣은 느낌이 들었다.

이방근은 탁자 위의 컵을 손에 들려다가 술이 없음을 깨달았다. 갑자기 심장 고동이 격렬해졌다. 쿵, 쿵……. 거친 밤바다의 파도에 삼켜질듯 부침을 반복하며 나아가는 유령선. 마스트에 로프로 공중에 매달린 채 찢어진 깃발처럼 바람에 흔들리는 사체.

"형님, 제 얘길 잘 들어주세요. 그때, 미군에게 체포된 무장 경찰대 중에 고 경위가 있었지요."

이방근은 고 경위가 실은 게릴라가 아니라 제주경찰 소속이고, 습격 사건 당일 미군정청과 경찰의 고 경위 신병인도를 둘러싸고 교섭하는 자리에 형님도 참가해 증언을 한 것이 아니냐고 물었다. 경찰에 신병이 인도된 고 경위는 그날 밤 사살되었고, 가족에게는 자살이라고 설명했다. 이방근은 증언 내용은 언급하지 않았지만, 정세용은 한순간 낯빛을 잃고, 경악하는 듯했다.

"무슨 말을 하는 거냐!"

냉정을 잃은 정세용의 금속처럼 울리는 목소리가 떨리더니, 말문을 잃었다. 그는 물주전자의 손잡이를 잡았지만, 컵에 물을 따르는 손이 희미하게 떨렸다. 물 마시는 걸 미뤘으면 좋았을 텐데 불가능했던 것이다. 그는 단숨에 물을 마셨다. 관자놀이의 혈관이 부풀어 올라 뛰었다.

"형님은 그 자리에서 고 경위가 공산주의자이고, 사복형사로서 남로당(남조선노동당) 간부의 비밀호위까지 하고 있었다고 증언했습니다." 이방근은 틈을 두지 않고 계속해서 말을 했다. "그의 죽음은 자살이 아닙니다. 유달현의 죽음은 자살일지라도, 고 경위는 자살이 아닙니다."

"이 자식이, 가만히 두고 보자니까 말도 안 되는 소리를 지껄이고 있어!" 순간, 눈앞에 바람이 일었다고 생각했다. 정세용은 격렬하게 화를 내며 일어나자마자 오른손으로 이방근의 뺨을 힘껏 갈겼다. 뭔가 작렬하는 듯한 소리가 방의 공기를 잡아 찢었다. "넌 형님을 인간으로 생각하고 있는 거냐. 넌 내가 누구라고 생각하느냐. 이 짐승만도 못한 자식이!"

이방근은 갑작스런 일에 눈에서 불꽃이 튀는 걸 느꼈지만, 순간적으로 감았다 뜬 눈에 출구로 향하는 정세용의 뒷모습이 비쳤다.

"기다려, 기다리세요! 당신이 고 경위를 죽였어. 사살했단 말야!"

이방근은 정세용의 등에 대고 퍼부었다.

미닫이가 세차게 열리고 정세용이 성큼성큼 방을 나갔다.

알코올을 흡수해 달아오른 볼이 타는 듯이 아프다. 이방근은 왼쪽 볼에 손을 대고 있었는데, 갑자기 부어오른 것 같았다. 꽤나 뒷맛이 남는 따귀였다. 제기랄. 그러나 이방근의 고통으로 일그러진 입가에서 웃음이 새어 나왔다. 성큼성큼 복도를 딛는 발소리가 멀어졌다.

시각은 이미 여덟 시였지만, 돌아가려 한다면 '통금'시간 중이라도 그들 경찰 간부가 통행에 방해받을 리 없었다.

2

이방근은 정세용이 아버지 방에 간 것 같다는 것을 확인한 뒤 자리에서 일어나, 활짝 열려 있는 미닫이를 닫고 소파로 돌아왔다. 곧바로 안뜰을 가로질러 돌아가는 그의 모습을 보고 싶지 않았던 것이다. 그로서도 열린 서재를 통해 어두운 안뜰을 비추는 전등 불빛 속을 지나가는 것은 거북할 것임에 틀림없었다.

정세용이 돌아가는 기척이 건너 채 툇마루로부터 안뜰 근처에서 났고, 부엌이가 대문 옆까지 전송하는 것을 알 수 있었다. 이방근은 한 순간 자리에서 일어나 미닫이를 열어야 할지 말지 망설였다. 꼭 할 이야기가 있다고 일부러 오게 한 손님이 돌아가는데, 이방근이야말로 정중하게 쪽문 밖까지 배웅했어야 했다. 그런데 몸이 소파를 떠나지 않았다. 아니, 나는 그의 등에 대고 살인자라고 선고했던 것이다. 그 사이에 손님을 보낸 부엌이가 돌아왔다.

정세용이 돌아가고 바로 술기운을 띤 벌건 얼굴의 아버지가 서재로 찾아와 미닫이를 열고 입구에 선 채로, 세용이와 무슨 일이 있었냐며 다소 근엄한 표정으로 물었다.

"아니요." 이방근은 일어서서 대답했다. "무슨 말을 했습니까?"

"그 침착한 사내가 꽤 흥분한 것 같더구나. 넌 어째서 전송도 하지 않은 게냐?"

"……"

"그건 뭐냐? 네 왼쪽 볼에 새빨간 손자국이 생겼다."

"예—." 아버지의 말이 볼의 맞은 흔적에 아프게 울렸다. "맞았습니다."

"뺨을 맞다니, 세용에게?"

"예—, 좀 감정이 상하는 말을 했더니 화를 내더군요. 무슨 말이라도 하던가요?"

세용 형님이라고 말하고 싶지 않았던 이방근은 주어를 빼고 말했다.

"네가 주변에 나쁜 사람들과 어울린다고 한마디 하더라."

"무슨 헛소릴 하는 건지!"

"말조심해라."

"그건 아버지도 알고 계신 것처럼, 전부터 하던 말이잖아요. 입버릇입니다. 친척으로서는 고마운 일이지만, 마치 하늘이 무너지는 걸 걱정하고 있는 기우입니다. 빨갱이와 너무 가깝게 지낸다나 뭐래나. 그가 보기엔 경찰 외엔 전부 빨갱이고, 반 국가세력이니까요. 안으로 좀 들어오세요."

"세용이, 그 사람이 네 따귀를 때리다니. 세용은 목소리가 떨리고 있더라만, 뭘 그렇게 언짢은 말을 한 게냐?"

"……" 이방근은 소파 옆에 선 채로 한 번 호흡을 가다듬고, 말을 골랐다. "특별히 대단한 건 아닙니다. 술을 마시고 좀 실례되는 말을 한 것뿐입니다."

"뭐냐, 실례란 건? 세용이가 얘기하지 않을 정도로 흥분하는 일은 드물다. 내게 아무런 사정도 얘기하지 않고 돌아간다는 건 말이다."

"설령 아버지가 물으셨다 해도 말하지 않았을 겁니다."

"남한테 말할 수 없는 일인 게냐?"

"애들도 아니고, 대수롭지 않은, 술 마시다 생긴 일을 꼬치꼬치 얘기할 수 있겠습니까?"

"음, 넌 술을 너무 좋아해……."

아버지는 방에는 들어오지 않고, 어험…… 하는 헛기침을 하고 문을 열어 둔 채 돌아갔다.

네가 주변에 나쁜 사람들과 어울린다고 한마디 하더라……. 필경 그는 많은 걸 말하지 않고 한마디만 남기고 자리를 떠났을 것이다. 격렬하게 화를 내고 서재를 나선 그가 아버지에게 들렀다 돌아가기까지 7, 8분 정도였을까. 그렇다면 이야기할 시간은 없었던 것이다.

열려 있는 미닫이를 나와 주방으로 간 이방근은 술병에 술과 간단한 안주를 가져오도록 부엌이에게 이르고 방으로 돌아왔다. 흔히 미운 놈에게 떡 하나 더 준다고 하는데, 역시 자리에서 일어나 집 밖까지 배웅을 했어야 했다. 나도 나지만(아니, 이걸로 됐다. 앞으로의 일은 차치하고, 아슬아슬하게 조개가 입을 벌려 스스로 바닷물을 뿜었다. 그렇지 않았다면 지금의 나는 견딜 수 없을 것이다), 그 '신사'라는 정세용이 짐승만도 못한 자식이! 라는 막말을 내뱉고 자리를 뜬 것이다. 너는 나를 누구라고 생각하느냐. 음. 빰을 때린 것은 그가 하마터면 무너질 뻔했던 자신에 대한 방어의 충동이었다. 분노가 스스로 본색을 드러냈다고 해야 할 것이다. 나도 나지만, 이걸로 됐다.

정세용에게서 어떤 반격이 있을지 모른다. 이방근의 발언의 근거지는 어디인가. 거의 한정된 정보의 출처를 탐색할 것이다. 이방근의 결코 냉정을 잃지 않은 의식적인 말은 정세용의 마음에 총탄을 쏜 것과 같았다. 반공정신, 직무에 충실했다고 해도, 정세용이 궁지에 빠진 동료 고 경위까지 배신하고, 더 나아가 자기 손으로 사살한 사실을 이방근이 알아냈으니까. 일찍이 일제강점기에 목포경찰 간부가 된 것은 학생 시절의 친구를 판 덕분이 아니냐고 이방근이 말하지 않았던 것만으로도, 정세용의 타격은 여전히 작았다고 해야 할 것이었다. 어쨌든 정세용은 이방근이 자신의 무서운 비밀을 꿰뚫고 있음을 알게 된 것이다. '서북'이나 경찰 외에는 그 정보원은 없다.

이방근은 부엌이가 가져온 술병의 소주를 자리돔 젓갈을 안주로 새 잔에 따라 마셨다. 유달현은 네 대신 바다에서 죽었다! 입술 밖으로 중얼거림이 되어 나왔다. 그래, 너라고는 말하지 않았다. 그의 죽음은 자살이 아니다. 유달현의 죽음은 자살이더라도 고 경위는 자살이 아니다. 자리를 박차고 나가는 정세용의 등을 향해 퍼부은 격렬한 말의 울림을, 되풀이해서 귓속 공간에 되살렸다. 당신이 고 경위를 죽였다, 사살했어! 이방근은 전율과 흥분을 느꼈다.

내일은 섣달 그믐날, 양력으로 세밑이지만, 여전히 음력 위주로 민간 행사가 행해지는 이 나라에서는, 특히 시골에서는 정월을 앞둔 분위기가 거의 없었다. 그러나 1948년이 저문다.

이방근은 상당히 취한 상태로 일찌감치 잠자리에 들었다. 베개에 머리를 맡긴 귓가에서 뱃전을 씻는 파도 소리가 반복적으로 철썩, 철썩…… 고동치는 심장 소리가 소등한 방 공간에 파문이 되어 퍼졌고, 저쪽 너머 어둠으로부터 쿵, 쿵……. 쿵, 쿵……. 이방근은 자신의 신음소리를 의식하고 뒤척이며 머리를 흔들었다. 마스트에 로프로 매달린 알몸의 유달현……. 영원히 기억될 악몽의 장면이다. 이방근은 두터운 취기에 흔들리는 이불에 가만히 몸을 누이고 있었다. 어둠에 투시된 투명한 모습이 확실히 보였다. 이방근은 눈을 떠도 아무것도 보이지 않는 어둠에 비치는 모습이 움직이는 대로 내버려 두었다. 스크루에 잘린 수박처럼 해면에 떴다 가라앉기를 반복하며 구르는 유달현의 머리가 어느새 정세용의 머리가 되어, 취기에서 깨어나려는, 아니 잠에서 거의 깨어난 이방근 위에 올라타서는 떨어질 줄 몰랐다. 어두운 바다에 정세용의 머리가 구르면서 흘러갔다.

지금 자신이 취기의 파문에 흔들리고 있는 것은 전신을 덮은 의식의 움직임, 아니 감각으로 아는 것이지만, 그것이 잠 속에서인지, 반은 수면 상태이고 반은 깨어 있는 상태인지. 깨어 있으면서 꿈을 꾸고 있는 듯한 상태에서 정세용의 머리가 바다에 구르는 것이 보였다. 만일 지금 깨어 있는 것이라면 무섭게 느껴질 정도로 또렷이 어둠 속에 피투성이가 된 정세용의 전신이 떠올랐다. 그것은 일정한 거리에 머물러 있어서 윤곽이 흐트러지면서도, 본체는 확실한 정세용의 전신의 형상을 이루고 있었다. 넌 누구냐? 정세용인가? 이방근은 허공에 정지한 그것을 망령이라고 생각했다. 공포심이 일어나지 않는 망령이었다. 그러나 정세용은 조금 전까지 분명 이 어둠이 이어진 소파에 앉아 있었다. 그것이 어느새 망령이 되는 것은 이상하다고 판단하면서도, 이것은 망령이라고 생각하고 있었다.

계속 소파에 마주 앉아 있을 때부터, 그 남자는 망령이었던 것일까. 너는 뭐냐? 대답 대신 똑같은 자신의 목소리가 되돌아왔다. 너는 뭐냐? 아니, 이것은 망령이 아니다. 그저 환영일 뿐이다. 몸을 움직일 수 없었지만 이방근은 깨어 있었다. 깨어 있다고 생각하고 있었다. 꿈이다, 몽환이라며 손을 흔들고 고개를 들어 정세용의 모습을 지우려 하지만, 어둠 속 벽화처럼 허공에 들러붙은 채 움직이지 않고, 일어나려 해도 손발이 묶인 것처럼 움직이지 않았다. 잠과 취기가 뒤섞인 심연의 바닥……. 그것을 의식하고 있는 것 같으면서도 다른 꿈의 법칙에 따르고 있는 것 같았고 가위에 눌린 상태 같으면서도 그렇지 않았다.

취중의 가위눌림. 지금까지 취했을 때는 가위에 눌렸던 적이 없었는데, 가위눌림이 취기의 힘으로 억제되면서도 저항하고 있는 것일까. 이방근은 어딘가의 구멍 밑바닥에서 침상 위로 기어오르는 느낌이었지만, 잠에서 깨어 있었다. 그는 납처럼 무거운 상반신을 겨우 이불 위로 일으켰다. 그의 앞에서 정세용의 형체가 사라진 것은, 자신이 꿈과 현실로 이분된 듯한 기묘한 상태를 의식했을 때였다. 어둠 저편에 꿈이 있는 것인가, 꿈은 이쪽이고 저편에 현실이 있는 것인가. 그는 가만히 상반신을 일으켜 이불 위에 앉았다. 아련한 빛이, 희끄무레한 그림자 같은 것이 보였다. 바람을 맞아 삐걱거리는 덧문 소리가 났다. ……뭐라고, 네가 누구라고? 뭐, 양대선? 어둠 속 연기 같은 희끄무레한 그림자 사이를, 이방근의 취기를 띤 목소리가 오갔다. '서북'의 양대선이라니, 바보 같은 놈! 이방근은 꼼짝 않고 그림자를 응시하며 호통 쳤다. 넌 뭘 하러 이곳에 찾아온 거냐. 오남주가 가라고 했다. 너를 죽인 건 오남주다. 오남주가 가라고 했다. 희끄무레한 그림자에서 저승의 목소리가 돌아왔다. 양대선은 오남주에게 살해당했다고 전하라고. 바보 같은 소리 하지 마. 네가 오남주에게 살해당한 게 어쨌다는 거야. 나하고 무슨 관계가 있어. ……권총 하나 없으니까. 살의가 있다, 내 마음에 살의가 있어, 오남주의 목소리였다. 그림자여, 사라져라, 사라져. 이방근은 희끄무레한 그림자로부터 등을 돌리고 머리맡의 성냥을 더듬어 쥐고는 불을 붙였다. 빛이 불꽃이 되어 타올랐다. 손목시계는 열두 시 반을 가리켰다. 송전 시간이 지나 있었다. 얼마간 잠들어 있었음에 틀림없다. 물주전자와 컵이 있음을 알아채고, 불꽃이 꺼진 어둠 속에서 컵에 따른 물을 남김없이 마셨다. 온돌의 열이 쟁반에서 전해져 물은 얼음의 냉기를 잃고 있었다. 술병도 잔도 있었다.

권총 하나 없으니까……. 섬망(譫妄) 상태가 아닌가. 주독과 피로. 덧문이 바람에 달그락달그락 울렸다. 살의라든가 죽인다든가 하는 말을 동무는 하고 있는데, 그건 누굴 말하는 것인가……. 어째서 '서북'을 죽이면 안 되는 것인가. 놈들은 우리를 죽인다, 모두 죽인다. 마음대로 죽인다. 인간의 얼굴을 한 그레이트데인이니까, 놈들이 인간의 형상을 하고 있기 때문에 더욱 죽일 이유가 있다는 겁니다. 인간이 아닌 그 형상을 죽인다. 왜, 우리는 살해당하지 않으면 안 된다는 겁니까. 죽이면 안 된다는 이유는 없다. 죽이면 안 되는 것이 아니라, 죽일 수 있는가 없는가, 윤리가 아닌 그저 물리적으로 놈들을 죽이는 능력, 힘이 있는가, 그것을 실행할 수 있는가 하는 것뿐입니다. 내 마음에는 살의가 있습니다. 그저 살의뿐입니다, 한심합니다. 살의만은 핵이 되어 단단하게 굳어져 가는데……. 이방근, 너는 오남주 안에서, 자기 자신 속에 있는 것이 윤곽을 만들고 형상을 맺으며 움직이고 있는 것을, 관념 속에서 몰려드는 구름처럼 하나의 살인 행위가 형태를 이루려고 꿈틀거리고 있는 것을 스스로 느끼고 있었던 것이다. 오남주가 너의 관념 속 살인에 대한 소망을 눈에 보이는 하나의 형태로, 현실로 끄집어내려는 것을 너는 보고 있었던 것이다. 살의만으로 충분하다. 살의의 핵이 단단히 굳어지면 그것은 세포분열을 일으켜 살의의 현실화로 움직이는 동기가 된다. 너는 그렇게 자신에게, 오남주를 핑계 삼아 타이르고 있다. 그리고 그것이 그대로 동기가 되어 살의가 현실화된 것이다. 행방불명의 오남주가 양대선을, 여동생의 '남편'을 죽였다. 관념에서, 꿈속에서 현실로의 이행, 그 이행의 경계를, 깊은 구렁을 넘는 일…….

이방근은 성냥불을 붙이고 일어나 발밑 쪽 앉은뱅이책상 위에 놓인 남포등에 불을 옮겼다. 방에서 어둠이 사라졌다. 벽과 천장에서 춤추는 빨간 남포 불꽃의 흔들림에 얼굴과 손이 물드는 것을 느끼며, 방의 덧문 밖 뒤뜰 쪽 작은 툇마루에 조금 전 희끄무레한 연기 같은 그림자가 서 있는 것을 의식했다.

꿈과 현실 사이의 엷은, 그러나 다이아몬드 섬유로 만들어진 피막처럼 강인하고 투명한 정신의 경계를 뚫고 살의는 넘어갔다. 살의의 핵이 양대선을 죽였다. 생과 사. 죽이는 일, 죽이지 않는 일, 어째서 이 경계가 이렇게까지 넘기 힘든 것인가. 게다가 이 제주도에서는 사람들이 아무런 논쟁도 없이 살해당하고 있는데, 어째서 죽이는 것을, 살의를 굳히면서도 망설이지 않으면 안 되는 것인가. 오남주는 권총으로 죽인 걸까. M1총인가. 도끼로 머리를 부순 걸까. 어쨌든 살생불살생의 경계를 넘어 양대선을 죽인 것이다. 잘 죽였다. 죽이지 않는 것이 쉽고, 죽이는 일이 어렵다. 방파제에 부서지는 파도 소리가 울려왔다. 밀선을 농락하는 거친 밤바다. 유달현은 사라졌다. 중절모가 아닌 유달현의 사냥모를 쓴 정세용.

유달현의 죽음에 겁을 내서는 도저히 친척인 정세용을 노릴 수 없다. 노린다? 표적을 좁혀서. 심야, 부산의 유근의 집 2층 방에서 확실히 의식한 살의, 유달현의 사냥모를 쓴 정세용에게 표적을 좁혀 흔들리는 살의가, 정세용의 피투성이가 된 전신과 함께 되살아나, 이방근은 엉겁결에 일어났다. 이봐, 거기에 있는 건, 너는 정세용인가? 정세용 형님입니까? 뭐야, 권총을 손에 들고. 이방근은 이불을 밟고 뒷문으로 다가가 장지문을 좌우로 열어 덧문 걸쇠를 풀려다가, 다가오는 심야의 여러 발소리를 듣고 손을 뗐다. 그는 장지문을 닫고 이불 위로 돌아와, 침대 맡의 쟁반 위에 있는 술병을 들어 잔에 따랐다. 아직 술이 조금 남아 있었다.

이방근은 잔의 술을 단숨에 비우고 물을 마셨다. 술병을 들고 흔들어 보니, 아직 잔에 한 잔 정도는 나올 듯했다. 취기가 가시지 않은 몸에 술이 번져 가는 것이, 모든 혈관을 달리고 있는 것이 느껴졌다. 정세용에게 살의의 표적을 좁혀서……. 이방근은 고개를 흔들었다.

이 섬에서 죽음은 일상다반사이고, 살육을 면한 자는 죽음과 서로 이웃한 공포의 베일 안에 있었다. 죽음은 꿈과의 경계를 넘어 찾아오는 것이 아니다. 사오기(벚나무) 곤봉의 구타, 고문, 일본도와 총검, 총탄과 휘발유를 뿌린 불…… 모든 살인의 도구를 가지고 찾아온다. 장난으로, 쾌락에 취해 게걸스럽게 먹듯이 죽인다. 왜, 놈들은 죽일 수 없는가. 왜 계속 살해당하는데도 죽일 수 없는가. 무력함 이외의 아무것도 아니다. 죽이는 것이 무서운 것이다. '정당방위'라는 법률적 용어도 있지 않은가. 살생, 죽여서는 안 된다, 죽이는 것은 살해를 당하는 것과 같은 것……. 이방근은 참으로 자유로운 인간이다, 운이 좋아서. 비유적으로 말하면 너무나도 자유롭기에, 살해를 당해도 좋다고 하는 면이 있다고 생각한다. 너무나도 부자유한 사람은 그 사람을 죽일 권리가 있는 것이 아닐까 하고……. 남승지여, 내가 자유롭다는 것은 결국 방자하고 제멋대로라는 것이겠지. 그것은 자유가 아니다. 그래, 틀림없이 너무나 자유로워 타자를 침해할 수 있는 인간은 역설적으로 살해를 당할 '자유'를 가져야겠지. 그러기 위해서는 살해를 당하는 것이 자유라고 의식하는 위대한 정신과 감정이 필요하다. 가장 부자유한 인간이 있어서, 내가 가장 자유롭기 때문에 죽인다고 한다면, 난 살해를 당해도 좋다. 그게 순리에 맞다. 하지만 자유는 그런 게 아니다. 타자를 지배하지 않고, 자신 안에 지배할 필요가 없는, 권력을 추구할 필요가 없는 자유의 힘을 가진다. 살인은 자유가 아니다. 자유를 잃기 때문에 자살한다. 인간은 남을 죽이기 전에 적어도 동시에 자신을 죽이지 않으면 안 된다. 즉 자살할 수 있는 인간은 살인을 하지 않는다. 따라서 가장 자유로운 인간은 남을 죽여 타자를 침해하는 짓을 하지 않을 것이다. 죽이기 전에 스스로를 죽이는, 결국 자살한다는 것이기 때문에.

그러나 이것은 일반론이다. 이방근은 술잔을 입술에 대고 한 모금 머금었다. 놈들에게 살의의 표적을 좁혀 죽이기 전에 스스로를 죽여, 자살을 하는 것이 이치에 맞는가. 그런 바보 같은 일은 없다. 살해당하는 것이다. 여기에서 살해를 당하는 것이 '자유'라고 의식하는 위대한 정신과 감정이 무슨 필요가 있나. 그것은 진정한 자유가 아니다.

스윽 하고 등줄기를 쓰다듬는 무언가의 낌새가 있어, 이방근은 돌아보았다. 오! 망령이다……. 뒤쪽 장지문 옆 벽 쪽으로 전신이 피투성이인 정세용의 그림자가 남포등 불꽃의 흔들림 속에서 멍하니 서 있었다. 이방근의 전신에 물결이 일듯 차가운 소름이 돋았다. 손에 든 권총의 총구가 천천히 이방근을 향했다.

"너, 꺼져 버려!"

이방근은 손에 든 술잔을 정세용의 망령을 향해 던졌다. 술잔은 망령의 그림자를 뚫고 벽에서 소리를 내며 산산조각이 났다. 그는 이를 딱딱, 딱딱…… 반복해서 일곱, 여덟 번 크게 소리를 내고, 그것을 의식했다. 정세용의 그림자는 소리도 없이 스윽 하고 닫힌 장지문 틈에서 뒤뜰 쪽으로 빨려들듯이 그대로 사라졌다. 뚝 뚝, 손가락 관절이라도 꺾는 듯한 뼈 소리가 투명하게 울려 소름을 스쳤다. 흐－음……. 아아, 어떻게 된 일인가. 정세용은 어디선가 죽은 것인가? 언제? 불길한 생각이 머리를 스쳤다. 내가 죽이기 전에 누군가에게 살해를 당했다. 뭐? 내가 죽여……? 이방근은 망령이 사라진 장지문을 노려보면서 고개를 가로저으며 웃었다.

그는 술병에 직접 입을 대고 얼마 남지 않은 소주를 비웠다.

이방근은 이불 위에서 천천히 담배를 피우면서 망령이 사라진 장지문을 바라보고 있었다. 덧문 밖 작은 툇마루에 서 있던 희끄무레한 그림자가 망령의 정체란 말인가. 이방근은 지금도 연기처럼 희끄무레한 그림자가 서 있는지 확인이라도 하겠다는 건지 남포등 불의 그림자가 흔들거리는 장지문의 격자 문양을 지그시 바라보고 있었다. 망령이 아니다. 나는 몽환 속에 있는 것이 아니다. 분명히 취했지만 의식은 또렷하다. 그러나 방금 전에 이 눈으로 확실히 보았던 것은 어찌 된 일인가. 실재하지 않는다면 그것을 본 내가 이상한 게 아닌가. 이상하다고 생각하고 있는 나는 이상하지 않은 것이다. 아니면 망령은 눈으로 확인한 것처럼 실재하는 것인가. 혹시, 정세용은 죽은 것인가? ……. 말도 안 돼. 그는 천천히 이를 부딪쳐 울리면서, 정세용을 특별히 생각하고 있는 것은 아니었지만, 더는 생각하지 않으려 했다. 덜컥, 덧문 바로 밖에서 뭔가 기척이 나는 듯했다. 이방근은 순간적으로 빈 술병을 덥석 움켜쥐고 손을 치켜들었다. 뒤쪽 담 너머에서 복수의 발소리, 상스러운 목소리가 바람을 타고 들려왔다. 경찰들이었다.

이방근은 가슴에서 고동이 울리는 소리를 들었다. 뒤뜰 정원수의 가지들이 바람에 요란하게 흔들렸다.

그는 탁자 위의 남포등의 불을 끄고, 어둠 속에서 이부자리 안으로 몸을 밀어 넣었다.

이방근은 다음날 아침 늦게 잠에서 깼다. 심한 숙취로 인해 두꺼운 잿빛의 막에 덮인 머리를 감싸고 이부자리에서 나온 이방근은 베개맡의 덧문을 연 방에 빛을 들이고, 안뜰로 나와 있던 부엌이에게 냉수한 사발을 부탁했다.

닫힌 장지문 너머의 빛에, 이방근은 머리맡의 장판에 술병이 그대로 쓰러져 구르고, 옆의 쟁반 위에 있어야 할 술잔이 없다는 것을 깨달았다. 미닫이를 열어 옆 서재의 소파와 탁자를 들여다보았지만, 술잔은 보이지 않았다. 시선이 발밑 쪽 방구석에 붙인 앉은뱅이책상의 남포등으로 갔을 때, 바깥 쪽 덧문이 닫힌 채 그늘진 장지문 주변에 흩어져 있는 도기 조각, 술잔의 파편을 찾아냈다.

오호, 저기 있었군……. 장지문 옆 벽 쪽에 서 있던 망령, 정세용으로 보이는 피투성이 망령을 본 일을 떠올렸다. 어둠 속의 연기처럼 희끄무레한 그림자. 확실히 어젯밤, 그 근처에 서 있었던 것이다, 꿈속에서……. 중절모가 아닌 유달현의 사냥모를 쓴 기묘한 모습의 유령이었다. 이상하다. 그러나 그것은 꿈이 아니다. 눈앞에 여러 파편이 흩어져 있으니까. 꿈속에서 망령을 향해 내던진 술잔이 지금 눈앞에 산산조각 나서 남아 있을 리가 없다. 그는 파편 하나를 집어 손가락 끝으로 만져 보자, 깨진 단면에 손가락이 베일 것 같았다. 꿈속에서 내던진 것이 꿈의 막을 뚫고 튀어나왔단 말인가. 그야말로 꿈에서 나온 현실이다. 꿈의 막, 두껍고 넘기 힘든 막. 확실히 어젯밤, 어젯밤인지 언제였는지, 가장 가까운 과거의 밤에 망령을 보았다. 그러나 그것은 꿈의 감각에 쌓여 있어, 지금 자신이 일어나서 그것을 떠올리는 현실과 제대로 연결되지 않았다. 꿈인지, 꿈 밖에서인지 망령을 본 것은 사실이다. 그리고 정세용이 죽었는지도, 누군가에게 살해를 당했는지도 모른다……고 생각했던 기억도 되살아났다.

실제로 죽었다면 그 유령이 어디서도 나타날 수도 있지만, 죽지도 않았는데 그 유령이 나오는 일은 아마 없을 것이다. 이치가 그러하다. 그래, 정세용을 꾸기 전에 그가 이 집에 와서, 그리고 서재 소파에 나와 마주하고 잠시 동안 앉아 있었다. 그게 어젯밤이다. 섣달그믐을 하루 앞둔 어젯밤이었다. 하지만 어젯밤이라면 전날 밤인데, 그 감각이 없다. 한 달이나 두 달 전의 어젯밤이 있는 것일까. 하루가 24시간이 아닌 몇백 시간인, 저 먼 어젯밤.

이방근은 소파에서 부엌이가 쟁반에 들고 온 하얀 사발의 냉수를 벌컥벌컥 단숨에 마셨다. 숙취에 마시는 물 맛. 생명수. 술을 마시지 않는 인간은 모른다. 정세용은 모른다.

이방근은 담배를 피우면서 연기 너머로 어젯밤 정세용이 소파에 앉아 있었던 게 사실인지, 그것은 현실의 정세용이었는지, 꿈도 현실도 과거의 기억으로 동질화될 수 있으리라는 묘한 상상 속에서 감각의 착각을 느끼고 있었다.

"서방님, 이게 어떻게 된 거우꽈?"

온돌방에서 이불을 걷고 있던 부엌이가 서재를 들여다보며 물었다.

"뭐가, 어떻게 됐다는 거야?"

"술잔이 박살이 나 있수다."

"음, 꿈속에 귀신이 나와서 그놈을 향해 잔을 내던졌는데, 그게 어딘가에 부딪혀 깨진 거겠지."

이방근은 부엌이를 돌아보지 않고 반은 농담조로, 하지만 느낀 대로 말했다.

"무슨 말이우꽈? 귀신 꿈을 꾸면서 술잔을 내던졌다는 거우꽈? 자면서 잘도 술잔을 찾았수다. 어떤 귀신입디가?"

"그걸 물어서 뭘 하려고? 굿이라도 할 셈인가?"

이방근은 놀리는 듯하면서도 천연덕스럽게 묻는 부엌이에게 진지하게 대답했다.

"아이고, 서방님은 뭔가 이상해지셨수다. 간밤엔 권총을 손에 들고 계셨수다. 술잔을 꿈속에서 던질 만큼 나쁜 귀신이 자꾸만 나오면, 그건 좋지 않수다."

"농담이야, 걱정할 것 없어. 핫하." 이방근은 부엌이를 돌아보고 웃었다. 귀신은 나다. 내 안에 있다. 그러나 입 밖으로 내지는 않았다. "그런데, 간밤에 여기에 경찰인 정세용 형님이 와서 앉았었지?"

"예-, 그렇고말고요."

부엌이가 의아하다는 표정으로 대답했다.

"음, 간밤, 어젯밤이군. 그렇다면 됐어. 열 시로군. 아침부터 세용 형님의 가족이나 경찰 쪽에서 사람이 오지 않았어? 그리고 참, 부엌이는 읍내에서 뭔가 세용 형님에 관한 얘길 듣지 못했나?"

"예-, 아무도 오시지 않았고, 아무 일도 없었수다."

"그렇다면 됐어."

"서방님, 무슨 일 있수꽈? 간밤에도……."

"아무것도 아니야."

"서방님은 중요한, 소중한 몸이우다."

"알고 있어. 이제 됐어."

부엌이는 술잔 파편이 어떻게 된 것인지 영문도 모른 채 방을 정리하고는 물러갔다.

맥주를 한 잔 마시고 싶다고 생각했지만, 부엌이를 부르지 않고 방을 나가게 내버려 두었다. 눈치를 본 것은 아니다. 물 한 사발을 마신 탓인지, 그렇게 갈증을 느낄 정도로 마시고 싶지는 않았던 것이다. 오늘은 남은 술기운을 빨리 털어 내자고 생각했다. 그러한 충동이 있었다. 어젯밤엔 그렇게 취했던가. 언제의 어젯밤인가? 한 달 전의 어젯밤이고, 오늘의 어젯밤이란 느낌이 들지 않았다.

오늘은 12월 31일이다. 계엄령 해제. 정세용은 무사히 집으로 돌아가긴 간 것 같은데, 이상하다. 그 귀신은 무엇인가. 내 안에 꿈틀거리고 있던 정세용을 노리는 살의 탓인가. 내 마음 속의 무서운 것이 그 기묘한, 유달현의 사냥모를 쓴 불쾌한 귀신의 모습이 되어 나타난 것인지도 모른다. 혹은 실제로 사고를 당한 것인가. 이미 '통금'시간대에 들어가 있었으니, 경찰 간부라고 해도, 심야가 아닌 여덟 시가 지난 시간이었다고 해도, 불심검문, 오발 등 어떤 사고가 일어나지 않으리란 보장도 없다. 그리고 들어맞는 꿈처럼 거기에 나왔었다. 그렇다면 내 탓으로 죽은 것이 될 것이다. ……정세용이 어디선가 죽은 것인가? 오오, 무섭게 번뜩이는 생각, 내가 죽이기 전에 누군가에게 살해당한 것은……. 어디에서, 언제인가? 그건 안 된다.

이방근은 고개를 흔들고 침을 삼키며 자리에서 일어나, 소파 주위를 팔짱을 낀 채 천천히 걸었다. 이태수 집에서 돌아가는 길에 그가 사고사라도 당했다면, 이미 어떤 연락이 있었을 터였다. 불쾌한 일이다.

유달현의 사냥모를 쓴 정세용의 유령, 아니 뭔가의 환각이다, 그것은. 유달현의 죽음, 뒷맛이 개운치 않은, 지금까지 따라다니는 죽음이다. 밀항선 위에서 선원과 밀항자 전원이, 선장이 위스키를 바다에 뿌린 뒤 묵념하지 않았는가. 무엇 때문에 나는 죽은 인간의 모자를 부산에서 서울로, 그리고 제주도로 애지중지 가지고 돌아온 것일까. 사냥모는 하숙집 방의 보스턴백에 넣은 채로 두었는데, 어떻게든 정리해야겠다. 태워 버리는 게 좋겠다. 투신자살이라 유품도 없다고 정세용에게 말해 두었던 것이다.

숙취로 묵직한 머리가 아팠다. 오른쪽 편두통이었다. 안뜰에 비쳐드는 겨울 햇살이 애처롭게 눈부실 정도로 욱신거리는 머리로 스며들어, 눈을 돌리게 했다. 맥주 한 병 마시고 머리를 적시면 두통은 낫겠지만, 아니다 오후가 되면 술기운이 가시겠지. 취기. 지금은 성가신 취기다. 알코올 중독은 아니지만, 과음하면 술독이란 게 나온다. 그 눈에 보이지 않는 술독과 알코올의 무수한 파편, 미립자가 성운처럼 응집해서 거기서 망령이 나온 게 아닐까.

오늘은 세밑이었지만, 그런 분위기는 읍내뿐만 아니라, 이 집에도 없었다. 제주도가 한창 동란인 시기라서가 아니라, 정월이라고 하면 여전히 조선에서는 음력 정월을 가리키는지라, 조상을 모시는 제사도 그 날 행해졌다. '설날 기분은 섣달그믐부터 시작된다'는 것도 구정을 뜻했다. 그러나 그것은 전통적인 세시기(歲時記)에 있는 민간의 행사였고, 관공서, 학교 등이 연말연시에 걸쳐 휴일인 것은 변함없었다.

정오를 지나 한림에서 찾아온 한대용이, 읍내는 한산하지만 그만큼 바리케이드에 들러붙은 경찰들이 눈에 띄고, '서북' 등의 우익단체가 구호를 반복하며 행진하고 있다고 전했다. 놈들은 다음날 1월 1일에도 똑같이 시위행진을 할 것이었다.

3, 4일 후에 출발하는 배에 수십 명의 밀항자가 타게 될 것이라고 했는데, 지금부터 송 선주 집으로 가서 밀항자들의 체크와 그 밖에 일들을 의논하고 돌아오는 길에 다시 한 번 들르기로 하고, 한대용은 자리에서 일어났다. 하산한 사람들의 승선을 앞둔 송래운의 의견을

우선 받아들일 것, 그리고 무엇보다도 악질적인 도망자, 학살의 길안내를 하거나, 조직의 동료를 팔거나, 적과 내통을 한 도망자에 대한 체크를 엄중히 할 것을 확인했다. 당분간은 하산한 게릴라를 한대용의 배에 태우지 않기로 한 것은, 하산 권유, 투항선동이라는 게릴라 조직으로부터의 비난 공격을 피할 필요가 있었고, 송래운과의 협동사업에 금이 갈 수 있다는 염려했기 때문이었다. 그러나 그것은 개개인의 사정에 따라 처리할 일이고, 기계적으로 처리할 수 없다는 것은 송래운도 알고 있었다.

조만간 눈사태처럼 피난민을 포함한 하산자들이 나올 것이다. 한라산이 눈으로 덮인 이후, 수세에 몰린 게릴라는 무차별 식량 투쟁, 경찰 관계자의 가족, 더 나아가 무고한 사람들까지 군경과 내통했다고 처형하는 등, 스스로 도민으로부터 이반을 초래하는 활동으로 치닫고 있었다. 고립되고 막다른 곳으로 몰린 게릴라의 파멸은 시간과 다투고 있다고 해도 좋았다. 하산한 게릴라 중에는 적에게 투항, 귀순하는 자도 있었고, 해외로 탈출을 꾀하는 자도 있었다. '선동'하지 않아도 하산해서 섬 밖으로 탈출을 희망하는 자들이 나오게 된다. 그들, 밀항하려는 하산 게릴라들을 어떻게 할 것인가. 그들에게 섬에 남으라고, 다시 산으로 올라가라고 해야 하는가. 그것은 죽으라는 것밖에는 안 된다. 무엇 때문에?

……그렇겠지, 한 동무, 다시 산으로 돌아가 마지막까지 싸우라는 것인가? (도대체 뭐가 마지막일까) 난 그렇게는 말할 수 없어. 이 선배가 말한 대로 저도 마찬가지입니다. 투항주의니 뭐니 한가한 이야기를 하고 있을 때가 아니다. 한 명이라도 목숨을 구해 낸다. 놈들에게 죽임을 당할 필요가 없다. 죽임을 당할 거라면 한 명이라고 놈들을 죽이고 난 뒤다……. 일찍이 입산에 뜻을 두었지만 이루지 못했던 남방에

서 돌아온 한대용은, 지금은 탈출자, 하산 게릴라의 구출을 위해 헌신해야 한다는 굳은 의지로 그것을 신념화하고 있었다. ……투항주의건 뭐건 한가한 이야기를 할 때가 아니다. 상황이 좋아서 그런 것은 아니지만, 그래, 남승지가 관음사에서 부엌이를 통해 근간 꼭 만나고 싶다고 전해 온 건 무슨 일일까. '탈출선동' 건에 관한 것인가. 그것이라면 부질없는 일이라 말하지 않을 수 없었다.

아버지 이태수는 집에 출입하는 한대용이 밀무역 이외에 밀항자를 옮기고 있다는 것을, 그리고 딸 유원을 일본으로 데리고 간 것도, 그라는 것을 알고 있었다.

일본에서 돌아와 이씨 집안을 방문한 한대용이 이방근과 함께 아버지 방으로 문안인사차 보고하러 들었을 때 아버지는 매우 기뻐하며 저녁식사를 일부러 술자리로 바꿔 한대용을 송구스럽게 했다.

아버지는 딸이 일본으로 간 사실, 즉 이미 서울에는 없다는 사실을 주위에 의식적으로 주위에 흘리고 있었기 때문에, 유원의 장래 결혼 상대가 될 터였던 최용학의 부모인 최상규 부부의 귀에도 들어갔을 것이다. 이 사실은 양 집안 사이의 파혼으로 생긴 지금까지의 알력을 자연스럽게 해소시키는 방향으로 움직여 가도록 해 주었다.

서울에 있는 딸과 당분간 만날 수 없다는 것과(그러나 언제든지 전화는 할 수 있는 것이다), 일본으로 떠나 만날 수 없다는 것은 근원적으로 절망적일 정도로 다른 것이었다. 아버지가 딸을 바다 건너 일본으로 떼어 놓음으로써, 아버지의 인생에 어떤 커다란 쓸쓸함 같은 것을 초래하게 되었다고 이방근은 느꼈다. 아버지의 표정이 자주 가라앉았고 무거워 보였다. 자식이 없는 자로서는 이해할 수 없는 마음인 것일까. 그러나 서울에 그대로 남아 있었다면 운동에 관계하게 될 것은 기정사실이어서, 다시 있을 수 있는 체포의 범위 밖으로 미리 조치해서 일본으로 보낸 것은, 아버지에게 가장 큰 위안임이 분명했다. 이태수의 딸이 빨갱이 물에 들지 않도록, 빨갱이로 경찰에 체포되지 않도록, 단지 그 한 가지로 아버지는 자식인 이방근과의 타협했고, 딸을 국외로 보냈다고 해도 좋았다. 그렇지만 언제 아버지와 딸이 재회할 수 있을까. 이방근은 기대하기 어렵다고 생각했다. 어슴푸레 아버지의 그림자가 떠올랐다. 딸과의 재회할 수 있는 때와 장소를 단절된, 어둠이 내린 유원의 방을 떠도는 아버지의 망령 같은 그림자였다. 여동생이 일본으로 떠난 것만으로, 그 사실에 생각이 미치는 것은 아버지에 대한 죄의식과 뒤얽혀 견디기 힘들 정도로 괴로웠다. 난 이 섬을 떠날 일은 없을 것이다. 여동생을 이 동란의 불행한 땅에서 탈출시킨 대신 난 여기에 머문다.

아버지는 세밑에 어디로 간 것인지, 이방근이 눈을 떴을 즈음에는 이미 외출한 모양이었는데, 아직 돌아오지 않았다. 은행도, 남해자동차도 택시와 버스 운행 외에는 휴무. 어젯밤 '통금' 중에 아무 일도 없이 귀가했을 정세용의 집에 들른 김에 바둑이라도 두고 있는 것일까. 공황을 일으켰음에 틀림없는 정세용에게 그러한 마음의 여유가 있을까. 어쨌든 그는 당분간 이쪽으로 오지 않을 것이다.

음, 분명히 형태는 정세용의 망령. 꿈속인지, 꿈밖의 환각인지. 그것을 어둠 속에서 끄집어내 떠올리는 것만으로도 매우 지치지만, 어젯밤 서재 소파가 정세용과의 대결의 장이 되어, 그가 자리를 박차고 방을 뛰쳐나갈 정도로까지 화나게 만들었던 것, 이방근은 그걸로 됐다고 새삼 생각했다. 그걸로 된 거다. 그렇지 않았다면 나는 참을 수 없었을 것이다. 앞으로의 일은 차치하고, 첫 번째 장은 성공이었다. 덕분에 꿈과 현실이 뒤섞인 듯한 망상에 사로잡혀, 아니, 그건 확실히 사냥모를 쓴 망령의 모습으로 흐릿하게 눈앞에 서 있다. 어째서 사냥모인가.

그 전체의 모습은 정세용이 아니라, 유달현은 아니었던가…….

숙취가 점차 옅어지고 두통도 사라지기 시작했다. 그러나 피로가 지금까지 쌓여 있는 건지, 어젯밤 피투성이 귀신 소동 탓인지, 피로가 풀리지 않았다. 떠도는 망령이 밤의 허공에 흔들리는 마스트에 매달린 유달현의 악몽 같은 영상과 함께 뇌리에 달라붙어 피로하게 만드는 느낌이었다. 술이 과한 것이다. 환각이라고는 해도 확실히 망령이 실재한 것으로 보였다. 거기에 잠자코 서 있었다. 망상인가. 망상이 전신을 덮고 머릿속 공간을 견딜 수 없을 정도로 가득 메웠다. 술 탓이었다. 알코올 중독까지는 아니더라도 술로 인해 어딘가, 머리가 잘못 돼 있는 것이다.

한대용이 자리를 뜨고 반 시간 정도 지나, 겨울 해가 높이 떠올랐을 무렵, 중학생 소년이 부엌이를 찾아왔다.

서재에 얼굴을 내민 부엌이가 소년을 쪽문 안으로 들인 곳에서 기다리게 했는데, 남승지가 보낸 심부름꾼이라며 작고 야무지게 접은 종잇조각을 이방근에게 건넸다. 이방근은 지금은 부엌이가 조직의 연락원임을 알면서도 모르는 체 암묵리에 인정하고, 부엌이 자신이 그렇다고는 하지 않았지만, 이방근의 그 낌새를 짐작하고 있었다.

종잇조각에는 남승지가 연필로 쓴 한글 문자로 '오늘 밤 가부, 장소, 시간'만 있었다. 소파의 이방근은 눈앞에 부엌이를 세워 둔 채 결단에 직면했다. 장소? 양준오가 성내를 떠난 지금, 둘이서 비밀리에 만날 수 있는 급조된 장소가 어디에 있는가. 하숙집 아니면 이 집이 되겠지. 남승지는 하숙집을 잘 모를 테고, 안전한 곳은 이전과 마찬가지로 부엌이가 있는 이곳이 좋았다.

부엌이에 따르면, 남승지는 이미 한천 상류의 아지트에 와 있는데, 성내까지 한 시간 정도 거리이며, 산에서 직접 내려오는 것은 아니라고 했다. 그것은 다행이었다. 근처까지 와 있는 것이다.

사전에 부엌이로부터 들었다고 해도, 싫으면 싫고, 만나고 싶으면 만나 자신의 생각대로 말하면 된다. 그것이 이방근의 방식이기도 했지만, 그는 남승지의 제의를, 그 목적을 거의 예상하면서도 거부할 수 없었다. 남승지가 다시 성내로 오는 것은 어렵다. 따라서 언제 재회할 수 있을지 예상치 못했던 이방근이 젊은 남승지를 만나는 것은 입산 후 양준오의 일도 들을 수 있을지도 모르니 기쁜 일이었다. 그러나 그가 성내에 들어오는 것을 거부할 수 없다는 생각은, 그것과는 다른 곳에 있었다. 한마디로 거부할 자격이 없다는 생각, 감정이었다. 그것은 이전부터 그랬다. 제2차 대전 후, 어머니와 여동생 등 육친을 일본에 남겨 두고 해방된 조국으로 찾아온 남승지가 입산하여, 오로지 혁명의 길을 가려고 하는 그에 대한 콤플렉스와도 닮은 떳떳치 못함, 연하이고, 아니 연하인 까닭에 그에 대한 일종의 두려움, 자신이 갈 수 없는 길을 그저 일편단심으로 가는 그에 대한 경외심에 가까운 감정이었다.

머지않아 파멸이 예측되는 게릴라 부대의 일원인 그가 도망가기 위해서가 아닌, 혁명 수행을 위해 찾아온다는 것이었다.

이방근은 만년필로 종잇조각에 '가(可), 여덟 시'라고 쓰고 작게 접어 부엌이에게 건네면서, 오늘 밤 여덟 시에 그가 오니까……라고, 언외로 뒷문 등도 지시했다.

"예-."

부엌이는 고개를 크게 끄덕이고 방을 나갔다. 그 얼굴에는 만족스런 미소가 흘렀다.

'가'이고, 이 집 뒷문으로 들어오라는 수순을 남승지는 충분히 이해할 것이다. '통금'은 오늘부터 아홉 시 이후로 돌아왔지만, 통행이 없어지는 늦은 시간은 피하는 것이 좋다. 그렇다고 해도 계엄령이 해제되는 오늘 밤에 찾아오다니, 마침 잘된 일이라 할 수 있었다. 구정의 분위기는 없다고 해도, 1948년이 끝나는 세밑이었고, 내일은 새해 정월이 되는지라, 평일에 비해 경계는 많이 느슨해질 것이었다.

마침내 아버지가 돌아온 모양인데, 문제가 없는지, 잠시 생각하고 있는 건지, 자식을 부를 낌새는 없었다. 간밤엔 정세용이 돌아간 뒤 곧바로 여기로 찾아왔다. ……네가 주변에 안 좋은 사람들과 어울린다고 한마디 했었다. 어젯밤 정세용이 흥분한 정도가 심상치 않았고, 게다가 그가 상투적으로 하는 말이긴 했지만, 방근이의 빨갱이와의 접촉……을 거의 막말하듯 내뱉고 간 일도 있어, 아버지는 아마 그가 있는 곳에 얼굴을 내밀 터였다.

저녁때 박산봉이 찾아왔는데, 반 시간 남짓으로 송래운 집에서 돌아오는 길에 들른 한대용과 엇갈리게 떠났다. 이방근에게서 어젯밤 정세용과의 충돌 경위를 듣고, 게다가 정세용이 고 경위 사살의 하수인이란 것을 알게 된 박산봉은, 욱, 하고 구토를 일으킨 듯 기묘한 소리를 내며, 선생님, 놈은 제가 처리하겠습니다……라고, 이방근을 응시하며 말했다.

이방근은, 으—음, 하고 신음하면서 위험한 말을 하지 말라고 제지했다. 선생님, 놈은 불쌍하게도 유달현을 스파이로 한 것만이 아닙니다. 제주도 놈이 '서북'의 앞잡이가 돼서 제주도 사람인 고 경위를 죽인 것이니 두 말이 필요 없습니다. 천벌을 내리지 않으면 안 됩니다. 근본을 바로잡아야 합니다. 선생님, 윗물이 맑아야 아랫물도……라고 하지 않습니까. '서북' 새끼, 지부장인 함병호를 해치우지 않으면 안 됩니다……. 박산봉은 오도독 오도독 이를 갈아 이방근을 움찔하게 만들었다. 이보게, 바보 같은 생각을 하면 안 돼. 아까부터 정세용을 처리한다느니, 함병호를 해치운다느니 하는데, 잘 들어, 반대로 당해서 본전도 못 찾고 스스로 무덤을 파는, 아니, 핫하, 지금은 무덤에도 가지 못하는 시대다. 관덕정 광장에 내던져질 게 뻔해. 돌이 썩는 시대야, 지금은. 어떻게 돌이 썩습니까? 바보같이, 세상이 거꾸로 되면 돌이 뜨고, 나뭇잎이 가라앉는 거야, 제주도 돌은 계속 썩고 있어. 잘 들어, 멋대로 행동하지 마……. 술이라도 마신 것처럼 매우 흥분한 박산봉은 한대용과 엇갈려 자리를 떴다.

아버지가 돌아왔는데도 호출이 없었다. 한대용이 맥주 한 병을 마시고 돌아가고 나서도, 그리고 이방근이 온돌방에서 저녁식사를 마치고 나서도 아버지의 호출은 없었다. 아버지에게 할 이야기가 있다면 남승지가 찾아오기 전에 끝내지 않으면 안 된다.

아버지는 정세용을 만나지 않은 것인가. 만났다고 해도 정세용은 아버지에게 간밤 충돌의 원인, 내용을 표면적인 이야기만 하고 얼버무렸을 것이다. 고 경위의 '유죄'에 적당한 근거를 부여한 정세용의 증언이라 해도, 반공정신, 반공사상 이전의 도의적인 문제이고, 과거의 친일파이지만, 일면 완고하고 도의에 엄격한 아버지가 받아들일 만한 이야기가 아니었다. 하물며 고 경위 사살의 하수인이라고 스스로 입에 담을 수 있겠는가. 이태수는 그렇게까지 썩지 않았다. 일제강점기 목포경찰 순사부장 '배명(拜命)'의 속사정을 당시의 아버지는 알고 있었는데, '출세'한 정세용을 가리켜 개새끼만도 못한 놈이라고 침을 뱉은 일이 있었던 걸 기억하고 있었다.

여덟 시는 아직 저녁식사 뒷정리가 전부 끝나지 않는 시각이지만, 주방에 선옥이 없는 한, 뒷문으로 들어오는 남승지를 맞이할 만큼의 틈은 있다. 그러나 이방근은 자신이 뒤뜰로 나가, 남승지를 우선 별채로 가게 할 테니 별채 뒷문을 열어 두라고, 저녁밥을 가져온 부엌이에게 미리 말해 놓았다. 만일 아버지가 그 시각에 갑자기 서재로 찾아오면 뒷문으로 몰래 들어온 남승지는 눈에 띄지 않는 곳에 숨어 있을 테니, 잠시 그대로 둔다. 집 안으로 들어온 이상 걱정 없다는 것. 나중에 부엌이가 기회를 봐서 주방을 나가면 된다.

이방근은 소파에서 여덟 시를 기다렸다. 아버지는 오지 않았다. 뒤뜰에서 뒷문으로 가서, 남승지에게 한마디 지시를 한 뒤 다시 서재로 돌아오기까지 몇 분이 걸리겠지만, 그 사이에 아버지가 얼굴을 내밀지도 몰랐다. 아버지가 갑자기 자리에서 일어나 이쪽으로 향하는 것을 부엌이가 먼저 들러 알려 줄 수도 없을 것이다.

그때는 그때고, 어떻게든 되겠지. 심야도 아니고, 자기 집 뒤뜰에 나가 보는 게 뭐가 이상한가. 그보다도 남승지 본인이 무사히 찾아올 수나 있을지. 계엄령 해제 직후인 만큼 경계의 맹점을 이용한다지만, 정각에 오는 것은 어렵다.

여덟 시가 지나 있었다. 이방근은 미닫이를 크게 열어 무심한 듯, 어두운 안뜰 너머 맞은편 안채를 빙 둘러본 뒤, 문을 닫고는 서재 뒷문을 통해 좁은 툇마루로 나왔다. 차가운 바람이 볼을 어루만졌는데, 담장 바깥 골목길에 사람이 왕래하는 낌새는 없었다.

이방근은 잠시 귀를 기울이며 똑바로 서 있었다. 1, 2분. 왼편 뒷문 쪽에서 인기척도 없이 달그락거리는 소리와 함께, 희미하게 덧문이 삐걱거리며 살며시 연속동작으로 열린 것 같았는데, 동시에 몸을 미끄러지듯이 들인 것인지 곧바로 닫혔다. 그리고 심장의 고동이라도 진정시키듯 그저 한 호흡을 가다듬고 덧문 안쪽의 작은 빗장을 더듬어 거는 듯한 소리가 났다. 순간, 두꺼운 기압이 주변을 짓누르는 것처럼 정적이 내려앉았다.

툇마루에서는 남승지의 모습이 보이지 않았다. 뒷문 주위에서는 실내의 불빛이 정원수를 비추어 드러난 뒤쪽 툇마루의 기척을 알아차릴 수 있었다. 남승지의 움직임은 없었다. 이방근은 방으로 돌아와 이번엔 미닫이를 조금 열어, 그 사이로부터 안뜰 너머를 살피고 나서 뒤쪽 툇마루로 나와 샌들을 신고 정원수 사이의 어두운 통로를, 옆의 유원의 방 앞을 가로질러 뒷문 쪽으로 갔다. 이쪽 건물 귀퉁이인 변소에도 사람은 없을 터였다. 변소에서는 뒷문 주위의 상황을 곧바로 알 수 있다. 냄새, 악취가 코를 찔렀다. 변소의 냄새와는 다른, 이 집에 있을 리 없는, 산사람의 체취였다.

"방근 씨, 접니다."

정원수 목소리는 그늘의 어두운 곳에서 낮게 소리를 죽인 강철 같았다.

"오오, 잘 왔네." 이방근은 정원수 옆에서 나온 남승지의 그림자와 악수를 했다. 강하게 꽉 잡은 남승지의 손은 얼음처럼 차가웠다. "밤늦게 부를 테니 별채에 가 있게. 뒤로 들어가게. 주방에 부엌이 말고 사람이 있는지 확인하고 들어가게."

이방근은 남승지를 어둠 속으로 보내고, 서둘러서 그러나 아무 일도 없던 것처럼 서재로 돌아왔다.

아버지는 오지 않았다.

아버지가 이쪽 건물 끝의 변소에 선 것은 헛기침으로 알았지만, 그는 서재 쪽으로는 오지 않았다. 이방근은 안심했다.

건너 채가 소등한 것은 열한 시 전이었다. 주방에서 부엌이가 전기를 아끼려고 사용하고 있는 남포등 불빛이 새어 나오고 있었다.

선달그믐 밤인데도 이방근은 드물게 술을 마시지 않았다. 저녁식사에도 술을 생략했다. 오랜만에 두터운 회색 베일로 뇌를 옭죄고 있던 숙취가 완전히 가셨고, 머리가 맑았다. 밤이 깊어짐과 동시에 가만히 있자니 이상하리 만큼 말똥말똥한 느낌이 두드러졌다. 잠시 후 부엌이의 신호로 남승지가 뒤뜰 쪽에서 이방근이 있는 서재로 올라왔다. 그는 거무스름한 외투를 벗고 다시 이방근에게 인사했다. 이방근은 서재의 불을 끄고 남승지를 옆방 온돌방으로 들여, 앉은뱅이책상 앞에 마주 앉았다.

탁상에 술은 없었다. 찻주전자에 인삼차가 있고 찻잔이 두 개 나와 있었다. 지금 이 집에는 손님이 없는 것이므로, 찻잔은 한 개여야 하지만, 나중에 적당히 치우면 된다며 부엌이에게 가져오게 한 것이었다.

외투와 낡은 머플러를 벗은 남승지는 두툼한 점퍼 차림이었는데, 옷깃으로부터 보이는 벽돌색 터틀넥 스웨터에 이방근은 뜻하지 않게 가슴이 아팠다. 몸에서 항상 떼놓지 않는 그것은 유원이 직접 손으로 짠 선물이었다. 이방근이 올 여름, 일부러 서울에서 제주도까지 가져왔던 것이다. 10월 하순, 이 집에 찾아왔을 때도 남승지는 같은 스웨터를 입고 있었다. 그때는 별다른 생각도 하지 않았지만 유원이 일본으로 간 지금, 똑같은 스웨터가 묘하게 웅변하듯 뭔가를 이야기했다.

조직책이 된 만큼 얼굴의 수염도 깎았고, 머리도 텁수룩하지 않았다. 그렇다고는 해도 역시 냄새가 났다. 금방 사라질 냄새가 아니었다. 그러나 이방근은 전과 같이 냄새에 대해서는 언급하지 않았다. 산의 공기로 예민해진 날카로운 눈, 검게 태운 날카롭고 거친 얼굴은 광대뼈가 두드러질 정도로 야위어 있었다. 일본으로 밀항해 간 영옥이 떠올랐다. 성내에서 한림으로 향하는 어두운 택시 안의 열기, 지금까지도 무의식중에 숨 막히는 포옹, 아니 그게 아니다. 하숙집인 현씨 집에 이른 새벽 하산해 숨어들어 왔을 때의 그녀의 냄새, 안주인이 놀라서 소리를 질렀던 것이다. 이른 새벽부터 물을 끓여 몸을 씻고, 입고 있던 옷을 삶았다. 그녀는 일본으로 떠났다. 유원도 떠났다.

이방근은 두 개의 찻잔에 차를 따르고, 술 대신 서로 든 찻잔을 앉은뱅이책상 너머로 가볍게 마주쳤다. 소리를 낼 생각은 아니었지만, 술잔이 아닌 찻잔의 투명하고 단단한 울림이 미소를 자아냈다.

"일전에 동무가 온 게 언제였나. 음, 정확히 여수·순천 봉기와 시기가 겹쳤었지. 핫, 하아, 그 삐라 인쇄 때야. 그 여파로 성내에 일제 검거가 있었던 때니까, 벌써 두 달 이상 되는군. 그때는 다시 만나는 건, 재회는 힘들 거라고 생각했는데, 오늘 이렇게 승지 동무를 무사한 모습으로 만날 수 있게 돼 기쁘네. 준오 동무는 어떤가. 그와는 만났나."

"예―. 어제 저녁에 한천 상류 아지트 중 한 곳으로 왔습니다만, 그곳은 제주읍 지구의 조직원들이 있는 곳이라 거기에서 준오 동지와 처음 만났습니다."

"건강한가?"

"예―."

"그와는 뭔가 서로 의논했나?"

"……?"

"예를 들면, 현재, 그 조직에선 문제가 되고 있는 것 같은데, 내가 생각하고 있는 '탈출 계획'에 대해서 말야."

"탈출 계획……? 예―." 남승지는 선수를 빼앗겼다는 느낌이 들었지만, 그러나 그것은 곧 안도의, 안심하는 표정으로 바뀌었다. 이방근 앞에서 직접 말을 꺼내기 어려운 난제가 본인 자신의 손으로 단번에 도마 위로 끄집어낸 모양새가 되었기 때문일 것이다. "입산 전에 방근 씨로부터 들은 일이 있다고 했습니다만, 그 일로 그와 깊이 이야기를 나누지는 않았습니다."

"그런데 계엄령이 해제가 됐다곤 하지만, 위험을 무릅쓰고 성내로, 즉 직접 날 만나러 온 셈인데, 용건은 뭔가?"

"예―……."

"음." 이방근은 호흡을 한 번 가다듬고 말을 이으려는 상대의 말을 기다리지 않고 말했다. "혹시, 아까 내가 준오 동무 일로 얘기한 탈출 계획에 관한 건가?"

"예―. 그렇습니다. 그 일로, 조직을 대표해서 왔습니다."

"조직을 대표해서……. 그렇게 대단한 일인가. 흐음, 뭐 상관없네. 말하자면 자넨 개인이 아니라는 것이로군. 난 개인, 자넨 조직. 아니, 당연히 그렇겠지, 그건 알고 있는 일이야. 얘기하게."

남승지는 차를 마셨다.

"조직의 대표로서 왔습니다만, 물론 저 자신이 조직의 일원입니다. 분명히 방근 씨가 지금 말씀하셨듯이, '탈출 계획'이 산의 조직에서 문제가 되고 있지만, 조직에서도 저 자신 역시 그것에 대해 사실관계를 충분히 파악하지 못하고 있습니다. 따라서 그 계획 추진의 사실 여부를 확인한 후, 조직의 견해를 이야기하겠습니다."

"음, 대충 말하면 '계획' 그 자체는 사실이지."

"그 계획은 어떤 것입니까?"

"계획은 어떤 것이냐고? 내용이 무엇이냐는 건가. 글쎄……." 이방근은 담배를 물었다. 이것은 약간의 사문인 셈이었다. 밀항선 위에서는 유달현을 '사문'하고, 어젯밤에는 정세용에게 신문(訊問)하는 것이라고 힐책을 당했는데, 하룻밤이 지난 지금은 게릴라 조직 대표로부터 신문을 당하는 입장이 된 것인가. 이방근은 마음속에서 웃음이 새어 나왔다. 성내의 일제 검거 당시, 남승지는 유달현을 사문하는 데 게릴라의 힘이 필요하면 협력하겠다고 했었는데, 그런 내가 게릴라에게 사문을 당하는 입장이 된 것이 아닌가……. "핫, 하, 뭔가 사문을 받고 있는 것 같군. 음."

"사문이 아닙니다. 이방근을 어떻게 사문하겠습니까. 사문하기 위해 하산 같은 건 하지 않습니다."

"사문하기 위해선 하산이 아니라 납치가 되는 것인가……? 핫, 하아, 농담이야."

농담이지만, 내가 확실하게 '반혁명분자'가 된다면 남승지 개인이 아니라, 게릴라는 실제로 나를 납치도 할 것이다. 바로 나 자신이 정세용을 어딘가 둘만의, 이 세상을 벗어난 곳으로, 게릴라들이 있는 산으로 사문을 위해 납치하려고 생각하고 있었을 정도이다.

"사실을 알기 위한 '이해 작업'입니다."

"이해 작업……. 난 아까 사실이라고 말했는데, 어째서 사실을 자네들이 알아야 하는 건가?"

"……" 남승지는 천천히 심호흡을 했다. 이방근은 지금 눈이 깊게 쌓인 혹한의 한라산에서 찾아온, 내일의 목숨도 장담할 수 없는 젊은 남승지를 책망할 마음은 털끝만큼도 없었다. 남승지는 이방근에 대해 친한 연장자의 벗이 아닌, 조직으로서의 거리를 유지하면서 대하려고 애썼다. "아직 그 사실을 충분히 파악하지 못하고 있습니다만, 지금까지의 정보로 보면, 방근 씨의 계획과 행동은 게릴라 조직에 대한 간섭이 되기 때문입니다."

"으-음, 알겠네. 산에선 조직에 대한 도전이라고 하지 않던가? 대동소이, 마찬가지지만, 내게도 정보는 들어와. 양준오가 입산하기 전에, 난 그와 계획에 대해 얘길 나눈 적이 있네. 심각하게 말일세. 말다툼까지 갔지만, 그는 이 계획에 대해 처음부터 반조직적이라고 반대하고 있었어. 게릴라 조직에선 조직파괴, 반조직, 반혁명 행위라고 비난하고 공격하는 것도 알고 있네. 게릴라의 섬 밖 탈출 공작을 하고 있다고. 하지만 그러한 사실은 없네. 반혁명 행위라고 하네만, 그렇다면 반혁명이란 무엇인지, 결국 조직 측이 단정해 버리는 반혁명이 절대적인 게 되겠지. 여기는 논의하는 자리가 아니야. 난 일부러 대표로서 찾아온 자네와 이것저것 논의하고 싶지 않지만, 사실의 이해 이전에 왜 내가 이런 계획을 세우게 되었는가 하는 것일세. 그러나 그 이유에 대해선 얘기하지 않겠네(적어도 자네와 양준오 둘만이라도 '개죽음'당하게 하고 싶지 않은 것이다……). 음, 자네들 두 사람에게……, 아니 자네들에게 필요한 건 이유가 아니라, 계획의 사실 여하와 그에 대한 게릴라 측의 대처겠지."

"저 자신은 왜 이방근 씨가 그런 조직파괴적인 행동을 하는 건지, 지금 그렇지 않다고 말씀하셨지만, 처음에는 납득할 수도 없고 믿을 수도 없는 심정이었습니다. 조직에 대해 비판적인 것은 그렇다 쳐도, 게릴라 탈출자 모집이라든가, 이해할 수 없습니다."

"그만두게, 핫, 핫하, 탈출자 모집 같은 건 한 적이 없어. 중상모략이야. 자네가 아니었다면 화를 냈을 거야." 그러나 이방근은 자신의 계획이(불가능한 일이지만 가능하면 게릴라 전원의 탈출이 아니면 안 된다), '탈출자 모집'과 이어지는 것을 부정할 순 없었다. "어쨌든 내 생각과 행동을 헤아리기 힘들다는 건 충분히 이해할 수 있네. 그런데 그 사실이란 건 경찰에 쫓기는 자나 그 외 일반 밀항자들을 태우고 있는 정도이고, 그 이상은 아니야. 자네니까 난 만나서 얘기하는 거지만, 그 외에 이러쿵저러쿵 얘기할 것도 없겠지. 사실 확인이 끝났다면 남은 문제, 즉 나에 대한 뭔가, 주문이라든가, 그래, 요청이 되나. 그건 뭔가?"

삐걱 삐걱 무거운 발소리, 부엌이의 발소리가 서재 앞에서 멈추고, 미닫이가 조금 열리더니, 식사를 가져왔수다, 라는 낮은 소리와 함께 문을 크게 열고 부엌이가 서재로 들어왔다. 그녀는 행주를 덮은 식사 쟁반을 온돌방 벽장 아래에 내려놓은 뒤, 이방근에게 말했다.

"술은 어떻게 하셤수꽈?"

"부엌이가 자기 전에 술 한 병과 물을 좀 가져다줘."

"예-."

부엌이가 방을 나갔다. 시각은 열한 시 반. 부엌이는 보통 오전 한 시쯤까지 대문 옆의 자기 방으로 돌아가지 않았다. 식사는 남승지가 먹을 한 사람 분이었다. 아지트에서 저녁식사를 하고 왔다고 했던 것 같지만, 게릴라의 식사가 배가 찰 리 없었다. 부엌이는 막간에 찐 감자를 별채로 들였다. 그녀는 자기 전에 남승지가 먹은 식사 설거지까지 해서 흔적을 남기지 말아야 했다.

"……방근 씨의 계획과 행동에 대해 이유는 이야기하지 않겠다고 하셨지만, 그건 제주도의 정세, 게릴라 투쟁의 전망과 관련이 있는 것입니까?"

"응?" 이방근은 덜컥해서, 그 반동으로 고개를 가로 저었다. "게릴라 투쟁의 전망 같은 건 나 자신이 조직원도 아니고, 모르지. 그러나 이 섬의 상황은 보통이 아니고, 섬 밖으로 탈출을 희망하는 자가 각각의 이유는 차치하더라도, 섬에 넘쳐 나고 있는 건 사실일세. 내 계획은 이 사실에서 출발하고 있어. 동무의, 아니 게릴라 측의 나에 대한 요청, 동무가 하산해 온 목적은 무엇인가?"

"하산자 모집이라든가 탈출 공작이 아니라는 것을 알고 안심했습니다. 개인으로서도 매우 기쁩니다. 아까 말씀드렸듯이 불확실한 정보로 인한 판단이었습니다만, 방근 씨의 계획은 게릴라 조직에 대한 간섭이나 게릴라 투쟁에 대한 방해의 행동이 아니라는 겁니다. 조직파괴. 반조직, 반혁명적 행위가 되지 않기를 게릴라 조직은 바라고 있습니다."

"바라고 있다는 건 동무의 개인적인 표현이군. 게릴라가 바라겠는가. 반혁명 분자로서 처단의 대상으로 여기기 쉽겠지. 남승지, 아니 김명우인가, 동무는 조직의 임무, 혁명의 임무를 지고 여기까지 찾아왔어. 이방근에게 반혁명적 행위를 멈추게 하라……. 이것이 목적이겠지. 조직자로서의, 여기 있는 내가 지금 조직의 대상인 셈이지. 그 조직자로서 동무는 조직의 입장이 있을 거야. 하산 선동이라든가, 게릴라 탈출자 모집이라든가, 말도 안 돼, 그런 일은 있을 수 없네. 밀항자 운반과 그건 달라."

이방근은 단정적으로 말했다. 단정해도 좋은 것인지, 그는 마음속으로 중얼거렸지만, 결코 그 자리를 모면할 생각으로 말한 것은 아니었다.

"방근 씨는 약속해 주겠습니까?"

"뭐, 약속?" 이방근은 웃었다. 이 자리에 어울리는 말이 아니다. "누구에게 약속을 하나, 조직에? 조직원이라면 조직 앞에서, 혹은 적기나 혁명기 앞에서 맹세하는 일도 있겠지만, 나더러 조직에 맹세하라는 건 아니지 않는가. 남승지 개인에 대한 약속을 말하는가……? 이 자리에 어울리지 않는 일이야. 난 약속은 하지 않겠네. 그러나 되풀이해서 말하지만, 하산 선동이라든가, 그런 일은 있을 수 없다고 해 두지. 핫, 하아, 그러나 결국, 이게 약속이 되는 건가."

"예-."

남승지는 입가에 미소를 띠우며 고개를 끄덕였다.

약속은 앞으로 계획이 진행됨에 따라 남승지에게 거짓말 한 것이 될 것이었다. 이방근은 그때가 되면 게릴라 조직에서 남승지의 입장이 곤란한 상황에 몰리게 되리라는 것을 어느 정도 예상하고 있었다. 그러나 이방근은 눈사태를 만나 하산자들이 나올 시기가 멀지 않다는 것도 예측하고 있었다. 그때는 전원 구출이 불가능하겠지만, 게릴라 쪽이 이미 기회를 놓쳤다고 해도 탈출할 방도를 찾지 않을 수 없을 것이다. 전원은 불가능하겠지만, 한 사람이라도 두 사람이라도. 으-

음, 지금은 안 되겠지만, 그때에는 살아남은 남승지와 양준오를 이 손으로 섬 밖으로, 일본으로 탈출시키고 싶다…….

부엉이가 술이 든 술병과 물 주전자를 가져왔다.

"두 분 다, 깊이 자고 있겠지."

"예-."

"승지 동무는 지금부터 식사를 할 거야."

"예-."

부엉이가 방을 나가고 나서, 남승지는 앉은뱅이책상으로 식사 쟁반을 옮겨, 김으로 다소 물기가 밴 행주를 걷어 냈다. 탁상에 식욕을 자극하는 음식물의 냄새가 퍼졌다. 하얗고 두툼한 사발 뚜껑을 열자, 고봉으로 담긴 보리 섞인 흰 쌀밥에서 올라오는 뜨거운 김이 남승지의 얼굴을 밑에서부터 감쌌다. 돼지고기와 미역국에서도 김이 올라왔다. 고춧가루를 뿌린 새빨간 갈치 무우조림. 마늘잎 간장절임. 자리돔과 정어리 젓갈…….

"방근 씨는 안 드십니까?"

"쓸데없는 걱정 말고 어서 먹어."

남승지는 숟가락을 손에 들고, 기름이 뜬, 향기가 코를 자극하는 국을 크게 한 숟가락 떠서 입으로 옮겼다.

"아이고, 맛있다."

이방근은 술병의 술을 눈앞의 잔에 따랐다.

"한 잔, 들겠나."

"……"

남승지는 음식을 입안에 가득 넣고, 얼굴을 들어 고개를 가로저었다.

이방근은 오늘 밤은 정말로 가볍게……라고 생각하면서 술잔을 입으로 가져갔다.

"한 잔, 받겠습니다."

음식을 위로 다 보낸 남승지가 말했다.

"오, 좋지. 단, 조금만 하도록 하게. 술에 오랫동안 익숙하지 않은 위장이야."

이방근은 컵을 남승지 앞에 내밀어 가볍게 소주를 따랐다. 남승지가 양손으로 받았다.

"자, 건배다."

이방근은 자신의 잔을 손에 들고 말했다.

"건배."

술잔과 투명한 컵을 부딪치면서 이방근은 어찌 된 일인지 자신도 모르게 갑자기 눈물이 쏟아질 것 같은 기분을 느꼈다. 드문 일이다.

둘은 각각 술을 입에 머금었다.

이제 정말로 언제 만날 수 있을지 모른다. 이방근은 남승지와의 만남이 이것으로 마지막이라는 것을 거의 본능적으로 직감했다.

남승지는 식사를 계속했다.

"천천히 다 먹게. 잘 씹어서. 서두를 것 없어. 부엌이는 아직 깨어 있으니까."

"예–."

남승지는 점퍼를 벗었다. 상반신을 감싼 벽돌색 스웨터가 전부 드러나 이방근의 두 눈을 찔렀다. 어찌 이리도 무심하게 드러내는가.

이방근은 굶주린 배로 식사를 하고 있는 남승지를 앞에 두고 조금씩 술을 입에 머금으면서 유혹에 사로잡혀 있었다. ……게릴라 투쟁의 전망 따위, 조직원도 아닌 내가 알 수는 없지……. 양준오에게는 정세의 비관적인 전망을 이야기하고, 간접적으로 탈출을 권했었지만, 애초에 조직 경력도 얕고 교조적인 조직의 인간도 아닌 그 조차 탈출 공작에 반대하며 입산한 것이었다. 양준오가 입산했기 때문이기도 하지만, 지금 당사자인 남승지를 앞에 두고 게릴라 패배에 대한 자신의 생각을 이야기할 수는 없었다. 게다가 그 유혹에 사로잡힌 것은 젊은 남승지를 죽게 만들고 싶지 않은, 어떻게든 이미 입산해 있는 양준오와 함께 최후의 파멸에서 구출하여 섬 밖으로 탈출시키고픈 일념 때문이었다. 어떻게 남승지나 양준오가 산에서 죽어가는 것을, 까마귀 밥이 되는 것을 못 본 체할 수 있겠는가. 그것은 견디기 힘들다. 내게는 도저히 견딜 수 없는 일이다.

오늘 밤, 이렇게 남승지와 만나, 반혁명적 행위라든가 '약속'이라든가 그를 대리인으로서 조직적인 논의를 하고 있지만, 어떤 의미에서 이방근에게 그것은 아무래도 좋았다. 그보다도 남승지를 하산하게 만들고 싶다……. 이방근은 눈을 감고 조용히 고개를 가로 저어 손에 든 술잔을 입술에 천천히 가져다 댄다. 강한 알코올의 자극에 양 입술이 저려 왔다. 이 비뚤어진 생각은, 젊은 남승지에 대한 나의 우정이다. 여동생의 일을 남승지에게 숨기고 있는 나에게 우정이 있다면, 진실한 마음이 있다면, 양준오와 언쟁하면서 이야기를 나눈 탈출 공작이나 그 이유를 남승지에게도 이야기해야만 할 것이다. 하산하라……고. 아니, 그것은 말할 수 없다. 남승지가 비겁한 사람이라면 몰라도 응할 리 없다. 내가 남승지라도 하산에 응하는 것은 불가능할 것이다. 혁명, 반혁명……. 이방근은 답답한 나머지 입에 문 담배에 불을 붙이고 일어섰다.

그는 서재에서 툇마루로 나가 변소로 갔다. 온돌로 몸이 따뜻해졌지만, 밖은 상당한 추위였다. 맞은 편 안채는 아주 캄캄했다. 섬을 벗어나서 갈 곳은 일본이 되겠지만, 일본에 가면 유원과도 만날 수 있다. 그래, 거기에는 남승지의 어머니와 여동생도 있다. 아아, 난 정말

뭐하는 인간인가……. 남승지에게 유다가 되라고.

변소에서 나온 이방근은 툇마루에 서서 중천에 뜬 희미한 빛의 상현달을 올려다보았다. 유원……. 이 무슨 나라인가. 이 무슨 운명의 민족이란 말인가. 남승지는 그대로 내버려 둘 수밖에 없다. 이보게, 승지 동무, 유원은 말이지, 이야기하는 게 늦었지만, 일본으로 갔네……. 그래, 여동생의 일을 숨겨서는 안 된다, 확실히 이야기해 둬야 한다.

남승지의 식사가 끝나고, 부엌이가 쟁반을 가지고 갔다.

"이보게, 승지 동무." 이방근이 식사를 마친 남승지를 향해 앉은뱅이 책상 너머로 말했다. "실은 여동생이, 유원이 일본에 갔네."

이방근의 목 언저리에 잔혹한 반향이 남았다.

"……뭐라고요."

남승지는 말이 없었다.

"유원이 일본에 갔어."

"유원 동무가 일본에 갔다고요, 언제……."

얼굴을 심하게 일그러뜨린 채, 남승지는 말을 잃었다.

3

계엄령이 끝난 1948년 섣달 그믐날 성내의 밤은, 한 발의 총성도 울리지 않고 심야에 용해되어, 평일과 거의 다르지 않은 1949년 1월 1일을 맞았다. 이것이 구정이라면 새벽에 가까울 때까지, 설날의 선조를 모시는 제단에 올릴 제수 준비와 그 뒤처리로 부엌은 활기로 가득찰 것이다. 부엌이에게 있어서도 1949년 1월 1일은 전날인 음력 무자(戊子)년 12월 1일의 다음날인 음력 12월 2일에 지나지 않았다.

남승지와 이방근은 양력 정월에, 역시 구정보다도 신년이라는 새로운 마음이 생겨났지만, 그것은 그들 젊은 세대에게는 시대의 진행이 양력으로 새겨진다는 것에 기인한다. 4·3사건을 발단으로 한 제주도의 절망적인 상황이 1949년으로 해를 넘긴 것에 신년 1월의 무게를 실감했다.

이른 새벽, 여섯 시 전에 부엌이가 이방근을 깨웠다. 새벽이라고는 해도 아직 어두웠고, 밖은 비가 오는 모양이지만, 진눈깨비라고 한다. 진눈깨비? 진눈깨비……. 여섯 시의 '통금' 해제를 기다려 남승지는 읍내를 떠난다. 하늘이 밝아지기까지 아직 한 시간은 걸릴 것이다. 부엌이는 이방근을 깨우고 나서 바로 부엌으로 물러갔다.

이방근은 발밑 탁자의 남포등 불빛이 흔들리는 가운데 바지를 입고, 저고리 소매에다 손을 집어넣으며, 뒤쪽 장지문과 덧문을 열고 좁은 툇마루에 섰다. 진눈깨비가 소리를 내며 정원수를 때리고 있었다. 어젯밤에는 희미한 달이 걸려 있었는데, 신년 초부터 날씨가 나빠져 비가 섞인 눈이 내린다. 한라산은 눈인가. 이 어둠에 진눈깨비가 겹치면 탈출에 적합할 것이다. 이방근은 방으로 돌아와, 옆의 서재에서 비옷과 중절모를 가져왔다.

두 사람은 오전 세 시경까지 온돌방에서 이야기했는데, 이방근은 남승지가 별채로 이동할 때, 이른 아침의 성내 탈출에 대비해 권총을 가져가라고, 빨간 비로드 천을 풀어 건넸다. 지극히 가까운 거리에서 위험이 닥쳤을 때 외에는 쏘지 마. 총성이 울리면, 비상경계망이 펼쳐져 추격을 당하게 돼. 이방근은 일단 한천 상류의 성내 지구 아지트로 간다는 남승지에게 양준오의 몫을 포함해 얼마간의 돈을 쥐어 주었다.

안으로 향할 것인가, 밖으로 향할 것인가, 애써 가져온 권총이었다. 내놓는 것은 망설여졌지만, 권총은 남승지의 목숨을 대체할 수 있는 것이다. 정세용에게 표적을 좁힌다고 해도, 놈이 권총을 손에 든 것처럼 내가 권총을 이용하는 일은 있을 수 없을 것이다. 권총을 가져. 뭔가에 도움이 될 때가 있을 테니까……. 황동성의 권총 '선물'에는 어떤 의미가 있었는지 모르지만(아마, 불필요해진 것이 이유의 하나였다. 아니, 그는 필요하면 바로 다시 손에 넣을 수 있다), 이방근에게는 남승지의 성내 탈출이 성공하기를 기원함과 동시에, 그와의 마지막 이별에 즈음한 선물이라는 생각도 담겨 있었다.

이방근이 진눈깨비를 맞으며 뒷문 옆으로 가자, 벌써 남승지가 와 있었다. 이방근은 숨결의 기척을 더듬어 방수 등산모와 비옷을 건네고, 지금 바로 입으라고 했다. 남승지가 외투 위에 겹쳐 입어도, 몸집이 큰 이방근의 것이라서 답답하지 않을 터였다.

부엌의 덧문이 거의 소리도 없이 열리고, 남포등 불빛이 벌레가 난무하는 것처럼 진눈깨비를 비추며 뒷마당으로 새어 나가는 가운데, 검고 커다란 그림자가 밖으로 비어져 나왔다. 뒷문으로 온 부엌이는 널문을 조용히 당겨 밖으로 나가더니 주위를 살폈다.

두 사람은 굳은 악수를 했다. 악수를 나눈 두 사람의 손등에 눈에 보이지 않는 차가운 진눈깨비가 계속 떨어졌다.

"감사합니다."

이것이 마지막이라고는 하지 않았지만, 마지막이라고 내심 생각하면서, 이방근은 남동생을 대하듯 악수한 차가운 손에 남은 온기 속에서, 아니 마지막이 아닐 거야, 마지막으로 만들지 않겠다고 생각했다. 죽지 마, 반드시 살아남아. ……우리 조국, 모든 강물은 바다로 흘러간다……. 뜻 있는 사람끼리 손을 잡으면 웃는 것이 웅변이었고 뜨거운 눈물이 손등 우에 깨어질 적마다, 가슴에 끓는 피가 그냥 용솟음쳤다……. 뜨거운 눈물이 손등 우에 깨어질 적마다……. 예전에 남승지와 김동진이 애송하던 조영출(趙靈出)의 시구가, 이방근의 마음을 스쳐 갔다. 뒷문에서 안으로 들어온 부엌이와 교대로 남승지가 악수한 손을 풀고, 갑자기 어둠 속의 검은 바람처럼 밖으로 나갔다. 부엌이는 바로 부엌으로 돌아가고, 이방근은 열린 뒷문에서 한 걸음 밖으로 나가, 멀리 어슴푸레한 가로등 불빛이 미치지 않는 어둠 속에, 거의 눈에 보이지 않는 남승지의 모습을 한동안 좇았다. 반혁명적인 조직파괴 활동의 중지라는 조직 메시지의 전달과, 이방근에 대한 설득공작의 임무를 맡은 청년의 그림자는 사라졌다. 방근 씨, 부탁합니다. 조직파괴적 행동은 하지 말아 주세요…….

방으로 돌아온 이방근은 젖은 머리와 얼굴, 그리고 양손을 수건으로 닦고, 남포등 불빛을 그대로 둔 채, 바람에 날려 덧문에 들러붙는 진눈깨비 소리, 틈새바람에 떨듯이 흔들리는 문풍지 소리 외에는 들리지 않는 박명을 앞둔 어둠 속에서, 머리맡의 손목시계를 노려보며 숨을 죽였다. 서문교가 걸려 있는 병문천 너머 물가로, 아마 눈앞의 다리를 건넌 뒤 한천 앞 근처로 성내를 빠져나간다고 해도 약 20분은 걸린다. 그때까지 총격이 일어나면, 총성이 지금과 같은 정적이라면 충분히 이곳까지 도달할 것이다. 이방근은 귀 끝을 날카롭게 곤두세우며 총성이 나지 않기를 바랐다.

총성이 없는 것이 남승지의 무사 탈출 신호가 되다니. 이방근은 밖이 밝아지기 시작했을 무렵, 남포등을 끄고 다시 잠자리에 들었다.

유원이 일본으로 건너간 사실을 알았을 때, 어젯밤 남승지의 충격은 상당히 컸다. 그간 참고 견뎠던 마음을 안고, 그는 진눈깨비가 내리는 이른 새벽의 어둠 속으로 사라져 갔다. 아니 오늘 아침에는 그의 모습은 처음부터 어둠에 갇혀 전혀 보이지 않았다. 지금 남아 있는 것은 그의 숨결과 억누른 목소리, 악수의 감촉뿐이었다.

이방근은 여동생 유원의 도일이 그에게 미칠 타격을 충분히 알고서, 그 일을 이야기했다. 남승지는 깊이 고개를 끄덕이고 있었다. 그리고 순간 보기 흉할 정도로 뚜렷하게 일그러진 그의 표정이, 전혀 다른, 모든 것을 납득한, 새로운 결의의 빛으로 바뀌는 데는 시간이 걸리지 않았다. 그때 이방근은, 남승지가 묻지도 않았는데 일부러, 음악공부 때문에 간 것이라고 마치 변명 같은 한마디를, 진흙이 섞인 모래를 씹는 기분으로 말했는데, 남승지는 저 자신도 그것을 바라고 있었으니까요……, 라고 미소를 띠우며 대답했다.

입산을 못한 유원의 일본행에 반대하지 않았던 남승지의 갑작스러운 반응이긴 했지만 몹시 일그러질 정도로 충격을 받은 것은, 이방근의 한마디가, 유원은 유학을 포기하고 서울에 있다고 생각하고 있던 전제에 급격한 붕괴를 초래한 것이고, 대처하기 힘든 불의의 습격이었기 때문일 것이다. 그러나 그것은 그 타들어 가는 직격의 시간을 견디면 충분히 회복할 수 있는 충격이었다. 유원 동무 개인을 위해서가 아닌 것을 전 알고 있습니다……. 그는 적은 말수로, 스스로를 납득시키려는 듯 중얼거렸다. 말이 너무 좋은 것이, 또한 괴롭기도 했지만, 이방근은 그 한마디에 구원받은 느낌이었다. 이방근의 마음속에 여동생의 도일을 밝힘으로써, 남승지의 하산을 촉구하려는 의도가 전혀 없었다고 한다면 거짓말일 것이었다. 그러나 그것에 대해 결코 반발하지 않는, 남승지의 표정에서 타개하고 넘기려는 결의를 보면서, 이방근은 이제 더 이상 하산 이야기를 꺼낼 여지는 없다고 새삼 생각했다. 남승지의 새로운 출발이다. 무엇을 향해……. 아아, 이런 스스로의 반문이 허무하다.

이방근이 이야기한 유달현의 뜻밖의 죽음은 남승지를 놀라게 했다. 유달현이 성내 일제검거의 안내역을 한 유다였다고 하면(아니, 유다였다), 그의 섬 밖 탈출은 충분히 있을 수 있는 일이지만, 밤의 거친 파도에 농락당하는 밀항선의 마스트 위에서의 죽음을, 남승지는 그 나름의 충격과 함께 받아들였다. 적어도 한대용이나 배 위의 밀항하는 청년들처럼 당연한 죽음으로서 그 곁을 지나칠 수는 없었던 모양이다. 과거의 유달현은 성내 세포조직 책임자로 그와 같은 동지였던 것이다.

그런데 남승지는, 유달현은 '자연의 섭리'에 따르듯 자멸해 갔단 말인가, 라는 다소 기이한 표현을 했다. 이것은 유달현의 죽음을 어떤 멸망의 상징으로 파악한다기보다, 혁명 측의 승리와 관련된 뭔가의 신호나 상징으로 보려는, 정의는 언젠가 승리한다는 것으로서, 물리적인 승리의 일정 조건을 이야기하는 것은 아니었다. 희망적 관측, 말하자면 착각이고, 이방근이 남승지의 어색하다고도 할 수 있는 그 표현과 어조에 놀란 것은, 그가 여전히 게릴라 측의 승리를 믿고 있다는 것이었고, 유달현의 자멸은 '자연의 섭리'가 아닌, '역사적 법칙'에 의한 상징적인 사례의 하나로 받아들이고 있다는 것이었다. 이방근은 말참견을 하지 않았지만, 이것이 혁명적 낙천주의인가. 남승지는 낙천적인 인간이 아니지만, '산(山) 사람'의 독선이라고 해야 할 것이다.

이방근은 옆방 소파에서 마주한 정세용과의 대결에 대해서도 이야기했는데, 고 경위 사살 사실은 유달현의 죽음을 밀어내 버리는 충격을 남승지에게 주었다.

그는 그 순간 박산봉과 마찬가지로, 반드시 정세용을 처단해야 한다고 말했다. 거기까지는 생각하지 못했습니다……. 이미 그 민족 반역적인 죄상과 본질을 간파당한 정세용이 잠자코 있을 것인가, 그에 대한 대처를 어찌할 것인가. 정세용의 다음 행동을 막아야 하는 것이 아닌가. 유달현의 배신에 대해 산조직은, 그가 경찰에 '체포'되거나 하는 바람에, 사문을 하지 못하는 등 대처할 수 없었지만, 정세용은 산으로 납치하면 어떤가. 그의 일상행동을 파악하고 있으면, 성내 조직의 여력과 산 세력과의 연계작업으로 그것은 가능하다고, 이방근 자신이 정세용을 만나기 전에 생각하고 있던 계획과 거의 같은 말을 해서, 이방근의 마음을 설레게 했다.

그럴 것이다. 성내에서 납치하는 것 자체는 어려운 일이 아니다……. 아니, 그 걱정은 할 필요가 없다. 사실은 말이지, 양준오도 적은 정세용보다도 훨씬 거물이, '원흉'이 되는 자가 있을 거라고 했는데, 난 테러리스트가 아니야(테러리스트는커녕, 밀항선의 마스트 위에 매달린 유달현이 조소를 퍼부었던 것처럼, 당당히 '살인'을 할 수 없는 인간인 것이다). 내가 노리는 것은 거물, 잔챙이의 문제가 아니야. 정세용은 거물과 잔챙이를 대변하는, 놈들 소행의 집중적인 표현물, 상징적인 존재인 것이지. 정세용이 내뱉는 숨결, 구취가 항상 가까이에, 내 주위에 엉겨 붙어 떨어지질 않아. 그래, 납치는 그리 어렵지 않겠지. 납치하고 난 뒤엔? 이방근은 굳이 물어본다. 사문입니다, 조직 내의 '동지'에 대한 사문이 아니라, 적에 대한 신문입니다. 그런 다음은? 신문의 결과 나름이겠지만, 처형은 피할 수 없습니다. 그에게는 처자와 나이 든 양친이 있어. 놈들이 우리 도민을 학살하는 데 가족의 유무 같은 걸 생각합니까? 가족까지 찾아내 몰살합니다. 흐음.

얼마나 꺼림칙한 밤이었던가. 그 피범벅이 된 정세용의 망령은 어디에서 온 것인가. 눈앞에 있는 남승지의 어깨 너머로 보이는 장지문 옆의 벽 쪽에, 남포등 불꽃의 흔들림 속에 온통 피범벅이 된 정세용의 그림자가 어렴풋이 서 있었던 것이다.

"우욱!"

이방근은 자신도 모르게 숨이 막혔다.

"무슨 일이십니까?"

"아무것도 아니야. 정세용 탓인데, 속이 안 좋군."

"정세용이 행방불명되면, 방근 씨를 의심하지 않겠습니까?"

"어떻게 하느냐에 따라 달라지겠지. 섬사람이라면 일부를 제외하고, 정세용에게 호의를 가지고 있는 사람은 아무도 없어. 제주도 사람 중엔 '서북' 놈들에게 빨갱이로 간주되는 걸 두려워하고, '서북'에게 지지 않으려고 그들보다 두 걸음, 세 걸음이나 앞질러 가는 놈들도 있지. 과거 일제강점기에도 일본인 이상으로 일본인의 앞잡이 노릇을 한 놈들이 있듯이. 어느 세상이나 있지만 말야. 정세용은 어머니 쪽 팔촌 형에 해당되는데, 그의 과거 친일경력은 어찌 되었건, 그도 '서북'에 지지 않는 일원에 속한다고 할 수 있겠지. 어떻게 할 건가. 예를 들어, 경찰이 무차별로 사살한 게릴라와 피난민의 몸통에 무거운 돌을 달아 배에서 던져 버리듯, 어딘가 먼 해안으로 정세용의 사체를 던져 버려도 좋아. 단, 그의 신원을 알 수 있도록. 산으로 납치된 걸 끝으로 행방불명이 돼 버려선 곤란하겠지. 그렇지만 말야, 그저 단순히 죽이는 게 목적은 아니야. 죽이기까지의 과정이 중요하고, 죽이는 건, 그 뒤의 결말이야. 왜 살해당하는가 하는 인식을, 정세용으로 하여금 사후의 세계까지 가져가게 해야 해. 그의 내부에서 그러한 연극이 진행되고 있는 걸 지켜보게 하는 것이, 이쪽의 목적이야. 그의 목숨 자체는 문제가 아닌 거지. 그러나 결말은 그쪽을 향해 간다. 그렇다고 해도 일은 오늘 내일의 문제가 아니야. 상대의 움직임을 지켜볼 필요가 있어."

"상대가 나오는 태도 여하에 따라서는 그대로 둔다는 겁니까?"

"……그런 게 아니야. 나오는 태도 여하완 상관없이, 정세용은 정세용이야. 지금 그의 납치에 관한 논의가 나의 친척 관념을 넘어 성립하고 있는 것은 물론이지만, 어쨌든 상대는 어머니의 육촌 오빠의 자식이고, 나에겐 팔촌 형이 되는 어머니가 가까이 했던 사람이야. 이런 사정은 멀리에서 총을 사용할 것인가, 눈앞에서 도구를 사용하여 직접 해치울 것인가의 차이가 있어."

"방근 씨가 직접 손을 댈 필요는 없습니다. 그건 조직의 임무입니다."

"그렇지 않아. 누가 하건, 거기에 나의 의지가 개입해 있는 한, 그의 살해 자체가, 내가 직접 하는 것과 같은 효과를 초래하는 것이야. 알겠는가?"

남승지는 천천히 고개를 끄덕였다.

"납치 후의 신문에 즈음해서, 필요에 따라서는 방근 씨가 '증인'으로서 정해진 장소, 아지트로 올 수 있습니까?"

"으음……." 이방근은 한순간 대답이 막히면서도 고개를 끄덕였다. 당연히, 신문을 부정하는 상대에게 '증인'은 필요하다. 조금 전에, 정세용의 내부에서 연극이 진행되는 걸 끝까지 지켜본다고 한 것은 누구인가. "알겠네. 가만, 잠깐 기다려. 그건 납치한 뒤의 일이야……."

"납치를 조직 토의에서 결정하겠습니다. 물론, 아지트로는 우리가 안내하겠습니다. 앗……."

남승지는 갑자기 낮게 억누르면서 엉뚱한 소리를 질렀다. 그 시선이 허공에 떠 있었다.

"그 꿈은. 그렇군, 유원 동무의 꿈을 꾸었습니다. 관음사로 향하기 전에 눈에 둘러싸인 오름의 동굴 아지트에서 꿈을 꾸었습니다. 제주도를 벗어나, 어딘가 멀리 떠나가는 유원 동무의 꿈을……. 이상한 느낌의 꿈이었지만, 그것은 역시 맞는 꿈이었군요……."

남승지의 고모가 있는 S리로 보이는 시골 부두의 앞바다에 뜬 작은

기선. 일제강점기에 오사카와 제주도 사이를 왕복한 기미가요마루(君が代丸) 같은 기선의 뒤쪽 갑판 난간에 손을 얹고 말이 없는 유원이 쌀쌀하게 서 있는 것을, 해안의 바위에서 남승지가 말없이 전송하고 있었다는, 유원이 여행을 떠나는 꿈이었다.

"음, 한마디, 여동생이 동무를 매우 걱정하고 있었다는 걸 말해 두지. 괴로운 일이야. 어쨌든, 무사히 도착해서 학교에도 들어갔다 하니, 안심하게……."

승지 씨의 힘이 되어 줘요. 승지 씨를 잊지 않겠다고 전해 줘요……. 그것이 유원의 전언이었지만, 이방근은 입 밖으로 내지 않았다.

세 시. 남승지는 곧 자리에서 일어나 별채로 갔다.

그는 자리를 일어나기 전에, 방근 씨…… 하고 말을 걸어, 머지않아 이성운 사령관의 지휘로 적의 주력부대에 대한 공격이 있습니다…… 라고 했다. 게릴라의 공격? 그런 힘이 아직 게릴라에게 남아 있었던가. 막다른 곳에 몰리고, 도민의 지지도 잃어 괴멸을 향해 가고 있는 것이 아니었던가. 그것을 예상하고 있었기에, 나는 게릴라의 섬 밖 탈출 계획을 준비해 온 것인데……. 그가 떠나가고 나서 이방근은 나는 너무나 게릴라의 힘을 과소평가하고 있는 것이 아닐까 하는 생각에 사로잡히면서도, 그것을 가지고 궁극적인 게릴라의 승리에 대한 희망적 재료로 삼을 수는 없다고 고쳐 생각했다.

이방근은 곧 잠에 빠졌지만, 오후가 다 돼 눈을 떴을 때는 성내에 다시 군경의 경계 태세가 펼쳐졌다는 것을 알았다.

밖은 진눈깨비가 계속 내리고 있었다.

도대체, 어찌 된 일인가. 작년 한 해가 마무리되기 전에 이루어진 계엄령 해제와 함께 맞이한 승리와 평화의 1월 1일이었을 터인데, 다시 군화와 빗속에서 시위행진을 하는 우익단체의 시끄러운 발소리로 뒤덮인 것이었다. 이른 아침에, 본토에서 제주도로 막 이동한 성내 지구 주둔의 국방군 제2연대의 주력부대가, 비행장 막사에서 성내를 거쳐 남문길로 한라산 방향으로 출동하고 있다는 이야기가 퍼졌고, 벌써 긴급 동원된 군경이 성내를 장악하고 있었다.

산천단과 가까운 한라산 기슭인 오등리의 절에, 한라산 포위작전의 1진으로 배치 됐던 제2연대 제3대대가, 1월 1일이 되자마자 게릴라 부대의 공격을 받았다. 어두운 밤의 진눈깨비가 내리치는 악천후 속에서 이성운 부대에 의한 포위와 기습공격은, 토벌대를 큰 혼란에 빠뜨렸다. 우리는 인민유격대, 이성운 부대다! 라는 무서운 노호를 들은 토벌대는 무질서한 응전을 하면서 어둠을 틈타 퇴각, 도망가고, 급보로 접한 제2연대장은 제2대대를 직접 지휘하여 출동했지만, 게릴라 부대는 이미 철수한 뒤였다.

1949년 정월 벽두에 이루어진 게릴라의 기습공격은 제11연대와 교대로 대전에서 제주도에 도착한 지 열흘만의 일이었다. 이 땅에 익숙하지 않은 제2연대가 충분한 경비태세를 갖추기도 전에 허를 찔린 것으로, 토벌대 측에 충격을 주었다.

게릴라 측의 사체와 함께 쌍방에 열 명 내외의 전사자를 확인하고, 게릴라 병력을 대대 정도로 추산한 토벌대는 작전상 재검토에 내몰렸다.

그렇다 치더라도 남승지는 가까스로 엄하나 경계 태세 전에 성내를 탈출한 셈이었다. 그가 성내를 떠난 것은, 마침 오등리에서 토벌대와 게릴라가 한창 격렬한 전투를 벌이고 있던 때였다.

그가 말했던 적의 주력부대에 대한 게릴라의 공격은 오등리 작전이었던 것인데, 그 공격이 오늘 중에, 자신이 성내를 나가는 그 시각인 새해 벽두에 일어나리라고는 남승지 자신도 몰랐던 모양이다.

게릴라의 오등리에 대한 공격이 토벌대에 대한 도발이 되었다. 이제 막 해제된 계엄령을 대신하는 조치 다음에 게릴라 토벌작전이 나올 것이라고 사람들이 생각하고 있던 터에, 맑게 갠 다음날 광장 안쪽의 관덕정 건물 돌계단 위에 열 개 남짓한 인간의 잘린 목이 놓였다. 모두 1월 1일 이른 새벽 오등리 전투에서 쓰러진 게릴라 대원인 듯했다. 자랄 대로 자란 머리는 달라붙은 진흙과 피로 풀칠을 한 것처럼 엉겨 붙었고, 추위에 얼어붙은 마른 흙빛의 얼굴은 눈을 감은 채 핏기가 없었다. 조천시장 입구에 매달려 있던 게릴라처럼 확인을 위해 닦아낸 흔적도 없이 더러운 채였다. 얼굴이 찌부러진 것도 있었지만, 사후에는 바뀌는 것인지 하나같이 다 평온한 표정을 하고 있었다.

토벌대도 상당한 희생자를 낸 것 같지만, 죽음과 동시에 생과 사 모든 것이 끝난다. 죽음도 삶도 없었다. 더 이상 게릴라도 국방군도 아니었다. 조선인도 미국인도 아니다. 가치도 식별도, 살아 있는 쪽의 주장, 혹은 사정에 지나지 않는다. 게릴라 투쟁도, 반미고 뭐고 모든 것이 사라진다. 생명이 사라지고, 의식이 사라지고, 거기에 있는 것은 거무스름한 화산암의 돌이다. 죽음은, 생사는 그저 살아 있는 자에게만 의미가 있을 뿐이다.

이방근은 광장 옆의 신작로를 지나가다 머리들을 천천히 훑어보았는데, 마치 중세의 어느 세계에서, 어떤 신에게 바치기 위해 희생된 제물 같다는 느낌을 받으며, 주위를, 읍내의 분위기를, 경찰의 바리케이드를, 관덕정의 건물을 새삼 둘러보았다.

조천시장 입구의 철사를 양쪽 귀에 꿰어 매단 게릴라의 잘린 머리가, 성내의 동문시장이나 서문시장 입구에 매달리기 전에, 관덕정 돌계단 앞에 무리를 이루어 나타난 것이다.

머리 하나가 게릴라 사령관 이성운이라는 소문이 퍼져(경찰이 일부러 퍼뜨린 것이겠지), 사람들이 그 앞에 모여들었지만, 저절로 흩어져 버렸다.

통행 중에 머리를 매달아 놓은 줄을 본 읍내의 한 여자가 집에 돌아간 순간 정신이 이상해졌는지, 허공에 양손을 버둥거리며 헛소리를 지껄이더니 몸져누워 버렸다. 무녀를 불러 굿——무제를 시작했다. 액막이 무제를 끝낸 다음날, 경찰들이 서문길의 그 집으로 신발을 신고 덮쳐 고방과 돼지우리 구석까지 수색해서, 사냥감 대신 노인인 시아버지를 연행해 갔다. 무제를 끝낸 무녀가 신방(무격 : 巫覡)조합에서, 실성한 여자의 토벌대에 대한 저주도 나왔을 실없는 내용을 듣고, 그것이 경찰로 보고됐던 것이다. 섬사람들의 생활과 비밀에 가장 밀착해 있는 신방들의 조합이, 경찰의 강제에 의한 것이었지만, 섬사람들에 대한 스파이 활동을 겸하고 있었다.

3일이 되자, 잘린 머리의 수가 배 이상인 2, 30으로 늘었다. 돌계단 위에 다 늘여 놓을 수가 없어, 땅바닥에 그대로 내려졌고, 다시 경찰서 콘크리트 벽을 따라 길게 놓여졌다. 그저께 오등리를 시작으로, 각지에서 게릴라의 거센 공격이 이어지고 있었다. 새로운 전투에서 죽은 사람들이겠지만, 이미 작년부터 경찰서 건물 안에는 자루에 든 머리나 그냥 드러나 있는 목이 데굴데굴 굴러다닌다는 걸 사람들은 알고 있었다. 그것들을 밖으로 꺼내 성내에서는 처음으로 대중의 눈앞에 드러내는 것뿐이라서, 새삼스럽게 놀랄 일도 아니었다. 여기저기 현장에 방치되어 있던 학살 사체를 일부러 '육시(戮屍)', 죽은 자를 다시 참수, 그것들을 '전시'하는 것은 성내에서는 처음이었다. 이들 얼굴을 본 적이 있는 자는 경찰에 신고하면 된다. 목의 '값어치'에 따라서는 그 나름의 보상금이 나왔다.

개들에게 물어뜯긴 머리가, 정월치고는 따뜻한 햇살을 받은 광장 여기저기에 머리털을 마구 흩뜨린 채 흩어져 굴러다니고 있었다.

바람을 타고 고약한 냄새가 통행인들이 코를 잡을 정도로 광장 주위에 퍼지고 있었는데, 이것이 성내 풍경의 일부가 되었단 말인가. 대한민국, 단기 4282년, 1949년 정월. 어차피 마찬가지지만, 이것이 선조를 모신 제단에 절을 하는 구정이 아닌 게 그나마 위안인가. 그러나 구정은 이미 지난 것이 아니라 앞으로 다가온다.

아무렇게나 길가에 늘어놓은 자른 머리, 그중에는 턱이나 볼의 뼈가 드러난, 거의 해골에 가까운 검은 머리털만이 남은 머리의 대열. 그곳에는 약간의 감상도 들어갈 여지없이, 모든 해석을 거부하고 있었다.

이방근은 그것들을, 돌담의 검은 화산암 쇄석 하나하나가 굴러떨어진 것으로 보았다. 썩는 돌이다. 외면하고 있는 듯한 모습으로 머리칼에 덮인 후두부를 보인 채 구르고 있는 목은, 무너져 떨어진 검은 돌담의 쇄석 그 자체였다. 돌이 흘러 나뭇잎이 가라앉고, 머리 꼭대기에 꼬리가 붙어, 코끝에 눈이 달라붙은 돼지새끼가 시장에 나왔다던가…….

썩는 돌은 흙이 되고, 물에 분해된다. 사형 집행장인 비행장 주위에, 가로 세로 1.5미터와 2.5미터 정도의 지면이 몇 군데나 2, 30센티의 깊이로 함몰돼 있어서, 우천에는 그곳에 빗물이 고여 빛나는 것을 볼 수 있었다. 이들 움푹 팬 땅은, 그곳에 묻혀 있는 사자들이 스스로 판 무덤이었다. 강제로 땅을 파고 그 가장자리에서 사살되어 웅덩이로 떨어진다. 혹은 생매장을 당한다. 젖먹이를 안은 여자가 배후에서 사살되었을 때는, 한쪽 팔을 맞아 울부짖는 아기를 함께 구덩이로 처넣었다는 것이다. 몇십, 몇백의 사체가 구덩이를 메우고, 그 위에 흙이 덮였다. 그것이 곧 무덤의 형태인 원추형이 되고, 땅이 가라앉는다. 사체가 썩고 녹아서, 그 용량만큼 덮인 흙이 움푹 꺼지는 것이었다.

여기가, 이 땅이 '전장'이라고 한다면, 전사자의 산이라는 말이 통하기라도 하겠지만, 도대체 이곳이 어떤 전장인가. 지난 옛날의 정복자, 몽골과의 전쟁인가. 일본군과의 전쟁인가. 미군과의 전쟁인가. 확실히 국방군의 배후에는 미군이 대기하고 있어서 그들의 작전에 토대를 두고 있는 것은 사실이지만, 현재 본토에서 섬에 들어온 같은 조선인, 그리고 그에 가담하는 같은 제주도민과의 사이에서 일어나고 있는 '동족상잔'의 전쟁이며, 그리고 이 땅이 전장인 것인가.

정말이지 제주도 성내의 광장이, 머리 사냥꾼 놈들이 잘라낸 머리의 전시장이 되다니. 이조말기, 이재수(李在守)의 난 와중에, 천주교도들의 시체가 관덕정 광장을 메운 적은 있었지만, 여러 개의 자른 머리가 인간이 살고 있는 읍내 중심지 길가에, 이동시켜서는 안 되는 것으로서 드러난 일이, 제국 일본의 지배시대에도 있었을까. 반란 당시 여수에서는 인간의 사체를 찾아다니며 먹다가 발광한 개들이 혈안이 돼 아무도 없는 거리를 돌아다녔다는데, 이곳에도 이제 그 광경이 나타나기 시작했다. 여수가 이미 안정된 뒤에. 그러나 여수나 순천에서도 귀를 자르고, 머리를 베어, 이렇게 자른 머리들을 시내의 중심에 놓아두어 눈에 띄게 하는 일은 없었다. 왜, 인간의 고기를 먹은 개들은 발광하는 것일까.

어둠 속에, 머릿속의 무한대의 어둠 속에, 바다의 어둠 속에, 스크루에 잘려 나간 유달현의 수박같이 해면을 떴다 가라앉았다를 반복하면서 구르는 머리가 어느새 정세용의 머리가 되고, 정세용의 머리가 어두운 바다에 구르면서 흐른다. 겨울 햇살이 바람에 흩어져 떨어지는 관덕정 광장의 어둠 속에 흐른다.

쿵, 쿵, 소리를 내며 구르고 있는 정세용의 머리통을 머릿속 공간에 느낀 이방근은, 눈앞에 걸쳐진 베일을 벗기듯이 눈을 다시 뜨고 고개를 흔들어, 그 현실이 아닌, 실제로 살아 있는 인간의 꺼림칙한 이미

지를 떨쳐 냈다.

이방근은 식산은행 옆의 차와 식사를 파는 현해의 2층 창가에 외투를 입은 채 앉아, 테이블에 받친 팔꿈치의 손에 턱을 괴고 창밖을 내다보고 있었다. 어제와는 달리, 묵직한 구름층이 머리 위를 내리누르는 듯한 찌무룩한 하늘에서 세차게 부는 찬바람이 볼을 찌르는, 뼛속까지 스며드는 추운 날이었다. 가게 안은 스토브의 온기가 있었지만 다리가 춥게 느껴졌다. 2층에 몇 개 있는 테이블 자리엔 손님이 없었다. 본토 출신인 듯한 사복 차림의 남자 일행 두 사람이 막 자리에서 일어났는데, 밖으로 나가 관덕정 광장을 지나는 그 뒷모습을 좇으니, 경찰서나 도청 등 관공서가 들어서 있는 구내의 문 안으로 모습을 감추었다. 그 손에는 자른 머리를 거듭해서 만진 냄새가 스며있는 건 아닐까.

포장이 안 된 원래 울퉁불퉁한 광장과 신작로의 땅은, 진눈깨비가 내린 날의 진창이 무수한 트럭과 군화에 짓밟힌 흔적 그대로 얼어붙어, 통행인의 발바닥에 날을 세웠다.

광장을 사이에 두고 우체국 맞은편, 페인트가 벗겨진 흰색 벽 1층건물의 문은 열려 있었지만, 한동안 출입하는 사람의 모습은 보이지 않았다. 건너편 왼쪽 옆의 일거리가 없는 소방서, 그리고 무장 경찰이 모인 바리케이드의 좀 더 왼쪽에 보이는 경찰서 콘크리트 벽을 따라 죽 늘어서 있는 자른 머리들의 대열. 관덕정 앞에 인간의 얼굴 모습을 남긴 채 바짝 말라버린 안면이 이쪽을 향해 늘어서 있는 머리의 무리. 바람에 봉발(蓬髮)이 돌에서 자란 머리처럼 곤두서서 물결치는 것을 알 수 있었다.

수많은 머리통이 나뒹굴고 있는 광장 한구석에 쌓아 올린 흙 부대

바리케이드에서 경찰들이 읍내의 거리를 향해, 이곳 현해 쪽을 향해 총을 겨누고 있는, 창틀 속의 구도. 관덕정의 젖혀진 기와지붕의 처마 끝에 점점이 검게 보이는 까마귀 떼. 하늘에 떠돌며, 까마귀들은 지상에 내려오지 않았다. 개들도 총성을 겁내며 광장에 모습을 보이지 않았다. 지프가 바퀴에 패여 얼어붙은 땅에 단단한 타이어를 덜덜 춤추게 만들었고 경찰서가 있는 구내의 문을 드나들었다. 문을 나오는 한 대의 지프를 쫓아온 미군용 반외투에 모자를 쓰지 않은 남자가, 작은 발판에 다리를 걸고 뛰어 올라타 뭔가 운전석을 향해 입을 벌리고 있었다.

어제 집 근처에서, 마루 밑에 구덩이를 파고 혈거생활 2개월을 넘긴 '도피자'가 가족과 함께 체포되었다. 이웃에서는 밀항이 아니면 입산했다고 생각했다는데, 그렇다고 해도 어떻게 발각된 것인가. 밤중에 땅속에서 기어 나와, 바깥바람을 쐬고 있는 것을 누군가에게 들켰다는 것인가.

유리 한 장을 사이에 두고 이방근은 커피를 한 모금 홀짝이고, 담배를 태우면서 창밖의 공간을 눈에 넣었다. 뜬 눈에 펼쳐진 공간을 똑똑히 유지해야 한다. 관덕정광장이 그 피를 빨아들이고 있는 머리가, 수를 늘리면서 광장 주변을 메워가는 가운데, 바람이 싣고 온 검은 베일이 광장을 덮어, 그곳은 커다란 어둠의 공간, 분지가 되었다.

그는 눈을 뜨고 새삼 창밖 공간의 회색빛에 눈동자를 담그고는, 커피 잔의 가장자리에 입을 대고 천천히 입술을 열었다. 알코올의 톡 쏘는 맛이 밴 입안에 거의 설탕을 넣지 않은 커피를 머금고 입을 움직였다. 구역질은 나지 않는가. 구토는 하지 않는가. 위장에 신맛이 달리며 왈칵 밀어 올렸다. 시선은 유리창 너머 광장 저편에 얌전히 늘어선 자른 머리들의 대열을 향한 채였다.

이방근은 휴지를 꺼내, 입안의 들러붙는 침을 뱉었다. 구역질 때문이 아니었다. 혐오인가. 뼛속까지 스며드는 추위처럼 발밑을 마비시키면서 기어오르는 공포인가. 위액이 아닌, 시큼하게 들러붙는 침을 삼키지 못하고 입 밖으로 뱉은 것은 구역질 때문이 아니었지만, 혐오감도 아니었다. 그리고 공포의 탓도 아니었다. 공포로 얼어붙은 정신에 혐오감이란 감정의 움직임을 판단할 능력은 없다. 슬픔 때문이다. 사람들의 발산할 방도가 없는, 안에 틀어박혀 얼어붙을 뿐인 슬픔. 안으로, 안으로 쏟아져 바닥으로, 깊은 바닥의 무의식 안으로 쌓여가는 슬픔. 재떨이에 뭉친 휴지를 버린 이방근은 커피를 마시고, 혀끝에 니코틴의 쓴맛이 녹아 스며들어 번지는 담배를 피웠다.

선, 악이란 무엇인가. 그들에게 그런 것은 없다. 그것은 실없는 약속과 같은 것. 자른 목을 양배추처럼 노상에 내던지고 사자를 베어 죽이는 그들은(과거의 형벌로서 능지처참, 머리, 양 다리, 양팔을 절단하여 전시하는 극형이 있었지만), 스스로 '적마(赤魔)'를 쓰러뜨리는 십자군 전사, 반공입국, 반공사회질서의 정의구현이라는 명분으로 살육을 한다. 죽이는 욕망, 범하는 욕망을 완수한다. 바리케이드의 경찰이 겨눈 총구가 불을 뿜어 통행인이 살해를 당해도 그것은 총탄을 맞으면 죽는다는 물리적인 현상이 된다. 왜 죽이는가, 죽이면 안 되는 것인가 하는 번거로운 서생 같은 문답은, 박장대소, 발밑에 짓밟혀 안개처럼 흩어지고, 아득히 먼 곳에서 총성이 울린다.

소나 돼지라면 식용이라도 되지만, 존재하지 않아도 되는 무가치한, 아니 유해한 것……의 박멸. '신성한 대한민국의 존립에 30만 제주도민은 필요 없다'. 바리케이드의 경찰들이 읍내의 길을 향해 총을 겨누고 있는 창틀 속의 구도가 조금 움직여, 기계장치처럼 움직여, 무기적으로 살육이 생기고 있다. 거기에는 우리들의 일상 속을 우왕좌왕하고 있는 선도 아니고 악도 아닌, 그것을 초월하는 파괴와 쾌락의 본능이 물리적으로 움직여, 살인이라는 사실이 있고, 비명이 들려온다.

공포가 분비하는 체액이 투명하게 응축되어 서서히 공기보다 무겁게 기화하면서 분지의 광장을 메우고 있었다. 광장의 베일을 한 장 젖히면 거기에 있는 것은 얼어붙은 공포의 광경, 정신이 얼어붙는 광경. 끈적끈적한 피가 달라붙은 머리의 대열은, 사람들의 기를 빨아들여 땅으로 보낸다. 공포 앞에서 정신은 불능이 된다. 증오도 분노의 감정도 정의도 일체의 정열이 시들고, 살의도 사라진다.

살의가, 살의가 굳어진 핵이 있다고 죽일 수 있는 것은 아니다. 이방근은 오남주에게 그렇게 말하여 그의 살의에 동기를 부여했고, 그는 부푼 살의의 핵을 폭발시켰던 것인데, 그러나……. 이방근은 창문 너머로 먼지가 가득한 찬바람에 계속 노출된 잘린 머리통을 보면서, 어딘가를 향해 머리를 쳐든 자신의 살의 속에 정세용이 유령처럼 나타났던 것에 생각이 미쳤다. 경찰서 문으로 사람의 출입이 많아진 듯했다. 바리케이드 옆에 정차한 덮개가 있는 두 대의 트럭에서 무장 경찰들이 속속 뛰어내려서는 경찰서 쪽으로 들어갔다.

정세용을 산으로 납치하는 것은 어려운 일이 아닙니다. 방근 씨가 직접 손 댈 필요가 없는 조직의 임무입니다……. 이방근이여, 너는 나를 죽이는 것이다, 그것도 스스로 손을 대지 않고, 뒤에서 조작하는 비겁자, 악마, 위선자다……. 흔들리는 마스트 위의 유달현, 거의 죽은 사내로부터 내려오는 욕설. 광장 저편에 아지랑이처럼 흔들리는 정세용의 모습이 사라졌다.

이방근은 유리창에 담배 연기를 내뿜고, 하아−, 하고 숨을 크게 뿜어내서 유리를 흐리게 만들었다. 자리에서 일어나야 한다. 두 시 반. 30분이 지난 모양이다. 무얼 하러 현해에 들어온 것일까. 산지대의 송래운 집을 방문하고 돌아오는 길, C길을 나온 광장 입구의 길모퉁이에서, 이방근은 정면의 관덕정 돌계단 밑에 죽 늘어선, 작아서 분간할 수 없지만 틀림없는 인간의 머리를 보았다.

우측에 경찰들을 배치한 바리케이드. 좌측 신작로 쪽에 상가 등이 늘어선 집들. 차·식사라는 간판을 본 이방근은, 흐린 하늘의 차가운 빛을 드리운 2층 유리창의 반사에 이끌려 가게로 들어가, 2층으로 계단을 올라갔다. 각각의 머리의 자세한 용모까지는 분간할 수 없지만, 멀리서나마 그것들이 늘어서 있는 모습을 천천히 보고 싶었던 것이다. 그리고 맥주가 없는 것은 아니었지만, 쓴 커피를 마셨다. 주위를 배회하는 듯한 자가 나타났는데, 머리를 구경하도록 사람을 유혹하는 자는 누구인가.

잠시 광장의 펼쳐진 광경을 지웠던 유리창의 김이 사라졌다. 양준오가 말했듯이, 도대체가 정세용 하나를 죽여서 무슨 소용이 있을까……. 이방근은 자리에서 일어났다. 그렇다, 그 남자 한 사람을 죽여서 무엇이 되겠는가. 죽일 만한 가치가 있는 목숨이 아니다. 그러나 정세용 하나를 죽이는 데에, 왜 이렇게까지 주저하는 것인가. 죽일까, 죽이지 말까에 구애받는 것인가. 남승지나 박산봉이 말이 떨어지자마자 거침없이 말해 버렸듯이, 게릴라의 적으로서, 제주도민의 적으로서 죽일 이유는 충분했다. 남승지도 박산봉도 정세용을 처단하는 데에 망설임이 없는 듯했다. 아니, 해야만 한다. 죽이는 것이 악이라고 해도, 결과는 선으로 바뀐다. 제주도에 대한 배신. 죽이는 것이 두려운 것인가? 공포가 아니다. 살의를 죽이지 마라. 정신을 얼게 하지 마라. 그러나 살의의 대상으로서의 정세용은, 그 추상적 존재에서, 구체적인 그저 한 남자가 되면, 악의 상징성을 잃고 살의를 무디게 만드는 것이다. 정세용이 한 마리 개와 같은, 그 근방의 그저 한 명의 남자여서는 안 된다. 정세용 살해의 의지는 관념의 힘에 의한 것이고, 증오라든가 원한 같은 충동이 앞서 나오는 것이 아니다. 예리한 칼날의 빛을 발하는 초승달과 같이 살의를 날카롭게 갈아야 한다. 미칠 듯한 예리함으로. 관념이 자폭할 만큼.

두 시 반을 넘기고 있었다. 가게 밖의 볼을 찔러오는 바람에는, 추위 탓인지 광장에 떠돌던 고약한 냄새가 나지 않았다. 세 시경에 오늘 밤 출발하는 한대용이 찾아올 예정이었다. 입 안에 커피 맛이 입천장에 들러붙은 것처럼 남아 있었다.

이방근은 얼어붙은 도로의 울퉁불퉁한 틈새기에 쌓인 거슬거슬한 흙먼지를 일으키는 찬바람에 외투 깃을 세우고, 현해 앞에서 광장의 광경에는 더 이상 눈길을 주지 않고 똑바로 광장을 가로질러 북국민학교 정문이 보이는 직선 도로로 들어섰다.

집에 들른 한대용은 반 시간 정도 만에 자리에서 일어나 산지대의 송래운 집을 찾아갔다. 두 사람은 조천으로 나가, 김 등의 해산물과 백여 명의 밀항자를 싣고, 밤에 일본으로 직행하기로 돼 있었다. 송래운도 2, 3일 후 똑같이 일본으로 향한다. 정오를 지나 만난 송래운은, 이방근에게 형편을 봐서 일본에 다녀오지 않겠냐고 했는데, 한대용도 다음 배로 이 선배도 같이 가 보지 않겠습니까, 언제까지 일본과의 밀항이 이어진다고 자신할 수 없다고 했다.

그렇다, 언제까지고 이어질 리는 없을 것이다. 그러나 나는 실제로 밀무역을 하고 있는 것도 아니고, 당장 갈 이유가 없다. 한대용은, 여동생이 일본에 가 있으니까……라고 말했지만, 무언가 커다란 사고라도 있다면 모를까, 유원이 일본에 있는 것이 이유가 되지는 않는다. 그것은 그것, 열흘 동안이나, 어쩌면 반 달간이나 대해에 갇히는 항해는, 그에 상응하는 만큼의 이유가 없는 한, 사양한다.

밀항, 섬 밖 탈출, 내가 탈출하는 것은 아니지만, 만일 남승지나 양준오를 태우게 될 때는, 필요하다면 일본으로 동행할지도……라고 이방근은 생각했다. 선주나 선장 등의 승조원, 밀무역업자 등 밀항길 왕래를 일로 삼고 있는 사람을 빼고, 일본에 일단 밀항한 자 중에서 다시 고향으로 돌아온 자는 없었다. 이방근은 나는 설령 일본으로 가더라도, 이 땅으로 돌아오리라고 생각하지만, 그것은 현지에 발을 내리고 나서의 일, 알 수 없는 일이라 해야 할 것이다.

한대용이 조천에서 출발한 다음 날 아침, 아침이라고는 해도 이미 아홉 시가 지나 있었지만, 이방근은 뭔가 하늘에서 울리는 대포 소리에 눈을 떴다. 새벽녘에 한 번 잠을 깨고, 다시 잠들었던 것이다.

아직 밤중이라고 생각했는데, 시각은 벌써 다섯 시 새벽이었고, 상념이 밀림의 나뭇가지처럼 얽힌 새벽의 꿈속에서, 정세용과 문난설이 어째서 얽히는 것인지, 확실히 정세용이 문난설의 알몸 위에 타고 있는 상황에서 잠을 깼다. 잡념, 망상의 종류에도 들지 않는 꿈이지만, 꿈을 꾸는 사이에는 묘하게 냉정했었는데, 잠을 깨자마자 이상하게도 전혀 다른 불쾌함이 치밀어 올랐다. 꿈꾸고 있는 자기 자신이 제어할 수 없는, 지배당할 뿐인 자의적인 꿈의 힘이란 무엇인가. 그리고 다시 자고 있을 때 울린 포성의 울림. 대포는 한동안, 몇 발이나 계속 쏘았다. 쾅! 쾅……! 아랫배가 울려오는 상당히 가까운 거리지만, 뭔가 장소에 어울리지 않는, 꿈이나 영화 속에서 있을 법한 소리였다.

이방근은 안뜰 쪽 툇마루로 나가 보았다. 안뜰에 뿌린 물의 흔적이 투명하게 얼어 있다. 회사 또는 은행 쪽으로 나갔는지 아버지는 없었지만, 계모 선옥과 부엌이까지 툇마루에 얼굴을 내밀고 있었다.

"아이고, 방근이, 이게 무슨 일이야, 하늘이 무너지는 것 같아."

선옥은 흐린 하늘을 올려다보며 말했다. 3월인가 4월이 해산달인

배를 크게 내민 자태는 여왕처럼 당당했다.

"대포입니다."

"대포? 관덕정 광장은 피로 질척질척 더러워지고 있어. 이 이상 대포를 쏴서 어찌 한다는 거야. 앗, 대포가 울린다……." 선옥은 한쪽 귀를 막고 말했다. "대포는 어디에서 쏘는 거지?"

"군함입니다. 미군이 쏘고 있는 겁니다."

이방근은 이것은 함포사격이라고 생각했다.

"군함, 미군의 군함이……."

"아이고, 미군의 군함 말이우꽈? 무서운 일이우다."

부엌이가 안주인의 생각을 보충하듯 말했다.

포격이라는 중대한 국면의 전개치고는 아무래도 현실감이 없었다. 이방근은 방으로 돌아와, 이불 위에서 담배 한 대를 피우고 나서 잠자리로 기어들었다. 간헐적으로 포성이 은은하게 울려 퍼져 여운을 남겼는데, 이것은 역시 바다 쪽에서 들리는 소리였고 틀림없는 함포사격이었다. 함포사격……. 이방근은 중얼거렸다. 귀에 익숙지 않은, 아니 입에 익숙하지 않은 단어다. 현실감이 없는 것은, 해상으로부터의 포격은 어른이 아이의 팔을 비틀어 죽음에 이르게 하는 것이라서, 이방근으로 하여금 절망보다도 먼저 우스꽝스러움을 가져다주었기 때문이었다. 현실과 실감이 어긋나 맞지 않는 것이다. 함포사격, 도대체 누구를 향한 함포사격이란 말인가…….

이방근은 아직 아침 햇살이 들지 않은 어두운 방의 잠자리에서, 최근 4년 여의 시간이 거꾸로 되돌아간 착각을 느끼고 있었다. 이것은 설마……. 미군을 맞아 싸우기 위해 모든 섬을 요새화로 무장했던 제주도에서의 결전. 일본인 거류민을 중심으로 한 섬 밖 소개령. 일본 패전 직전에 오키나와(沖縄)를 점령한 미군이, 얼마 안 있어 제주 해역으로 북상 진격하고, 상륙과 함께 함포사격을 개시하는……. 역사의 시나리오는 그렇게 되어 있었다. 제주도에 집결한 일본 육군의 군속을 제외한 칠만여 대군과의 결전으로 오키나와의 무참한 전철을 밟기 전에, 일본이 항복한 것은 더없이 다행이었지만, 당시 지각 있는 사람들은, 미군과의 결전에 의한 제주도의 파멸에 전율하면서도, 한편으로 일본군 격멸을 달성할 미군의 상륙을 바라고 있었다. 이방근은 암전되는 시간의 착각 속에서 그것을 떠올렸다. 있을 수 없었던 제주도 바다에서의 함포사격이 바로 현실의 사건이라고는 받아들여지지 않았고, 공포의 꿈으로만 끝났던 과거 미완의 시나리오로 이어진 것이다.

그래, 함포사격인 것은 확실해졌지만, 슬프고도 우스꽝스러운 느낌이 사라지지 않는 것은, 이 나라 어디에 군함이 있고, 군함에 장치한 포가 있는가, 이 모든 것이 미군의 것……이라는 생각이 묘한 웃음을 자아낸 것이었다. 고향 땅의 해상으로부터 포탄은 어디로? 일본군이 아닌, 섬의 게릴라에게로, 도민에게로. 성문을 열고 외적을 들여 동족을 죽이는 방법은 역사상 여기저기에서 사용돼 왔는데, 지금 제주도에서 일어나고 있는 사태는 그것이었다. 이 땅이 암흑의 중세라 치고 참아야만 하는가.

이성운 지휘하의 게릴라 주력부대에 의한 새해 벽두의 기습공격을 받은 신참 토벌대는, 무장 게릴라 병력을 1개 대대 상당으로 간주하고, 그 주력부대를 수색하여 섬멸하려고 육, 해, 공의 연합작전을 펼쳤다.

함포사격은 미 군함에 의한 것이지만, 미군의 단엽프로펠러 연락기가 한라산 일대를 선회하며 하산과 귀순 권고 삐라를 대량 살포하는 것과 함께, 수류탄, 폭탄을 투하한 뒤 성내 상공에 폭음을 울리며 나타난 것은 정오를 지나서였다. 폭격에 의한 불길이 성내에서도 군데

군데 보였다고 했다.

아버지 이태수로부터 전화가 있었던 것은, 출격한 6대 중에 1대가 성내 상공을 선회한 뒤인 아직 점심 휴식시간대였다. 그는 아침부터의 함포사격도 그렇지만, 육, 해, 공 연합작전이 지금 실시되고 있다고 이야기했다. 이방근은 송구스러워하며, 수화기에서 들리는 아버지의 노인 같은 목소리에 귀를 기울였다.

이방근은 겉치레의 말을 할 생각은 없었지만, 다소 걱정스럽다는 듯 아버지는 지금 어디에 계시냐고, 즉 식산은행인지, 남해자동차 쪽인지를 물었다. 예전 같았으면 필요할 경우가 아니면, 일상적인 이야기는 어색함을 의식하면서도 대화를 이어 가기 위한 경우가 아니면 말을 하지 않았을 것이다. 여동생의 일본행 탓이다. 아버지는 은행이라고 했다. 예－, 그렇습니까……. 2층 이사장실의 창문 커튼을 열면, 약간 대각선 맞은편에 경찰의 바리케이드와 콘크리트 벽, 관덕정 건물의 돌계단 주위까지 환히 보인다.

아버지가 전화를 걸어온 것은, 반도 섬멸을 위한 것이라지만, 함포사격이라는 사실에, 아마도 미군상륙, 그리고 제주도 옥쇄(玉碎)를 도민을 포함한 전 거류 일본인에게 강요할 상황이었던 당시 일본군의 전투태세를 떠올렸기 때문임에 틀림없었다. 군인, 군속, 일반인을 포함해 20여 만, 당시 도민 십여 만을 넘어, 섬 도처에 일본인이 넘쳐나고 있던, 그리고 자신은 친일파였던 시절의 일이다. 물론, 많은 배들에 의한 미군의 진격과, 현재 제주 앞바다에서 작전 중인 몇 척인가의 함선에서 37밀리 포의 사격을 하는 것과는 비교가 되지 않는 것이지만, 역시 섬을 향해 외부에서 쏘아대는 해상사격이란 사실은, 아버지로서도 의외였고, 적지 않은 충격이었는지도 모른다. 오호, 이건 도대체 무슨 일이냐. 대포를 쏘아대다니, 세상에 이런 일이……. 가래가 끓는 아버지의 목소리는 도중에 끊겼다. 어찌 이런 일이 일어나는가, 하는 중얼거림이겠지만, 언외에 그 마음을 살필 수 있었다. 그리고 언외의 마음이 자식에게 전화로 나타난 것은, 여동생 유원이 일본으로 떠난 것에 이유가 있다고 이방근은 생각했다.

함포사격은 위협하기 위한 공포(空砲)라고 발표되었지만, 실은 실탄을 쏘아 댄 것이었다. 중산간지대나 산록지대에 적중해 무수한 불을 내뿜은 것을 보고도 공포라는 것은 누가 보더라도 명백한 변명밖에 되지 않았다. 애초에 표적이 되는 게릴라의 근거지 소재가 파악되지 않았기 때문에, 사격은 마구잡이로 실시된 것이라고 할 수밖에 없었다. 아지트를 목표로 하지 않은 채 하늘에서 투하한 폭탄도 마찬가지였다.

지상군은 한라산 포위 작전하에 배치된 제주(제2), 서귀포(제1), 오등리(제3)의 각 토벌군 대대가 새로이 박격포, 로켓, 0.5인치 기관총으로 무장하고, 제주읍 일원과 한라산 일대를 수색했지만, 게릴라의 근거지를 발견하지 못했다.

연말인 12월 31일, '공비소탕 일단락', '폭동 진정화'로 해제한 지 얼마 안 된 계엄령을, 새해 벽두의 제3대대에 대한 게릴라의 기습을 이유로 다시 포고할 수도 없었기 때문에, 토벌대 사령부 제2연대 본부는 육, 해, 공 연합작전을 시작했던 것이다.

토벌대는 연합작전과 동시에, 이제까지 없던 대대적인 선무 공작, 당근과 채찍이라는 양면작전을 시작했다.

중산간 부락의 대부분은 게릴라 토벌작전에 의해 초토화되고, 주민 대부분이 산속으로 피난해 있었는데, 초토화된 폐촌의 수, 해안지대로의 피난민의 수 등으로부터, 입산한 피난민이 일만 수천을 넘는다고 추산한 토벌대 사령부는 그들의 하산 선무 공작을 하기 시작했다.

산속에 대한 삐라 살포, 확성기에 의한 하산 권고를 하는 한편, 게릴라나 피난민들의 가족과 친척들이 거주하고 있는 해안지대의 주요 지역, 제주읍, 모슬포, 서귀포, 성산포, 한림 등의 읍, 면사무소 소재지에서는 주민대회의 개최를 강제적으로 권장했다. 그 주된 취지는 폭도의 만행 규탄하고 동시에, 하산한 피난민에 대한 수용시설 준비와 구원물자의 지급, 게릴라 포로나 귀순자들도 처형의 대상으로 삼지 않고 대한민국 국민으로 재기를 도모할 수 있도록 사상계몽 사업을 진행한다……는 것으로, 가족이나 친척들의 입산자에 대한 하산, 귀순의 권고와 설득 등, 토벌대에 대한 협력을 구하는 것이었다.

그런데 며칠도 지나지 않은 1월 8일 심야, 이성운이 이끄는 게릴라 부대가, 이번에는 성내로 침입해 관덕정 광장에 출현하여, 바리케이드를 지키던 수 명의 무장 경찰과 교전하여 사살하고, 다시 관공서 건물이 있는 구내로 돌입하여 도청에 방화, 경찰서 건물에 총탄을 쏘면서, 심야에 별다른 저항 없이 동문교를 통해 성내에서 퇴각했다. 게릴라 부대는 다시 사라봉 기슭의 신작로를 동진하여, S리의 이웃 마을 삼양리 지서를 협공하여 파괴, 갇혀 있던 청년들을 해방시키고 철수했다.

게릴라의 성내 침입을 허용한 것은, 하나는 토벌대 측의 소홀함 때문이었지만, 그러나 거의 저항도 못하고 도청을 전소당했다는 설명으로는 납득하기 어려웠다. 주민들을 어이없게 만든 토벌대 측의 무저항은, 경찰도 포함한 그 병력이 어두운 밤에 게릴라 부대와 교전하는 것에 겁을 먹고 완전히 사기가 떨어진, 얼마나 벼락치기 식으로 만들어진 옥석혼효(玉石混淆) 부대인지를 증명하는 것이었다.

토벌대 측의 소홀이라는 것은, 국방군 제2연대 본부를 전날인 7일에 비행장에서 성내의 농업학교로 이동했는데, 경비태세는 물론, 부대의 정비가 이루어지지 않은 틈을 타서 게릴라들이 허를 찌른 것이었다. 게릴라 측의 성내 기습은 토벌대의 동향을 확실하게 파악한 이후의 작전행동이라는 것을 보여 주고 있었다.

일반인 중에 심야의 격렬한 총성을 처음으로 들은 것은 이방근일 것이다. 그렇다 치더라도, 총격전이 길게 이어지지 않았던 것은 어찌된 일일까. 기껏해야 몇 분에서 10분 정도였다. 남포등의 불빛을 의지하여 옆 서재에서 안뜰 쪽 툇마루로 나오자, 머리 위의 밤하늘이 이상하게 밝았다. 순간, 화재에 의한 불길임을 깨달았다. 불은 북국민학교로부터 관덕정 광장 주위에서 나고 있는 듯했다. 대문 옆의 식모방에서 막 잠자리에 든 것 같은 부엌이가, 남포등을 손에 들고 안뜰로 나왔다. 잠을 깬 아버지와 선옥도 툇마루로 나왔는데, 순식간에 퍼진 하늘을 태우는 불길에 놀라 소리를 질렀다.

이방근은 추위 때문이 아닌 몸의 떨림을 느끼면서, 게릴라의 습격이라고 직감했다. 그러나 공비 침입, 마을의 중심부가 한창 활활 타고 있는데, 총성은 거의 들려오지 않았다. 마치 주위가 돌연 무인지대로 변한 듯, 이상했다. 토벌대 본부 이동의 사정으로 경계가 허술했던 결과의 무저항이라는 것은 다음날이 되어서야 알았지만, 그렇지 않아도 토벌대는, 고양이의 눈과 원숭이의 민첩함을 겸비한 게릴라와의 어두운 밤의 교전에는 겁을 집어먹고 손발이 움직이지 않았던 것이다. 야간에, 중산간지대의 부락에 게릴라가 침입, 민보단 등으로부터 출동 요청이 있어도, 토벌대는 주둔기지나 지서에 붙박이인 듯 몸을 움직이지 못한다. 새벽에 게릴라가 마을을 철수하고 나서야 겨우 군경 토벌대가 출동해 온다.

실화(失火)가 아닌 게릴라의 손으로, 게다가 성내의 중심부에 위치한 도청 건물이 방화되어, 직원용 배급물자가 있는 작은 창고 하나를 남기고 모두 타 버려 잿더미로 변한 흔적을 다음날 많은 사람들이 보게 된 것이다. 평소에는 할 일이 없어 보였던 소방대의 출동도 없이.

성내의 경계는 추격을 가하듯 엄중해지고, 다시 계엄령이 한 달 연장된다는 포고가 나왔다. 작년 말, 서울에서는 우익단체 대합동에 의해 대한청년단이 탄생했는데, 제주도에서도 올해 들어 개조가 막 이루어진 대한청년단 제주지부의 주최로 집회와 시위가 이어졌다. 연합작전의 강행에 따른 공중폭격이나 함포사격에 의한 포성의 울림은 섬 여기저기에서 그치는 일이 없었지만, 토벌대의 공격이 얼마나 엉터리이며, 이쪽은 보는 바와 같이 건재하다는 듯이 게릴라의 기습은 활발해지고, 토벌대와의 조우전도 백주에 공공연히 전개되었다. 선무 공작이 추진되는 한편으로 도민에 대한 학살 사태는 격화되었고, 게릴라가 출몰한 해안지대 가까운 부락에서는 군경에 의한 보복조치가 취해진 결과, 신작로 길가나 밭에 방치된 사체의 무리는 까마귀들이 쪼아 먹게 내버려졌다.

성내 경찰서 유치장에서 비행장의 처형장으로 트럭에 실려 나가는 체포된 사람들의 수는 나날이 늘어갔고, 관덕정 광장 한구석의 경찰서 콘크리트 벽에는 머리뿐만 아니라, 경찰서 안에서 사살당한 남녀의 시체들이 아무렇게나, 거적때기 덮개도 없이 쌓여 가고 있었다.

게릴라의 성내 기습 다음날, 라디오 방송이 간단하게 '친일파 검거 제1호'로 박흥식, 화신백화점 사장의 연행을 보도했다. '비행기, 병기, 탄약 등 군수공장을 책임경영한 자'(반민족행위처벌법 제4조 7호)로서, 반민족행위특별조사위원회(반민특위)의 조사에 의해 화신백화점 안에서 체포되었는데, 작년 10월 이후의 조사기간을 끝낸 반민특위가 신년부터 실제로 활동에 들어간 것이었다.

중앙의 신문은 며칠에서 일주일 정도 늦기 때문에 상세한 것은 알 수 없었지만, '친일파 거물'이 새해 벽두, 제1호로 체포되었다는 것은, 화약 냄새와 송장 썩는 냄새가 낮게 깔린 이 섬에서, 앞으로의 반민족 행위처벌법(반민법)의 운용이 어떻게 될까 하는 우려는 차치하고 이방근에게는 그나마 유일한 낭보였다.

그러나 과거의 친일분자가 주동하는 게릴라 토벌의 '전장'에서, 친일파 운운은 금기였고, 서울과 달리 공공연한 화제로 삼을 수 있는 것은 아니었다. 친일파를 논할 처지가 아닌, 게릴라 섬멸이야말로 모든 것을 초월하는 '성전'인 것이다.

아버지 이태수는 검거 제1호, 2호는 차치하고, 그 정도(반민법에 의해 체포되는 정도)의 일은 있을 것이라고 한마디 했을 뿐이었지만, 이방근은 내심 그것을 잘됐다고 생각하고, 고맙게 느꼈다.

십오야(十五夜)의 만월이 지난 정월 17일 오후, 밖에서 돌아온 부엌이가 일부러 서재로 찾아와, 이씨 집안의 '동료'였던 부스럼영감을 관덕정 광장에서 만났다고 알렸다. 후후, 부스럼영감이라니, 언제 왔을까. 모르겠수다, 하지만 만난 것은, 조금 전이우다. 경찰서 문을 나왔수다. 이방근은 박산봉이 트럭 편으로 모슬포의 제9연대 본부로 물자를 옮기고 돌아오는 길에, 그 근처 신작로를 혼자 걸어가던 부스럼영감을 보고, 트럭을 세웠다는 이야기를 떠올렸다. 그때도 그저 서방님의 안부만을 걱정하고, 올해 안에라도 성내에 갈 생각이라고 한두 마디 하고는 떠났다고 하는 바람에, 그 이후로 잊고 있었지만, 이방근은 노인의 출현이 의외라고는 생각하지 않았다.

부스럼영감은 부엌이를 보자 멈춰 서서, 작은 체구를 굽혀 인사 대신 절을 하였을 뿐이고, 서먹서먹하게 행동했다고 한다. 지금까지의 관계로는 있을 수 없는 일이라, 참으로 이상했다. 허름한 차림에 신발은 신고 있었지만 양말이 없는 맨발이었던 모양이다.

"경찰서 문을 나왔다고?"

"예—."

"경찰서에서?"

"예—."

이방근은 고개를 갸웃했지만, 일순 불쾌한 느낌을 동반한 한 생각이 고개를 쳐들고, 그것이 무엇인가와 맞물리는 것을 느꼈다.

왠지, 부스럼영감의 출현이 이방근에게 불길한, 불길하다는 것이 단정적이라면, 좀 더 막연한 뭔가 불쾌한 느낌, 결코 개인적으로 좋고 싫은 것이 아닌, 어떤 사회라든가 시대의 불쾌한 분위기와 닮은 그런 느낌을 동반했다. 물론, 그의 보기 흉한 용모나 뒤틀린 체구, 남의 피부에 생긴 종기의 고름을 입으로 빨아내어 고친다는 노인의 '직업'에서 오는 것은 아니었다. 이런 것들은 이방근이 일찍이 노인을 본토의 여행에서 데리고 돌아와, 집에서 하인으로 살게 한 당시부터 납득이 된 일이고, 이렇다 할 이유도 없었지만, 다만 경찰서의 문을 나왔다는 그 사실에서 오는 꺼림칙한 느낌을 넘어서 있었다.

게다가, 부스럼영감이 어디를 유랑하고 있었는지는 모르지만, 오랜만에 성내로 나타난 이상, 우선 기르던 개가 돌아온 것처럼 이방근을 찾아와 머리를 조아리며 지시를 청해도 모자랄 일인데, 부엌이를 보고서도 이야기하기를 피했다고 하는 것이 이상했다. 그가 왔다는 것은 성내에서 어떤 행사라도, 그럴듯한 장이라도 열리는 것인가.

충격적인 이야기가 들려온 것은, 어쩐지 마음에 걸렸던 부스럼영감의 일도 잊은 초저녁의, 밝은 달이 하늘에 떠올랐을 때였다. 부스럼영감과는 아무런 관계가 없는 일이었지만, 조천면 동쪽 끝에 위치한 Y리에서, 정오를 지나서부터 땅거미가 다가오는 저녁 무렵에 걸쳐 집단 총살이 이루어져 수백 명은 족히 될 마을 주민들이 죽었다고 했다. 수백 명? 5백 명? 학살이 한창 계속되는 이 섬에서조차 믿을 수 없는 숫자의 죽은 사람들에 관한 이야기였다.

상세한 보고는 아니었지만, 소속 중대의 과잉 총살을 안 성내 주둔 제2대대장이 지프를 몰고 Y리로 급히 달려가, 총살 중지명령을 내리고 다시 성내로 돌아온 뒤, 이야기는 순식간에 어디서부터랄 것도 없이 퍼졌던 것 같았다. 부엌이의 귀에도, 아직 전모가 확실하지 않은 학살사건의 이야기가 나름대로 들어가 있었다.

아버지는 무엇보다도 문중의 장로이고 육촌 형님에 해당하는 이문수 등의 안부를 걱정했다. 3백여 호 전 부락이 낮부터 계속 불타고, 병자 등 오도 가도 못하는 자들을 남기고 전 마을 주민 천여 명이 국민학교 운동장에 집결한 뒤, 근처의 밭에서 약 절반인 5, 6백 명이 살해당했다고 하니(그나마 대대장의 중지명령으로 그 정도에서 그쳤던 것이지만), 무사히 살아남기는 어려웠다.

Y리의 학살은 부스럼영감이 성내로 나타난 탓은 아니지만, 이방근의 마음속에서는, 다른 사람에게는 있을 수 없는 이 우연히 마주한 두 개의 사항이 묘하게 인과관계를 갖는 것처럼 얽혀 있어서, 뭔가 불쾌한 느낌이 들었던 것은, 이 불길한 사태를 맞이할 예감 같은 것이었나 하는, 참으로 터무니없는 생각이 뇌리를 스쳤다.

Y리의 학살현장에 대한 생각은 마을의 불타는 화염이 엄청나서 벽에 반사될 정도였지만, 정오를 지난 몇 시간 사이에 강행되었던, 이제까지 없었던 대살육이란 사실에, 이방근은 밤잠을 이룰 수가 없었다. 확실한 수는 알 수 없지만(불명인 채로 계속되는 것이다), 운동장에 모인 마을 주민의 약 반 정도로 보고, 사망자가 5, 6백 명일 것이라는 것은, 아버지가 경찰 관계자에게 캐물어 알아내었다. 친척 이문수와 아들

상근이 살아남았는지, 어떤지. 아니, 3백여 호의 마을이 인명(人命)과 함께 소멸된 것이었다. 생존자는 어찌하고 있을까. 계속 불타는 화염을 뒤집어쓰면서, 지옥을 빠져나온 그들은 수백의 사체를 가까이 두고, 이 악마가 영광을 초래한 밤을 어찌하고 있는 것인가.

같은 제주도라도 성내는 별천지였다. 관덕정 광장의 사체 무리나 잘라낸 머리통의 무리가 무엇이란 말인가. 광장에 남녀노소, 아이들 수백 명을 모아(나 자신도 그 안에 섞여……), 기관총 소사로 몰살당하면 결과는 어찌 되는가. 어찌 될지, 안 될지가 아니다. 생각이 나아가지 않는다. 밀어 보아도 보이지 않는 어둠의 벽에 막혀 생각은 꺾였다. 살육은 어느 시대에도 행해져 왔지만, 그것이 지금, 이 시대에 바로 근처에서, 눈앞에서 마을, 거리에, 가족과 자신에게 미칠 때, Y리가 하루 만에 멸망한 것처럼, 지금 이 성내 거리가 질척질척한 피의 바다가 되고, 이 집도 이 집의 사람들도 돼지처럼 관덕정 광장의 울타리 안으로 쫓겨 들어가, 게다가 천재가 아닌 토벌대에 의해 멸망한다면…….

이방근은 탁자 위의 남포등 불빛 속에서 술잔을 기울이면서도 생각을 앞으로 진척시킬 수가 없었다. 어떻게 할 것인가, 이러한 사태를 어찌할 것인가. 이 섬에만 없다면…… 가위에 눌린 것처럼 몸을, 그리고 마음을 단단히 죄고 있던 두툼한 덮개가 벗겨져 없어졌다. 아아, 유원아, 넌 이 섬에 없어 다행이다, 이방근은 자신의 마음 깊숙이 소용돌이치고 있는, 이 섬을 도망가고 싶은 욕망에 직면하자 몸서리를 쳤다. 그러나 역시 유원은 일본으로 보내 다행인 것이다……. 쿵! 이방근은 탁자를 주먹으로 내리치고 있었다. 이방근은 생각과 함께, 술이 한순간 목구멍에 막혀 콜록거렸다. 내가 신을 믿는 자라면, 살육자에게 축복을 가져다주는 신을 암살할 것이다. 목사라면, 이것은 악한 자에 대한 축복이 아닌, 선한 자가 신의 길을 나아가기 위한 한 때의 시련이다, 영원한 것이 아니다, 최후의 심판이야말로 영원으로 가는 입구, 신의 의지이며, 악의 현상은 한 때의 것이라고 주석을 붙일 것이다. 목사라는 것은, 학살한 사체를 앞에 놓고도 기도를 올리면서, 이와 비슷한 이야기를 입에 담는 법이다. 그러나 악은 한 때가 아니다. 영원하다. 악이 생명을 갖는 힘을 얻은 것은 신의 의지다, 악은 신의 의지 밖에 있는 것이 아니다. 나의 소행이 악이라면 그것은 신의 의지에 따른 것이라고 해 두자. 그런 게 아닌가. 인간이 인간이 아니라고 부정되어 살해당하는 것은, 그런 게 아닌가. 놈들은 명분을, 정의를 방패로 삼으며, 지금은 그것마저 버리고 파괴하며, 쾌락이라는 욕망대로 도민을 죽인다.

이방근은 탁자 위의 남포등 불을 분명히 껐지만, 언제 잠자리에 들었는지 기억하지 못한 채, 부엌이가 깨우러 왔을 때는 심한 숙취 상태였다. 아직 한밤중이라고 생각했지만, 이미 열한 시에 가까운, 장지문 밖의 덧문을 열자, 한낮의 빛이 방을 채워 이제 막 잠에서 깬 눈으로는 막기 어려울 정도로 눈부셨다.

아무래도 새벽녘이 되어 잠이 든 모양이었다. 이른 새벽에 일어나 부엌으로 나온 부엌이는, 온돌방 쪽에서 뭔가 이야기 소리가 나는 듯한 기색에, 가만히 다가와 안을 살피자, 마치 옆에 사람이 있는 것처럼 아직 잠들지 않은 서방님이 혼잣말을 하고 있었다고 했다. 흐음, 그랬었나, 그랬단 말이지……. 이방근은 웃으며 대답했다. 상당히 취해서, 중얼중얼 혼자서 뭔가를 지껄이고 있었던 모양이다. 기억나지 않았다. 방금 아버지로부터 전화가 왔는데, 전화를 해 달라고 했다.

이방근은 냉수 한 사발을 들이켜고 나서 응접실로 나왔다.

은행 이사장실의 아버지는 Y리의 문수 형님은 돌아가셨지만, 아들 상근이 무사하다고 했다. 다만 상근의 처와 딸이 희생된 것 같다고 침통한 목소리로 말하고, 어떻게 그것을 알았느냐는 자식의 질문에, 그래, Y리의 윤(尹) 이장이 이웃 마을인 K리 국민학교로 전화를 해 주었다고 답했다. Y리 마을은 아침까지 모조리 태우고, 마을 주민들은 K리로 소개한 모양이지만, 수용시설이 없이 방치되었기 때문에, 비와 이슬을 피할 곳을 찾고 있는 상태라고 했다. 윤 이장은 이전에 문수 형님이 성내로 왔을 때 동행하여, 우리 집에 경의를 표하는 인사를 하러 들른 적이 있는 인물이다.

이야기는, 차제에 상근을 이쪽으로 거둘 수밖에 없겠지만, 네 생각은 어떠냐, 본인의 의향도 그렇다……는 것이었다. 지금 당장에라도 출발해야 한다. 상근은 K리의 마을회관에 있는 듯하다. 계엄령하의 통행증명은 회사의 택시운전수가 소지하고 있다고 한다. 예-, 하고 이방근은 긍정적인 대답을 했지만, 아버지도 변했다는 생각이 들었다. 자식이 하숙집으로 이사한 뒤 빈 방이 몇 갠가 생겼는데도, 성내로 흘러든 피난민 지인들에게도 일체 방을 제공할 의사를 보이지 않았다. 일단 들이면, 이후에 내보내기 어렵다, 결국에는 집이 수용소가 될지도 모른다는 인식에서였다. 그것이 지금으로서는 상근 한 명이긴 해도 받아들인다고 하니, 아버지가 변한 것이다. 문중의 장로, 문수 백부가 죽은 충격이 큰 탓일 것이다. 사체를 찾아 장례를 치를 방법 따위는 없었다.

이방근은 술을 깨려고 옥돔국을 큰 사발로 한 대접 비우고 나서, 바로 나갈 채비를 차렸다. 관덕정 광장으로 나와, 주위의 광경을 보는 것도 마음이 내키지 않아(아버지는 광장이 내려다보이는 사무소에서 일을 하고 있는데 말이다), 남해자동차의 택시를 집 앞까지 오게 하여 K리로 몰았다.

Y리와 마찬가지로 조천면에 속한 K리는, 서쪽에 인접한 면소재지

인 조천리보다 크고, 약 천 가구, 인구 수천의 부촌이라 불리는 커다란 부락으로, 경찰지서도 있고 토벌중대가 주둔하고 있었다. 동쪽에 이웃한 Y리 마을 주민의 학살은 그 주둔 토벌중대의 손에 저질러진 것이었다.

울퉁불퉁 험한 길을 쉬지 않고 달려, 택시는 40분이 안 되어 K리에 도착했다. 길가나 길가 집들의 처마 밑에 난민의 무리가 한 아름씩 손에 짐을 안고 웅크리고 있었다. 오후 한 시를 넘기고 있었지만, 어제의 지금 이 시간부터 Y리의 학살이 시작되었던 것일까. 밤을 사이에 두고 24시간이 지났지만, 마을은 아침까지 계속 불에 타서 잿더미로 변해 있었다. 신작로를 따라 서 있는 자그마한 마을회관으로 윤 이장 곁을 따르듯 들어가자, 상근이 질척질척 더럽혀진 외투를 걸치고 사무실 의자에 앉아 있었다. 부수수한 머리에 검게 그을린 얼굴, 허탈하여 눈알이 빠진 듯한 어두운 눈으로 멍하게 앉아 있는 모습은, 흡사 저승을 다녀온 사람 같았다.

"상근 형님……."

고개를 끄덕인 그의 눈구멍 아래로 사라진 것 같은 눈에 희미하게 젖어 빛나는 막이 낀 것처럼 보였지만, 상근은 대답이 없었다.

토벌대의 명령으로 마을 주민들을 학교운동장에 동원하는 입장에 있던 윤 이장의, 눈이 새빨갛게 충혈된 오십 대 남자의 얼굴은 완전히 초췌했다. 마을 주민이 학살된 이후 살아남아, 학살자가 두 대의 트럭으로 떠난 뒤 모든 처리를 짊어질 수밖에 없는 남자였다.

난데없이 들려온 아이들의 흥겨워 노는 웃음소리가 기이하게 느껴져 창밖을 내다보자, 새까맣게 더러워진 아이들이 공 같은 것을 서로 차고 있다. 튀는 것으로 보아 풍선도 공도 아니었는데, 그 찌그러진 원형을 한 반투명의 주머니는 돼지오줌보라고 윤 이장이 알려 주었다. 공기를 가득 넣으면 팽팽해져서 좀처럼 터지지 않는다고 한다. 어제 죽은 마을 사람들의, 불에 탄 마을의 아이들이었다.

현장인 국민학교 교실에서 서로 몸을 의탁하고 밤을 지새운 Y리의 마을 사람들은, 아직 연기가 나고 있는 불탄 마을로 돌아와, 타고 남은 곡물류 등을 주워 모으고, 타죽은 돼지나 소를 각각 해체하여 서로 나누었다. 몇 명인가 거동을 못해 자택에서 사살된 병자들의 타버린 시체도 그대로 두고 소개지인 K리로 왔지만, 갈 곳이 없었다. K리 국민학교에는 이전부터 Y리의 행방불명인 '도피자' 가족들이 취조를 위해 수용돼 있었기 때문에 출입금지였다. 사람들은 K리의 입산자가 살던 빈집을 찾아들거나, 지인, 친척을 찾아 방, 헛간 등을 빌리고, 민가의 처마 밑에 몸을 의탁하거나 외양간 등을 찾아 잠자리로 정했지만, 침구가 없어 짚을 그러모으고 있는 실정이라고 윤 이장이 이야기했다. 현재 교섭 중이지만, 이곳 마을회관에도 잠시 몇 명인가를 수용하게 될 것이라고 했다.

이방근은 성내로 돌아오는 길에, Y리의 신작로 옆 네 군데 밭에 사체가 포개져 널려 있다는 현장으로 가 볼까 생각했지만, 그 몇백의 사체 안에 상근의 아버지와 처자가 섞여 있다는 것을 새삼 깨닫고, 자신이 부끄러워졌다. 말없이 멍하니, 마치 망령이 든 노인처럼 무표정한 상근을 앞에 두고, 학살현장으로 갈 수는 없는 노릇이었다.

이방근은 윤 이장에게 사의를 표하고, 상근을 택시에 태워 성내로 돌아왔다.

부엌이는 별채를 정리하여 온돌에 불을 넣고, 목욕물을 데워 이상근을 맞이했다. 상근은 가볍게 식사를 하고 목욕은 하지 않은 채, 안내받은 별채에 몸을 누이고 잠에 빠졌다. 그는 택시 안에서도 거의 말을 하지 않았다.

이웃의 구좌면사무소 소재지인 김녕리에서 생활협동조합 임원으로 있는 상근은, 이방근보다 두세 살 연상이면서 우등생으로, 예의가 밝고 효자로 통해, 이방근의 집에서 행해지는 제삿날 밤에는 파제(罷祭) 의식의 집사 역을 주도해 왔다. 제사의 예법과 형식에 까다로워, 친척 장로들이 마음에 들어 하는 거드름을 피우는 사람으로, 아직 젊은데도 늙은이 티를 내 이방근과는 그다지 뜻이 맞지 않는 사람이었다. 언젠가 친족회의에서는 친척들의 절대 다수의 의견을 배경으로, 결혼해야 한다는 문중회의 결정을 무시하고 있는 이방근에 대해, 문중회 그 자체를 모욕하고 있다……고 목소리를 높여, 그 말투는 뭐냐, 형님에게 건방지게! 라며 컵으로 탁자를 쳤던 위세 좋던 상근의 모습은 상상조차 할 수 없었다.

상근은 별채에서 나오지 않았다. 아버지가 돌아와 저녁식사에 불러도, 평소라면 황공하여 인사만이라도 하러 나올 사람인데, 아버지의 방에 찾아오려고도 하지 않았다. 하지만 식욕은 생겨난 듯, 부엌이가 나른 식사는 전부 먹어 치웠다. 그리고 다시 누워 계속해서 잠만 잤다.

그저께, Y리의 마을 주민들이 국민학교 교정에 집결을 명령받았을 때, 상근은 집에 있었다. 그가 아침부터 생활협동조합으로 출근했다면, 국민학교에서 저질러진 학살을 보지 않고 끝났을지도 모른다. 그러나 나중에야 가족들의 죽음을 알게 되었을 것이다.

그날의 마을 주민 몰이는 이제까지와는 다른 분위기에서 시작되었다. 연설을 들으러 내보내는 것은 아니었다. 한 명도 빠짐없이, 전원이 국민학교 운동장에 모일 것! 그전까지는 경찰이나 대한청년단원들이 부르러 마을을 돌았는데, 그날에 한해, 무장군인 수십 명이 마을길을 메우고 무섭게 호통을 치면서 사람들을 몰아댔다.

신작로를 따라 국민학교 교정에 집결한 천여 명의 마을 주민들은, 권총을 손에 들고 조례단상에 나타난 토벌 중대장인 듯한 장교로부터 명령을 받고 질퍽거리는 땅에 주저앉았다.

중대장은 연설을 시작하지도 않고, K리 지서장인 주임과 윤 이장을 단상에 불러올려 무언가 지시를 하고는 군중을 향해 외쳤다. 지금부터 군인가족을 골라낼 것이니, 군인가족은 앞으로 나올 것, 단 직계로 제한한다. 위반자는 즉시 엄벌에 처한다……. 북조선 '서북' 사투리가 강한 거친 어조의 목소리였다.

조례 단상 밑에는 경찰, 죽창을 손에 든 청년단원들이 십여 명, 그 뒤쪽에 이열횡대로 20여 명의 토벌대원이 딱딱한 표정으로 우뚝 서 있었다.

군중은 전혀 연설이 시작되지 않는 조례 단상을 앞에 두고, 불안에 사로잡히기 시작했다. 군인가족으로 지명을 받은 마을 주민들은 조례 단상 앞에서 마을 사정에 밝은 윤 이장, 경찰, 청년단원들의 심사를 받은 뒤, 조례 단상 뒤로 끌려갔다. 호출의 순서를 밟아, 경관가족, 공무원 가족 순으로 호출되면서 군중 속에 소리 없는 동요가 일어났고, 청년단 간부의 가족으로 끝났을 때, 사람들은 앞을 다투어, 윤 이장과 청년단원들에게 달려들었다. 그리고 그들에게 매달려, 친척이 군인이라든가, 경관이라고 호소하는 애원의 소리에, 동요한 군중이 전부 일어선 순간, 갑자기 날카로운 비명 소리가 울렸다. 불이야, 마을에 불이 났다! 군중은 마을 방향인 운동장의 돌담을 향해 쇄도했다. 아이고! 아이고! 돌담이 무너져 내렸다.

시커먼 연기가 피어오르는 마을을 향해 사람들이 돌담이 무너진 사이로 밖으로 뛰어나가려고 할 때, 총성이 울리고, 토벌대원들이 군중에게 총을 겨누며 운동장 한가운데로 되돌려 보냈다. 이윽고 군중을 교문에서 밖의 신작로로 몰아내려고 하는 토벌대원의 움직임에, 무언가를 예감한 사람들은 교문을 나서려고 하지 않았다. 토벌대는 교사의 처마 밑에 동여매어 놓은 운동회용의 흰색과 청색 페인트가 칠해진 대나무 장대 두 개를 빼내어, 각각 두 사람이 양 끝을 잡고 군중 안으로 비집고 들어갔다. 토벌대원은 욕설을 퍼부으며 수십 명씩 마을 주민들을 돌담 근처에서 떼어 놓고 교문 밖으로 몰아냈다. 군중은 날뛰었다. 토벌대원은 총대를 거꾸로 내리치며 구타하고, 머리를 깨고, 그래도 반항하는 자에게는 사정없이 발포했다.

마을 주민들은 신작로 옆의 움푹 파인 복수의 밭에서 3차에 걸쳐 총살되었고, 이미 사체로 메워진 밭 이외에 다음의 백 수십 명의 처형장을 정하기 위해, 신작로의 바다 쪽 밭이냐, 산 쪽이냐, 말다툼을 벌이고 있을 때, 성내에서 지프로 도중에 고장을 일으키면서 달려온 제2대대장에 의해 총살 중지명령이 내려졌다. 이미 날이 저물어가고 있었지만, 그 백 수십 명의 네 번째 조에 상근이 있었다. 혼란 속에서 가족들과는 뿔뿔이 흩어졌다. 대대장이 곧바로 중지명령에 따르려 하지 않는 중대장에게 권총을 들이대면서, 상대의 뺨을 때리는 것을 상근은 신을 대하는 느낌으로 보았다고 했다.

학살은 전날, 구좌면에 주둔한 토벌대가 대대작전에 의해 K리 주둔부대와 합류하기 위해 K리로 서진하던 도중, Y리 변두리의 신작로 길가에서 게릴라의 기습을 당해, 두 명이 사망한 일에서부터 발단이 되었다. 원래 '해방 지구'로서 조직의 영향이 강한 Y리의 마을 주민이 게릴라와 내통했다는 것이 보복의 이유였다. 토벌대 두 명의 사망에 대한 보복이었던 것이다. 대대장의 지프가 고장을 일으켜 한 시간 정도 늦었던 것이 커다란 불운이었다. 그렇지 않았다면, 3, 4백 명이 죽음을 면하고, 살육은 백 명 내외에 그쳤을 것이다. 세상일의 도리, 비리를 묻는 일을 그만두자. 토벌대원들이 두 대의 트럭으로 떠난 뒤 운동장에는 주인 없는 여자의 고무신이 흩어져 있었고, 그 양은 한 가마니는 족히 될 것이라고 중얼거렸던 사람은 마을회관에서 만난 윤 이장이었다.

오오, 불길한 소리가 들려온다.

"에이야, 훠이, 에헤라, 훠이, 훠이야, 훠이, 이 머리를 알고 있는 분은 안 계신가요, 상금이 붙은 멋진 머리를 좀 보시요, 에헤라, 훠이……."

사람의 말소리가 귀에 울렸다. 부스럼영감의 목소리였다. 이방근은 소파에서 감고 있던 눈을 떴다. 꿈이 아니다. 현실의 목소리다. 관덕정 광장에서, 성내의 마을길에서, 현실로 들려오는 부스럼영감의 목소리. 부스럼영감은 게릴라의 머리를 넣은 대바구니와 함께였다.

흔들흔들 머리를 흔들면서 머리를 넣은 바구니를 어깨에 걸치고 광장에 나타났다고 들은 것은, 어제였다. 과거에 이씨 집안의 머슴이자 동료였던 노인을 부엌이가 보았다고 했다. 경찰에 고용되어……, 좀처럼 울지 않는 소처럼 큰 덩치의 여자가, 뜻하지 않게 주르륵 눈물을 마루에 떨어뜨리고, 마루가 젖는 것도 깨닫지 못하고 이내 방을 나갔다. 우익단체 일당이 머리를 가득 채운 자루를 메고 다니고, 지방의 마을에서도 죽창 끝으로 꿰찌른 게릴라의 머리를 들고, 머리의 신원을 찾으러 떠들며 돌아다니고 있으니, 부스럼영감만을 탓할 수도 없었다. 그러나 부스럼영감은 노래를 했다. 머리가 든 바구니를 어깨에 걸치고, 머리와 함께 노래를 하는 것이었다.

아버지는 상근의 부친이나 처자의 사체는 없는 것으로 하고, 합동제사를 친족들의 참석하에 지내기로 정했다.

상근은 요즘 2, 3일 사이에 예전의 그로 돌아온 것 같았다.

소파에 등을 기대고 눈을 감자, 어둠의 공간 밑바닥에 부스럼영감의 목소리가 울려왔다. 이방근은 아직 부스럼영감이 외치고 돌아다니는 모습을 보지 못했다. 도리, 비리를 묻는 것은 그만두자. 에에야, 훠이……, 눈을 뜨면 소리는 사라질까. 에에야, 훠이, 훠이……관덕정 광장 쪽에서, 부스럼영감의 추위에 떠는 목소리가 들려왔다. 부엌이 얘기로는, 어디에서 꺾어왔는지 빨간 동백꽃이 젊은이의 머리에 꽂혀 있다고 했다.

종장

1

새해 들어 반민특위(반민족행위특별조사위원회)의 활동, 잇따른 친일파 검거는 친일파 세력에 공황을 야기하며, 친일파를 정치기반으로 삼고 있는 대한민국 정부의 존립마저 뒤흔들 수 있는 사태로 발전했다.

작년 9월의 반민법(반민족행위처벌법) 공포 이후 12월까지의 조사기간 중에, 반민특위는 7천여 친일분자의 반민족적 죄상을 데이터로 파악하고 있었다. 1월초, 7천 4백만 원의 예산 획득과 동시에, 1월 8일 제1호로 박흥식의 체포를 단행했고, 1월 하순에 이르기까지 반민특위 직속의 특경대(特警隊)가 A급 인물 20여 명을 체포 연행했다.

재계 선두인 박흥식은 반민특위의 조급한 움직임을 알아차리고 미국행 여권을 획득하였지만, 도망 직전에 간신히 거처를 알아낸 특경대에 의해, 자신이 사장인 화신백화점의 한 방에서 체포되어, 중앙정청 내 반민특위에서 심문을 받고 나서 같은 날 마포형무소에 수감되었다.

10일에는 전관동군 촉탁, 밀정, 반공 애국투사로, 반민법 옹호와 친일파 추궁 캠페인을 펼치고 있는 국제신문을 공산당의 앞잡이라고 규탄한 대동신보 사장 이재완이 체포되었다. 일제강점기의 경찰 고급관료로, 조선총독부의 자문기관이었던 중추원의 참의를 역임하고, 독립운동 지사를 체포, 사형에 이르게 한 김 아무개……. 친일귀족으로 일본의 작위를 받은 자 등등…….

중앙지는(반민특위의 활동에 냉담한 친일파 재벌의 혈통을 잇는 일부 신문을 제외하고) 반민특위의 활동, 친일 거물들의 연속 체포를 속이 후련한 필치로 대서특필하여 절대적인 국민의 여망에 부응했다. 미군정의 비호하에 소생하여, 정부 및 각 사회기구의 중요 지위를 차지한 악질적인 친일매국노의 처단을 더 이상 늦추지 말라는 두터운 국민 여론에 밀려, 반민특위의원들의 민족정기를 되찾으려는 필사적인 노력이 이어졌다. 제2차 대전 후 도쿄, 뉘른베르크 전범재판이 심리를 마쳤고, 중국에서는 국민당과 공산당 쌍방의 지배지역에 걸친 친일분자와 매국노에 대한 한간(漢奸)재판, 프랑스에서도 독일 협력분자들에 대한 사형판결만 2천 명 이상의 재판이 끝났고, 해방으로부터 3년이 지난, 이미 시기를 놓친 감은 있지만, 어쨌든 국회입법으로 여기까지 도달한 강행군이었다. 악질 친일파의 체포, 재판, 과거의 청산이야말로, 이 나라의 진실된 해방, 독립을 의미하는 것이라는 신문 논조가 여론을 고조시켜, 오랜만에 사회에 활기를 불어넣었다.

중앙에서는 반민특위의 활동에 친일파가 전전긍긍하고 있었지만, 이곳 제주도에서는 속 시원한 친일파 체포, 처단을 공공연히 화제로 삼는 것을 꺼렸다. ……이 나라에서, 친일파가 가장 평안무사하고, 비판에 대해 비국민이라는 낙인을 찍어 즉각 철퇴를 가할 수 있는 곳은 제주도뿐이로군. 예–, 그렇습니다. 아버지의 거처에서 이방근의 서재로 자리를 옮긴 한성주의 말이었다. 실정에 대한 명쾌한 지적인 만큼, 지극히 당연하다는 생각으로 이방근은 고개를 끄덕였다. 이것은 비꼬는 말이 아니었다. 한성주는 고향 땅의 타개할 길이 없는 사태를 한탄하면서, 아버지 이태수와도 그러한 이야기를 나누고 온 것 같은데, 아버지는 반론하지 않았다고 했다.

"노일배 체포에 대한 이승만 대통령의 담화에 관해선 얘기가 없었습니까?"

반민특위에 의한 수도경찰청 간부 노일배의 체포에 즈음해, 이승만은 반박담화를 발표했는데, 그것은 반민특위 관계 국회의원들의 암살계획 주모자인 노일배를 '공산당 사냥의 뛰어난 기술자'이자, 대한민국에 유위(有爲)한 인물이라고 칭찬하면서, 그를 처단하는 것은 공산당이나 하는 짓이라고 비난한 내용이었다.

한성주는, 아니, 얘기가 나왔고말고. 태수 형님도 역시 어이없어 했다고 답하여, 이방근을 감탄하게 만들었다. 상대가 한성주라는 점도 있었지만, 아버지가 노골적으로 이러한 문제에 부정적인 반응을 보이는 일은 없었던 것이다. 그것은 친일경찰 간부들에 의한 암살음모가 아버지에게 준 충격이 크다는 것을 의미했다. 도대체가, 이게 한 나라 대통령의 담화라니, 파렴치한 일이야, 공산당은 민족을 팔고 민족 독립투사를 죽인 인간보다 나쁘다는 것이지, 세상이 이렇게 돼 가다니……. 태수 형님은 그렇게 말씀하셨네.

사회에 커다란 충격을 준 노일배 일당에 의한 암살계획은, 반민법의 국회성립 과정에서 강경파 의원을 없애기 위해, 수도경찰청 간부 몇 명에 의해 경찰청 내에서 모의된 것이었다. 경찰의 직접행동으로 발각될 경우를 우려해, 단독범에 의한 암살로 일을 꾸민 그들은, 국내에서 그때까지 테러 행위가 드러나지 않은 중국에서 귀환한 테러리스트인 백(白) 아무개에게 협력을 구했다고 한다. 중앙지는 사건을 상세히 파헤쳤고, 국제신문은 시리즈 기사를 싣고 있었다. 황동성 자신이 말했던 것처럼, 친일 비판 캠페인이 계속되면, 여당계 거물인 서운제가 회장인 국제통신 산하라고는 해도, 반공우익 테러의 위험이 클 것이다.

후일 검찰청에 출두한 백 아무개의 자백에 의하면, 경찰청에서 제시된 계획 내용은, 우선 백 아무개가 반민특위의 강경파인 김 아무개 등 세 명의 위원을 납치하고, 그들에게 강제로 쓰게 한 국회의원 사직서를 대통령, 국회의장, 각 언론기관 앞으로 보낸 후, 세 명을 38선의 약속지점까지 연행하기만 하면, 마무리는 경찰이 맡는다. 애국청년으로 분장한 경찰이 그들을 살해하고, 각 방면으로 '국회의원 세 명이 조국을 배신하고 입북을 시도하려는 것을 발견, 즉시 처형했다'는 취지를 발표한다는 것이었다.

수일 후, 다시 연락을 받고 경찰청에 출두한 백 아무개는, 결행의 일시를 전달받음과 동시에 새롭게 국회의장, 대법원장 겸 국회특별재판부장, 검찰청총장 등 중요인물 15명의 암살리스트를 건네받았다.

그러나 후일, 행동자금 10만 원, 권총 한 정, 실탄, 수류탄 5발 등을 받은 백 아무개는, 원래 중국 국민당원으로서 반일테러를 하고, 스스로 애국자로서 자부심을 지니고 있었는데, 경찰이 친일파인 것을 알게 되자, 암살계획에 의문을 품고 검찰청에 자수하기에 이르렀다. 이리하여 친일파에 의한 암살음모가 백일하에 드러나고 노일배 등이 검거되었다.

순사(巡査)에서 경시(警視)까지 27년간의 경찰생활을 고등(사상)계에서 잔뼈가 굵은 일제강점기에 종7위(從七位), 훈7등(勳7等)을 받은 노일배는, 학생운동 등의 탄압, 민족 독립지사와 단체를 적발하고 고문대장으로 악명이 높았던 인물이고, 현재도 고문치사사건으로 검찰의 수배 중이었는데, 친일파인 동화백화점의 사장 집에서 은신하던 중에 체포되었다. 국회요인 암살 음모사건의 막후인물인 그는 체포 당시, 현직이 아니면서도 네 명의 호위경찰을 거느리고, 6정의 권총, 현금 34만여 원을 가지고 있었다고 한다.

이승만은 노일배 체포 다음날, 반민특위 위원장 등 간부 여섯 명을 대통령 관저로 불러 노일배의 석방을 요구했다. 이유는 노일배가 해방 후, 미군 정치하에서 경찰 직무에 헌신, 특히 공산당 사냥의 명수로서 치안확보를 완수해 온 경찰의 큰 공로자이고, 그의 체포를 방치한다면 이후 더욱 많은 경찰 간부에게 화가 미쳐, 국가질서에 일대

혼란을 초래하게 된다는 것이었다. 노일배의 친일과 민족 반역을 전혀 고려하지 않은 발언이었는데, 반민특위 측은 일제강점기에 가장 악질적인 행위를 한 반민법 해당자라 하여, 그의 석방을 거부했다.

뭔가 대항조치가 취해질 것을 예측하면서 반민특위 멤버들은 대통령 관저를 떠났지만, 공산당 타도에 큰 공적을 세운 선배 경관 노일배의 체포는, 현직 경찰 간부들을 매우 자극하였고, 반민특위와의 적의를 드러내는 결정적인 대결을 초래하게 되었다.

동료들 중에 한 명이라도 희생자, 피체포자가 나온다면, 그것은 경찰 전체의 와해로 이어지는 길이라며 위기감을 격화시킨 일경(日警) 출신의 경찰 간부들은, 보신을 위해 단결의 대열을 굳건히 하며 수세에서 공세로 전환했다.

정월 이후의 게릴라 활동이 활발해져, 일단은 해제되었던 계엄령이 1개월간 연기된 제주도는 반민법 태풍의 권외에 있었지만, 친일파 경찰 간부의 체포로 중앙경찰이 와해되면, 제주도라고 해도 무풍지대로 남아 있을 수는 없었다. 친일파 특히 일경 출신 거물들의 계속된 체포는, 제주도의 경찰 관계자와 우익단체에도 위기감을 격화시킴과 동시에 움직임을 활발하게 만들었다. 그들은 자른 머리를 계속 전시하고 있는 관덕정 광장에서, 공산 타도의 경찰 공로자를 구하라! 반민법을 폐기하라! 친일파 처단을 주장하는 자는 빨갱이다! 이승만 대통령의 신성한 담화 정신을 받들어 동족애호의 정신을 완수하라! 멸공입국, 민주주의 건설 만세! 등의 현수막을 내세우고, 이승만 대통령의 담화를 지지, 반민특위의 친일파 체포를 규탄하는 궐기집회를 열어, 시위로 기세를 올렸다.

제주경찰서장이 경찰 간부를 모은 요정의 자리에서, 반민특위는 도대체 뭐하는 짓이냐며 격문을 띄웠다.

반민특위의 하늘 무서운 줄 모르는 주제 넘는 행동에 대해서, 모든 경찰은 일치단결하여 싸워야 한다. 신사회질서 건설에 공이 있는 경찰 간부를 체포하는 것은 국가의 안녕을 위협하는 것으로, 우리 경찰들은 결코 그것을 용서할 수 없다. 반민특위가 하고 있는 일은 빨갱이가 날뛰고 있는 대한민국의 현 상황을 무시한, 실로 공산당이 좋아할, 그야말로 반민족행위이다. 반민특위 무리들이 서울 장안에서 권세를 휘두르고 있단 말인가. 어림도 없다! 그래 봤자 부처님 손바닥 위에서 뛰어다니는 것밖에 안 된다. 으흠, 알겠는가. 친일파 문제가 국가 근간의 중대사라고? 우리나라의 정세가 추구하는 것은 전 국민이 이승만 대통령각하 아래에 일치단결하여, 신생국가를 건설하는 것이다. 국가 근간의 중대사는 친일숙청이 아니다. 친일숙청은 민족을 이분하고 국력을 약화시키는 망언이며, 반공입국의 이념에 투철하고, 멸공, 민주주의 국가 건설이야말로, 근간이자, 급선무인 중대사이다. 제군들! 공비와 정면에서 대치하여, 피를 흘리며 싸우고 있는 것은 누구인가. 친일파? 어느 놈이 친일을 들먹거리는가. 친일파 처벌을 주장하는 무리들, 민족분열주의자들을 제주도로 데리고 와서 공비를 토벌하게 하라! 놈들을 멸공 제1선에 세우는 것이다. 한 발의 총성에 '혼비백산', 흩어져 도망가 버릴 놈들에게! 최후의 승리는 우리에게 있다. 공비를 소탕한 우리에게 승리의 영관(榮冠)이 찾아온다. 제군들, 승리를 기약하며 건배를! 건배! 건배……! 다음 날에는 전 경찰의 궐기집회가 이루어졌다.

서울에서는 연일 이어지는 친일파 체포에, 술집의 주객끼리 건배를 외치고 박수갈채의 열기가 거리를 적시고 있다는데, 제주도는 쾌재의 목소리가 밖으로 울려 퍼지는 일이 없는 동토의 계절이었다.

연일 이어지는 체포, 형무소로 보내지는 친일파는 모두 거물 A급

민족반역자여서, 그들에 비하면 아버지 이태수는 현 단계에서는 반드시 체포해야 하는 인물에 해당되지 않을지도 몰랐다.

아버지는 두세 종류의 중앙지에서 반민특위 관계의 기사를 상세히 읽고 있는 것 같았다. 거국적인 친일파 체포소동이 한창이지만, 동란의 제주도에 몸을 두고 있는 까닭에 무사한 만큼, 그리고 아들이 철저한 친일비판자이기 때문에 마음이 편하지 않을 것이다.

이방근이 볼일로 아버지의 방에 들어가면, 그때까지 보고 있던 반민특위 관련 기사가 크게 소개된 신문의 일면을 슬며시 넘기곤 했는데, 그러나 반민특위 활동에 대해 피하지 않고, 스스로 화제로 삼았다. 이제까지 아버지에게는 없었던 변화였다. 오호, 그렇다고는 해도, 해방 후 5년째가 되는데도 여전히 일황(日皇) 히로히토(裕仁)의 사진을 걸고 있었다니…….

이조의 왕족으로, 일제강점기에 자작(子爵)의 작위를 받은 이기용을 체포하러 갔던 조사관들이 놀란 것은, 그의 응접실에 일본 천황 히로히토의 사진이 정중히 장식되어 있었기 때문이었다. 게다가 일본제국으로부터 받은 30여 개의 훈장이 소중하게 보관되어 있었다고 한다. 이기용이라는 인간은 이조의 마지막 왕, 순종(純宗)의 사촌이 아닌가. 일제강점기라면 몰라도, 옛 조선의 왕족이란 인간들이, 일본이 이 나라에서 나간 해방 후까지도 사진을 걸고 있다는 것은, 일국의 왕족으로서의 혼도 뼈도, 그리고 나라도, 모두 왜놈들에게 팔아넘긴 게 아니냐. 국회에 특별재판부가 있다는 것이, 고마운 세상이다. 이런 일은 재판 이전의 문제라고 난 생각한다. 아핫핫, 그야, 나도 일제시대에, 그, 일본의 천황 부부 사진을 벽 위에 걸어 놓았지. 그러나 해방된 오늘에 이르기까지 사진을 걸어 놓았다는 건, 인간의 혼이 빠져나가 버린 소름 돋는 얘기다. 그것도 어딘가 안쪽 방 깊숙이 놓아두고,

혼자서 절을 하는 것이라면 몰라도, 찾아오는 손님의 눈에 확실히 보이도록 응접실에 당당히 걸어 놓는다는 건, 나도 '친일'을 한 인간이지만 이해할 수 없는 얘기다. 도대체 어떻게 된 것인지. 저런 인간의 집에는 그런 종류의 인간들만이 모이는지도 모르겠군.

이기용만이 아닙니다, 이방근은 아버지가 조금은 멋쩍은 웃음을 지으며 자신의 과거로 약간 발을 들여놓았기 때문에 굳이 말했다. 그들은 일본의 재상륙을 꿈꾸고 있습니다. 다시 일본이 이전처럼 조선을 지배하는 날이 오기를 기다리고 있는 겁니다. 설마, 아버지가 그렇다곤 생각하지 않습니다만. 에잇, 이놈이, 그건 누구한테 하는 말이냐, 아버지는 쓴웃음을 지었다. 조선인이면서, 그들은 그렇게 생각하고 있습니다. 그러나 놈들은 조선 왕족의 피를 이어받았단 말입니다. 아버지가 말씀하신대로 저런 무리들은 그 응접실의 일본천황 사진 밑에 모여서, 예배라도 드리고 있겠지요. 미친 짓이야. 미친 짓을 하는 것 치곤 현실적인 계산은 잘 하는 편입니다. 그런데 자수하는 인간도 있다. 신문에 실렸는데, 자수 제1호가 경남의 정 아무개라는 일제강점기 고등계 경찰관을 했던 인물인데, 일부러 서울로 상경해서 반민특위를 찾아가 체포되었다. 기특한 일이야. 으-흠…….

이야기 속에는 2, 3개월 전 반민법이 공포된 당초의, 적의를 드러낸 아버지의 노여움은 없었다. 마치 딴사람을 보는 것 같았는데, 당시는 친일파를 대상으로 한 처벌법에 대해서 이것저것 욕을 하곤 했었다. ……이제 와서 무슨 일이냐, 친일파 숙청, 숙청이라는 건 공산당들이 쓰는 말이 아니냐. 도대체 누가 누구를 처벌하고, 숙청한다는 것이야. '처벌' 받는 쪽의 인간이 모두 이 나라의 실권을 쥐고 있는데도 말이다. 반민족행위특별조사위원회란 말이지. 서울뿐이 아니라, 제주도에도 조사부가 설치되고, 게다가 군(郡)에도 조사지부인지 뭔지가 생긴다는 것이냐. '처벌'받는 쪽의 인간이, 게릴라들, 공산주의자들과 싸우고 있는 이 동란의 한가운데서, 누가 도(道)의 조사위원이 된다는 게야. 게릴라를 불러와서 공산주의자들에게 조사위원을 시킨다면 몰라도. 참으로 말 같지 않은…….

이 섬에선 도민학살의 진행과 친일파 문제가 상쇄작용을 하고 있는 것 같았다. 반민특위의 각도 조사지부가 설치되고, 제주도와 황해도의 조사지부장을 겸임하는 송(宋) 아무개라는 이름이 신문에 나왔지만, 그 송 아무개는 실제로 제주도에 온 적이 없을뿐더러, 제주지부는 사무소 하나라도 준비하고 발족하는 모습이 없었다. 무엇보다 황해도는 대부분이 38도선 이북의 북조선 측이 차지하고 있어, 그곳에 조사지부를 둘 순 없기 때문에, 책임자가 두 개 지부를 겸임한다는 것은 실제 내용이 없는, 명목에 지나지 않았다.

신문에 의하면, 강원도의 조사지부장인 김 아무개가 신변호위의 형사로 채용한 경찰이(타도 지부의 권한은 상당했다), 반민법 해당자로 도망 중인 친일파 장(張) 아무개에게 매수되어 김 지부장의 암살을 기도했다가, 실패, 지부장은 경상을 입고 입원했는데, 만약 제주도에서 반민특위 조사지부가 움직이기 시작한다면, 지금으로선 지부장의 목숨이 열 개라도 부족할 것이다.

아니 정말로, 아버지의 예측이 맞은 것인지, 반민법에 관한 한 제주도는 무풍지대가 되었다. 아버지가 반민법 공격의 창을 거둔 것처럼 보이는 것은, 제주도는 이미 반민법 시행의 권외에 있다는 안도감이 작용하고 있는 것이리라. 그때는 반민법이 시행되어도 제주지방은 괜찮다는 단정을 할 수 없었던 것이다. 그러나 아버지는 자신이 반민법의 '죄' 조항에 해당하지 않는다든가, 무고하다는 생각을 가지고 있는 건 아니었다.

이전 같으면 친일파 체포에 즈음해 가만히 있지 않겠지만, 지금은 일체, 체포에 대해 비판하는 듯한 말을 하지 않았다. 만약 지금이라도 반민특위 조사관이 용의사실을 명시하러 올 경우, 사실임에 틀림없다면 잠자코 연행되어 갈까. 이제까지 아버지는 반민법의 조문을, 특히 해당 조항을 반복하여 읽고, 검토하고 있었음에 틀림없다. 아버지와 자식이 모두 친일파였다면 몰라도, 서로 간에 그에 대해 이야기를 한 적은 없었지만, 원칙대로라면 처벌법 제4조 제11호의 조항에, 경중의 정도는 있지만 해당될 우려가 있었다.

제4조 제1호는 '습작한 자', 제2호 '중추원부의장, 고문, 또는 참의였던 자', 제3호 '칙임관(勅任官) 이상의 관리였던 자', 제4호 '밀정 행위로 독립운동을 방해한 자'…… 등이고, 문제의 제11호는 '종교, 사회, 문화, 경제 기타 각 부문에서 민족적인 정신과 신념을 배반하고 일본침략주의와 그 시책을 수행하는데 협력하기 위하여 악질적인 반민족적 언론, 저작과 기타 방법으로 지도한 자'로 되어 있었다.

이방근의 수중에 몇 개월인가 전에 출판되었던 『친일파군상』이라는, 중앙단위의 친일, 전쟁추진단체 조직, 단체적 공동행동의 내용, 그리고 황국신민화정책, 전쟁협력추진의 주요 멤버에 대한 기록이 있다. 그들의 '국위'선양 단체 안에 국민정신총동원 조선연맹(본부 '내지 : 內地')의 이름이 나와 있는데, 아버지는 당시 제주도 관리였던 일본인 경찰서장에게 요청받은 것이지만, 일시적으로 그 단체의 전라남도 제주도연맹의 고문에 이름을 올려놓고 있었다. 물론 거기에 나와 있는 것은 중앙기관의 기록이지만, 아버지가 제주도에서 (일본)국민정신 총동원운동에 관계하고 있었던 것은 사실이고, 조사하면 알 수 있는 일이기도 했다.

예컨대 같은 책에 나와 있는 단체적 공동행동의 하나로 '국민정신선

양 각도강연행각(國民精神宣揚各道講演行脚), 쇼와 14년(1939년) 8월 5일'이 있다. 내용은 "국민정신총동원 조선연맹에서는 이번 달과 다음 달 중에 각 도로 강사를 파견하여, 국민정신 선양에 관한 순회 강연회를 열기로 했다. 강연의 제목은 시국 진전에 대한 인식과 결심, 총동원운동에……, 일백억 저축생활 쇄신에 관한 것 등, 강사는 남자 18명, 여자 여덟 명이 조선 각지의 강연에 나선다. 이하 이름……."이었는데, 이태수가 제주도연맹에 관계하고 있던 그 당시, 제주도까지 순회강연을 왔는지 어떤지. 이방근은 마침 그 해 봄, 일본에서 돌아오는 길에 부산에서 체포되어, 종로경찰서를 거쳐 서대문형무소에 들어가 있었기 때문에, 그에 관한 사정은 모른다.

이 책은 민간의 작은 연구그룹이 용케도 단시간에 조사를 마쳤다고 생각되는 역작이며, 객관적인 자료를 열거하면서 그것 자체가 친일 행위에 대한 매서운 고발이 되었다. 곧 재출판을 거듭해 반민특위의 중요한 조사 자료가 되었지만, 연구그룹은 곧 출판사를 폐쇄해 버린 듯했다. 편집자 일동의 이름으로 기록된 서언은 다음과 같이 시작된다.

"동서양의 각국에서 전쟁범죄자들에 대한 재판이 열리고, 혹은 이미 단두대에 오르고, 혹은 머지않아 처단받기에 이르고 있다. 우리 조선은 직접 참전국이 아닌 까닭에, 전쟁범죄자라는 이름을 붙이지 않았다고 해도, 조선 민족으로서 일제의 전쟁 승리를 위해 예의 노력을 한 전쟁범죄자에 대해서는 곧 법적 재판이 이루어질 것이다.

북조선에서는 이미 친일파에 대한 숙청이 끝나고, 남한 각 정당도 이 숙청이 긴급하다는 것을 끊임없이 외쳐왔지만, 이번 대한민국 국회에서 제정된 반민족행위처벌법이, 드디어 9월 22일부로 정식 공포되어 효력을 발하게 되었다. 그렇다면 과연 누가 그 틀림없는 친일파, 반민족행위자일까? ……."

서언에는 반민법이 효과적으로 실시될 것이라는 희망과 열렬한 기대가 담겨 있었지만, 편집자 일동은 작금의 정부, 경찰, 우익세력의 실력행사를 동반한 반격을 어떻게 보고 있을까. 본집 탈고 때까지 조사가 불충분한 부분은 후일 간행하는 속집(續輯)에 게재하기로 한다고 돼 있어, 이방근은 속집을 기다리고 있는 중이었지만, 지금으로선 그러한 움직임이 없었다. 시간이 흐를수록 간행은 어려워질 것이다.

아버지의 가장 중요 관심사인 '죄'의 경중은, 친일, '전쟁협력'의 정도에 따라 정해지는 것이고, 제4조 제11호에 해당하는 경우에는, 10년 이하의 징역 또는 15년 이하의 공민권 정지, 재산의 전부 또는 일부의 몰수로 되어 있었다.

아버지, 이태수의 행적은 자동차회사 경영은 둘째 치고, 국민정신총동원운동 관계, 조선총독부 발행의 모든 보통학교용 교과서와 기타 독점판매, 제주도의 하나밖에 없는 상급 학교인 농업학교용 교과서의 독점판매, 그리고 친일 행위에 직접 저촉되는 것은 아니지만, 묘지의 도자기류 도굴, 일본인 브로커에게 골동품 매각……. 물론, 아버지에게도, 자신은 과거에도 현재에도 일체 정치에 직접 관계한 적이 없고, 총독부의 관리였던 적도 없다, 제주도청의 관리가 됐던 적도 없고, 국민의 혈세에서 급료를 받은 적이 없다, 어디까지나 경제활동을 통해서 제주도의 경제, 문화, 사회의 발전에 공헌해 왔다는 주장이 없는 것은 아니었다. 그러나 과거에 한 일을 하지 않았다고 하는 인간은 아니었다.

아버지도 언제부터인지는 모르겠지만, 『친일파군상』을 입수하여 읽고 있었다. 이제 막 성립된 반민법에 대해 욕설을 퍼붓던 당초에는, 아마 아들도 모르게 몰래 읽고 있었다고 여겨지지만, 올해 들어 어느 날 밤, 이방근이 전화를 받으러 간 응접실에 아버지가 있었고,

그때 별 생각 없이 바라본 탁자 위에 한 권의 책이 있어, 자세히 보니 그것은 『친일파군상』이었다. 혹시 내 책 아닌가? 순간 착각한 이방근은 가벼운 전율과 같은 가슴의 파동을 느꼈고, 마음속의 놀라움을 얼굴에 드러내면서도, 아버지도 이것을 읽고 계셨습니까……라고는 말하지 않았다. 오히려 아버지가, 넌 이 책을 가지고 있느냐? 라며, 가지고 있다는 걸 알면서도, 없다면 이걸 가지고 가라는 듯이 말했다. 예－, 가지고 있습니다. 어험, 그렇다면 됐다. 단지, 그뿐이었다.

아버지가 친일파 체포에 대해 비난을 하지 않았던 것은, 자신이 처벌법의 권외인 무풍지대에 있다는 여유에서만은 아니었다. 재판 이전부터 명백해지는 거물 친일파들의 역겨운 죄상이, 너무나도 변명의 여지가 없기 때문이었다.

만주와 중국에서 일본의 밀정을 하고, 조선 독립운동 투사를 매도한 자, 조선의 사회주의자와 독립운동가를 고문, 죽음으로 몰고 간 조선인 고등계 경찰관들. 일제의 특고경찰제도와 방식, 전후 일본에서는 폐지가 된 것이 그대로 형태만 바꿔 미군정하에 남아, 지금 반공 입국의 선두에 서서 맹위를 떨치고 있었다. 그리고 반공과 친일파가 표리일체를 이루어, 게릴라소탕이라는 명목으로 도민 학살이 이루어지고 있는 곳이 제주도였다. 4·3사건의 평화적 해결을 방해하고, 게릴라의 철저한 섬멸과 도민학살을 추진하는 자가 친일파라는 구도가, 아버지의 눈에도 반민특위에 의한 친일파 체포로 확실히 보였을 것이었다. 아니, 절반 눈을 감고 있던 것을 지금은 확실히 눈을 뜨고 보고 있는지도 몰랐다. 해상에서 섬으로 쏘아대는 함포사격이 울려 퍼진 포성의 충격은 컸다.

'멸공', '반공 애국', 이것이야말로 해방 후의 미군정하에서 소생한 친일파의, 친일 애국을 슬쩍 바꿔치기해서 살아남는 길이었다. 서울을 비롯한 전국 각지에서 전개되는 집요한 반정부 투쟁, 거기에 영향을 미친 중국혁명의 최종적 승리로의 전진, 그리고 동해안의 태백산맥, 중부의 소백산맥, 여수 순천 봉기의 패주병들이 근거지로 삼은 지리산지대, 대구 반란 병사들이 굳게 버티는 팔공산 등에서의 게릴라 활동은, 신생 대한민국의 국제적 위신에 치명상을 줄지도 모른다. 그것은 낳아 준 부모 격인 미국에게도 마찬가지였고, 그중에서도 전쟁의 진원지인 제주도 게릴라 섬멸은 친일파정권을 유지하고, 그 생존을 담보하는 것이었다.

거기에다 반민특위에 의한 친일파 체포라는 새로운 위협이 시작되었다. 이 사태가 진정되지 않을 때는 게릴라 소탕이 아닌 친일파 소탕에 이르고, 결국에는 친일파 정권의 기반 붕괴를 초래하게 될 것이었다.

이승만은 이미 박흥식이 친일파 제1호로 체포된 이틀 후에도 견제의 담화문을 발표했는데, 그의 거듭된 담화형식의 발언은 친일파의 위기감을 대변하는 것이었고, 친일파 세력의 반민특위 활동에 대한 반대운동에의 선동이었다.

"……이것(반민법의 시행)에 대해 특히 중대한 일은, 우리들은 건국 초창기에 장래 해야 할 사업에 한층 더 노력을 해야만 할 것이고, 지나간 날에 구속되어 앞날에 장해를 초래하기보다, 과거의 흠결을 깨끗이 씻어 국민정신을 쇄신, 국가 기강을 바로잡는 것에 기준을 두어야 하는 까닭에, 입법부에서는 사법부가 지난일과 관련된 범죄자의 수를 극력 감소시키는 데 힘을 쏟아야 하며, 또한 증거가 불충분한 경우에는, 관대한 편이 가혹한 형벌을 가하는 것보다 동족을 애호하는 처사가 될 것이다."

이것은 친일파 처벌이라는 중대한 문제가 영구히 실수 없이 해결돼야 한다고 반복해 강조하며 끝맺고 있는데 신중한 표현이면서도 친일파 체포와 재판에 대한 견제였다.

반민특위는 즉시 '그 누구라 할지라도 특별조사위원회의 행동에 대해 간섭할 수 없다'는 반박성명을 발표하여 이에 대응했다. 그리고 더욱 박차를 가한 친일파 검거가 경찰로 확대되기에 이르렀고, 정부와 반민특위의 대립이 격화, 친일파 세력을 배경으로 정부는 반민법 개정 운동을 일으켜, 그 무효화를 꾀했다. 개정안의 골자는, 대통령이 반민특위의 활동에 직접 관여하여, 조사위원, 특별재판관, 특별검찰관을 대통령 임명제로 할 것, 정부 내의 친일파, 반민법 해당자에 대한 처벌금지를 입법화한다는 것인데, 이는 반민특위의 해체를 노리는 이승만의 노골적인 공격이었다.

이방근은 일련의 체포 과정에서 국제신문 편집장인 황동성이 연행을 피하기 어려울 것으로 생각하고 있었는데, 역시 그날이 다가온 듯했다. 월말에 문난설이 전화로 황동성의 체포를 알렸다.

작년 가을의 국제신문 발간 당초부터 반민법 제정 옹호와 친일파 숙청, '조선의 백화점 왕', 친일파 거물인 박흥식 비판 캠페인을 전개하며 친일파 세력으로부터 반발을 샀던 그가, 친일파로서 체포되는 것도 아이러니한 일이었지만, 본인은 자신의 분명한 친일 이력에서 반민법 실시의 효과가 자신에게 파급될 것을 각오하고 있었던 것 같았다. 그는 신년 벽두에 예정되었던 반민특위의 활동개시보다도 먼저, 경찰과 결탁한 친일파 세력의 신문사 습격이 있을 수 있다는 것을 걱정하고 있었다. 서울을 떠나기 전에 이방근에게 권총을 건넨 이유의 하나는 경찰에게 총기불법소지의 구실을 주지 않기 위함이기도 했다.

계엄령에 의해 관공청 이외의 원거리전화가 일시 불허된 탓도 있겠지만, 보름 만에 걸려 온 전화에서 문난설의 목소리에는 울먹임이 있었고 순간 이방근은 가슴을 조여 오는 그리움을 느꼈다. 신문사에서 거는 전화라며 그녀의 잡음 섞인 전화 속 목소리는 들떠 있었지만, 이방근은 그것을 자신과 대화한 반응이라고 느꼈다. 괴로운 이별 속에서 침통한 목소리가 아닐까 생각했지만, 밝은 것이 기뻤다. 목소리에서 향기가 날 리 없는데도 얼굴 주위에 향이 풍기는 것이 신기했다. 그녀는 서울에서 얻을 수 있는 만큼 제주도 정보를 접하고 있었고, 신문에는 실리지 않은 관덕정 광장에 잘린 사람 머리가 굴러다니고 있다는 소문을 접하고, 그 진상을 확인하면서 이방근의 신변을 걱정했다. 주위에 사람이 있는 듯, 선생님, 사랑해요……라고는 말하지 않았지만, 그녀의 희미한 숨결이 그 소리를 전하고 있었다. 편집장의 체포로 매우 바쁘지만, 예상하고 있었던 일이기에 나름의 대응이 가능하다고 했다. 하지만 황동성이 전쟁 전부터 베테랑 신문기자였던 만큼 영향은 적지 않을 것이다.

황동성의 집요한 권유를 받아들여 만약 국제신문의 부편집장이라도 되었다면, 지금쯤 서울에서 편집장 대리를 해야 하는 처지가 되었을지도 모른다. 당치도 않은 일이 될 뻔했다. 이 섬에 있는 것도 괴로운 일이지만, 도저히 나는 신문사의 일을 할 수 없다. 황동성은 자신이 연행된 뒤, 제주의 이방근에게 그 내용을 전하라고 했다고 문난설이 말했다. 그는 도망쳐 숨어 있는 것이 아니기에, 반민특위의 통고를 받고 신문사의 응접실에서 조사관의 도착을 기다리고 있었고, 체포될 때에는 나 같은 놈을 최린이나 박흥식 같은 거물과 동등하게 취급해 줘서 영광입니다……라고 미소를 띠며 연행되어 갔다고 했다. 이방근은 전화로 이야기할 수는 없었지만, 체포되어 오히려 잘된 게 아닌가 하는 생각까지 했다. 농담이 아니라, 당분간 테러 없이 별장생활을 하고 있는 편이 안전했던 것이다.

체포 당시 그의 여유 있는 태도에는 배경이 있었다. 자신에게 불똥이 될 것을 알고서도, 친일파 비판 캠페인을 이어 가는 것으로 반민특위의 지원사격을 하고 있었으니, 아마 판결 결과에 자신이 있었을 것이다. 그는 해방 후, 공산당 입당 시에 '친일'에 대한 자기비판과 청산을 거쳤을 터였기 때문에, 그 친일비판에는 충분한 내적 근거가 있었다. 그리고 지금 친일파로 체포되면 그의 남로당 중앙특수부 비밀당원이란 신분을 위장할 수 있고, 그의 '당' 사업에도 득이 될 것이었다. '당중앙', 당중앙위원회, 당중앙의 의향, 요청……. 중앙, 중앙……. 주술적인 권위의 분위기를 풍기는, 황동성의 입버릇과 같은 '당중앙'……, 그래서 그는 이방근에게 국제신문에 대한 협력을 강요한 것이었다.

이방근은 송화기로 자유롭지 않은 그녀 대신에 자신이 먼저, 사랑한다고, 응, 사랑해, 라고 뜨거운 한마디를 입에 올리고, 밤늦은 시간에 아파트로 전화하겠다고 말한 뒤, 순간 어딘가 가슴의 상처를 건드린 듯한 느낌으로 전화를 끊었다. 어느 쪽이 먼저 끊었는가, 그녀보다 먼저 끊은 것 같았다.

황동성이 최린이나 박흥식과 동등…… 운운한 것은, 무슨 뜻인가. 그들 두 사람을 거물로 보고 있는 것이고, 일찍이 친일의 최전선에 자기 자신도 있었다는 것을 자인하는 것인가.

1919년, 3·1조선독립선언서에 서명한 33인 중의 한 사람이며, 천도교 지도자로 민족 독립운동의 선도자였던 최린이 중추원 책임참의 등을 역임한 전쟁협력의 친일파로 체포되어 법정에 서게 된 사태는, 신문의 표현이 그랬던 것처럼, 실로 민족의 비극이라 할만 했다. 그는 이미 나이 칠십을 넘긴 고령이었지만, 아직 젊은 반민특위 조사관과 형사들에게 자택을 급습당했던 때에는, 박흥식처럼 모습을 숨기려 하지 않고 각오를 한 듯 순종했다고 한다.

곧 다가올 재판의 자리에서, 그 친일 행위의 죄상이 밝혀지겠지만, 아버지 이태수는 일찍이 옥중에서 3년을 보낸 민족 독립운동의 지도자가, 지금은 민족을 판 친일파의 오명하에 체포된 사실, 친일파 천하에서 친일파를 체포하는 '법'의 위력, 무엇보다도 그 최린 선생(아버지는 그렇게 불렀다)의 신상 변화에 내심 충격을 감추지 못하는 듯했다.

1월 중에 20여 명이 체포되고, 2월로 들어섰다. 연속 체포라는 현실은 그때까지 대수롭지 않게 여겼던 친일파 세력에게는 경천동지의 사건이 되어 갔다. 항간에는 머지않아 체포의 방향은 문화계에도, 조선근대문학의 대표자로 불리는 이광수나, 역사가 최남선 등에까지 이를 것으로 보고 있었다.

조선의 양대 지성으로서, 민족운동의 지도적 존재로서 식민지 조선 민중과 청년학생들에게 존경의 대상이 되었던 두 사람이 친일파로 처단되는 상황에, 이 또한 견디기 힘든 스스로의 민족적 치욕이었다. 왜 그들이 문화계의 대표적 존재로 자리매김하였는가. '대표적 지도자'가 굴욕의 노예정신을 겹겹이 감고 일제에 굴복, 스스로를 공습하여 얼마나 골수에 사무친 일본인화, 황국신민화를 이룩하였는가. 일본신사(神社)의 신관(神官)에도 뒤지지 않을, 접신한 듯 오하라에노고토바(大祓の詞)를 소리 내어 읽고 오로지 황국 일본에의 일체화와 용해……. 이방근도 그랬지만, 이광수의 변절이 조선의 청년들에게 얼마나 큰 실망을 가져왔던가. '대표적 존재'가 조선을 짊어지고 혼을 판 것이 슬프다.

이방근은 그와 같은 생각을 하는 것만으로도, 지금 입 안에 시큼한 것이 농후한 액체로 고여 넘칠 것 같은 느낌이었다. 만약, 아니 만약이 아니다, 만약은 그것이 과거의 일이라고 해도 어떤 기대를 품은 마음이 작동하는 것이다. 터무니없는 하나의 이야기로서, 그들 두 '거물'이 일본에 대한 저항자로서, 가령 산간벽지에서 어떻게든 비와 이슬을 피하는 생활을 해서라도, 병든 몸을 가장해서라도 8·15해방을 맞이했더라면, 해방 후의 친일파가 날뛰는 정국에도 커다란 변화를 불러일으키는 힘이 되었을 것이다. 이방근은 고일대로 고인 시큼한 침을 반복해서 삼켰다. 이광수……. 당시의 사람들은, 그의 지나친 친일에 열광하는 태도를 가리켜, 이광수(李光洙)가 아닌 이광수(李狂洙)로 부르곤 했다.

최남선은 과거의 친일 행위에 대해 변명하지 않고 참회의 나날을 보냈지만, 이광수는 해방 후에도 이따금씩 그 과거의 친일 행위는 당시 자신의 민족적 명성, 명예를 희생해서라도 멸망의 지경에 처한 조선 민족의 운명을 생각하고, 민족의 보전을 위해서였다……고 변명하고 있었다. 그 이광수가 어떤 태도로 조사관의 체포에 임하고 형무소로 향했는지, 이방근은 알고 싶었다.

친일파 체포에 대한 기대, 이 나라 민족의 치욕의 과거청산과 그에 따른 진실의 해방, 민족 독립의 새로운 기원에 대한 기대는 민중들 사이에 쇄신의 기풍을 품은 흥분을 불러왔지만, 이미 정부를 정점으로 사회 전반에 걸쳐 친일파 체제로 완성되어 버린 이상, 친일파 추방 사업은 간단하지 않았다. 다만, 애써 국회에 설치된 반민특위의 활동이 마지막까지 지속되기를, 늦게 피었지만 열매 없는 꽃으로 끝나지 않기를 사람들은 기대하는 한편, 무법적인 공기를 들이마시는 것에 익숙해진 이 나라의 경찰, 친일파, 정부에 의해 일어날 수 있는 어떤 반격, 새로운 종류의 음모에 불안감을 가지고 있었다.

제주도의 토벌대 측은 서울에서의 체포 진전, 일부를 제외한 신문의 친일파 체포 옹호의 논조, 여론의 고양을 되받아치듯, 그리고 게릴라 측이 섬 안 요소요소에 내건 친일파를 처단하라! 라는 손으로 쓴 포스터에 한층 자극을 받아, 지금 게릴라 섬멸과 반공이야말로 가장 중요한 애국, 구국사업이다, 친일파 처벌을 주장하는 것은 빨갱이, 용공분자다, 라는 캠페인을, 하산 귀순의 선무 공작과 함께 전개했다. 전 국민이 친일파 문제로 한창 어수선한 때, 제주도에서는 정반대의 일이 일어나고 있는 실정을, 다른 지방은 말할 것도 없고 서울에서도 거의 몰랐다. 그야말로 고도(孤島), 폐쇄된 밀도(密島)라 할만 했다.

그런데 제주도에도 친일파 체포의 폭풍이 불면 어떻게 될까. 체포 제1호가 될지 몇 호가 될지는 차치하고, 상당한 인사가 반민법의 몇 조, 몇 호인가에서 벗어날 수는 없을 것이었다. 아버지는 섬 밖으로 도망칠 사람은 아니지만, 일본으로의 밀항자가, 게릴라와는 성질이 다른 도망자가 많이 나올 것임에 틀림없었다.

결착은 재판에 의한다고 해도(친일의 사실은 변하지 않는다), 친일파로서 이태수의 존재가 새삼 부상할 것은 틀림없었다. 잠들어 있던, 잠재우고 있던 과거가, 개인적인 것으로서가 아닌 민족과의 관계에서, 이래저래 사람들의 입에 악몽의 재현처럼 떠오를 것이었다.

이방근은 아버지에 대해서, 적어도 친일 문제에 대해서는 객관적이었다. 아버지니까……라는 생각은 없었다. 또, 생각하지 않는다. 그것이 신조였지만, 이방근은 제주도가 친일파에 관한 한 '무풍지대'이고, 아버지가 자식인 자신의 눈앞에서 수갑이 채워져 연행되지 않는 것에, 일종의 안도감을 느끼고 있는 것도 사실이다. 체포된 친일파들은 거물이란 이유도 있지만, 그들의 체포에 박수를 보내면서도 자신의 마음이 기우는 것을 이방근은 부끄럽게 생각했다. 물론, 아버지가 그러한 국면에 직면한다면 이방근은 단호한 태도로 임할 것이다. 그때는 그때라고 하면서도, 지금 이곳의 '무풍'을 긍정하고, 친일파 이태수가 무사한 것을 다행으로 생각하고 있었다……. 나는 그것을 긍정하고 있는 것이 아니다. 커다란 사태가 일어나는 것을 두려워하지 않는다. 내일이라도 체포가 현실이 된다면 받아들일 것이다. 아니, 그렇지 않다. 반민특위 제주도 조사지부가 실제로 있어서, 만약 이방근, 네가 조사관이라면, 이태수를 체포할 것인가 하는 문제가 있다. 실제로는 그렇게 되지 않는다 해도, 그 같은 상정에서 도망칠 수는 없다.

한성주가 이방근을 자택으로 불러 저녁식사를 함께했을 때도, 친일파 문제가 이야기의 핵심이었다. 작년 가을의, 게릴라 토벌 대공세를 앞둔 화평 공작 연판장운동이 좌절된 후에는, 병약한 탓도 있지만, 한성주는 변호사 직함을 지닌 채 '두문불출'하는 생활을 하고 있었다. 집 마당을 거니는 정도로, 인근에 산책도 하지 않았다. 그래도 이씨 집안에는 얼굴을 내밀었다.

대전형무소에서 1년형을 살았던 그는 마찬가지로 '1년' 친구인 이방근과 마주하자, 우국의 정을 억누르기 어려워 이야기가 진척되었다. 그는 맥주를 조금 입에 대면서 이방근에게 술을 따랐다.

이 섬의 사람 씨가 말라버릴지도 모를 대량학살 덕분에, 이곳에서는 친일 문제가 표면화되지 않겠지, 아버지 이태수가 다분히 자신의 일을 빙자해 그렇게 말했다고 한다. 그것은 지금 전국에서 들끓고 있는 친일파 문제가 이 섬에서는 도민학살의 여파로 보류되고 있다는 인식이었고, 아버지는 급격한 친일파 체포의 내적인 충격을, 지난달의 노일배 체포를 부당하다고 한 이승만 담화 때도 그랬지만, 한성주에게 드러내고 있었다.

이제 와서 부끄러운 일이지만, 어차피 이 문제는 해방 직후에 제대로 청산을 끝내야 했던 일이다, 한성주는 그렇게 말했는데, 같은 이야기에 아버지는 수긍하고 있었다고 한다. 한성주는 제주도의 현 상황이 아무리 험악해도, 서울에서 성공하면 반드시 그 영향은 이쪽에 미칠 것이라고 했다. 서울에서의 친일파 세력 제거의 진전 여하에 따라서 말이다. 그 범위와 진도(震度). 이 군은 어떻게 생각하는가? 저도 같습니다. 반민특위의 승리를 기대할 뿐입니다. 이방근은 장래에 대한 불안은 언급하지 않았다. 그렇고말고, 승리지, 우리의 승리야. 그 승리, 반민법의 성공이 이곳에 미칠 땐 어떻게 될까요, 학살이 멈출까요? 이곳에 영향이 미치기 전에, 우선, 반민법의 성공이 필요하겠지. 성공만 하면 이 나라의 역사는 새롭게 바뀔 거야. 정부 내에 친일파 숙청에 이르면, 정부가 붕괴하게 될 거야. 예—. 그러니까, 정부 내의 친일파 숙청을 법적으로 제외하려고 하는, 뭐 빤히 들여다보이는 반민법 개정안을 성립시키려고 안달이 난 거야. 정부가 무너지면 게릴라 토벌에 커다란 영향이 있다는 거지. 물론, 간단한 일은 아니야. 예—, 그렇겠지요. 이방근은 한성주의 청년 같은 발상에 감동을 받았다. 배후인 미국의 반공정책을 넘어뜨릴 수는 없다고 해도, 친일파 정권이 무너질 경우에는, 확실히 제주도의 상태는 바뀔 수 있을 것이다…….

그래, 그렇다. 반민특위의 승리는 제주도의 승리가 된다. 그러나 정부 내의 친일파 숙청, 이 너무나도 당연한 일이 이루어질 수 있을까. 반민특위의 승리는 제주도의 승리가 된다……. 아버지와 별 차이 없는 연령의 인사치고는 과격한 생각이라 할 수 있었다. 오래 머무르지 않고 한성주의 집을 나온 이방근은 어둡고 차가운 바람을 취기를 띤 뺨으로 맞아가며, 단선이 있는 명선관으로 가기까지, 몇 번이나 같은 말을 입안에서 중얼거렸다. 정부 내의 친일파 숙청, 이 당연한 일이 실현되면 현 정권이 붕괴된다. 그러나 그건 역시 있을 수 없는 일일 것이다. 해방 후, 미국이 비호, 육성해 온 친일파다.

가게는 열려 있었지만, 손님 한 사람이 계단 아래에서 식사를 하고 있을 뿐, 2층에는 아무도 없었다. 일곱 시 전이지만, '통금'인 여덟 시까지 마시면 된다.

이방근은 2층 안쪽의 넓은 방이 아닌, 계단 옆방으로 들어갔다. 단선과 함께 올라온 명선은 잠시 후 자리를 떴다. 명선관은 2월 중에 가게를 닫을 예정이었다. 장사가 되지 않는다는 것이었다. 성내 취객의 발길은 끊기고, 손님이라고 해야 거의 경찰과 토벌군 관계자였다. 여주인 이외에 여자도 넷에서 둘로 줄었다. 명선은 그런대로 경찰 관계자와의 유대가 있었지만, 피 냄새에 찌든 그들을 상대하기에는 정신적으로도 견디기 힘들고, 단선은 일종의 공포증에 빠져 있었다. 여주인은 단선을 데리고 전에 있던 부산으로 옮긴다고 했다. 밖으로 한 걸음만 나가도 광장에 사체와 잘린 머리가 뒹구는 섬에서 나가는 게 좋고말고. 만약 동생인 유원이 이 섬에 있다면, 나는 당장 섬 밖으로 보낼 것이다.

독상을 사이에 두고 마주 앉은 이방근은, 단선이 따르는 맥주를 받으며, 왜 나는 이 여자가 섬을 나가도록 떠나보내야 하는지 생각했다. 일단 떠나 버리면 다시 만나기는 어려울 것이다.

단선은 장구를 칠까요, 라고 했지만, 이방근은 고개를 가로저었다. 컵에 따른 맥주를 이방근에게 숨기듯 얼굴을 살짝 돌려 입에 댔다. 그 움직이는 옆얼굴의 볼에 그림자가 생겨, 조금 야윈 듯한 느낌이 들었다.

"선생님, 선생님은 언제 결혼하시는 거예요?"

"결혼……이라니? 흐—음, 그런 소문을 들었나?"

"예—."

"아직 몰라. 결혼은 하겠지만, 언제가 될지."

"예—, 매우 멋진 분이라고 들었어요. 이름을 여쭤 봐도 될까요?"

"이름? 이름은 난설, 성은 문씨. 난초 난, 그리고 눈 설이야."

"예—. 난설 씨. 아주 예쁜 이름이네요. 백란(白蘭) 같아요."

"백란이라, 흐음, 백란은 단선이지."

실로 단선의 앉은 자세는 청초한 백란의 향이 나고 있었다.

"저는 흰 나비. 언젠가 선생님이 그렇게 말씀하셨어요."

"핫하아, 그랬었나……."

단선은 미소로 답하며 이방근에게 맥주를 따랐다. 그리고 어찌 된 일인지, 양손을 짚고 조금 뒤로 물러나 앉음새를 고치고, 어험, 하며 거의 입 안에서 헛기침을 했다. 이 산, 저 산……. 아무 예고도 없이 세운 무릎에 손을 올린 단선은, 배를 쥐어짜는 듯한 소리로 판소리를 부르기 시작했다.

> 이 산 저 산 꽃이 피니 분명코 봄이로구나, 봄은 찾아왔건만 세상사 쓸쓸하더라, 나도 어제 청춘일러니 오늘 백발 한심하구나, 내 청춘도 날 버리고 속절없이 가 버렸으니, 왔다 갈 줄 아는 봄을 반겨한들 쓸데 있나, 봄아 왔다가 가려거든 가거라, 네가 가도 여름이 되면 녹음방초 승화시라…….

허공의 한 점을 응시한 채 미동도 없이 창을 부르는 소복 차림의 단선에게, 이방근은 어떤 위엄마저 느끼고 있었다. '춘향가'의 한 구절이었다.

일곱 시 반이 지나고 있었다. 소주를 가져오게 한 이방근은 컵에 든 술을 단숨에 비우고 자리에서 일어났다.

이방근은 아버지에게 친일파 문제를 들이대거나 하지는 않았지만, 아버지는 아들의 기색을 충분히 살피고 있었다. 친일파 체포라는 화제만 해도 아버지 쪽에서 꺼낸 것이고, 이방근은 아버지의 이야기를 듣기만 했을 뿐이었다. 지금은 조금 아버지의 방으로 출입을 하지만, 예전에는 황색 연못과 같은 안뜰을 사이에 두고 이방근의 서재와 아버지의 방은 멀리 떨어진 섬이었고, 서로의 일상생활의 차이도 있었지만, 얼굴을 마주하는 일조차 거의 없었다. 소파의 주민이었던 이방근에게는 건너채의 툇마루에 보이는 아버지, 가족의 그림자가 하나하나 기둥과도 같은 풍경의 일부였고, 그와 같은 거리감의 잔상은 지금도 사라지지 않았지만, 그 눈에 띄게 괴어 있던 안마당의 황색 연못은 없었다.

근래의 아버지에게는, 아들의 '친일'을 생각하고 있는 듯한 침묵의 시선과 마주치면, 그 기색이 전해지는 듯했다. 아버지는 이방근에게 이렇다 할 이야기는 하지 않았지만, 그가 스스로 친일 행위를 되돌아보는 듯한 말을 건넨 것은, 한성주에게 흘린 것이 처음이 아닐까. 태수 형님은 요즘 생각이 변한 것 같다고, 한성주가 그렇게 말했다.

아버지의 안색이 별로 밝지 않은 것은, 딸 유원이 일본으로 가 버린 탓만은 아니었다.

자세히는 모르지만, 아버지가 이사장을 하고 있는 식산은행의 일반예금, 그리고 대출액도 부진이 이어지면서 크게 감소하고 있어서, 아버지 사업의 제3자인 이방근이지만 다소 마음에 걸렸다. 제주도 산업의 기본은 농수산이지만, 동란의 영향이 각 산업에 미쳐, 대부분의 출어가 금지되었고, 시간제한 속에서 해녀의 작업이 인정되는 정도였다. 농작물에 이르러서는 토벌대의 초토화 작전에 의해 보리, 좁쌀 등의 수확도 씨 파종도 큰 타격을 받아 괴멸 상태였고, 농촌 단위의 영세예금은커녕, 농가 고방의 곡물용 항아리가 밑바닥을 드러내, 농민들은 폭등한 곡물종자를 매입할 돈조차 궁했다. 식산은행의 현재 예금의 대부분은 정부예산에서 나오는 관청의 돈인 듯했다. 그리고 동란 중에도 납입해야 하는 세금 같은 징수금이 세무서를 경유해 식산은행에 맡겨졌다. 애당초 섬 전체를 초토화시키고 제멋대로 학살이 횡행하고 있는 섬에서, 산업진흥이 이루어질 리 없었다. 또 하나인 제일은행도 힘든 사정은 마찬가지일 것이다. 아직 식산은행 쪽이 관청과의 직접 거래가 많은 만큼 낫다고 해야 할 것이다.

남해자동차 쪽도 차량 부족, 파손, 타이어 등 부품의 부족, 수리 불가, 운전사정의 악화로 운임수입이 감소하고, 지금까지 세 번이나 게릴라의 습격이 있어서(한 번은 토벌대 측을 가장했다고 한다), 두 명의 사망자가 나왔다. 감시를 하고 있던 인물인지, 짐이 적재되어 있었는지는 모르지만, 게릴라가 하지 말았어야 할 짓을 한 것이었다. 굶주려 있었던 탓일까. 사망자는 모두 무고한 소년 조수였다. 이방근은 아버지 앞에서, 자신이 저지른 일인 것처럼 마음의 동요를 느끼는 것이 유쾌하지 않았다. 게릴라에 대비한 전투용 군수물자나 그밖에 관공서 관계의 짐을 실은 트럭은 잘 움직이고 있어서, 박산봉은 한림, 모슬포, 서귀포, 성산포……로 섬 전체를 누비고 있었다. 아버지 이태수의 사업은 관공서의 덕을 많이 보고 있다고 할 수 있었다. 과거의 일제 때도 그랬지만.

이방근은 자신의 결혼에 대해서, 최용학과의 혼약을 강요받았던 여동생의 경우처럼 아버지에 대한 서약서는 쓰지 않았지만(남매 연명으로 서약서를 써야 했던 것을 떠올리면, 아버지라는 사람은 도대체 어떻게 된 남자인지, 이방근은 지금도 입안에 신물이 고였다), 그러나 여동생의 일본행을 아버지가 인정하는 것을 조건처럼 내밀어, 결혼하겠다고, 이른바 구두로 약속했던 것이다.

상대가 문난설인 것을 아버지는 알고 있다. 아버지가 말하는 서울 여자, 결국 제주도까지 와서 우리 집에 며칠이나 묵은 여자라고 알고 있다. 그 여잔 어찌 된 게냐? 며칠 간격으로 반복되는 한마디였다. 예—. 결혼 얘기는 어찌 된 거냐? 예—, 서울과 제주도로 서로 떨어져 있고, 게다가 시국이 이러한 상황이라, 당분간 상황을 두고 보기로 했습니다……. 그래, 당분간 만날 수 없다……. 선생님, 만나고 싶어요. 나도 만나고 싶소, 만나서 난설이를 안고 싶어. 예—, 저도 안고 싶어요, 안기고 싶어요……. 선생님이 용이 되는 꿈을 꾸었어요. 용? 선생님이 용이 되어 넓은 바다 속으로 들어갔어요. 하늘로 승천하는 게 아니라면, 그건 해룡이군, 난설이는 그래서 어떻게 했지? 저도 해룡의 등에 타고 바다 속으로 갔어요. 바다 속으로 가다니, 멋진 꿈이군, 무서웠나? 이방근은 서울에서 꾼, 난설이 밤바다의 거대한 인어로 변한 꿈을 떠올리고 있었다. 아니요, 바다 속이 푸른 하늘같아서, 어느 샌가 말을 타고 있는 것 같았고, 정말로 제가 말을 타고 고원지대를 달리고 있는 거예요……. 난설이는 울먹이고 있었다. 으—음, 제주도의 고원이다, 바다도……. 선생님, 저 제주도로 가고 싶어요. 비행기를 편승할 수 있을 테니까. 뭐라고, 부탁을 했소? 아니요, 가능할 것 같아요. 여긴 지옥이야, 지옥이 보고 싶은 건가. 서울에 있으니까 잘 몰라서 그러는 거요. 난설이는 여기서 살 수 없소. 그러니까, 난설이가 여기에 오는 건 여행객이오. 지옥은 여행객이 오는 곳이 아니오.

이방근은 비행기 운운에 기분이 상했지만, 그 때문에 오지 말라고 목소리를 높인 것은 아니었다. ……난설이, 난 난설이를 사랑하고 있어……. 어찌 이리 불행한 민족일까요. 난설이의 목소리가 눈물로 잠긴 듯했다. 좀처럼 눈물을 보이지 않는 여자라고 생각했는데, 그래, 진주 같은 눈물……. 장거리전화가 끊어진 뒤에도 정분이 담긴 말, 감정의 파편이 서울과 제주도를 가로막는 밤하늘의 별들처럼 부서져 어지럽게 날아다녔다.

여동생의 도일을 계기로 하숙을 나올 생각이었던 이방근은, 폐허의 마을에서 도망쳐 온 상근의 피난으로 잠시 보류하기로 했지만, 전화 이용과 손님의 응대로 아버지의 집에 있을 때가 많았다.

상근은 소개지인 K리에서 이곳으로 온 2, 3일 후에는, 허탈 상태에서 이전의 그로 되돌아온 듯 보였지만, 곧 다시 우울 상태에 빠져들어, 일제사격 총성의 환청에 겁을 내고, 밤에는 별채에서 혼자 자는 것이 무섭다며 이방근의 방에서 함께 잤다. 제정신일 때는 떠올려도 총성이 들려오지 않았지만, 돌연 마치 잠류하고 있던 것처럼, 귀 속에서 콩이 심하게 튀는 것 같은 소리가 작렬하는 듯, 양손으로 귀를 꽉 누른 채 눈을 치켜 올리고 몸을 비틀며 식은땀을 흘렸다. 그 후에는 술을 찾았다.

그는 2월에 들어서 두 번, Y리에서 동쪽으로 두 번째 버스정류장 구좌면사무소 소재지에 있는 김녕리의 생활협동조합에 다녀왔는데, Y리 옆을 무정차로 달리는 버스 창문으로 돌담에 가려져 전체는 눈에 들어오지 않았지만, 몇 군데 밭에 산처럼 겹쳐 쓰러져 있는 수백의 사체 일부를 보았다고 했다. Y리의 마을 주민들은 학살의 날 밤을 국민학교 교실에서 보낸 다음날 아침, 폐허가 된 마을로 일단 들러서 소개지인 인근 마을 K리로 가거나, 일부는 혹한의 한라산으로 몰래 입산 피난한 사람들도 있었다. 까마귀 떼에 쪼아 먹히는 사체는 방치된 채로 유족, 친척들도 손을 대지 못하고 있는 듯했다.

눈이 내리고 있음에도 바닥 쪽은 이미 썩기 시작했을 것이다. Y리를 향해 갑자기 속도를 올려 울퉁불퉁한 길을 춤추듯 요동치며 달리는 버스의 깨진 창문으로, 위장을 주먹으로 쳐올리는 듯한 구역질나는 악취가 바람과 함께 불어 들었다. 상근은 신작로(일주도로) 양쪽 밭에 널려 있는 사체더미 사이를 버스로 빠져나가면서, 몇백의 썩어가는 시체 앞에서, 어딘가에 있을 아버지와 처자를 생각할 기분이 아니었다고 했다. 김녕리의 협동조합 사무소에서, Y리 밭의 사체 산을 아주 가까이서 본 사람이 이렇게 말했다. 모친들의 사체는 대부분 아이들 위에 엎드려 있어, 마지막 순간까지도 아이를 총탄에서 지키려고 한 모습이 역력해 가슴이 아팠다……. 상근은 아무 말도 하지 않았지만, 그들 모자가 죽어가는 순간이 남긴 모습 속에 자신의 처자를 보고 있던 것은 아닐까.

Y리 옆을 지나는, 김녕까지 두 번의 버스 왕복이 오히려 상근의 마음을 진정시킨 듯했다. 사체가 기와더미처럼(기와는 썩지 않겠지만) 방치된 몇 개의 밭, 폐허가 되어 신작로에서 바다까지 들여다보이는 Y리의 불탄 정경. 학살의 발단 장소였던 길가의 국민학교만은 불을 피해 교사가 남아 있었다.

상근은 곧 근무지가 있는 김녕리에 방 한 칸을 빌려 옮길 것이다. 언젠가 소개지의 살아남은 마을 주민들은 Y리로 돌아와, 각각 불탄 집터를 임시 거처로 삼아 오두막이라도 짓고 생활을 되찾아야 한다. 그때까지라도 김녕에 셋방을 빌리겠다는 그는 학살 당일의 일을 조금씩 이야기하기 시작했다. 이야기하면서 소리를 높여 울기도 했지만, 그것이 그의 일제사격의 총성으로 구멍이 난 마음의 충격을 치유하는 작용을 하고 있는 듯도 했다.

이방근이 걱정하고 있던 한방의 송진산 일가도, 역시 당일 처형장 밭으로 떠밀려 들어간 것 같았다. 얼굴이 다른 사람의 두 배이고, 언제나 술기운을 풍기는 벌건 얼굴의, 온화한 인품의 소유자. 대나무 숲에 인접한 뒷마당의 헛간을 마을 민위대 젊은이들의 죽창 제조장으로 제공했던 촌부. 당시는 아직 남승지가 Y리 조직에 속해 있던 4·3 봉기 직후였지만, 이방근은 강몽구의 권유도 있어서, 아버지가 눈치

채지 못하도록 여동생을 데리고 Y리로 가서, 남승지도 함께 산록지대의 '해방 지구'로 찾아간 적이 있었다. ……안뜰의 팽나무 위에서 작은 새들의 합창이 절정인 해질녘, 송진산과 바둑을 두고 난 뒤, 뒤쪽의 죽림이 바람에 울리고, 안채의 활짝 열린 덧문으로 저녁 바람이 빠져나가는 마루방에서 주고받은 사발 막걸리의 맛을, 이방근은 이따금 떠올리곤 했다. 그리고 송진산의 죽음을 확인한 지금도…….

토벌대 측의 게릴라 일거 괴멸을 꾀한 해공 지원의 합동작전으로는 이렇다 할 효과가 없어, 정부는 다시 대규모 작전을 벌이고 있다는 소문이 돌았다. 육해공 합동 이상의 대규모 작전이란 어떠한 것인가.

이방근은 성내로 온 남승지에게 이성운 게릴라대장 지휘의 공격이 머지않았다……는 정보를 접한 뒤에, 스스로 게릴라의 힘을 너무 과소평가하고 있는 것은 아닌가 하고 생각했었는데, 실제로 새해 들어서는 특히 합동작전 개시에 도전하듯이, 게릴라 활동이 해안지대까지 접근하며 더욱 활발해지고 있었다. 며칠 전에도, 성산포에서 성내로 향하던 토벌대가 게릴라의 기습을 받고 대량의 무기를 빼앗기는 실책을 저질렀다.

새롭게 M1소총을 지급받은 성산포 주둔의 제3대대 소속 중대가, 이제까지의 일본군 99식 소총을 제2연대 본부에 반납하기 위해 1개 중대 분의 회수무기를 트럭으로 수송하던 도중에, 이미 정보를 포착하고 Y리 부근에 매복하고 있던 게릴라의 공격을 받아, 백 정 남짓한 무기를 1정도 남김없이 탈취당했다.

1월 8일 심야, 게릴라는 성내에 침입하여 도청을 불태우고 아무 저항도 없이 유유히 퇴각하였다. 제2연대 본부가 전날 교외의 비행장에서 성내의 농업학교로 이동한 지 얼마 안 돼, 부대의 정비와 경비태세가 이루어지지 않은 상태에서 허를 찔린 것이었는데, 성산포 주둔 토벌대의 무기수송차 피습 사건만 해도, 토벌대의 동향을 쫓는 게릴라 측 정보활동의 견실함을 보여 주는 것이었다.

게릴라 부대가 해안지대에 접근하여 기습공격을 가하면, 그 분풀이로 게릴라가 출몰한 인근 부락에 대한 토벌대의 보복학살이 벌어졌다. 게릴라가 공격 직후 곧바로 모습을 감추어 버리는 것이, 더욱 화가 나는 모양이었다. 기습은 게릴라 전법의 기본이고, '적진아퇴(敵進我退), 적퇴아진(敵退我進), 적주아요(敵駐我擾), 적피아타(敵疲我打)'의 행동원리를 상실하면, 게릴라의 존재는 있어도 없는 것과 마찬가지다.

갑자기 성내에 출현하여 관덕정 광장의 바리케이드에 진을 친 무장경찰을 사살하고, 도청을 불 지른 후 다시 신작로를 동쪽으로 진격해 삼양지서를 습격 파괴한 게릴라에 대한 보복의 화는 곧바로 마을 사람들에게 미쳤다.

5백여 호의 삼양리 마을에서는, 성내에서 출동한 토벌대가 신작로의 산 쪽에 있는 국민학교 교정으로 끌어낸 마을 주민을, '양민'과 게릴라 가족 혹은 연고자들의 두 그룹으로 선별하여, 마을의 '빨갱이 가족 일소'를 위한 형 집행이 이루어졌다. 마을 사람들끼리의 형 집행이었다. '양민' 측 군중에게 죽창을 들게 해서는, 이웃이 이웃을 찌르고, 친척이 그 친척을 찌르고, 단말마의 형상을 눈으로 보고 절규를 귀로 들으며 숨통을 끊어야만 한다. 그렇지 않으면 토벌대의 총검이 빛을 발하고, 총성이 '양민'의 머리 위에도 울려 퍼졌다. 일곱 살 아이에게 죽창을 쥐어 주고, 빨갱이를 죽이라며 그의 부친을 찌르게 했다. 하얀 교정이 피바다였다……. 살아남은 마을 주민이 그렇게 말한 것이었다.

중산간 부락인 오등리에서도 비슷한 일이 자행되었다. 공비부락으로 간주되어 마을 전체가 불태워진 폐촌의 절에 제3대대병력이 주둔하고 있었는데, 학살은 우선, 남녀노소를 불문하고 모든 마을 주민을 광장으로 불러 모아, '양민' 측이 '때리는 그룹', 그렇지 않은 쪽이 '맞는 그룹'으로 나누어졌다. 그리고 양민 측이 죽창, 곤봉 등을 손에 들고 상대를 죽이는 쪽에 섰다. 상대를 죽이지 못하는 양민은 게릴라의 동조자로서 토벌대의 손에 살해당했다. 오등리에서 해안 부락으로 소개한 양민 측 생존자의 이야기였다.

합동작전과 동시에 당근과 채찍이라는 다른 작전으로, 게릴라와 입산 피난민들의 하산, 귀순권고의 삐라 선전, 관제주민집회 동원 등의 선무 공작이 시작되었다. 성내의 여자 중학생 십여 명과 토벌대 장교 이하 군경 약 120명에 의한 선무 공작대가 조직되어, 머지않아 성내를 출발해서 서쪽으로 돈다고 한다.

토벌대의 총공격에 직면한 게릴라 측도 전투태세를 강화하고, 일반 피난민의 하산을 촉구하고 있었기 때문에, 선무 공작과 더불어 겨울 산에서 하산하는 자가 점점 늘어나, 비행장 등에서의 수용시설 건설이 급해졌다.

수용자 중에는 게릴라 귀순자들도 섞여 있었는데, 그들은 대한민국 국민으로서의 재기를 맹세한 후에는, 피난민과 마찬가지로 석방증명서를 손에 들고, 일단 각자의 마을로 귀향이 허락되었다. 그러나 초토화작전의 대상이 된 마을 출신자의 경우에는 돌아갈 곳이 없었고, 고향마을로 돌아갈 수 있어도 하산자에 대한 경계와 차별의 눈초리가 있었다. 또한 당국이 갱생을 위해 생업을 준다고는 해도, 산업이 파괴되고 있는 섬에서, 곧바로 얻을 수 있는 일이 있을 리 없었다. 그들은 수용소를 나와 마을로 돌아오자, 신분증명서를 겸한 석방증명서가 있는 동안에 밀항을 꾀했다. 그들은 생활을 위해서도 밀항을 생각할 수밖에 없었지만, 당국에 대한 협력자, 궁극적으로는 앞잡이가 되는 것 외에 달리 할 일이 없었기 때문에, 그로부터 도망치기 위해서라도 섬 밖으로 탈출하는 편이 남은 조직을 위해서도 유익했다.

하산한 피난민들도 어떻게든 밀항의 길을 가려고 했다. 노인, 아이들은 차치하고, 여자들까지, 그중에는 아이를 데리고, 혹은 아이를 늙은 부모에게 맡기고 밀항선에 올라타, 눈 쌓인 산악지대로 아지트를 찾아 떠돌던 고향의 산, 한라산에 이별을 고하고, 타향으로 돈을 벌기 위해 떠났다. 일본에 있는 친척이나 지인들을 의지해서.

2

1월 8일 박흥식이 체포된 지 정확히 한 달 후인 2월 7일에 이광수가 반민특위에 연행되었다.

이방근은 밤에 라디오에서 이광수와 최남선이 각각 자택에서 체포된 것을 알았다. 뉴스는 과거 문화계의 대표적 존재의 연행을 전하는 정도로, 체포 당시의 모습 등은 알 수 없었지만, 상징적 두 인물이 같은 날 체포된 사실은 친일파 문인들에 대한 반민특위의 태도 표명이었고, 친일파가 좌지우지하고 있던 문화계에(이미 반 친일파 지식인들의 대부분은 38선을 넘어 입북해 있었다) 주는 충격은 컸다.

이를 전후로 그 밖에도 고등경찰 관계, 조선총독부 어용심문기관인 중추원 참의를 역임한 사람들이 다수 검거되었다. 이방근은 예측하고 있었던 일이었다. 그는 너무 늦은 감이 있지만 올 것이 왔다고 하는, 제1호인 경제인 박흥식의 경우와는 다른 감회와 흥분을 느꼈다. 이곳 제주도는 격리된 별세계이지만, 으음, 그래도 어딘가에서, 서울에서는 지금 역사가 똑바로 나아가고 있는 것이다, 치욕, 노예정신을 질질 끌어온 역사가 조금씩 온전히 나아지고 있다.

……지금으로부터 2천6백 년 전에 진무천황(神武天皇)이 즉위한 곳이 나라(奈良)의 가시하라(橿原)라는 곳이다. 그곳에 가구야마(香久山)라는 산이 있는데, 자신은 유서 깊은 이 산의 이름을 따서 성을 '가야마(香山)'라고 하고, '광수(光洙)'의 '광(光)' 자를 따고, '수(洙)'는 '내지(內地)' 식으로 하면 '랑(郞)'이 되기 때문에, '가야마 미쓰로(香山光郞)'로 하였다……, 송구스럽지만 읽는 법도 천황폐하처럼 일본식 이름을 갖는 것이 조선 민족의 장래를 생각하고, 자신도 자신의 자손도 천황폐하의 신민으로 살아가는 길…… 운운한 것이 그의 '창씨개명'의 변의 일부였지만, 그 말 전부를 기억하고 있는 것은 아니었다.

그는 실제로 목욕재계에 힘써, 종래의 조선인이었던 것을 기억할 필요가 없기 때문에, 조선인의 기분을 털어 버리기 위해 액막이 주문을 일본의 신들에게 올렸다고, 일본의 고문체로 쓰고 있었다. ……마지막으로 남은 민족의식의 잔재를 깨끗이 해방시켜, 몸도 마음도 천황폐하에게 바치고, 2천3백만 조선 민족과 그 자손들이 무구한 동심 그 자체로 완전히 일본인이 되는 것……. 이러한 내용만으로 채워진 일본문단의 대가에게 보내는 서간형식의 문장이 있었다. 일본의 문예잡지에 발표한 「행자(行者)」라는 글이었는데, 이방근은 아마도 서대문형무소에서 나온 1940년 말부터, 이듬해에 걸쳐 읽은 기억이 있었다.

이러한 일본인화에 대한 맹세의 문장은, 어느새 더 이상 추락할 곳 없는 영혼이 지독한 악취를 풍겼고 그런 자와 같은 조선인이라는 게 부끄럽고……, 아니다, 어찌 가야마 미쓰로뿐이겠는가……, 잠시의 생각만으로도, 사고도, 숨도 막혔다. 그의 '친일' 발언만으로도 너무 많아서 일일이 셀 수 없을 정도였지만, 타기(唾棄)해야만 하는 것인 만큼 잊을 수 없는 것이었고, 분명히 책장에 보관해 둔 잡지를 찾으면

「행자」도 나올 텐데, 새삼스레 다시 읽고 싶어졌다. 조선 청년에게 특별지원병을 촉구하고, 학도출진을 촉구하여 전장으로 몰아댔다……. 노예정신, 자기상실, 이 나라에서는 영혼의, 정신의 자유를 말하지 말라. 그들은 몇백 년은 독립할 수 없을 것이니, 일본에 동화하는 것이 조선 민족의 행복이라고 했다. 그러나 몇백 년 후에 독립했을 때 과연 조선이 있는 것인가. 영원한 대일본 제국이었다.

중앙지가 도착한 것은 일주일 뒤였다. 이광수와 최남선의 체포는 역사의 아이러니. 조선의 신문학운동의 선구자로서 수많은 문학작품을 남긴 이광수가, 반민특위의 공판정에 서게 된 것은 참으로 역사의 아이러니라고 적혀 있었다. 이광수가 반민특위 조사관을 수행한 특경대에게 체포되었을 때, 상당히 중증 폐결핵을 앓고 있었던 모양인데, 그 탓도 있어 이런저런 사정을 늘어놓으며 연행에 시간을 끌었다. 곧바로 자수할 생각이었지만, 용기를 내지 못하고 이렇게 돼 버렸다고 떨리는 목소리로 말하고는, 잠시 책을 정리해야 하니 시간을 달라고 연행을 미루는 것을, 책은 가족에게 맡기면 된다, 자 빨리……라는 조사관의 재촉을 받자, 집을 나서기 직전에는 주사기를 내민 아내가 그의 몸이 쇠약해서……라며 팔에 페니실린 주사를 놓으면서 마지막까지 늑장을 부렸다는 것이다.

이광수에 비하면 최남선의 경우는 대조적인 인상이었다. 이것도 한 사람은 친일 행위의 정당성의 변명, 한 사람은 친일 행위에 대한 참회와 근신이라는, 해방 이후 두 사람의 처신 방식의 차이에서 오는 것일까.

3·1독립운동선언문의 기안자이기도 한 당대의 문장가로, 과거에는 민족운동 지도자의 한 사람이었던 최남선은, 조사관이 자택으로 향했을 때는 『조선역사사전(朝鮮歷史事典)』 원고를 집필 중이었는데, '시대적 현실에 역행할 수 없다'며 미련 없이 체포에 응해 조사관들을

번거롭게 하는 일이 없었다.

'시대적 현실에 역행할 수 없다'고 한 것은 역사가다운 말이고, 이것만으로는 진의를 잘 알 수 없지만, 이방근은 다소 석연치 않은 점을 느꼈다. '시대적 현실'이 이렇지 않았다면 어떻게 되는가? 친일 행위를 계속한다는 말인가. 불쾌하지만, 그런 말이 될 것이다. 한 걸음 나아가, 이광수처럼 자기변명이 아닌, 역사의 심판을 순순히 받아들이겠다는 말로 생각해 보자. 어차피 양쪽 의미로 사용할 수 있지만, 핵심은 역행할 수 없는 시대적 현실이 지금, 현재라는 것이다.

이틀 후의 저녁, 이방근은 집에 들른 한대용과 함께, 준비해 둔 흰색과 분홍색의 니시진(西陣)의 옷감 세 필을 가지고 명선관으로 갔다. 열흘쯤 전에 돌아온 배가 오늘 밤 다시 출항하는데, 거기에 승선하는 한대용은 오늘을 제외하면 제주도를 떠나는 단선과 재회하기가 어려웠다. 이방근이 흰색과 분홍색 두 필을 한 필씩 명선과 단선에게, 한대용은 흰색 한 필을 단선에게 선물했다.

이방근은 별실로 명선을 불러 단선에게 건네주길 바란다며 봉투에 넣은 십만 원을 내밀었다. 결혼할 때의 비용으로 보탰으면 한다. 직접 주면 절대로 받지 않을 테니까. 그리고 명선에게도 얼마간의 전별금을 쥐어 주었다.

……선생님 결국 그 아이를 안아 주지 않으셨네요, 어찌 그러십니까, 갑자기, 절 안거나 하셨으면서. 전 선생님을 결코 잊지 않겠습니다. 명선은 웃고 있었지만, 눈물을 뚝뚝 떨어뜨렸다. 선생님은 가르쳐 주시지 않겠지만, 선생님 결혼식에는 서울이든 어디든 단선이를 데리고 가고 싶어요……. 핫핫, 결혼은 할지도 모르지만, 식은 올리지 않아. 난 다시 얼굴을 내밀거니까, 단선이는 인사하러 집으로 오지 않아도 괜찮아…….

두 사람은 가볍게 마시고 식사를 마치자, 남해 택시로 송래운이 먼저 가 있는 조천으로 향했다.

한대용은 나름대로 친일파 체포에 생각하는 바가 있어서, 이것이야말로 민족정기의 발현이라며, 큰 소리를 낼 순 없지만 바다 너머 서울을 향해 박수를 보냈다. 전쟁 중에 남방의 영국군 포로 감시요원에 지원하고, 패전 후에는 BC급 전범으로 죽음의 형무소 생활을 보낸 만큼 죽음을 두려워하지 않는 강인함이 있었는데, 그것이 지금은 거친 바다에 흔들리는 밀항선에서 한층 몸에 배어, 보스인 송래운도 인정하는 호걸이 돼 있었다.

무지로 인한 '친일'이었다고 자기비판을 하고, 친일파 숙청을 주장하는 게릴라 측에 동조하는 그는, 친일파 문제에도 민감하게 반응하여, 무풍지대인 제주도의 현 상황에 이를 갈면서 이방근과 뜻을 같이하고 있었다. 이광수나 최남선에 대해서는, 당시에는 조선을 대표하는 훌륭한 인물의 언동으로서 절대적이었던 만큼, 자신의 '친일 애국'에 큰 용기를 북돋아 주었다고 술회했다. 그때의 '일본인'인 자신이 실은 지금과 같은 조선인이었다는 것을 생각하면, 그것이 시대의 흐름이라고는 해도 부끄러울 따름이다…….

한대용은 여전히 파이프를 놓지 않았다. 파이프는 토벌대나 지서 간부들과의 술자리에서 그에게 관록을 부여해 주는 무기가 된 것이었다. ……이 선배님, 서울에선 바람이 불고 있다고 하는데, 여전히 활개를 치며 활보하고 있는 친일파 매국노들에게 욕 한마디 할 수 없는 제주도는 도대체 어느 나라 섬인가요, 도대체가. 이 선배님, 이 선배님이 표면으로 나서는 우리 시대는 언제나 오는 걸까요, 서울에선 새로운 바람이 불고 있는데……. 한 동무는 지금 권총을 가지고 있는가? 권총? 예-, 안주머니에 들어 있는데, 무슨 일입니까? 문득 한림

바다에서 출발했을 때의 일을 떠올렸어. 동무는 선실에서 날뛰는 유달현에게 권총을 들이대지 않았나. 그뿐이야. 유달현, 배신자, 놈은 그때 죽었지만 정세용이 살아 있습니다. 뭐라고? 정세용이 어찌 되었다고? 갑작스러운 이름에 어리둥절해하면서, 정세용이 살아 있는 건 당연한 게 아니냐는 말을 하려다가 그만두었다. 한대용의 배에서 유달현이 죽은 뒤, 정세용의 용의에 관해서도 간단하게 이야기해 두었지만, 지금 정세용이 살아 있는 게 이상하다는 듯한 그의 말투에, 한대용까지도 움찔했던 것이다. 이방근은 지금 왜 자신이 한대용에게 권총의 유무를 물었는지 알 수 없었다. 일시적인 생각, 우연한 충동일 것이다. 나도 권총을 한 자루를 가지고 있었지만 남승지에게 줘 버렸다……라고는 말하지 않았다.

간신히 2, 3일간 불어 대던 강풍이 지나고, 끓어오르는 듯한 바다의 포효가 진정돼 있었다. 서쪽에서 불어오는 계절풍이 강한 2월은 밀항선이 조난당하기 쉬웠다. 대부분이 몇 톤에서 십 톤에 불과한 배 중에서, 십여 톤급의 한대용의 배에는 승선 희망자가 많았다.

이방근은 후미진 동쪽 변두리에 가까운 송래운 그룹의 부(夫) 선주 집에서 심야를 기다렸다.

끊임없이 후미의 물가로 밀려오는 요란한 파도 소리가 들리는 안채의 마루방에는 초저녁부터 20여 명의 밀항자들이 모여 있었다. 어디에서 어떻게 찾아오는 것일까, 안내자인 듯한 청년에게 이끌려온 밀항자들은 마루방에서 옆 부엌의 봉당에까지 꽉 들어차 한두 시간 사이에 백 명 가까웠다. 덧문을 꽉 닫아두었기 때문에 밀항자들의 냄새가 악취로 변해 있었지만, 밀항선의 밀폐된 선창 안은 이 정도가 아닐 것이다.

승선자의 신원은 송래운과 부 선주의 책임 아래 체크되고 있었지만, 별실에서 한대용이 이방근과 상의하면서 운임의 징수 여부를 정했다. 오만 원에서 십만 원은 시골 봉급자의 2, 3년에서 3, 4년 분에 해당하는 큰돈이기에, 누구나 밀항할 수 있는 것은 아니었다.

본토에서는 친일파 숙청의 폭풍이 불어 대고 있는 지금, 그야말로 친일파들의 섬 밖 탈출의 경우였다면(본래 이것이 당연한 모습이고, 결코 공상이 아니다), 그들은 많은 금품을 가지고 떠나겠지만, 밀항자 대부분은 필사적으로 긁어모은 돈으로 운임을 내는 것이고, 그중에는 일본에 도착하면 육친이나 친척이 지불할 것이라고 애원하는 자도 있었다. 달랑 입고 있는 옷만이 아니라, 일본 상륙 시에 갈아입을 옷 한 벌도 준비해야 했다.

이방근과 한대용은 송래운과 상의한 후, 며칠 후에 출발 예정인 부선주 측의 승선자 중에, 하산자나 경찰에 쫓기고 있는 자들에 대한 운임의 징수 비율을, 공짜로 태우기를 거부하는 부선주와 협의하기로 했다.

원래 밀무역을 하는 부선주와 송래운에게는 밀항자의 운송도 특별한 경우를 제외하고 운임을 받는 영리사업이고, 큰 바다를 왕래하는 비용과 위험을 생각하면, 한두 사람은 그렇다 쳐도 도저히 공짜로 나를 수 있는 것이 아니었다. 그렇게 되면 곧 배 자체가 움직일 수 없게 돼 버릴 것이다.

밀무역이라고는 해도 이전에는 김이나 해산물 말린 것, 말린 표고버섯 등이 나왔지만, 섬의 식량 사정이 핍박해진 지금의 상황으로는 섬 밖으로 밀수출할 만큼의 충분한 양의 물자도 없었다. 대신 나날이 불어나는 밀항자를 실어 내는 한편으로, 돌아올 때 교토(京都)나 아이치 현(愛知縣) 세토(瀨戶) 등의 재일조선인 생산업자로부터 사들인 견직물, 도자기, 그 밖의 것을 밀수입하여, 그것을 목적으로 본토의 상인이 드나들면서, 상시적인 것은 아니지만 지금도 섬에 일정한 경제

효과를 가져오고 있었다.

밀무역선은 멀리 부산으로 돌아가는 경우도 있었다. 제주도에서 일단 본토로 탈출했다가 그곳에서 다시 일본으로 향하는 밀항자들과 함께, 미군에서 흘러나온 생고무 등을 싣고, 귀로에는 장화 등의 고무제품을 운반해 왔다.

네댓 평의 마루방에 각각의 트렁크와 보따리, 가방 등을 가지고 주저앉은 수십 명의 밀항자 무리의 머리 위에, 천장에 매달린 남포등의 불빛이 희미하게 떨어지고 있었다. 여자들과 학생모와 학생복을 제대로 차려입은 소년들이 꽤 섞여 있었지만, 노인들의 모습은 찾아볼 수 없었다. 예정된 승선자는 70명이 넘지만, 오늘 갑작스레 관계자에게 이끌려 온 자도 몇 명 있었다.

수용소에서 돌아온 하산자나 게릴라의 대열에서 떨어져 나온 하산자, 그리고 Y리의 학살을 면한 피난민들도 있다는 것이었는데, 이미 송래운과의 사이에서 하산자의 일이 문제가 되었다.

밀항선의 선창처럼 마루방의 공간에 웅크린 밀항자들은 입을 다문 채, 방을 채워 가는 바로 옆의 바다 소리에 젖어들어, 눈만 번쩍번쩍 빛나고 있었다. 제각기 사정을 품고 있는 그들은 동료 사이가 아니면 말도 하지 않았다. 악질적인 배신자는 태우지 않도록 사전에 신원 체크는 해 두었지만, 많은 '불법' 출국자에게는 가슴에 묻어 둔 비밀도 있고 치유하기 어려운 심신의 상처도 있을 터였다. 드러내놓고 앞으로의 희망이나 기대를 남에게 이야기할 수 있는 자가 과연 몇 명이나 있을까. 본토에서 건너온 밀항자는 동란의 제주도와는 달리, 도피와 함께 면학으로 장래의 희망을 맡기는 자가 많았지만(유원도 그러했다), 그것조차도 밀항이라는 위험을 무릅쓰고서야 겨우 이룰 수 있는 것이었다.

이 섬의 밀항자들에게 앞으로 풍파를 넘어 향하는 행선지에 희망이 있는 것은 아니었다. 있는 것은 미래에 대한 불안이었고, 지금 섬에서 탈출하는 것 자체가 희망이며 목숨을 부지하는 길이었다.

뒤쪽을 어두운 벽에 에워싸인 공간의, 남폿불 아래 밀항자들 무리는, 각자의 호흡을 느낄 뿐, 움직임이 없는 것처럼 보였지만, 드리워진 바닥의 커다란 그림자에서 움직임이 느껴졌다.

그들은 이미 '수속'을 마치고 그저 승선 시간을 기다리고 있었다. 한대용은 두세 명의 신참들과 부엌에서 이야기를 마치자, 마루방의 사람들 무리 속으로 잔잔한 수면을 흐트러뜨리듯 들어가, 일어선 두 명의 청년에게 무언가 지시를 했다.

마루방 부엌에 붙어 있는 문지방 옆에 서 있던 이방근은 송래운과의 의논을 막 끝낸 참이었다. 담배 연기도 한 줄기, 두 줄기 힘없이 가늘게 피어오르는, 죄수처럼 웅크린 밀항자 무리 속에서, 짐처럼 작은 배에 실려 암흑의 바다에 명운을 맡기는 각각의 모습에, 이방근은 이 나라의, 식민지 지배를 막 벗어났다는 이 민족의 모습을 보았다. 하산자도, 도망자도 없다. 그저, 고향 땅을 버리고 밀항자가 타향으로 향하는 것이다.

밀항자 중에는 이방근의 주장으로 승선할 수 있게 된 몇 명의 하산자가 있었다. 반조직, 조직파괴적인 탈출 공작에 대한 게릴라 조직의 경고가 있고부터, 송래운과의 사이에서도 그에 관한 약속이 있었지만 (정월에 남승지와 약속을 한지 얼마 안 되었다), 이번 승선자 중 몇 명인가 하산자, 탈주자라는 것이 문제가 되었다. 오늘 밤 출항하는 배의 선주는 한대용이지만, 송래운 그룹의 산하에 들어가 있기 때문에 정해 놓은 약속은 존중해야 한다. 다만, 송래운도 현 정세하에서는 기계적으로 일을 처리할 수 없다는 것을, 그 자신, 이방근과 마찬가지로 느끼고 있었다. 여기에는 생각했던 것보다 급격한 정세 악화로 하산 게릴라가 늘어나고 있다는 점도 있었다.

하산자 모집이나 의식적인 하산, 도망 공작을 한 것이 아니지만(그것은 송래운도 인정하고 있었다), 그들을 승선시키는 것은 결과적으로 모집이나 공작과 마찬가지라는 게 송래운의 생각이었다. 아니, 명백하게 조직을 팔거나, 동지를 적에게 팔고 배신했다든가, 경찰의 앞잡이로서 활동한 자들이 아니라면 승선시켜야 한다, 특히 수용소에서 돌아온 하산자들의 경우에는, 이쪽에 남아도 토벌대나 경찰의 앞잡이밖에 될 수 없다. 그렇게 되면 반조직, 조직파괴 활동을 하게 되는 것이므로, 그 뜻은 좋지만, 섬 밖으로 내보내는 편이 조직을 위해서도 유익하다고, 이방근은 현실의 사정에 따른 생각을 밀어붙였다. 게다가 해안까지 찾아온 그들에게 어디로 돌아가라 한단 말인가. 경찰서 유치장인가. 그렇지 않으면 비행장에서 처형될 때까지의 가설 유치장으로 들어가는 수밖에 없을 것이다……. 송래운은 상대의 주장을 듣고, 그 결과 의견을 받아들이는 식으로 이방근에게 응했다.

이방근은 그들의 승선을 인정하면서 역시 어떤 위화감을 가지고 있는 것도 사실이었다. 그들은 뭔가의 형태로 게릴라 조직의 행동에 반하여, 그 대열을 벗어나 '탈락'한 인간임에 틀림없었다. 체크는 송래운 등에게 맡겨졌지만, 깊은 부분까지 '조사'하는 것은 불가능했다. 동지를 죽였다든가, 경찰의 앞잡이가 되었다든가, 악질적인 배신자가 아니면 괜찮았다. 그러나 동지들을 눈 덮인 산중에 남겨 두고, 이 섬의 전열에서 멀어져 가는 것이었다.

이방근은 스스로가 게릴라의 섬 밖 탈출 공작을 진행하면서도, 그들에게 다소 경멸의 시선을 보내고 있다는 것을 깨닫고 놀랐다. 그들에 대한 어떤 위화감도 약간의 경멸하는 시선이었고 싸우는 게릴라들에 대한 꺼림칙함의 반증이기도 했다.

경멸할 밀항자와 그렇지 않은 밀항자의 경계는 어디에 있는가. 섬 밖으로 탈출하는 밀항자 무리의 배후에는 살육자의 무리가 있었다.

이방근은 조금 전 착각을, 남들에게 들키지 않은 낯 뜨거울 정도로 착각을 했는데, 그 낯 뜨거움의 남은 열기가 아직 볼에 남아 있었다.

이방근은 남포등 불빛 아래의 어슴푸레한 그늘 안에 잠긴 밀항자의 무리 한 사람 한 사람의 얼굴에 눈길을 옮기며, 장난기의 발동이라고 생각하면서, 자신이 누군가를 찾고 있음을 느끼고 덜컥했다. 주변의 어두운 빛을 밀치듯, 양준오를, 아니, 각진 턱과 그늘진 눈이 움푹 들어간 인상이 양준오를 닮은 남자를 보고, 앗 하는 소리를 낼 뻔했던 것이다.

상대는 흘낏 돌아보았지만 이방근의 착각이었다. 그러한 일은 있을 수 없었다. 아까부터 몇 번인가 마루방에 드나들었기 때문에, 만일 양준오가 있었다면 이방근을 보았을 것이고, 갑자기 나타난 이방근에 놀라서 양준오가 얼굴을 감추고 있을 리 없을 것이다. 그렇겠지, 아니었다. 착각이었다. 얼굴도 일순 닮은 느낌으로 다가왔지만, 양준오와는 달랐다.

이방근은 남승지나 양준오가 없다는 걸 알면서도 문득 그러한 소원의 움직임에 발목을 잡혀 밀항자 무리를 바라보고 있었다. 게다가 약간 경멸하는 마음을, 도망자, 하산자인 그들에게 품으면서도, 그 안에 도망자, 하산자인 양준오나 남승지가 있을지도……라는, 기대감이 고개를 쳐들고 있었던 것이다. 어째서, 이런 곳에서 그런 착각에 빠진 것인가. 그것이 부끄러웠다. 이유를 모른 채 부끄러운 마음이 앞섰다.

섬 밖 탈출 공작에 반대인 양준오나 남승지는 엄연히 참고 견디고 있을 것이기 때문에, 그들이 이곳에서 승선 따위를 할 턱이 없었다. 밀항자들 속에서 두 사람의 환영을 보는 것은, 자신의 행위를 정당화시키기 위해 두 사람을 끌어들이고자 하는 무의식의 작용이 아닌가하고 스스로를 의심했지만, 그러한 생각은 털끝만큼도 없었다. 정당화든 합리화든, 지금으로서는 역겨운 말이고, 단지 두 사람을 탈출시키고 싶다, 여기서 죽게 내버려 두고 싶지 않은 강한 마음이 있었다.

이제 곧 열두 시였다.

밀항자들은 몇 명씩 자리에서 일어나, 마루방과 부엌에서 밖으로 나왔다. 외해에 가까운 후미에 돌출된 작은 곶까지 향하지만, 전원이 방을 비우고 부 선주의 집을 나오는데 30분도 걸리지 않았다. 만월이 며칠 지난, 아직 밝은 하현달이 발밑 여기저기 얼어붙은 울퉁불퉁한 길을 비추고 있었다. 지금, 혹시 말이다, 양준오와 남승지를 승선시키게 된다면, 이러한 착잡한 기분은 들지 않았을 게 아닌가. 그러나 그렇게 되면, 문제다. 두 사람도 섬 밖 탈출, 하산자로서 승선하는 것이니까……. 바람의 움직임이 차가왔다. 몇 명씩 밀항자들이, 얼음과 같은 해면의 두터운 냉기가 몰려오는 만조의 해안을 발소리도 죽여가며, 근처의 승선장으로 향했다. 이방근은 마지막 대열 쪽에 떨어져 걸으면서, 달의 차가운 빛을 볼에 느끼고 있었다.

Y리까지는 이 해안에서 동쪽으로 5킬로 정도일 것이다. 지난달 학살은 오늘 밤과 거의 같은 월령(月齡)의 날에 행해졌다. 겨울의 달빛이 그날 밤 살육자의 술잔을 비추고 있었을 것임을, 회상하듯 생각했다. 밀항자 중에는 K리로 소개한 Y리 마을 주민들도 있었다. 육촌 형인 상근이 옮겨 간 김녕의 이웃 마을에서는, 거의 모든 주민이 폐촌과 다름없는 마을을 버리고 일본으로 밀항을 준비했다. 수백 명을 넘을 것이었다. 한대용을 포함한 송래운 그룹이 그들을 옮겼다.

"이 선배님."

송래운과 함께 조금 앞을 걷고 있던 한대용이, 밤눈에도 하얗게 보이는 숨을 내쉬면서 걸음을 늦춰 이방근과 나란히 섰다. 이방근은 아무 말도 하지 않았다.

"이 선배님, 낮에 성내 집에서 권총 이야기를 하셨죠. 뭔가 필요한 일이 있으면, 두고 갈까 해서요."

이방근은 움찔하며 한대용을 돌아보았다. 이 녀석은 무슨 생각을 하고 있는 걸까? 낮에 정세용이 살아 있다고 의미가 분명치 않은 말을 했던 것이다. 마치 정세용은 살아 있을 필요가 없다는 듯이…….

"신경 쓸 거 없어. 문득, 그때의 일을 떠올렸을 뿐이야."

"전 행선지에서 손에 넣을 수 있으니까요."

"괜찮아. 신경 쓰지 마."

성내와 달리 농촌부락에서는 경찰의 저녁 순찰은 없었다. 두세 명이 하는 밤 순찰은 위험하고, 사건이라도 돌발하지 않은 한, 그것도 분대라든가 소대 단위가 아니라면 출동하는 일은 없었다. 밤에는 게릴라가 와도, 지서가 직접 습격이라도 받지 않는 한, 응전하거나 얼굴을 내밀지 않았다. 어둠이 깔린 밤에는 움직일 수 없는 것이었다. 정월 벽두의 게릴라 부대에 의한 성내 침입 공격 때도 거의 무저항이었다는 것이 좋은 예였다.

지서와의 묵계도 있었지만, 복잡한 해안선에 암초가 군집해 있는 후미 옆의 곶을 나서는 배의 엔진 소리는, 수백 미터 떨어진 신작로 근처까지는 도달하지 않았다. 작년 11월, 지서의 일제 습격을 받으며 출항한 한림 해안은, 바로 신작로와 가까웠고, 지서에서도 수십 미터의 거리였다.

오전 한 시. 배는 달빛이 부서지고 파도가 넘실거리는 어두운 제주해를 향해 사라졌다. 일본, 일본으로 간다. 언제, 양준오 등을 바다로 보낼 수 있는 날이 올까. 보낼 수 있을까. 절망적인 생각도 들지만 보내야만 한다. 여기서 죽게 해서는 안 된다. 이방근의 마음이 바위에 부서져 거품이 이는 파도처럼 흔들리고 있었다.

이방근은 송래운과 부 선주 집에서 묵었다.

다음날 아침은 늦었다.

어젯밤은 밀항선이 떠난 뒤에, 송래운과 부 선주 등과 잠시 마셨지만, 밀무역의 경우처럼 짐이 아니라, 인간을, 그것도 밀항자를 먼 바다로 내보내는 것은 항상 하는 일이면서도 피곤한 일이라고 송래운이 말했다. 그는 최근에 몇 척의 밀항선이 붙잡힌 예를 들면서, 그러나 밀항자의 수는 산달을 맞이한 여자의 배처럼 더욱 부풀어 올라, 그 다음에 뚝 떨어지게 되는 건 아닌지……라며 밀무역 자체가 신통치 않은 것을 특별히 걱정하지는 않는다는 어투로 이야기했다. 여자도 배가 불러오면 아이가 태어나지, 무엇이든지 적당한 때가 있는 법이오. 그때는, 어떨까요, 이곳에서 밭일이라도 할 수 있을까요. 그렇지 않으면 이쪽이 밀항자가 돼 배를 짊어지고 어느 바다 건너편으로 가 버릴 차례가 올지도. 이 세상이 어떻게 될지 아무도 모르는 거요. 하지만 옛날 사람들은 잘도 말했지, 하늘이 무너져도 솟아날 구멍이 있다고……. 전쟁 전에는 근해 화물선의 승조원이었다는 부 선주가 말했다.

아침 식사로 해장술과 해장국으로 고추를 듬뿍 넣은 대구탕을, 온돌방에서 땀을 흘려 가며 먹었다. 그리고 송래운은 하루 더 머물고, 이방근은 한 대밖에 없는 오후 버스를 놓쳐, 일부러 남해자동차에 전화를 걸어 불러들인 택시로 성내로 돌아왔다.

버스를 놓친 것은, 갑자기 정오를 넘어 자행된 공개처형의 '구경'에 동원되었기 때문이었다.

이방근은 집에 돌아오자 소주를 두세 잔 마신 뒤, 문을 꼭 닫고 부엌이가 깔아 준 이불 속으로 들어갔다. 잠을 자자. 총성아, 다른 곳에서 울려라. 꿈의 세계에서라도 울려라. 상근의 환청은 아니지만, 귓속에 펼쳐진 공간이 긴장으로 덮이고 총성의 메아리가 울렸다. 일제사격이 아닌 간헐적인 여러 발의 총성이, 사형장을 떠나 멀어져 감에 따라 머릿속에 불꽃을 터트리듯 되살아났다. 잠시 자고 일어나자. 잠든 김에 깨지 않고 그대로 계속 자도 상관없는데, 어째서인지 꼭 할 일이 있는 것처럼 일어나려 한다.

어젯밤에는 달이 떠 있었는데, 아침이 되자 마침내 해가 가려져, 하늘이 무거운 납빛으로 흐려지고 눈이 흩날리기 시작했다. 변덕스런 날씨지만, 바람이 불기 시작하면 가루눈으로 변할지도 모른다.

조천마을에서 일어난 이변을 안 것은, 해장술을 겸한 아침식사가 거의 끝났을 무렵으로 열 시가 넘어서였다. 아이고, 이 일을 어쩌나. 안색이 바뀐 안주인이 거실로 찾아와, 마을의 노인과 주부들이 어딘가로 연행되고 있다고 전했다. 그러나 그에 비해서는 조용했다. 마을 밖에서 토벌대나 경찰이 들어온 것이 아니라, 마을의 민보단원과 대한청년단원들이 데리고 가고 있다고 했다. 무언가 있다. 토벌대의 명령이 있어 하는 일일 테니, 무언가 있음에 틀림없다.

그로부터 한 시간 정도 지나, 민보단원들의 메가폰 소리가 마을 골목에 울려 퍼졌다. 오후에 면사무소 광장에서 공개처형이 있으니 구경하러 나오라고 떠들고 다녔는데, 갑작스런 사태의 전개가 이방근을 놀라게 했다.

이방근에게는 처음 있는 일이지만, 이른바 공개처형에 동원된, 강제 구경이었다. 그는 마을 주민도 아니고, 부 선주의 집에 가만히 있을 수도 있었지만, 손님은 주인들과 행동을 하는 편이 좋다고 생각하고, 야만적인 호기심의 편린도 작동하여, 그보다는 단지 이 눈으로

봐두고자 하는 정념의 의지가 있어서, 부 선주와 송래운을 따라 내리기 시작한 눈을 맞으며 면사무소로 나갔다.

신작로 옆 면사무소 앞은 공터 같은 넓은 광장이었고, 한쪽 구석에 쳐 놓은 텐트의 지붕이 보였는데, 주변에는 이미 눈을 뒤집어쓴 많은 사람들의 울타리가 형성돼 있었다.

갑자기 총성이 연달아 울리며 잿빛 하늘에 퍼지고, 웅성거림이 사라졌다. 사형이 시작된 것인가. 어디 다른 곳을 향한 총성이었나.

엷게 눈으로 화장을 한 광장에서 처형이 진행되어, 여자의 비명이 들리고, 노호와 울부짖는 소리, 미친 웃음소리가 흩어져 날았다. 사람들로 둘러싸인 울타리의 일부가 열려 있었고, 그곳으로 피를 내뿜고 있는 시체가 차례차례 옮겨져, 아무렇게나 트럭에 내던져지고 있었다.

연행된 자들은 노인과 여자들이었는데, 노인들은 그 아들이나 딸, 여자들은 그 남편이 게릴라로 한라산에 입산해 있다는 혐의였다. 텐트 안에서는 아마도 이웃 마을인 K리 주둔 토벌대(1개월 전에 Y리의 학살을 자행한 부대이다)의 심사가 이루어지고 있을 터였다.

구경하는 군중 중에 청년들과 젊은 남녀의 모습은 적었다. 섬 밖으로 탈출한 자도 많겠지만, 마을에 청년들의 수가 적고 부재자나 행방불명자가 많다는 것이, 게릴라로서 그들이 입산해 있다는 근거로 작용했던 것이다.

면사무소 건물 앞에 서 있는 같은 모습을 한 청년의 무리는, 직장 앞에서 이루어지는 처형의 '구경'에 동원된 공무원들이었고, 신작로를 사이에 두고 대각선 맞은편의 우체국 직원들도 당연히 사람 울타리의 일부가 되어 있을 터였다.

까악, 까악, 까마귀들이 총성이 울릴 때마다 돌담에서 날아오르며 울어 댔다.

처형의 순간을 보고 싶지 않았던 이방근은 텐트 근처의 사람들 무리 뒤쪽에 서 있었다. 그러나 그는 지금, 총살 현장에 단단히 땅을 밟고 서 있는 자신을 의식하고 있었다. 세 방면으로 둘러싸인 텐트 안의 모습은 보이지 않았지만, 무언가를 결사적으로 부정하며, 필사적으로 호소하는 여자 목소리와 남자들이 '서북' 사투리로 호통 치는 소리가 들리고 있었다. 몸집이 큰 이방근이 까치발로 넘보자, 사람들의 어깨 너머로 경찰들이 모여 있는 텐트 출입구 주위의 움직임이 보였다. 심사는 마을의 대한청년단과 민보단원들의 입회하에 토벌대, 경찰들에 의해 이루어진다지만, Y리의 경우도 그렇고, 그곳의 지역 사정에 밝은 자들의 역할이 필요했다.

그 아이는 자신의 아들은 아들이지만, 배 아프게 낳은 친자식은 아니다, 난 그 아이를 감쌀 아무런 이유가 없다, 이미 부친이 살고 있는 일본으로 돌아간 지 1년이나 된다, 원래 일본에서 태어나 해방 후에 왔으니까. 만약에 그 아이가 공비가 돼 입산한 것이라면, 그건 내가 몰랐던 일, 그럴 리가 없다, 일본으로 건너간 아이가 그럴 리가 없다. 만일 그렇다면, 그땐 그 아이를 나라에 도움 되는 훌륭한 인간으로 길러내지 못한 죄를 범한 것이니, 난 그 때문에 지금 사형이 돼도 상관없다. 하지만 그 아이는 내 친자식이 아니다, 친자식이 아닌데, 왜 내가 그 아이를 감싸고 거짓말을 하여 죄를 지어야 한단 말인가, 아이고, 아이고…….

81명의 처형이 끝나고 일단 부 선주 집으로 돌아온 안주인의 이야기에 의하면, 끝까지 아들은 게릴라에 들어가지 않았다고 일축한 성(成)이라는 성씨를 가진 여자에게는, 어렸을 때부터 기른 전처의 자식이 있었다. 부친이 일본에 있는 것은 사실이지만, 그곳의 중학생이었던 그 아들은 작년 4·3 당시에 입산한 상태라고 했다. 게릴라의 선전

공작대가 밤에, 출신지역 마을까지 하산해서 삐라를 뿌리기도 하고, 메가폰으로 한바탕 선전활동을 하고 가는데, 우리들의 어머니, 아버지, 잘 지내십니까……라는 호소로 시작되는 소년, 소녀들의 목소리로, 저것은 어느 집의 아들인 누구라든가, 딸이라는 걸 알 수 있었다. 부 선주 부부는 둘 다 그 소년이 호소의 목소리를 몇 번이나 들었고, 마을에서는 소년이 입산해 있는 걸 의심하는 사람은 없었다. 따라서 소년의 계모가 연행된 것은 밀고에 의한 것이리라.

그러나 소년의 계모인 성 씨는 끝까지, 그곳에 있는 그 아이의 숙부인 민보단 부단장에게 물어보면 알 수 있다, 마을 사람들에게 물어보면 된다고 버티고, 부단장이 거들어 주기도 해서, 죽음을 벗어났던 것이다.

"다음!"

호통 소리가 이방근의 귀에도 확실하게 닿았다. 소년의 계모가 풀려난 뒤에 울려 퍼진 무서운 소리였다.

22번째는 아무개다……라는 목소리가 구경꾼들 사이에서 들렸다. 이십 대 중반도 되지 않은, 아기를 품에 안은 젊은 여자가 불려 나갔다. 텐트에서 나온 소년의 계모와 교대로 그녀가 앞으로 걸음을 내딛었을 때, 가까이에 있던 마을 여자가 젊은 여자의 저고리 소매를 붙잡듯이 외쳤다.

"아이고, 불쌍하게도. 저런 예쁜 아기가 어차피 같이 죽어 버리는 거라면, 자식 없는 내가 주워 키우련만!"

아기를 안은 젊은 어미가 망설이면서 돌아보았는데, 여자의 목소리를 들은 소년의 계모가 엇갈려 지나가면서, 경찰의 눈을 피해 젊은 어미로부터 아기를 낚아채, 짐처럼 냅다 집어던졌다. 순식간에 일어난 일이었지만, 순간 공중으로 날아오른 아기를, 그 마을여자가 품으로 덥석 받아 냈다. 마을여자는 사람들 뒤에 숨고, 젊은 어미는 텐트 안으로 사라졌다. 여자의 남편은 게릴라이기 때문에 물어볼 것도 없었다.

아기를 안고 사람들의 울타리 뒤로 빠져나온 마을 여자는, 치마로 아기를 감싸 안 보이게 하고 우두커니 섰다. 이방근은 그때 아기를 안고 있는 한 중년 여자를 봤지만, 핏기 없는 이상한 표정으로 사람들의 울타리 뒤로 빠져나온 그 여자와 아기의 관계는 몰랐었다. 모든 것이 끝나고 부 선주 집으로 돌아왔을 때, 안주인에게 아기 이야기를 듣고, 그때 아기를 안고 사람들의 울타리로부터 빠져나온 한 마을 여자의 모습을 떠올렸던 것이다. 아기는 울지 않았던 것 같은데, 참으로 다행이었다.

안주인에게 이야기를 듣고, 그것을 그때의 세부 정경으로 되돌려, 이방근의 눈에 들어온 아기를 안은 한 마을 여자와 전체가 맺어진 모습을 다시 그리면서, 이방근은 희미한 몸의 떨림을 느꼈다.

추위 때문이 아닌데도 몸서리를 치면서, 턱이 와들와들 제멋대로 떨렸던 것은, 처형이 진행돼 가는 처음뿐이었지만, 지금 이방근은 부 선주 집 따뜻한 온돌방 안에서 아기의 생환에 몸의 떨림을 동반한 감동을 모두와 함께 느끼고 있었다. 안주인은 아이고, 부처님…… 하며 몇 번이고 합장을 되풀이했다.

아무것도 모르는 어린 생명은 간신히 목숨을 건지고, 나이 어린 어미가 처형된 사실이, 뭐라 형용할 수 없을 만큼 가슴을 메이게 했다.

“그렇다 치더라도, 그 여잔 모두와 함께 잘도 나오는구먼요. 세상이 그렇기 때문이지만…….”

아기도 젊은 어미의 품에 안겨 함께 총격을 받고 죽는다. 드문 일이 아니었다. Y리의 밭에서 아이를 가슴으로 지키면서 함께 죽은 모자의 무리. 81명이라는 오늘의 처형, 눈 싸인 땅에 스민 혈흔을 영원히 씻어 내선 안 된다. 이러한 일이 일상의 당연한 것으로 받아들이는 감각이 아니면, 이 섬의 사람들은 견디고 살아갈 수 없다. 퍼붓는 눈처럼 안으로, 안으로 파묻히는 슬픔. 살육자의 신경보다 더한 무감각을 몸에 갖추지 않으면, 인간의 마음의 구조가 산산조각 나 버릴 것이다. 돼지와 같은 삶이 되더라도 살아남지 않으면 살육자를 이겨낼 수 없다.

"강제동원이니 어쩔 수 없겠지."

"강제라도, 병든 사람까지 억지로 구경하라고 끌어내진 않잖아요. 꾀병이라도 부리면 되니까. '서북'의 위광이 있다면, 그런 건 어려운 일도 아닌 걸요. '서북'의 여자가 돼, 잘난 체하는 거라고요."

"그렇진 않겠지."

"아니, 그렇지 않다니, 그 여자의 어디가 마음에 드는 걸까? 남자는 '서북'이라고요."

"'서북'이 어때서?"

"'서북'이 어때서라니, '서북'은 '서북'이잖아요."

안주인은 웃었다.

서북청년회가 대동청년단 등과 합동해서 대한청년단이 된 지금도, 섬사람들은 예전대로 그들을 '서북'이라 부르고 있었다.

부 선주 부부의 이야기는 '서북'과 내통한 게릴라의 아내에 대한 것이었다. '서북'에게 당한 것을 계기로 정을 통하는 사이가 된 여자가, 어느 날 밤 남편이 집으로 하산한 것을 정부인 '서북'에게 미리 알려두었다. 그 결과, 아내를 만나러 온 게릴라를 여자의 방에 잠복하고 있던 '서북'이 붙잡았다는 것이다.

무서운 여자라고 마을에서는 소문이 난 듯했는데 정말 무서운 일이었다. 그러나 그렇게 하지 않으면 게릴라의 아내로서 총탄이, 또는 일본도가 여자의 다리 가랑이 안쪽 깊숙이 등을 뚫고 나올 정도로 찔렸을 것이다. 그 '서북'의 정부가 된 마을 여자가 공개처형을 구경하러 나와 있었다는 것이다.

한숨 잤다. 두세 시간 자지 않았을까. 바닷물에 젖은 모래와 같은 감각의 몸 안팎. 머리에는 술기운이 배어 있어서 가벼운 마비를 일으켰는데, 이를테면 밤에 잠을 깬 사람의 숙취라는 것인가.

그는 베갯맡의 물을 마시고 잠자리에서 일어나 옆 서재의 소파로 가서는 담배를 피웠다. 무슨 일이 있었나, 이 지상에 무슨 일이 있었는지 기억하고 있는가. 잠의 저편에 말이다. 오늘이었다. 눈이 계속 내리고 있는 듯하지만, 기억하고말고. 그것이 이쪽으로 찾아오려면 잠의 경계를 넘어야 한다. 잠의 완충지대가, 낮에 일어난 일에 필터를 쳐준다.

어제 읽고 있었던, 이광수의 체포를 보도한 두 장의 중앙지가 탁자 위에 놓인 채였지만, 다시 훑어보고 싶은 마음은 생기지 않았다. 숙취 상태의 위장을 쿡쿡 찌르는 구역질도 그렇지만, 활자화된 이름을 보는 것만으로도 침전돼 있던 어찌할 수 없는 혐오감이 되살아났다.

침전이라고 하면, 꿈의 저편이 아닌, 잠의 저편인 현실에서 일어난 일에 지금 가슴을 적시면서, 그것과는 전혀 관계없는 작은 일이 마음에 걸렸다. 비단 옷에 착 달라붙은 한 톨의 티끌과 같은 느낌의, 역사의 작은 티끌이 마음에 걸렸던 것이다. 어제 신문을 읽으면서 다시 생각했던, 전쟁 전 이광수의, 특히 대강의 줄거리를 확실히 기억하고 있는 일본 문예지에 실린 「행자」의 일련의 문장이었다. 이미 7, 8년 전 황국신민화라는 도도한 대하가 흐르던 시대의 것이지만, 그러한 잡지가 버려지지 않고 있는 것을, 조천에서의 공개사형을 구경하는 자리에 서 있으면서도 언뜻언뜻 떠올리며 확인하고 있었던 것이다.

그러한 자료는 짐을 싸서 헛간에 처넣은 것이 아니라, 서재의 벽에 나란히 있는 두 개의 책장 구석에 있을 터였다.

유리문을 열고 녹색 커튼을 젖혀 드러난 서적들 속에서, 여섯 단짜리 선반의 가장 위쪽 단에 몇 권인가가 그대로 옆으로 포개져 있었다. 해방 직후 친일파 규탄의 목소리가 세상을 뒤덮고, 당장에라도 친일파, 민족반역자의 숙청이 현실화될 것 같았던 무렵, 지하에 모습을 감췄던 과거 친일자의 역겨운 문집을, 그야말로 '광복'의 빛 아래에서 새삼 꺼내 읽은 적이 있다. 거기에는 「행자」도 있었을 터였다. 그리고 지금 여기에 그 「행자」가 있다.

"……그렇습니다. 천황의 위세가 있을 따름이지요. 그들이 일본인으로, 일본인으로 오로지 나아갈 때, 그들의 기쁨은, 천황의 따뜻한 위광을 느끼는 것입니다……."

그들이란 뭔가, 자신만이 완성된 일본인이라는 것인가. 가야마 미쓰로(香山光郎)라는 이름이 나와 있는 「행자」 속의 노예의 중얼거림.

"……우리들은, 일전에 액막이 주문을 배웠습니다. '시나토(科戶)의 바람이 하늘의 두꺼운 구름을 걷어 내듯이, 아침저녁 안개를 아침저녁 바람이 떡어 내듯' 모든 종래의 조선적인 마음을 없애야 합니다. 그리고 마지막에 남은 민족의식의 잔재를 '오쓰(大津) 근처에 정박한 큰 배에 매어 있는 밧줄을 풀고, 돛을 펴서 대해로 밀고 나아가듯' 밀어내야 할 것입니다. 그리고 '저편에 울창한 나무 밑둥을 충분히 담금질한 낫으로 베듯, 남은 죄가 없도록, 부정을 없앨 것을' 기원하고, 큰 바다에 씻어 흘려보낸, 조선적인 잔재나 습성을 '거친 소용돌이의 바다에 산다고 하는 하야아키쓰히메(速開都比咩)' 신에게 '벌컥벌컥 마시도록' 맡겨야 합니다. 그리하여 조선의 '사방에 오늘부터 비로소 모든 죄가 사라지게' 될 때까지 씻어 없애야 합니다……."

어험, 이런, 어지간하군. 잡지의 여덟 쪽을 가득 메우고 있었다. 호흡을 가지런히 가다듬지 않으면 목소리가 나올 것 같지도 않았다.

핫하아, 이건 뭐지. 이런 것도 있었나. 탁자에 쌓여 있던 몇 권의 낡은 잡지 속에 팸플릿 같은 것이 끼어 있었다. 가야마 미쓰로가 쓴 『내선일체수상록(內鮮一體隨想錄)』. 1941년, 「행자」와 동시대의 것이었다.

"내선일체란 조선인의 황민화를 말하는 것으로, 쌍방이 서로 다가서는 것을 의미하지 않는다. 무슨 일이 있어도 조선인 쪽에서 천황의 신민이 되자, 일본인이 되자, 하고 몰려가는 기백에 의해서만, 내선일체는 이루어지는 것이다. ……그러나 내선일체가 되는 것을 허락하거나 허락하지 않는 것은 천황 한 사람의 마음으로, 일본인이라고 해서 이렇다 저렇다 말할 성질의 것이 아니다. 게다가 내선일체, 즉 조선인은 일시동인(一視同仁), 내지인(內地人)과 다르지 않은, 폐하의 적자라는 것은, 황공하게도 메이지 대제(明治大帝)의 조칙에 따라 병호확호(炳乎確乎) 움직일 수 없는 천황의 뜻으로 되어 있다…….

따라서 조선인 측에서 말하자면, 한결같이 자신을 황민화시켜 가면 된다……."

한결같이 열차는, 한결같이 달려간다. 달려간다. 들판이 아닌 곳을 달려간다. 한우충동(汗牛充棟), 엄청난 양의 노예의 서적을 쌓고 달려간다……. 이방근은 그만 구역질을 느끼고 일어섰다. 그만두자. 그만 둬, 왜 이런 것을 끄집어냈던 것일까. 잠시 목이 옭죄어오는 가운데 우뚝 서 있던 이방근은 침을 삼키며 소파에 다시 앉았다. 아-아아. 탁자에 팸플릿을 내동댕이칠 기력조차 잃어버린 그는 조용히 잡지 위에 포개 놓았다.

이방근은 담배를 피우며 웃었다. 웃자, 소리 내어 웃자. 우리들을,

조선 민족의 모습을 웃자. 핫핫핫……. 이방근은 분명히 소리를 내어, 그것을 의식하며 웃었지만, 웃음 깊은 곳에서 눈물이 터져 나오려는 것은 어찌 된 일인가……. 이런, 인기척이 나면서, 부엌이가 얼굴을 내밀었다. 뭐, 박산봉이 왔다고. 시각은 여섯 시였다.

박산봉은 소파에 반쯤 걸터앉으며 어제 정세용이 사라봉에서 '서북'들과 함께 있었다……며 말을 꺼냈다.

"사라봉에서?"

"예—. 사라봉 옆의 별도봉 쪽에서 꿩 사냥을 하고 있었습니다."

"꿩 사냥? 뭐야, 그건……."

어제 오후 성산포에서 돌아오는 길에 트럭이 엔진 고장을 일으켜 S리 입구 부근에서 정차했다. 일단은 자신이 수리해 보려 했지만 감당할 수가 없었다. 성내까지 도보로 돌아와 수리 담당과 함께 다른 차로 돌아올 생각으로 20분 정도 걸었을까, 사라봉 기슭 신작로에서 오르막길로 접어들 무렵까지 왔을 때, 갑자기 꿩이 날아오르는 요란스러운 울음소리와 동시에 총성이 울려 퍼졌다. 돌아보니 길가의 나무들 사이에서 수십 미터 떨어진 별도봉 기슭의 경사면에 여러 명의 사람 그림자가 보였는데, 새의 그림자는 소나무 숲 저편으로 사라졌다. 어라? 그때 눈에 들어온 사냥모를 쓴 남자 하나는 틀림없이 정세용이었다.

박산봉은 길가의 돌담 그늘에 몸을 숨겼다. 옆에 같은 사냥모를 쓴 '서북'의 함병호가 있었다. 점퍼 차림의 정세용도 엽총을 가지고 있었지만, 꿩을 쏜 것은 함병호였던 것 같았다. 마른 나무 다발을 등에 짊어지고 좁을 길을 내려오는 농부의 모습이 눈에 들어왔다. 함병호가 농부에게 총을 겨누었다. 숨을 죽이고 지켜보았더니, 총성이 주위에 울리고 농부가 그 자리에서 고꾸라졌다. 남자들은 노인의 옆을 지나, 경사면을 올라갔다. 농부는 그대로 숨이 끊어진 듯했다.

"그놈들은 악마입니다. 미군 흉내를 내고 있어요. 작년 봄, 꿩 사냥을 간 미군 놈들이 꿩 대신에 사람을 쏜 사건이 있었는데, 그것과 똑같아요. 정세용은 신사인 척 하고 있지만 함병호가 사람을 꿩 대신 쏜 것을 보고도 잠자코 있었으니, 선생님, 그놈도 공범입니다요."

"노인은 죽은 것이 틀림없나?"

"틀림없이 죽었어요. 불쌍하게도, 무슨 죄가 있다는 말입니까? 저녁때가 돼도 돌아오지 않으면 별도봉 기슭의 마을에서 가족들이 찾으러 오겠죠."

사냥모의 정세용. 박산봉은 그 이야기를 전해 주고는 곧바로 돌아갔지만, 이방근은 섬뜩한 느낌으로, 언젠가 밤에 중절모자가 아닌 유달현의 사냥모를 쓰고 피투성이가 된 기묘한 모습을 하고 나타난 정세용의 유령을 떠올렸다. 후후, 사냥모를 쓰고 꿩 사냥을 함께했단 말이지. 어제라면 2월 16일, 수요일이다. 내가 한대용과 함께 조천리에 가 있을 때다.

다음날은 아침부터 제주를 일주하는 선무 공작대의 출발을 알리는 메가폰의 호소가 여기저기의 골목까지 들려와 시끄러웠다. 북국민학교에서 궐기집회를 마친 120여 명의 공작대가 여섯 대의 트럭에 나누어 타고, 열 몇 명의 여학생을 선두로, 돌아와, 돌아와……라는 선무가를 부르면서 서쪽을 향해 행진했다. 이미 작년 11월 하순부터 선전반이 섬을 돌고, 일반민중의 계몽을 위한 시국좌담회 등을 열고 있다고 했지만, 이번에는 노래도 있고, 그림 연극도 있는 대규모 선전이었다. 돌아와, 돌아와, 따뜻한 품에서 함께 괴로움과 슬픔을 말하자, 하늘에 펄럭이는 태극기를 우러러보며, 이 땅에서 다시 기쁨을 노래하자……. 신파조의 감상적인 멜로디. 일제강점기에 굳이 일본의 선전단(아마도 경성에서 왔을 것이다)이, 일본인 상점을 선전하려고 작은 징이나 북을 두드리며 성내를 누비고 다녔던 일이, 이렇다 할 맥락이 있는 것도 아닌데 생각이 났다. 저녁때까지 국민학생, 중학생들의 선무행진이 계속되고 있었다.

노랫소리가 성내 거리에서 사라진 뒤였는데, 아버지로부터 정세용이 행방불명, 아니 납치됐다는 청천벽력과 같은 사실을 듣게 되었다. 사건은 정오를 조금 지나서 일어났는데, 경찰 당국이 긴급회의를 열어 대책을 강구함과 동시에 가족들에게도 알렸다는 것이다.

도경간부의 한 사람으로서 신설된 성산포 경찰서로 출장 중에 생긴 일로, 성산포에서 돌아오는 길에 Y리 부근에서 지프차가 게릴라에게 습격을 당해, 두 명의 부하만 돌아왔다고 했다.

설마, 믿을 수 없는 일이었다. 아니, 설마가 아닐 것이다. 너는 납치를 바라고 있지 않았던가. 그럼에도 설마 하는 놀라움이 가시지 않았다. 이방근은 아는 바 없는 일, 의외의 사건이었다. 내심 바라고 있었으면서도, 이 충격은 어찌 된 일인가? 계획이 계획을 넘어 현실이 된 놀라움이었다.

3

정세용의 납치가 이방근에게 충격을 준 것은 무엇보다도 그 장소와 방법이 그의 의표를 찔렀기 때문이다. 청천벽력 같은 현실로서 눈앞에 닥쳐왔기에 처음에는 반사적으로 곤란하다고 생각했을 정도였다.

그러나 그것은 이상하다. 그는 곧 스스로의 생각을 부정했다.

이방근은 이 돌발적이고 예고 없는(예고가 가능한 일은 아니었지만) 납치 사태에, 본의가 아니라고까진 말할 수 없어도, 소극적으로 임하게 되었다. 아는 바가 없지만, 아마도 남승지가 관련돼 있음에 틀림없을 정세용의 납치는 이방근의 시사에 따른 것으로, 시사보다도 분명히 남승지에게는 두 사람 사이에 합의된 결행이었고, 나머지는 조직적인 토의와 결정을 거친 행동이라고 이방근은 고쳐 생각했다. ……방근 씨가 직접 손을 댈 필요는 없습니다. 그것은 조직의 임무입니다. 아니, 누가 하든, 거기에는 나의 의지가 있어. 납치를 조직의 토의로 결정하겠습니다. 물론, 아지트로는 우리가 안내하겠습니다. 이방근, 넌 신의 얼굴을 한 악마다. 배후에 숨어서 직접 손을 대지 않는 비겁자다……. 누가 하든지가 아니다. 내가 한다. 별도봉 기슭에서 꿩 사냥의 표적이 되어 사살된 농부. 그리고 정세용이 오늘 납치되었다. 마치 어제 그의 꿩 사냥은 이 세상에 '하직'을 고하는 의식이었던 것 같다.

성내로 찾아온 남승지와 헤어지고 이미 한 달반, 정세용 납치라는 조직의 결정이 내려지고 나서 시기를 엿보고 있었던 것이다. 이방근이 생각하고 있었던 것처럼, 밤의 귀가 도중에 자택 부근, 성내 밖으로 발을 뻗었을 때 등등, 틈을 엿보아 박산봉 등이 게릴라와 협력하여 붙잡는다는 고식적인 방식이 아니었다. 섬의 동쪽 끝인 성산포까지 정보망을 펴서, 그 귀로를 덮쳐 바람처럼 데리고 가 버리는 것은 조직이 아니고선 할 수 없는 훌륭한 솜씨였다. 이방근은 새삼 감탄했다.

……내가 죽이기 전에 누군가에게 죽임을 당한 건 아닌지……. 정체불명의 망령, 산 자의 망령은 있을 리 없으므로, 심야에 이방근의 방에 온몸이 피투성이가 된 채 나타난 정세용의 유령은, 유령이 아니라 환각이었지만, 그 유령과 환각의 차이를 알 수 없는 정세용의 모습

이, 내가 죽이기 전에……라고 내부의 목소리를 자극, 분명한 살의의 목소리를 불러일으킨 것이었다. ……납치 후 신문을 할 때, 필요에 따라서는 방근 씨가 '증인'으로서 정해진 장소, 아지트로 올 수 있습니까? 그러지, 그러나 그것은 납치한 후의 일이야. 예, 물론, 아지트로는 우리가 안내하겠습니다. 사문, 신문의 결과에 따라서는 처형도 있을 수 있다……. 납치 후의 연락은 언제 오는 것인가?

이방근이 남승지와 성내에서 만났을 때 살의가 심지를 세우면서도 아직 가정 단계의 영역에 머물러 있었으나 이제는 단번에 살아 있는 생생한 현실로 튀어나온 것이었다.

조직은 토벌대의 무기수송을 습격한 데서도 볼 수 있듯이, 만만치 않은 정보망을 이용해 정세용의 지프를 습격한 것이었다. 두 명의 부하는 어째서 살해를 면한 것인가. 응전의 결과인가. 저항 없이 게릴라가 요구하는 대로 정세용만을 넘겨주고, 납치 사실의 확인자로서 성내로 살려 보낸 것인가. 의문점이 있긴 하지만 납치 사실은 틀림없는 듯했다. 게다가 현장이 무기운송 트럭이 습격당했던 곳과 같은 Y리 부근이었던 것은, 출격 게릴라에 대한 주변 부락에의 보복 행위를 피하기 위해, 일부러 초토화되어 인적이 없는 폐촌 부근을 선택한 배려가 느껴지는 납치작전이라고 할 수 있었다.

정세용 납치의 소문은 곧바로 성내에 퍼졌다. 밤에는 엊저녁 들렀던 박산봉이 찾아와서 발을 동동 구르며 분해했다. 그는 이심전심, 이방근의 지시를 기다리고 있었다는 듯이 분해했다. 선생님, 어찌 된 일입니까요. 저는 빈틈없이 해낼 생각이었습니다. 그는 필요하다면 정세용 살해의 하수인이 되는 것마저 바라고 있었고, 납치의 결행을 강요하며 이방근에게 압력을 넣고 있었던 것이다.

집에는 정세용의 아내가 찾아와서 이태수 부자에게 도움을 구했지만, 경찰이 관련된 사태라면 몰라도, 게릴라의 수중에 들어가 눈 덮인 한라산 속으로 끌려갔으니 손을 쓸 방법이 없었다. 그것은 당사자인 경찰도 마찬가지였다.

어디로 납치, 감금돼 있는지, 산속이면 짐작할 수가 없었다. 정세용은 토벌대사령관도, 도경찰국장도, 그리고 도지사도 아니었다. 가족들에 대한 경찰의, 안심시키기 위한 설명은 그만두고라도, 도경의 간부지만 계장급의 행방을 찾아서 토벌대가 출동하여 한라산 산중에 수색작전을 전개할 수는 없었다.

경찰의 아무런 대책이 없음을 알게 된 가족들은 어떻게든 수색대가 출동하도록 손을 써 주었으면 하고 이태수에게 애원했지만, 정해진 장소를 습격해서 구출해 낼 수 있는 것이 아니어서, 대양에 보트를 띄워 사냥감을 쫓는 것과 같은 출동작전은 불가능했다.

따라서 납치의 목적이 무엇인가조차 파악하지 못한 경찰로서는 게릴라 측의 어떤 의사표시가 없는 한, 방치한 채 죽게 내버려 둘 수밖에 없었다. 연로한 정세용의 부모가 집으로 찾아와, 모친은 경찰 당국이 냉담하다며 울면서 구출을 호소했다.

이태수는 아들과도 상의하고 경찰 간부와도 서로 의논하였지만, 결과적으로는 역시 게릴라가 어떻게 나오는지 기다리는 수밖에 없었다. 혹시라도 게릴라 측으로부터 납치통보가 있고(생환한 두 명의 경찰이 그 역할을 다했지만), 경찰 당국과의 거래 재료로 이용해 와도 경찰은 응하는 일이 없을 것이었다. 즉, 한마디로 말해, 정세용은 그 정도의 존재는 아니었다. 경찰 간부 한 사람의 순직으로 취급하면, 그것으로 계산이 맞았다. 실제로 도경의 경무계장이 납치되었으니, 후임의 결원을 메우면 충분한 일이고, 경찰 당국이 그 이상의 대책에 나설 만한 사건이 아닌 게 확실했다.

게릴라 측에서도 정세용에게 큰 비중을 두고 있는 것은 아니었다. 인질로 잡힌 정세용이 적과 어떤 거래를 할 정도의 존재가 아니라는 것은 게릴라도 알고 있었다. 정세용의 존재라기보다도 토벌대의 성격이 그렇다. 도경찰국장이라든가, 경무계장이라도 정세용 자신이 '서북' 출신이라면, 그래도 사정이 달라질지 모른다. 양준오는 아니지만, 조금 더 거물이 있는데 왜 일부러 정세용을 납치하는가, 라는 것인데, 그의 납치는 이방근의 의사를 반영한 것이고, 객관적으로는 친일파 숙청의 폭풍이 휘몰아치고 있는 시기인 만큼, 정세용이 경찰의 악질 친일파분자라는 것, 게다가 제주도 출신이면서 토벌대 측 간부를 맡은 자들에 대한 경고의 의미는 충분히 있었다.

솔직히 이방근은 생각지도 못한 납치의 실현에 다소 망연해 있었다. 납치는 스스로 계획하고 있던 일의 실현이었지만, 유달현이 밀항선의 마스트 위에서 자신은 손도 대지 않고, 대신할 놈에게 시킨다고 욕을 퍼부었던 것과 같은 간접적인 결과에, 안도감을 넘어 당황했고, 순간적으로 살의가 갑자기 식어 버리는 것을 느꼈다. 그리고 게릴라 외에는 알 수 없는 납치의 내막(라고는 해도 저절로 알 수 있는 일이었다)을 알고 있는 이방근은 예상은 하고 있었지만, 막상 가족들의 슬픔이나 아버지에게 미치는 번거로움이 눈앞에 닥치고, 자신도 구출을 위한 상담을 제의받으면서, 납치의 실현이 새로운 국면을 만들고 있음을 느꼈다.

아버지는 수많은 경찰 중에서 어째서 도경찰국장 같은 거물이 아닌 그를 노린 것인지, 그것이 의문이라고 했다. 지금 문제가 되고 있는 친일파는 정세용만이 아니고, 섬 출신자이면서 출세한 사람이라고는 해도, 계장은 그리 대단한 직급이 아니지 않느냐고 이방근에게 물었다.

이방근은 정세용이 단순한 도경 경무계장이 아니라, 작년 4·28화평협상 파괴음모의 주요 인물 중 한 사람이고, 경찰이 고 경위를 신문할 때, 결정적인 증언을 한데다가 자신이 직접 살해한 악질분자……라고는 말하지 않았다. 단지, 우리는 알 수 없지만, 게릴라가 조직적으로 파악하고 있는, 일제강점기뿐만이 아닌 민족 반역적인 뭔가가 있는 것이 아니겠냐고 대답해 두었다.

납치로부터 이틀이 지난 밤, 귀가한 아버지가 이방근을 방으로 불러 뜻밖의 말을 꺼냈다. 게릴라에게 붙잡히면 어떻게 되느냐, 게릴라는 무슨 조치를 취하는 것이냐. 뭔가 이유가 있는 납치니까 즉시 처형하지는 않겠지만, 날이 지나면 세용은 경찰의 간부이니 어떻게 될지 모른다, 가족들을 생각해서라도 세용이를 꼭 구출해야 한다. 어떻게든 산부대(게릴라) 측과 연락을 취할 방도가 없겠느냐?

"옛?"

"놀랄 건 없지 않느냐."

"어떤 식으로 말입니까?"

"어떤 식으로? 음, 그건 네가 생각해서 할 일이지만."

"……"

"강몽구가 언젠가(강몽구, 이방근은 깜짝 놀라서 내심 중얼거렸다), 작년 가을이었던가, 한성주와 우리 집에서 만났던 적이 있다. 난 얼굴을 내밀지 않았지만, 두 사람의 화평 공작의 회합을 위해서 별채를 제공한 일이 있었지 않느냐."

"예–."

이제부터 아버지가 하려는 이야기가 강몽구에게 연락을 취할 수 없겠냐는 것임을 짐작했지만, 이방근은 아까부터 강몽구가 아닌 남승지를 떠올리고 있었다. 어떤 식으로 말입니까? 라고 아버지에게 반문한 것은, 결코 알면서도 모르는 체하는 것이 아니었다. 남승지가 떠올라 강몽구에게 생각이 미치지 못했던 것이다.

그래, 강몽구가 있다. 아버지가 알 수 있는 선에서, 우리 집을 회담의 장소로 제공한 조직의 최고 간부인 강몽구를 떠올리는 것은 무리가 아니었다.

아버지는 이방근에게 강몽구와 연락을 취할 수 없겠냐고 했다. 아들에게 조직 즉 '공산당'과 어떤 연락의 실마리가 있을 것으로 짐작하고 한 말일 것이었다. 전에는 공산당이 되지 않는다면 무엇을 해도 상관하지 않는다, 공산당과 관계한다면 아버지는 자살한다고까지 아들을 협박했던 인간이었다. 물론, 아들이 조직원이라고 생각하고 있는 것은 아니었다.

이방근은 예전에 한성주에게 부탁을 받아 강몽구를, 사전에 계획해 놓고 집으로 불렀을 정도라서, 연락을 취할 수 없다고는 할 수 없었다.

이방근은, 그때는 마침 강몽구가 성내로 잠입해 있던 때였지만, 지금은 아시다시피 정세가 험악하기 때문에 어렵다, 어찌하면 좋을지 모르겠지만, 생각해 보겠다고 답했다. 강몽구가 아닌 남승지에게조차 이쪽에서 직접적으로 연락을 취할 방법이 없는 일방적인 것으로, 지금까지도 하산할 때마다 남승지 쪽에서 찾아왔던 것이다. 으-음……. 한천 상류 부근이라는 그 성내 그룹의 아지트는 아직 있는지, 혹은 다른 곳으로 이동한 것인지. 일전에 하산해 온 남승지는 일단, 그 아지트에 들러, 하루를 묵은 뒤 찾아온 것이었고, 산으로 돌아갈 때도 우선 그 아지트로 향했던 것이다.

성내 지구의 연락원이 하루 한 차례 왕복하고 있는 듯한 그 아지트를 통하면(아지트가 다른 곳으로 이동해도 연락원의 왕래는 이어지고 있을 것이다), 최고 간부인 강몽구는 무리라고 해도, 남승지에게는 연락이 닿을 것이다. 아버지는 자신이 떠올린 강몽구의 이름을 말했을 뿐이고, 그를 대신할 교섭 상대나 창구를 만들 수 있는 사람이면 되는 것이었다.

“연락을 해서 어떻게 하실 겁니까?”

“어떻게 할 거냐고? 정세용을 돌려보내달라는 거지.”

“돌려보내라니요, 납치해 간 인간을 그렇게 간단히 돌려보낼 리는 없겠지요.”

“결국, 교환조건, 거래라는 것이냐?”

“아니요, 교환조건이나 거래라고 해 봤자, 그것은 이쪽에서 가정하는 얘기일 뿐이니, 제가 그런 걸 알 리 없지요.”

“가정이라도 상관없다. 예를 들어, 상대방의 요구가 뭔가는 있겠지. 그들은 굶주리고 있을 터이니, 식량을 보내오라든지, 의복이나 돈을 내라든지 할 거다.”

“아니요, 저로선 아는 바가 없습니다만, 최초의 가정이 틀리면 남은 모든 게 어긋납니다. ……애당초 보급로를 막아 게릴라를 한창 굶주림에 몰아넣고 있는 때에, 정세용 한 사람을 위해서 게릴라의 군자금이나 식량 제공을 경찰과 토벌대 측에서 허가하겠습니까. 설령 개인이 대신 하려고 해도 허가하지 않을 겁니다.”

도대체 아버지는 무슨 말씀을 하시는 겁니까, 라고 이방근은 강조하지 않았다. 어째서 아버지가 이런 단순한 발상, 표현을 하는 것인지 고개를 갸웃했지만, 게릴라 측이 그런 교환조건을 내놓을 리도 없었고, 애초에 게릴라 측에는 요구 그 자체가 존재하지 않았다. 정세용은 인질이 아니다. 적으로서 사문, 신문의 대상이고, 요구를 대신하여 ‘인민재판’의 신문과 그 결과에 따라 처형될 수도 있다. 그것은 무엇보다도 ‘증인’으로서 정세용이 있는 아지트로 안내될 이방근의 당초의 의사였다.

증인이라는 것은 남승지가 들고 나온 것이지만, 이방근은 그것에 당황해하면서도, 괜찮겠지, 기다리게……라고 응했다. 그것은 납치하고 나서의 일이다. 그러나 납치는 실현되어, 이제는 '증인 참가'가 목전으로 다가왔다. 게릴라와의 연락은 며칠이나 시간이 걸리는 일이고, 그것보다도 먼저 증인 요청의 연락이 올 것이었다.

"그럼 교섭할 길은 없다는 것이냐?"

"그것은 모릅니다."

이방근은, 그렇습니다, 없겠지요, 라고 대답하는 대신에, 일단 힐끗 딴 데로 돌린 시선에, 바로 제가 죽이게 될지도 모릅니다, 라는 독기를 감추고 있었다.

"어쨌든 연락을 취할 필요가 있습니다. 그러나 그 낌새를 경찰이 알아채면 어떻게 합니까? 게릴라의 근거지를 찾는데 혈안이 된 그들은 묵인하지 않을 겁니다. 게릴라와 경찰 사이에 신사협정이 성립합니까. 이건 게릴라에게 있어서도 큰일입니다. 게다가, 게릴라 측은 정세용을 돌려보내지 않겠지요. 아지트 외에, 게릴라 지도자들의 비밀 유지를 위해서도 돌려보낸다는 건 생각할 수 없습니다."

"으흠, 그렇다면 어떻게 되느냐? 세용이는 어떻게 되느냔 말이다."

"……"

"산부대가 마음대로 하게 내버려 둔다는 것이냐?"

"어쨌든 저도 생각하고 있는 중입니다만, 어떻게 강몽구와의 선을 이을 것인지……."

이방근은 내심 아버지의 희망에 부응한 형태로, 강몽구와 연락을 취하는 걸 망설이고 있었다. 정세용 석방의 교섭이 진행될 경우엔 자신이 그의 납치에 크게 관여하고 있었던 것이 밝혀지고, 게릴라의 공범자 취급을 받게 될 것이다. 정세용은 필시 생환할 수 없다. 관여해선 안 된다. 자신이 증인이 되려는 경우의 연락과는 전혀 다른 것이다. 이방근의 의사에 따른 정세용 납치의 비밀은, 남승지나 강몽구 등의 게릴라 간부 이외에 누설되어선 안 되는 것이었다.

정세용에 대한 인민재판에는 상대의 부정을 뒤집는 결정적인 증언이 필요하다. 4·28화평협상 직후의 하산 게릴라에 대한 습격 사건의 실행자, 고 경위가 공산주의 사상을 가진 '진보적' 경찰이고, 섬의 남로당 지하 간부의 사복호위를 맡았던 적이 있다고까지 증언하고, 그 직후 살해한 정세용의 반혁명, 반인민, 반민족성을 증언하여 그가 도망갈 길을 막아야만 한다.

그러나 그 유효한 증언을 누가? 아니, 이방근 자신이, 내가 하는 것이다.

이방근은 납치라는 현실 앞에서, 산으로부터 연락이 오는 것을 꺼리고 있는 모호한 심적 움직임을 느끼고 있었다. 증언이 정세용 살해로 직결되어 형태를 갖추게 되는 것을, 자기 곁에 있는 이방근이 두려워하고 있었다. 역시 친척 형이라는 관념이 고개를 강하게 쳐들고, 살의의 관념과 나란히 섰다. 유령선 마스트에 매달린 유달현의, 비겁자……라고 비웃는 웃음소리가 들려왔다. 내가 친척 형을 내 손으로 직접 죽인다……. 그에게는 처자와 연로한 부모가 있다……. 놈들이 우리 도민을 학살할 때 가족이 있다는 것 따위를 생각합니까? 가족까지 찾아내서 몰살합니다. 놈들은 적이다. 거친 파도에 흔들리는 밀항선의 부러질 듯한 마스트가 삐걱거리는 소리를 낸다. 빈사 상태의 유달현이 이를 가는 것이다. 이방근, 역시 너는 자신의 손을 더럽히지 않고, 대신할 놈에게 살인을 시킨다.

청천벽력 같은 납치 이래, 이방근은 스스로 바라고 있던 납치 결과의 증인 참석에 한 치도 발을 들여놓지 못한 채 흔들리고 있었다. ……그러나, 단순히 죽이는 것이 목적은 아니다. 죽이는 데에 이르기까지의 과정이 중요하고, 죽이는 것은 그 뒤의 결말인 것이다. 왜 죽임을 당하는지에 대한 인식을 사후의 세계까지 정세용이 가지고 가도록 해야 한다. 그의 내부에서 그러한 연극이 진행되는 것을 끝까지 지켜보는 것이, 이쪽의 목적이다. 그의 목숨 자체가 문제는 아니다. 죽으면 그뿐. 그러나 결말은 죽음을 향해 가는, 시간을 들여서 상대에게 결말의 공포를 잔뜩 맛보게 하고……. 연극의 진행, 인민재판의 무대에서 신문을 진행, 그리고 숨통을 끊는 결정적인 증언.

이방근의 증언은 필요하다. 왜, 제자리걸음을 하는 것인가. 납치의 실현이, 목적의 달성이 지금은 두려운 것이 되었는가. 왜, 도마 위에 놓인 사냥감과 마주 대하는 것을 주저하는가. 살의가 없는 것은 아니다. 살해의 명분은 있다. 인민재판의 결과에 따르면 된다. 처형되고도 남을 이유가 있다. 이유보다도 사냥감에 칼을 들이대는 것이, 그 결과인 살인을 견뎌 낼 수 없다. 왜 그런가? 예감은 들지만, 모르겠다. 예감? 예감은 떨쳐 버려야 한다. 이제부터 살인의 결과가, 그에 견딜 수 없는 것이, 두려운 것이다. 왜 견딜 수 없는 것인가.

살의의 핵을 굳힌 오남주는 이방근의 뜻을 명심하여 생살의 경계를 넘어 여동생의 '남편'인 '서북' 출신 양대선을 죽였다. 그에게는 '서북'을 죽일, 적어도 개인적인 동기, 강렬한 충동을 낳는 정열, 그리고 이유가 있었다. 그는 게릴라가 됨으로써 횡폭한 양대선을 죽일 수 있었던 것일까. 나에게는 정세용을 죽일 개인적인 이유가 없다. 개인을 친척을 넘어서 살해로 향한다. 죽여야 하는 이유, 인민재판에서 처형해야 할 이유, 죄상이 있는데도 죽이지 못하는 것이고, 거기에는 도덕적 이유는 없을 터였다. 법의 이름으로 사형을 선고하는 재판관의 살인에 그들 자신이 버틸 수 있는 것은, 다름 아닌 명분이라는 우산 아래에 있기 때문이다. 그것은 때로는 도피도 된다. 살인이 악이라면,

재판이든, 전쟁이든 마찬가지다.

죽이지 못하는 이유는, 살인의 결과를 견디기 힘들기 때문이다. 왜, 견디기 힘든가……. 증기와 같은 예감은 벗어던져라. 쫓아버려라. 죽이지 말지어다. 추상적인, 생명에 대한 외경인가? 아니다, 어리석기는. 전장의 수라장에서 죽임을 당하는 쪽인 이쪽의 생명에 대한 외경(畏敬)은? 자유로운 정신은 죽이기 전에 자살한다, 따라서 죽이지 않는다. 최근 몇 년간인가, 자신을 지탱해 온 것이 이제는 관념적인 억지 이론 같다는 기분이 들었다.

살인의 결과에 견디기 힘든 심정이 맴도는 이유는, 아직 죽이지도 않았는데 상상이 앞질러 가서 견디기 힘든 예감을 떠돌게 만드는 것은, 살인을 피하려는, 그것으로부터 달아나려는 의식 깊은 곳의 공포를 수반한 그림자의 작용 때문이다. 애매한 형태로 도덕적인 것에도 작용하면서. 이것이 살인에의 경계를 나누는 것이리라.

이방근은 견디기 힘든 것의, 장어처럼 손바닥에서 도망치려는 것의 감촉을 확인했다. 예감이든 상상이든, 머릿속 공간에서 오가는 우왕좌왕은 그만두고, 이미 움직이기 시작한 톱니바퀴를 타고, 현실에 몸을 맡겨야 한다. 게릴라의 아지트라는 현실이, 예감도 상상도 그 베일을 벗겨 내 지워 버릴 것이다.

예기치 못한 형태의 갑작스러운 납치의 충격으로, 정세용 처형의 전주곡이 되는 증인 참석에 한 치도 발을 내딛지 못하고 있던 이방근은, 이제는 산으로부터 빨리 연락이 오기를 기다렸다.

아버지는 강몽구, 즉 게릴라 측에 연락을 취할 수 없는지 자꾸 물었지만(아버지로서는 아들이 '공산당'과 관계가 있다고 하는, 상당히 중요한 인식을 근거로 한 것이겠지만), 이방근은 산 쪽에 직접 연락할 선을 가지고 있지 않았다. 조직원이 아니기 때문에 선이 필요 없었던 것이다. 송래운 선주나 부엌이, 박산봉을 통할 수도 있었지만, 이방근에게는 그럴 의사가 없었다. 제3자로 있어야 한다. 그렇지 않으면, 이방근의 증인 참석 여부에 상관없이, 거의 기정사실화된 정세용의 죽음은 반드시 이쪽으로 불똥이 튈 것이다.

정세용의 납치, 행방불명으로부터 수일이 지나도, 경찰의 무대책, 방치하는 태도에 변화는 없었다. 마치 납치사건이 없었거나 해결이라도 된 것처럼. 그것은 이방근에게는 좋은 상황이었다. 가족들은 경찰 당국 대신에 집으로 매일같이 찾아와 어떻게든 구출할 방법을 찾아 달라며 호소하고 애원했다.

이방근은 매일 밤마다 아버지를 찾아오는 정세용의 가족들을 피하면서 그리고 아버지가 부탁한 산과의 연락을 취하려고도 하지 않았다. 애당초, 아버지가 말한 것처럼은 안 되는 것이다. 이방근이 사문에 나서기 위해 대기하고 있는 지금, 게릴라 측과 거래할 여지는 없었다.

아버지가 이태수 개인 자격으로, 친척인 정세용의 구명을 게릴라 측에 탄원한다면, 제주도의 명사인데다 이방근의 아버지라는 것, 게다가 한성주와 강몽구의 회담 장소로 자택을 제공했다는 점에서 사정은 조금 달라질 것이다. 그러나 그것은 어디까지나 이방근의 의중에 달려 있었다. 설령 이방근이 정세용의 석방 후 행동을 보장하는 것으로, 성내로 되돌아올 수 있다. 그러나 그럴 경우, 정세용을 실제로 책임질 수 있는가? 며칠 사이에 세뇌라도 당하고 있는 것일까. 만일 세뇌를 당했다고 해도, 그것을 경찰 측이 잠자코 받아들일까.

정세용이 그대로 복직할 수 있는지 여부는 둘째 치고, 경찰에서 세뇌 여하의 조사, 신문, 납치당한 것에 대한 그 자신의 책임, 그리고 게릴라의 스파이 용의까지 더해 문초를 당하게 된다. 아무리 며칠이라 해도, 게릴라 속에서 하산해 온 정세용이 지금까지와 같은 생활을 곧바로 시작할 수는 없을 것이다. 요컨대, 어느 쪽으로 넘어가도 소용없는 것이다. 정세용은 끝이라는 것이다.

이방근은 아버지에게 강몽구와 연락하는 것은 어렵겠지만 생각해 보겠다고 말해 두고도, 하숙집에 틀어박히거나, 밤에는 문난설과의 전화를 위해 집으로 돌아가거나 하며, 아버지의 지시를 피하고 있었지만, 그것은 아버지로부터 도망친 것이 아니었다.

이방근은 아버지에게 정면으로, 정세용은 돌아오지 않는다, 고 해도 듣지 않을 것임을 알고 있었다. 그럴 리 없다. 인맥을 잘 이용해서 노력을 하고, 공작을 잘 하면 될 것이라고 생각한다. 설령 생각한 대로 일이 잘 풀려서 정세용이 돌아왔다고 해도, 그 훗날의 일까지 아버지는 충분히 생각하고 있지 않았다.

정세용 자신에게 있어서는, 그야말로 청천벽력의 납치가 무슨 까닭인지, 그는 그것을 어떻게 생각하고, 지금 무엇을 생각하고, 어떠한 취급을 받고 있는지. 어느 동굴의 어두운 아지트에서, 바로 나와 얼굴을 마주했을 때 정세용의 놀라움은 어떠할까. 브루투스, 너마저, 에는 들어맞지 않지만, 그는 인생의 배신에 직면해(그 자신이야말로 무시무시한 배신을 경찰의 직무와 함께 거듭해 왔지만), 자신을 납치한 배후조종자를 눈앞에서 확인하게 될 것이다. 아이구, 너냐, 네가 그랬냐! 네가 범인, 납치의 범인이었구나! 이미 그것만으로, 그를 석방할 수 없게 된다. 이방근은 산속 게릴라 아지트에 있었다……. 석방된 그는 결국 그렇게 증언하게 될 것이다. 아니, 애초부터 그의 석방은 있을 수 없다.

정세용은 과연 이방근에게 목숨을 구걸할 것인가. 할 것이다. 명예를 버리고. 입장, 사상의 차이에도 불구하고 이방근을 높이 평가해 왔다고 자인하고 있었기에, 할 것이다. 자긍심이 필요한가, 자긍심을 대신할 것이 필요한가. 자긍심 따위, 실제로 도움이 안 되는 것을 알고 있는 그는, 설마, 생각지도 못한 죽음의 밥상이 틀림없이 자기 것임을 알았을 때, 매달리는 자긍심을 떨쳐 내며 불쌍한 목소리로, 방근아-, 하고 부를 것이다. 이게 무슨 일이냐, 세상에 이런 지옥 같은 꿈이……. 아이구, 무슨 원한이 있어 나를 죽이려 하느냐. 내가, 너에게 무슨 짓을 했다고 그러느냐. 나는 무고하다, 용의는 모두 자네 머릿속에서 만들어 낸 거야. 유달현도 비슷한 말을 했습니다. 난 유달현과 관계없다. 나를 죽이지 마. 내가 자넬 얼마나 높이 평가해 왔나, 공산주의 사상의 소유자인 자넬 걱정하는 자네 부친 앞에서, 언제나 두둔해 온 것도 바로 나다. 방근, 네 모친의 얼굴을 떠올려봐. 내 아버지와 네 생모는 육촌 남매야. 꿈에 나오는 어머님의 말씀을 들어. 이방근, 살려 줘. 내게는 부모님이 있어. 처자가 있고, 방근이, 자네 앞에 무릎이라도 꿇겠어, 무릎을. 오, 무릎 꿇고 살려 달라고 애원하는고 경위를 죽인 건 누구인가. 난 모르는 일, 모두 너희들의 머릿속이 만든 거야. 아아, 이방근, 네가 인간의 긍지를 버린 살인자일 줄이야.

이방근은 아버지에게는 어떤 선을 통해 게릴라 측에 타진 중이라고 말하고 시간을 벌었다.

성내 거리에는 매일같이 국민학생, 중학생들이 선무가를 합창하면서, 시위가 아닌, 선무행진이 점심 휴식시간에 행해지고 있었다. 소년소녀들의 노랫소리가 선무 공작 캠페인 기간에 맞추어 반복되고 있으니, 귀에 박힌 것인지, 정해진 시간대에 노랫소리가 들려오지 않을 때에는, 이상하게 쓸쓸해졌다. 돌아와라, 돌아와라, 정세용이여, 돌아와라.

닷새쯤 전에 성내를 서쪽으로 출발한 군관민 혼성의 선무 공작대는, 아직도 섬을 순회 중이었다. 120여 명을 거느린 일행이 성내 외곽의 도두리를 시작으로 서쪽 방향의 순회를 선택한 것은, 동부지역에 비해서 서쪽이 평온하고 안전하다는 이유에서였는데, 애월면과 접한 제주읍 서쪽 끝의 외도리에서는 한 달쯤 전인 음력 1월 1일 구정에, 토벌대 숙소인 국민학교가 게릴라 부대의 화염 공격을 받고 전소됐다.

여섯 대의 트럭과 차량이 늘어선 공작대는, 주요마을에서 조직된 2, 3천 단위의 군중대회에서 반공 계몽연설을 계속하고, 삐라를 뿌리며 편력을 이어 가는 모양이었다. 경음악의 연주와, '바른 길'이라고 제목을 붙인 그림 연극을 사용한, '사건의 전모를 그려냄으로써 인면수심의 공산매국분자와 그 죄상을 여지없이 폭로한다'는 선전으로, 게릴라에 대한 증오심을 한껏 부추기는 한편, 후생부가 임시 의료반이 되어 부상당한 마을 주민들의 치료를 맡으면서, 입산해 있는 가족이나 친척들에게 하산을 호소하도록 설득했다. 그러나 아마도 섬 일주를 달성하지 못하고 서귀포 근처에서 제1차 순회를 끝내고 귀환할 것이라고 했다.

선무 공작대를 원호하듯 비행기가 일행의 머리 위를 선회하면서 한라산 쪽으로 날아가서는, 산악지대에 귀순권고 삐라를 살포했다. 자동차가 해안지대의 각 부락에 삐라를 뿌리면서 일주도로를 달렸다. ……친애하는 형제자매 여러분! 동족끼리 피를 흘리는 비극을 하루라도 빨리 끝내기 위해, 모두가 구국의 대열에 나서자! 입산자는 작은 잘못에서 큰 과오를 범하고 있지만, 누구든지 개심귀순, 하산해 온 자들에게는 생명 보장은 물론, 대한민국 국민으로서 제기할 수 있도록 생업도 보장할 것이다……라는 삐라는, 성내에도 뿌려져 있었다.

이웃 마을 주민을 조직 동원한 군중대회에서는 군에 의해 새롭게 공급된 근대 병기, 대전차포, 박격포, 로켓포, 0.5인치 기관총, M1소총 등(대부분이 이미 장비로 쓰이고 있었다)의 전시회도 이루어졌다. 그리고 이들 무기가 공비소탕전에 전면적으로 사용되기 이전에, 입산해 있는 게릴라들의 귀순, 하산을 호소하도록 마을 주민들에게 압력이 가해졌는데, 무기의 전시는 도민들에게 군의 위력을 과시하는 것이었다.

선무 공작대 출발 당초의, 3천 명의 군중을 모은 애월국민학교의 군중대회에서는, 공작대의 호위부대에 의한 로켓포의 실탄 공개발사가 실시되었다. 아득히 먼 보리밭의 돌담을 산산조각 날려 버리는 무시무시한 화력은, 시골의 여자들, 노인들의 눈에 어떻게 비쳤을까. 군중이 국군의 위력에 박수갈채를 보내며, 환성을 질렀다고 하지만, 그것은 거의 공포의 소리였을 것이라고 이방근은 생각했다. 군에는 그러한 공포가 필요했다.

아버지는 한성주와도 만나 정세용의 일을 상의했다. 그 자리에는 한성주가 불러온 송래운 선주까지 참석했다고 하는데, 예전에 강몽구와 만났던 한성주도, 그리고 송 선주도, 게릴라와의 연락은 어렵고, 정세용 석방의 교섭은 있을 수 없다고 부정적인 대답을 한 모양이었다. 연락에는 오히려 아들인 이방근의 선이 유효하지 않겠느냐고, 송래운 자신은 적당히 물러나 있었다.

이방근이 송래운에게 들은 이야기로는, 아버지가 어딘가 다른 곳에서 정보를 얻은 것이겠지만, 게릴라 포로와의 교환이 화제가 되었다. 군이 게릴라의 귀순, 항복 이외의 길을 막은 전면 섬멸작전의 태세를 확고히 하고 있는 현재는, 합동 토벌작전으로 바꾸는 최종단계에 접어든 것인지라, 포로 교환과 같은 그런 손쉬운 거래는 이미 성립하지 않는다, 정세용 자체가 그런 '소중한 존재'도 아니고, 그는 경찰에게 이미 버려진 것과 마찬가지라는 게, 한성주나 송래운의 결론이었지만, 아버지는 아무래도 이러한 일에 대해서는 생각이 단순한 것 같았다.

강몽구와 직접적인 선이 있는 송 선주도, 이번 정세용 납치에 이르기까지의 경위를 포함해 결정적인 그의 죽음의 예정을 알 리가 없었다. 쌍방에 포로교환의 조건은 없었지만, 게릴라 측은 적어도 정세용에 관한 한, 일체 교섭에 응하는 일은 없을 것이었다.

게릴라 측에서 본다면, 정세용의 반혁명, 반민족적 죄업은 더할 나위 없이 중대한 것으로서, 확실한 입장을 지니고 있을 것이다. 4·28 화평협상 파괴음모, 고 경위 모살주범, 10·25'선전포고문' 인쇄 직후의 성내 조직 일제검거 선풍의 배후조종자. 정세용은 죽어 마땅했다. 유달현에게 필요한 단두대가 한 대였다고 한다면, 정세용에게는 두 대, 세 대가 준비되어야 할 것이었다.

그의 납치는 곧 죽음, '사형'을 전제로 하여, 이방근의 의향에 따라 이루어진 것이고, 인민재판도 형식을 부여하기 위한 절차에 지나지 않았다. '극악반동'에 대한 가시관이다.

정세용 한 사람을 죽인다고 무엇이 달라지겠는가. 양준오도 그리 말했지만, 그것은 이방근 자신에게도 처음부터 따라다니던 질문이었다. 죽일 가치가 있는 인간인가라는 물음이 살의가 무디어지는 틈을 찌르고, 아니, 그 물음이 반복해서 고개를 쳐들고 나타날 때마다 살의 그 자체가 후퇴하는 것을 확실히 알 수 있었다. 그것이 참을 수 없이 싫었다. 죽일 가치가 있는 인간이란 무엇인가. 거물, 조무래기의 문제가 아니다. 그 죄업에 비례하는 것이다.

이방근은 정세용이 죽일 가치가 있는 인간인가, 라는 살인으로부터 달아나려하는 의식의 작용에 동요되고 있었다. 이 애매한 마음이 이어지는 것은 거짓의 가장행렬과 같은 것이다. 거기에 참가해서는 안 된다. 참가할 곳은 증언대다. 언제든지 정세용이 죽일 가치가 있는 추상적 존재에서, 그저 한 사람의 남자, 처자를 거느리고 연로한 부모를 모시는 한 사람의 친척 형에 해당하는 중년 경찰로 추락해 버릴지도 모를 상황을 우려한다. 재판은 그가 그저 한 사람의 남자가 아닌, 충분히 죽을 가치가 있는 여러 개의 단두대를 준비하기에 충분한 인간임을 증명할 것이다. 재판이, 증언대로의 절차가 시급한 이유이다.

납치로부터 이미 나흘, 산으로부터의 연락이 늦다. 무슨 일이 있는 것은 아닐까. 납치 도중에 반항이라도 해서, 어떤 이유로 이미 죽은 것은 아닐까? 정말로 죽었나? 이방근은 정세용의 죽음을 지금 확인한 듯한 생각에 깜짝 놀랐다. 나의 증언과, 그의 마음에서 연극이 진행되기 이전에, 그 죽음이. 사체는? 눈밭에 버려졌나. ……그저 단순히 죽이는 것이 목적이 아니다. 죽음에 이르기까지의 과정이 중요하고, 죽음은 그 결과에 지나지 않는다.

저녁때 신청해 둔 전화가 세 시간 이상 지나서야 연결되었다. 귀가 시간이 일정하지 않은 문난설이 서울에서 전화를 걸어올 경우에는 더욱 시각이 늦어진다. 그녀가 충정로공원 옆의 아파트로 돌아온 뒤 장거리전화를 신청하면, 열 시, 열한 시가 된다. 그러나 문난설이 말했지만, 편지도 닿지 않는 제주도에 전화가 통하는 것만으로도 얼마나 고마운 일이에요, 정말로, '특권계급' 그 자체인 걸요……. 그렇다, 실로 이 제주도에서는 그러했다.

문난설과 전화통화를 하는 것만으로도 이방근은 집에 머물러 있을 만했다. 상근이 직장이 있는 김녕리로 작은 방을 빌려 이 집을 떠나고부터, 이방근은 전화를 이용하는 문제도 있어서, 하숙을 그만두려고도 생각하고 있었다.

전화기를 통해 서울과 제주간의 어둠이 열린 그 순간, 문난설은 만나고 싶어요, 선생님 얼굴을 보고 싶어요……라고 뜨거운 숨결이 귓불에 넘칠 듯한 목소리를 전한다. 황동성이 체포된 지 한 달이 가깝지만, 매우 건강하고 형무소 안의 대우도 좋아, 지금 「내가 걸어온 길」이라는 가제로, 일본 유학 시절부터 일본 신문의 기자가 되어 경성(서울) 특파원으로 생활했던 당시의 친일파 군상을, 자신의 친일 행위와의 관계에서 바라본 원고를 집필 중이라고 했는데, 이방근은 무심코, 아이고, 그거 참으로 대단한 일이다, 라고 목소리를 높이고, 다음에 면회하러 갈 때는, 이방근이 감동하여 경의를 표했다는 말을 전하도록 부탁했다.

같은 마포형무소에 수감되어 있는 이광수가, 병든 몸을 무릅쓰고 그 반평생의 자서전으로 보이는 「나의 고백」이라는 긴 원고를 단숨에 써 버렸다고 하는데, 그 내용은 철저하게 일제강점기의 친일 행위를 민족보전을 위한 자기희생적인 행위라고 정당화하고, 더욱이 현재의 친일파 숙청, 친일파에 대한 비난은 민족화합을 방해하는 것이라고 주장해서 형무소 내에서 이미 새로운 실망과 빈축을 사고 있다는 문난설의 이야기였다.

'민족의 화합'은 정세용도 입에 담고 있었는데, 친일파가 그 과거를 면죄하려는 표어가 돼 있었다. 이방근은 황동성의 「내가 걸어온 길」은 친일의 대선배 격인 이광수의 파렴치함에 자극받은 부분이 많을 것이라고 생각했다. 그렇다고 해도, 그 수기는 머지않아 발표될 때가 오겠지만, 이광수는 형무소 안에서도 과거 자신의 행위에 필사적으로 페인트 화장을 덧칠하고 있다니. 문난설이 새로운 실망이라고 했지만, 슬픈 현실이다.

서울에서 만났을 때, 황동성이 한 말이 있었다. 1945년 8월 광복까지의, 마지막 몇 년간을 민족 독립운동 지도자들은 변절하지 않고 견뎌 내야만 했었다. 백 년도 아닌 기껏 몇 년간을 견디지 못하고 역사를 예견할 수 없었기 때문에, 그들은 민족을 배신하고, 민족사에 오명을 남기게 되었다. 그렇다, 기껏 몇 년의 역사를 예상하지 못하고 견디지 못했기 때문에. 가슴을 치는 한마디였다. 결과적으로 친일파에게 있어서는 1945년에 이르는 몇 년이 백 년, 2백 년의 대일본 제국의 지배가 계속되는 절대적인 시대였고, 또한 그래야만 했던 것이다.
서울에서는 머지않아 새로운 병력이 제주도에 파견된다는 소문이 나돌고 있지만, 서울과 제주도를 자유롭게 왕래하는 길이 있었으면 좋겠다. 선생님, 언제 또 만날 수 있을까요, 만나고 싶어요, 얼굴을 보고 싶어요……. 나도 보고 싶소, 안고 싶어, 꼭 안고 싶어. 이방근의 강조는 거의 도청을 의식하고 있었다. 선생님, 난설이도 안기고 싶어요…….
그녀는 제주도에 가고 싶다고는 말하지 않았다. 오로지 이방근을 기다리고 있었다.
이제, 잠깐이오. 잠깐이 언제를 말하는 거예요? 이방근은 깜짝 놀라 말문이 막혔다. 그렇다, 잠깐이라는 건 무슨 뜻인가. 게릴라 궤멸의 시기를 가리키고 있는 것인가. 그때는 제주도의 상황에서 벗어나 난설이를 만난다는 것인가. 머지않아 평화로워지면 말이다, 평화가 오겠지. 문난설은 어떤 평화인지는 묻지 않았다. 선생님, 저 꿈을 꾸었어요. 제주 바다에 해삼이 가득하고, 모래사장으로 밀려와 있었어요. 저는 발 디딜 곳도 없는 해삼들 사이를 걷고 있는 사이, 어느새 해안에서 해삼이 사라졌어요. 선생님이 서울에 계셨을 때, 상여 옆을 지나가면 해삼이 녹아 없어진다고 하셨잖아요. 그 말이 생각나기도 하고. 바보 같은 소릴 하는군. 그럼 난설이가 상여인가. 여긴 해삼이 가득한 게 아니라, 그야말로 상여가 가득하오, 상여를 타 보지도 못하는 시체가 가득한 곳이오.
이방근은 12월초, 서울의 숙부 집에서 받은 전화에서, 문난설은 해삼 이야기에 소름이 끼치고 세상에서 모든 것이 사라지는 듯한 느낌이라며 무서워했는데, 선생님이 제주도로 간다면 그것을 마지막으로……라고 말하는 것을, 무슨 쓸데없는, 완전히 망상이라고 대답한 일을 떠올렸지만, 말하지는 않았다. 상여와 해삼 이야기가, 제주도로 간 이방근이 이제는 서울로 돌아오지 않는다는 것으로 연결되다니, 어찌 된 예상일까.

4

문난설과 전화를 끊은 직후, 송래운 선주로부터 전화가 걸려 왔다. 용건은 말하지 않았지만, 와 달라고 해서 배에 관한 이야기일 것이라 생각하고 갔는데 뜻밖에도 강몽구로부터 이방근에게 모레, 산의 아지트로 올라와 주길 바란다는 취지의 연락이 와 있었다. 정세용의 생존에 불안을 느낀 이방근은, 성내 연락원의 선으로 성내 그룹의 아지트를 통해 남승지에게 메시지를 보낼까 생각하던 참이었다. 누군가 직접 하산했을지도 모른다. 성내에 강몽구가 와 있는지 물었지만 아니라고 했다.

모레 24일 해질녘, 송래운이 조천리까지 동행한다고 했다. 우선 하동(下洞, 신작로의 바다 쪽)의 부(夫) 선주 집에 들른 후, 상동(上洞, 신작로의 산 쪽)에 살고 있는 그의 사촌 동생 집으로 간다. 밤에 마을 청년 두 사람과 함께 게릴라 아지트로 향하지만, 도중에 게릴라 측이 이방근의 안내역을 이어받게 될 것이다. 송래운은 부 선주 집에서 묵게 될 것이라고 했다.

이방근은 이야기가 끝나자 바로 자리에서 일어났다. 둘의 대화는 사무적인 용건뿐이었고, 정세용에 대해서는 일절 언급하지 않았다. 아버지가 정세용 구출의 상의를 하러 한성주와 만났을 때 참석하고 있었던 송 선주는, 게릴라와의 연락은 어렵다, 오히려 아들인 이방근의 선이 유효하지 않겠느냐며 물러난 것 같았다. 그런데 최근 2, 3일 사이에 일의 경과를 알게 되었는지, 지금은 정세용의 사문에 가담하고 있는 것이었다. 조천리까지 동행은 '동업자'로서 배에 관한 일이 표면상의 이유가 된다.

다음날 찾아온 박산봉은 사문의 연락이 올 것이라고 이방근 이상으로 기대하고 있었던 만큼 실망이 컸다. 그는 근거지인 성내에서 납치할 수 없었던 대신에, 이번에는 자신의 손으로 정세용을 '처리'할 기회를 노리고 있었다. 이방근의 마음속에도, 적어도 최근까지, 어쩌면 박산봉이 정세용을 처리할지 모른다……고, 다소 제3자적인 마음의 움직임과 일종의 기대감 같은 것이 없지 않았다. 이방근의 의지 일부를 명심하고 있던 박산봉은 그것을 감지하고 있던 터였다. 그러나 지금의 이방근은 다르다. 그 때문에 박산봉을 동행에서 제외시킨 것은 아니지만, 설령 산에서의 사문에 입회시킨다고 해도, 그에게 정세용의 살해를 맡기지는 않을 것이다. 넌 자신이 직접 하진 않는다, 반드시 대신할 사람을 만들어서 살인을 한다……. 흔들리는 마스트 위의 유달현이 내뱉은 저주의 말이 두려워서가 아니었다. 그것을 두려워한다면, 살해 그 자체를 두려워해서 실행에 옮길 수 없게 될 것이다. 이방근, 변명하지 마라, 내 말을 두려워하고 있기 때문에 스스로 살인을 하지 못하는 거다. 무슨, 말도 안 되는 소리를!

내일 밤 산으로 들어가, 다음날 아침 성내로 돌아올 수는 없었다. 사문은 동이 트는 것과 동시에 이루어질 것이다. 박산봉이 조천까지 혼자서 간다고 해도, 휴일도 아닌데 다음날 트럭을 쉬게 하는 것은 눈에 띈다. 정세용의 일은 산의 조직에게 맡겨라. 그 결정에 따라서 내가 증언에 나서는 것이니까…….

"놈을 어떻게 하려는 걸까요, 살려 두는 겁니까?"

"몰라, 조직이 결정하겠지."

"전 어떻게 되는 거지요?"

"자네 대신 조직이 한다는 거야. 중요한 것은, 적이 포로가 되어 지금 현재 게릴라의 수중에 있다는 거지. 거기엔 박산봉의 의사가 충분히 들어 있어. 거듭 말하지만, 나 자신이 직접 입산해서 정세용과 대면할 거야……."

박산봉을 돌려보낸 이방근은 하숙집으로 가지 않고 명선관으로 향했다.

내일 24일 밤 일곱 시, 두 사람은 부산행 화물선으로 제주를 떠난다. 계엄령이 해제된 지 보름이 되었지만, 경찰 당국의 출도허가 증명에 의한 공무원과 동등한 특별승선이었다.

탁자 하나만 남긴 채 정리된 가게 한쪽 구석에, 몇 갠가의 꾸린 짐이 놓여 있었다. 바지 차림으로 바쁘게 움직이고 있던 명선과 단선은, 놀라서 이방근을 맞이했다. 근시의 깊은 눈동자를 반짝인 단선은, 그야말로 이방근에게 전염될 정도로 얼굴을 붉히며 고개를 숙이고 말도 꺼내지 못했다.

"단선이도 참, 넌 언제부터 말을 못 하게 된 거냐." 명선이 웃었다. "선생님, 어질러져 있지만, 거기라도 좀 앉으세요. 정말로 전 기뻐요. 단선이는 말도 못한다니까요."

이방근은 테이블 의자에 앉았다.

"선생님, 맥주가 좋을까요. 안주가 될 만한 게 아무것도 없어서……."

"컵에 소주 한 잔 부탁해. 금방 돌아갈 거니까 굳이 만들 필요는 없어. 김치면 돼."

"단선아, 이 아인 어찌 이리 멍하니 서 있는 거야."

단선은 겨우 꿈에서 깬 것처럼 싱긋 웃고는, 안쪽 부엌으로 들어갔다.

"선생님, 안색이 별로 좋지 않아요. 걱정거리라도 있으신가요?"

"아, 그런가, 술을 너무 마신 거지……."

홋호, 내 마음이 밖으로 드러난 모양이군, 흠. 곧 돌아온 단선과, 명선 두 사람을 앞에 두고 이방근은 컵의 술을 마시며, 내일은 배에 관한 일로 조천에 묵을 예정이라서 가야 한다, 그렇지 않다면 부두까지 전송할 텐데, 라고 말해 두 사람을 송구스럽게 만들었다.

단선이 실어증이라도 걸린 것처럼 말을 하지 않고 있는 것이 신기할 뿐이었다.

이방근은 접시의 김치 한 조각을 입에 넣고, 컵의 소주를 비우고는 자리에서 일어났다.

"아이구, 선생님, 벌써 가시는 거예요……?"

두 사람은 망연하여 의자에서 일어섰다.

"건강들 하시게."

이방근은 명선과 악수를 하고, 단선이 내민 막대기처럼 굳은 손을 부드럽게 잡았다.

이방근이 입구까지 왔을 때, 선생님, 말을 하지 못하던 단선이 소리를 냈다. 이방근이 돌아본 순간, 선생님……. 단선이 몸을 맡기듯이 이방근의 가슴에 뛰어들었다. 그는 가슴에 얼굴을 묻어오는 단선의 어깨를 양손으로 크게 안았다. 선생님, 단선이를 안아 주세요. 꼭 안아 주세요. 정말 선생님은 참……. 단선이 어깨를 떨며 흐느끼고 있었다. 이방근은 코에 스며드는 대로 단선의 향기를 맡았다. 단선아, 난 내일, 성내를 떠나 사람을 죽이러 향하는 인간이다……. 좋은 남자를 만나거라, 결혼을 하는 거다…….

"행복하게……."

입 밖에 내놓을 말이 달리 없었다.

아버지의 집으로 돌아온 이방근은 밤에 박산봉이 죽는 꿈을 꾸었다. 정세용이 납치되지 않고 함병호와 밤에 해안에서 낚시를 하고 있는 것을, 배후에서 도끼를 휘두르며 덮치려던 박산봉이 반대로 사살된 것을, 정세용이 전화로 이방근에게 알려 온 것이었다. 꿈에서는 습격을 당한 두 사람은 건재했다. 전화벨에 눈을 뜬 것인데, 이미 수화기를 손에 들고 있었으니 아직 꿈속이었을 것이다. 이윽고 실제로 눈을 떴지만, 벨은 울리고 있지 않았다. 아마도 박산봉이 동행할 수 없었기 때문에 꾼 꿈일 것이다. 어쩌면 박산봉 본인도 꾸고 있던 꿈일지도 몰랐다.

24일 저녁 무렵, 이방근은 송 선주와 택시로 조천을 향했다. 둘이서 바다 쪽의 부 선주의 집에 들러, 그곳에서 저녁을 먹고, 상동에 사는 부 선주의 사촌 동생 집으로 갔다. 그는 농사를 지으면서(섬의 남자가 대체로 그렇듯이, 그도 아내에게 다 맡기고 있지만), 사촌 형의 뱃일을 돕고 있는 과묵한 중년 남자로, 이방근은 몇 번인가 만나서 안면이 있었다.

곧 송래운의 말대로 두 명의 청년이 왔다.

이방근은 구두를 그곳에 있던 낡은 운동화로 바꿔 신고, 바짓단을 걷은 뒤 내어 준 각반을 찼다. 두 사람이 안내하는 가시네오름까지는 5, 6킬로 정도지만, 다시 몇 킬로 안쪽에 있는 바늘오름 일대는 눈이 쌓여 있다고 했다. 일주일 전 공개사형 날 아침에는, 이 마을에도 눈이 내려, 면사무소 앞의 처형장은 눈으로 하얗게 덮여 있었다.

두 청년은 게릴라의 식량인 보리 석 되와 고구마 반 자루, 도중의 도시락 대신으로 받은 세 명분의 찐 고구마를 들었고, 이방근은 점퍼 위에 머플러를 감은 뒤 코트를 껴입고 장갑을 끼고 나서 여덟 시 전에 출발했다. 열한 시에 약속 장소에서 게릴라 측과 만난다. 지금쯤, 단선 일행은 부두에서 화물선으로 오르고 있을 것이다.

출발 직전에, 그저께 밤 만났을 때는 정세용에 대해서 일절 언급하지 않았던 송래운이, 정세용 씨는 죄 많은 인간이니, 확실히 증언해주시오, 라고 한마디 했다. 어험, 그런 놈은 때려죽여야지. 부 씨도 한마디 보탰다.

하늘은 다소 흐렸지만 하현달이 나와 있었다. 곧 주위는 상동의 변두리 지역으로 인가가 끊기고, 밭의 돌담이 이어진 거무스름한 그림자 사이의 샛길로 들어섰다.

약 세 시간에 걸쳐 인적 없는 밤길을 걸었다. 도중에 돌투성이에다 기복이 많은 구불구불한 길을, 이방근의 앞뒤에 선 두 청년은 짐을 메고도 익숙한 걸음으로 나아갔지만, 낮과 같이 빨리 걸을 수는 없었다. 몸집이 큰 이방근은, 하다못해 이 정도는 내가 들지, 하며 사양하는 청년에게 받아 든 찐 고구마 꾸러미를 손에 들고 큰 걸음으로 걸었다. 희미한 달빛 아래 그림자를 드리운 앞서가는 청년을 말없이 뒤따랐다. 바람은 강하지 않았다. 장갑은 끼었으면서도 머플러를 풀었을 정도로 몸에 땀이 배었지만, 다리가 생각했던 것만큼 무겁지 않았던 것은 각반 덕분일 것이다.

가시네오름 기슭에 가까운 폐촌까지 왔을 때, 이방근을 두고, 우선 두 사람이 먼저 마을로 들어갔다. 이방근은 어둠에 희미하게 보이는 두 사람의 수신호에 따라 마을로 들어섰다. 아직 휘발유 냄새가 섞여 사라지지 않은 불탄 흔적의 잔해 사이를 지나, 마을 변두리의, 밤눈에도 커다란 맷돌이 남아 있는 맷돌 오두막 터에서, 이방근 일행은 남승지와 무장병을 만나 각각 굳은 악수를 나눴다.

남승지의 손은 새해 이른 새벽에 헤어졌을 때와는 다른 사람이라고 느껴질 정도로 뼈가 앙상했고, 희미한 달빛 아래서도 확실히 여윈 모습이 눈에 띄었다. 무장병은 남승지보다도 더욱 앙상해 보였다. 청년들은 많다고는 할 수 없는 식량 꾸러미를 게릴라 측에 전했다. 도시락 대신에 가져왔지만, 도중에 누구도 입에 대지 않았던 찐 고구마 절반은, 눈 깜짝 할 사이에 남승지와 무장병의 입으로 사라졌다.

이방근과 청년들은 오두막 터의 바위 위에 걸터앉아 쉬었다. 심해와 같이 덮여오는 거대한 정적 속에서, 불탄 흔적의 잔해를 스치는 바람 소리가 날 뿐이었다.

남승지의 앙상한 모습에 이방근은 충격을 받았다. 필시 보름 이상, 제대로 된 식사를 하지 못한 탓일 게다. 게릴라는 궁지에 몰려 있다, 이방근은 그것을 직감적으로 느꼈다. 그러고 보면 2월 중순 들어서 게릴라의 공격이 끊겨 있었고, 그 즈음부터 하산자가 부쩍 늘었다. 틀림없다, 이제 게릴라의 패배는 시간문제다.

한라산 기슭에는 눈이 내리고 있다. 내일은 해안지방까지 눈이 내릴 것이다. 내일 오후 세 시에 폐촌 위 소나무 숲 서쪽, 마을의 모습을 살필 수 있는 장소에서 재회한다. 안내는 다른 청년 두 사람이 아래쪽에서 찾아와, 저녁때 조천으로 들어간다. 이 정도 일만이 확인되었다.

두 사람의 청년은 조천을 향해 내려갔다. 식량을 받은 세 사람은, 다시 오르막길을 올라서면서 바늘오름 근처의 아지트로 향했다. 약 세 시간 거리인데 도중에 눈이 쌓여 있다고 했다. 냉기를 품은 바람이 살을 찌르듯 불어왔다.

한 시간 정도 걷자, 밤눈에도 점점 지면이 하얘지기 시작했고, 여기저기에 눈 밖으로 노출된 검은 돌이 걸음을 방해했다. 게다가 운동화가 눈에 깊이 묻힐 만큼 오르막이 되면, 발자국을 지우는 것이 큰 일거리였다. 눈을 뒤집어쓴 마른 나무가 띄엄띄엄 서 있었는데, 남승지는 거기에서 무언가를 집어 내더니, 그것으로 그다지 깊지 않은 발자국을 쓸 듯 지우며 나아갔다. 대나무 빗자루가 중요한 무기였다. 이런 방식에는 한계가 있지만, 달리 방법이 없었다. 바람과 강설이 발자국을 지워 주기 때문에 아지트의 이동은 눈보라가 치거나 하는 날을 선택한다고 했다.

바람이 점점 강해지고, 돌풍에 쌓인 눈이 날아올라 눈보라처럼 흩어지는 가운데, 자신의 거칠어지는 숨결과 눈을 밟는 발소리만 들릴 뿐, 서로 이야기를 나눌 상황이 아니었다. 그러나 정세용의 납치가 왜 성내를 벗어나 이루어졌는지 묻지 않았던 것은 그 때문이 아니다. 결과적으로는 그편이 다행이라고 생각하면서도, 박산봉의 얼굴이 절망적으로 일그러졌을 때의 실망감이 마음속에서 떠나지 않았다. 어찌 된 일입니까, 내가 확실하게 처리할 생각이었는데, 놈은 내가 해치울 겁니다……. 이방근은 고개를 가로저었다. 무거운 걸음 속에서, 정세용에게 사살된 박산봉의 꿈이 머리를 스쳤다.

남승지가 폐촌에서 올라오는 도중에 이방근의 증언은 동이 트는 것과 동시에 이루어질 것이라고 했다. 이미 사문은 끝났고, 숨통을 끊는 증언을 기다리는 일, 즉 처형의 문을 여는 일만 남아 있었다. 강몽구도 있다고 했다. 정세용과 강몽구는 안면이 있고, 남승지도 이방근의 집에서 두세 번 얼굴을 마주쳤기 때문에 상대는 기억하고 있을 것이었다. 이방근은 왜 동이 틈과 동시에 행하는지 반문하지 않았다. 나의 증언이 있고, 그 후 언제 정세용의 처형이 이루어진다는 것인가. 정세용의 변명은 있을 수 없고, 있다고 해도 그야말로 형식적인, 그것이 본인의 요구라면 처형 전 술 한 잔과 같은, 희망에 따른 것일 게다.

당에는 사문을 행하고, 결과에 따라서는 처형할 임무가 있다. 증언은 그 때문에 필요하며, 이방근은 지금 눈 위를 증인의 자격으로 걸어가고 있었다. 나는 지금 확실한 살의를 품고 산을 오른다. 자유로운 정신은 죽이기 전에 자살한다. 그러므로 죽이지 않는다. 왜 지금, 죽이기 전에 자신을 죽이지 않는가. 자유를 잃어버리면서까지 살해로 향하는 것인가. 탁상공론, 억지 이론이 아닌가. 이제는, 살해를 피하려고 하는 것과 마찬가지다. 살해 이유는 무엇인가. 상대가 살해당하기에 마땅한 명분, 그것에 따르는 것이다. 재판관이 내리는 사형선고의 명분과 같은 레벨. 조천을 출발하기 직전에 송래운이 했던 말이, 귓속에서 거품처럼 떠올랐다. ……확실히 증언해 주시오. 결국은 죽이라는 것이었다. 이곳은 전장이다, 수라장, 적, 적.

이방근은 정세용 살해에 대해 자문자답하고 있었지만, 그것은 이미 죽일지 살릴지가 아니었다. 정세용 살해에 대한 지금까지의 생각이 마치 기계장치처럼 반추를 거듭하면서, 지금은 그것이 몽환과 서로 이웃한 느낌에서 벗어나고 있음을 의식하고 있었다.

마땅히 있어야 할 살해와 현실의 거리가 좁혀지고, 겨울 산의 냉기처럼 불순물이 배제되어 응축된 탓인지, 동요는 없었다. 자문자답의 결론은 정세용을 게릴라에게 처형하도록 맡길 것인지, 게릴라 앞에서 자신이 직접 처형할 것인지 둘 중의 하나였다. 살해 그 자체에 대한 동요가 아니라 선택이었다. 하수인이 되고자 했던 박산봉도 곁에 없다. 선택은 하나로 좁혀지고 있었다.

정세용과 만나면 어떻게 할까. 형님, 세용 형님이라고 부를 수 있을까. 어떻게 할 것인가가 아니다, 정세용 앞에 내가 모습을 드러내는 것이다.

바람이 점차 미세한 눈을 동반하고, 쌓인 눈이 날아올라 얼굴을 때렸다. 달빛은 거의 사라지고, 견디기 힘든 묵직한 어둠이 포위해 왔다. 눈 덮인 지면에 간신히 빛이 보였다. 아지트에 이른 듯했다. 제법 걸었다. 조천을 출발해서 오르막길을 일고여덟 시간은 걸어온 것 같았다. 이방근은 피로를 느꼈다. 몸은 땀이 배어 열을 발하고 있었지만, 추위에 곱은 듯 아픈 운동화 속 발가락 끝이나 장갑 낀 손가락 끝으로는 열을 보낼 수가 없었다. 다리가 막대기처럼 굳어서 움직임이 둔했다.

"예? 무슨 일입니까?"

멈춰 선 뒤쪽의 남승지가 부르듯이 말했다.

"응……? 무엇이 말인가?"

이방근은 돌아보고, 입술에 달라붙은 눈송이를 손으로 털어 내며 말했다.

"지금, 뭔가 말씀하신 거 아닙니까?"

"무엇을?" 설마, 내가 비명을 지른 건 아니겠지. "아, 아, 뭔가 내가 중얼거렸나. 가자구."

일행은 걷기 시작했다. 사람을 죽이고, 나는 살아남을 생각인가. 이방근은 마음속으로 분명 그렇게 말했지만, 나는 살아남을 생각인가란 말이 소리가 되어 밖으로 비어져 나온 모양이었다.

아지트 근처에서 수하를 하는 보초를 만났다. 찐 고구마 하나를 나누어 주니 크게 기뻐했다. 커다란 바위 그늘로 보이는 그곳을 통해, 계곡 같은 경사진 숲 안으로 들어갔다. 손으로 더듬어 소나무 같은 줄기를 잡으며 몇 미터가량 내려온 평지 주변의 숲 안쪽을 잠시 걷다가, 숲 변두리에서 멈춰 섰다.

"여기입니다."

남승지가 말했다.

"소리는 나지만, 모습은 보이지 않는군. 정말로 게릴라로군."

"조심하세요. 관목이 있습니다."

남승지의 말과 동시에 회중전등이 켜지고, 둥근 빛에 수풀이 드러났다.

"이 맞은편이 절벽입니다. 그곳을 내려갑니다."

빛이 사라지고, 어둠 속에서 남승지의 그림자가 지면으로 가라앉았다. 절벽 끝까지 나아가 아래를 내려다본 이방근의 눈에, 빛이 그물코처럼 확 흩어지고, 높이 2미터 정도 되는 바위 표면이 드러났다. 벌써 지면에 내려선 남승지가 회중전등 불빛을 아래로 향하게 하고, 이방근에게 바위 모서리를 지탱하면서 내려오라고 재촉하고 있었다.

별로 힘들이지 않고 발이 지면에 닿았다. 남승지가 전방을 비춘 불빛 안에, 검은 굴이 입을 벌리고 있었다. 동굴 입구였다. 무릎을 꿇고 몇 미터 나아가니, 갑자기 천장이 높아졌다. 남승지가 회중전등을 껐다. 희미하게 흔들리는 불빛 속에, 크게 흔들리는 그림자와 함께 사람이 나왔다. 동굴 안은 의외로 따뜻하고, 뭔가 생나무가 타고 있는 냄새가 가볍게 코를 찔렀다.

"강몽구입니다."

다가온 자그마한 그림자가 이방근의 손을 꽉 쥐었다. 키는 작아도 근육질 몸매였던 강몽구에게서도 정기가 사라져 있었다.

"아이구."

3, 4미터 앞 쑥 들어간 암벽 뒤에서, 작은 불이 흔들흔들 불꽃을 피우고 있다. 연기는 거의 보이지 않았다. 이방근은 덩굴 같은 가지가 연기를 내지 않고 타고 있는 불 옆에서 코트를 벗고, 각반을 풀고, 젖은 운동화와 양말을 벗어 손발을 따뜻하게 하면서, 찐 고구마 꾸러미를 풀었다. 우유병 크기의 찐 고구마 네 개가, 선잠을 자고 있던 사람을 포함한 몇 명의 게릴라에게 적당히 분배되었다. 강몽구와 이방근도 한 개를 둘로 쪼개 반씩 먹었다.

"이 동무도 이런 걸 먹소?"

"핫핫, 이런 것이라니 무슨 말씀입니까."

"이건 정세용 몫이요. 특별 배급이지."

강몽구는 분배하고 남은 한 개를 가리키며 말했다.

이방근은 흠칫했다. 특별 배급……이란 것은, 처형 전의 음식이라는 것인가.

"어디에 있습니까?"

이방근은 옆에 앉아 있는 강몽구와 남승지의, 불꽃에 발갛게 드러난 얼굴을 번갈아 보며 말했다.

"동굴 안쪽에 있소."

강몽구가 말했다.

"지금, 제가 온 걸 알고 있습니까?"

강몽구가 고개를 가로저었다.

"자고 있습니까?"

"누워 있지만, 모르오. 그에겐 모포를 한 장 주었지만."

"제가 온다는 건 알고 있습니까?"

"아니, 이곳에 직접 나타난다고는 얘기하지 않았소."

"으-음."

시간은 네 시를 지나고 있었다. 여섯 시까지 잔다고 했다. 두 시간이 채 안 되는 시간이 남아 있었다. 남아 있다는 것은 증언의 의식 이후 곧 이루어질 처형까지 그의 생명에 허용된 시간이다. 납치로부터 일주일, 사문은 끝난 후였다. 정세용은 4·28화평협정 파괴의 음모 가담자에도, 고 경위 사살에도, 유달현을 스파이로 이용해 성내 조직을 일망타진으로 이끈 일에도, 일절 관여를 부정했다고 한다. 대한민국 경찰관으로서 의무를 다해 왔을 뿐, 부끄러운 짓은 하지 않았다, 그러한 정보가 만일 팔촌 동생인 이방근의 입에서 나온 것이라면,

그것은 원래 망상벽이 있는 그가 만들어 낸 것이므로, 어떤 구체적인 근거도 없다……. 정세용은 전부터 아는 사이인 강몽구에게, 남해자동차 사장이며 식산은행 이사장인 이태수 씨 앞으로, 경찰과 의논해서 게릴라 측과 절충을 도모하는 방법을 타개해 주길 바란다는 친서의 전달을 부탁했다. 게릴라 측은 받아들이지 않았다.

강몽구는 정세용이 이방근의 친척이기 때문이라고는 하지 않았지만, 고문 따위는 일절 하지 않았으며, 연행 도중에 도망치려고 해 제재를 가한 정도였고, 신사적으로 다루었다고 이야기했다. 이 동무가 그의 앞에 모습을 보이는 것만으로, 증언도 필요 없게 된다……. 강몽구는 이방근의 등산의 노고를 기리며, 깊은 사의를 표했는데, 그는 당연히 이방근의 출현을 정세용 처형의 전제로 하고 있는 듯했다. 그러나 이방근이 찾아오지 않아도, 납치한 정세용을 성내로 되돌려 보낼 수 없을 뿐더러, 산중을 데리고 다니기에도 짐이 되고, 인질로 크게 이용할 수 있는 존재도 아니기 때문에, 처형은 면할 수 없었다.

모습을 보이는 것만으로 증언의 필요는 없다……. 무서운 말이었다. 증언의 내용은 이미 정세용 본인 앞에서 이방근이 폭로한 것이었다. 그것은 자살이 아니라, 당신이 고 경위를 죽였다, 사살한 것이다. 응접실 소파를 차고 일어난 그의 등을 향해 퍼부었을 때의 광경이, 지금 온몸의 전율과 함께 되살아났다.

돔 모양의 높은 천장이의 동굴은, 국민학교 교실보다 넓은 느낌이었다. 입구의 정면 울퉁불퉁한 암벽의 왼쪽 구석에, 사람 한 명이 간신히 지나갈 수 있을 정도의 땅굴이 있었다. 바로 막다른 곳인 것 같은데, 포로가 된 정세용은 그 안에 있는 듯했다.

작은 소리를 내며 타고 있는 모닥불 옆에서, 각각 낡은 모포를 깔고 몸을 눕혔다. 강몽구와 남승지는 2, 3분 사이에 잠이 들고 가볍게 코를 골기 시작했다.

눈보라가 치고 있을 동굴 밖 바람 소리는 거의 들리지 않았다. 주위 암벽의 울퉁불퉁한 모습이 작은 바람에 살랑거리듯 흔들려서 가만히 보니, 암벽 그 자체가 같은 모양을 한 커튼처럼 뒤틀리며 움직이고 있었다. 이상하다. 몸이 경직되어 있었고, 마디마디가 아팠다. 이명이 잠을 부르고 있었다. 파도처럼 잠이 피곤한 전신을 왈칵 덮쳐 오는 듯하면서도, 잠이 오지 않았다. 졸음이 찰싹찰싹 밀어닥쳐 거스르기 힘들었다. 정신이 난파선처럼 꿈과 현실 사이를 우왕좌왕하고 있다. 아직 깨어 있었다. 내가, 두 시간 뒤에 정세용을 죽인다? 이방근은 바삭바삭 마른 사막 같은 머릿속 공간에 우뚝 서서, 남의 일처럼 생각하고 있었다. 뭐라고? 가장 자유로운 인간은 살인을 하지 않는다. 그 전에 자살한다. 그럴까. 살인을 하지 않고, 살인 후의 일을 말할 수 있을까. 머릿속의 관념, 머릿속의 살인이다. 현실의 살인을 두 시간 이내에 내가 한다. 두 시간 후에 내가 죽인다. 이방근은 온몸이 떨리고 있었다. 이명이 두개골에 울려 퍼졌다.

암벽 주름의 군데군데가 빛나고 있는 것은 물방울이 스며있기 때문일 것이었다. 현기증이 머릿속을 크게 한 바퀴 도는 사이, 눈을 감고 있었다. 한동안 희미한 불꽃의 음영에 채색되어 커튼처럼 흔들리는 암벽을 보니, 이상하게도 어느 야외극장 무대의 배경이 되어 있었다. 그곳에서 이방근이라는 등장인물이 친척인 정세용이라는 경찰 간부역을 죽인다. 죽일 수 있다. 무대의 이방근은 무대 밖의 이방근을 알고 있어서 그 대역을 하고 있었다. 그림자처럼 이방근이 나타났다. 그러자 암벽의 커튼 주름의 음영에서 피투성이가 된 정세용이 스윽 나타났다. 언젠가의 밤, 온돌방의 장지문 틈 사이에서 나타났던 정세용의 유령과도 같은 모습이었다. 이방근과 유령은 어슴푸레한 빛 속에서 허공에 떠 있는 것처럼 서 있었다. 그렇다, 우리들은 무언극을 하고 있다. 이제부터 연기가, 살인극이 시작된다. 살인을 두려워할 건 없다. 그러나 두려워하는 흉내는 내야 한다. 이방근은 좌석에 앉으려고 상반신을 일으켰지만, 몸이 움직이지 않았다. 의자가 아니라 낡은 모포 위라고 떠올리고, 다시 일어나 앉으려고 하지만 몸이 움직이지 않았다. 앞으로 두 시간 내에 정세용을 죽이는 것이다, 무대에선 이방근의 대사가 동굴 안을 울리고, 이방근의 귓속에서 울렸다. 내가 앞으로 두 시간 이내에 정세용을 죽인다? 이방근은 고개를 쳐들고 상반신을 일으켰다. 정말로, 실제로 내가 죽이는 것인가? 이방근은 몸이 떨리는 걸 느끼면서, 야외극장처럼 투명한 불꽃의 그림자가 잔잔하게 흔들리고 있는 암벽을 보았다.

뭐지, 저게 흔들리고 있네. 목을 매고 공중에 매달려 있다. 그래, 어느새 당이 설치한 교수대에 매달린 정세용이 공중에서 흔들리고 있었다.

이방근은 무대가 있는 구부러진 암벽 안쪽의 정세용에게 다가가고 싶은 충동을 느끼면서 일어났다. 갑자기 육친을 접하는 그런 친애의 정을 느낀 것이었다. 그런데 다리에 힘을 주고 일어선 순간, 금세 친애의 정이 사라지고, 자고 있을 때 죽이는 편이 훨씬 용이하지 않을까 하고 고쳐 생각했다. 몇 걸음인가 걷기 시작한 그는, 깜짝 놀라 멈춰 섰다. 손에 아무것도 들지 않았다. 그 근방에 굴러다니는 사람 머리 정도의 돌로, 놈이 잠들어 있을 때 내리칠까.

그는 취한 듯 비틀거리며 몇 미터 떨어진 오른쪽 암벽 옆의 돌로 다가갔다. 왼쪽 동굴 입구 근처에 앉아 있던 무장 게릴라가 이방근 쪽으로 얼굴을 돌렸다. 내가 이상하다, 미쳐가고 있는 건 아닌가. 조금 전 야외극장 무대는 어디인가. 지금 내가 움직이고 있는 건 무대

워고, 난 그 무대에서 살인을 연기하려고 하는 건가. 이방근은 총신을 어깨에 기대고 앉아 있는 게릴라의 시선을 받으며, 원래 자리로 되돌아왔다. 그는 게릴라의 시선을 의식하면서 몸을 눕혔다.

심장이 격렬하게 고동치고 있었다. 난 살인을 두려워하고 있다. 살인의 결과보다도, 이미 그 이전의 살인 행위 자체를 두려워하고 있다. 어찌 된 일인가. 살인에 대한 두려움에 견디는 일. 크게 울리는 심장의 고동이 가슴을 압박한다. 견디는 것은, 죽이는 일이다. 지금은 꿈이 아니다. 게릴라의 시선은 꿈이 아닌, 현실이다. 지금까지 줄곧 계속되었던 살해의 환상과 현실의 분리가, 눈길을 오는 도중에 거리를 좁혀 단 하나의 행위로 합체되었을 터인데도, 조금 전 무대는 현실에서 벗어난 환상이 아닌가.

이상한 감각에 잠긴 현실과 환상의 재분리가 암벽의 무대에서 행해졌다. 돌연, 참을 수 없는 졸음이 깊은 취기 안에 있는 것처럼 찾아와, 이방근은 눈을 감았다. ……앞으로 두 시간이 채 안 되는, 한 시간 반의 잠, 한 시간의 잠……. 눈꺼풀 안쪽에서 암벽의 불꽃 모양이 흔들렸다. 잠들어라. 권총을 쏘지 못하게 된다. 한 방에 심장을 박살낼 것. 심장은 마주 보고 오른쪽이다. 머리를 노릴까. 거리와 위치, 위치를 정하는데 거리가 있어선 안 된다. 쏘지 못한다. 3미터, 2미터, 접근해서 총구를 두개골, 관자놀이 위에 들이대고, 우, 우, 우, 앞으로 두 시간 미만, 한 시간 반……. 이방근은 다시 양쪽 눈을 크게 뜨려 하면서도, 깊은 늪처럼 다가오는 잠 속으로 끌려들어 갔다.

바닥 깊은 늪, 하나의 구멍으로 뻗은 양손을 누군가 잡아당겨 끌려 나오듯 잠에서 깼다. 꽤 흔들어 깨웠는데도 잠에서 기어 나올 수 없었던 것이다.

여섯 시였다. 드디어 잠으로 메운 그 시각이 찾아온 모양이었다.

무장 게릴라가 앞장서고, 강몽구, 남승지와 이방근이 동굴 밖으로 나왔다. 어슴푸레한 새벽녘에, 바위 표면을 기어올라, 머리 위에 눈을 뒤집어쓴 수풀을 헤치고 절벽 위로 나오니, 이제 막 올라온 동굴 입구가 철쭉 종류로 보이는 관목들에 가려져 있어서, 그 밑에 동굴이 있다고는 쉽게 상상하기 어려웠다. 바람이 그쳤다. 눈은 소나무 숲 안에도 얼룩얼룩 쌓여 있었지만, 동굴과 가까운 숲 쪽에 나무가 듬성듬성한 두세 평의 좁은 공간이 있었다. 강몽구는 여기에서 정세용의 사문을 실시한다고 했다. 이방근의 증언이다.

"제가 그의 앞으로 나가, 얼굴을 보이는 것만으로 증언이 된다는 것이군요."

강몽구가 한 말이다. 실로 그러했고, 허식은 필요 없다. 내가 얼굴을 보이는 것만으로, 놈에게 일격을 가하게 된다.

전율을 계속할 정도로 몹시 한기가 들었다. 운동화를 신은 발밑이 차가운 것은, 각반을 차지 않았기 때문만은 아니었다.

"그렇소."

"사문의 연장인, 그 증언이 끝나면 어찌 되는 겁니까."

이방근의 입에서 뿜어져 나오는 하얀 입김에 떨리는 목소리를 실었다.

"이 동무에게 이의가 없다면……."

"이의가 없다면?"

이방근은 상대의 말을 낚아채 앵무새처럼 따라 했다. 나에게 그 처리를 맡길 작정이다.

"총살에 처할 겁니다."

"총살."

이의가 있다면……이라고는 말하지 않았다.

"당 조직의 결정이고, 임무입니다."

"누가 합니까."

이방근이, 내가 하는 것이냐? 고 자신에게 묻고 있었다. 나는 증언이 아니라, 정세용을 직접 죽이기 위해 여기까지 온 것이다.

"무장대원이 합니다."

동굴에서 함께 나온 스물두세 살의 무장병을 가리키는 것이다. 그는 바로 옆이 아닌, 일정한 거리를 두고, 한 발로 정세용을 사살할 것이다. 이른 새벽에 총살하는 것은 주위에 메아리칠 총성에 마음을 쓴 것이다. 가까운 곳까지 토벌대가 와 있더라도, 심야의 행진이 아니라면 이 시각에 도착할 수 없다. 동굴 안에서의 처형은 어두울 뿐만 아니라 음산하다. 눈 위가 좋다. 처형이 끝나면 강설을 이용해 새로운 아지트로, 하산하는 이방근과 반대 방향인 한라산 기슭을 향해 이동한다고 했다. 게릴라는 강몽구와 남승지 외에 무장병 두 사람, 그리고 비무장인 청년 두 명으로 전원 여섯 명이었다.

"제가 하겠습니다."

차분한 목소리였지만, 이방근은 동시에 자신을 향해 말하고 있었다.

"이 동무가 한다고?" 강몽구는 반문했지만 놀라지는 않았다. 이방근의 남다른 각오를 헤아리고 있는 남승지는, 옆에 우뚝 선 채, 코끝에 눈송이가 떨어지는 것도 신경 쓰지 않고 잠자코 있었다. 강몽구도 남승지에게 듣고 알고 있을 터였다. "처형은 조직이 하는 일이지, 개인이 하는 일이 아니오."

절벽 위를 가린 관목 사이에서 비무장 게릴라 한 명이 머리를 내밀고 기어 올라왔다. 그는 등을 굽혀, 아래에서 올라오는 듯한 자에게 손을 내밀고 있었다. 이방근은 흠칫하며, 도움을 받고 있는 것이 정세용이라고 직감했다. 그는 옆의 나무 그늘로 몸을 숨길까 생각했지만, 그냥 우뚝 서 있었다.

재갈을 물린 채 검은 제복의 모자를 쓰지 않은 남자가 휘청거리며 지상으로 모습을 드러냈다. 제복은 진흙에 더러워져 있었다. 조금 전까지 묶여 있었을 손목을 손바닥으로 문지르며, 그는 아직 어둑어둑한 숲 속으로 시선을 움직였지만, 이방근을 알아차리지는 못했다. 뒤에서 또 한 명의 비무장 게릴라가 올라왔다. 무장병이 총을 겨누고 정세용에게 다가가자, 두 명의 게릴라는 그의 손을 다시 뒤로 묶었다. 소리를 내지 않겠다고 약속하면 입을 자유롭게 해 주지만, 만일 큰 소리를 내면 사살한다, 아무리 크게 소리를 질러도 적들은 없다고 위협하고, 게릴라 한 명이 재갈을 풀었다.

게릴라들이 정세용을 숲 속 공터로 데려갔다. 그리고 그는 약 3미터 거리로 다가갔을 때, 키가 크고, 본 적이 있는 한 남자를, 눈이 내릴 듯한 새벽하늘 아래에서 발견한 것이다.

경악한 정세용은 입을 벌리고도 소리를 내지 못했다. 등에 총을 들이대고 있었지만, 그 때문만은 아니었다. 원래 간에 병이 있는 것처럼 안색이 좋지 않은 마르고 단정한 얼굴에서, 완전히 핏기가 가시는 표정으로 알 수 있었다. 무서운 절망과 기묘한 희망이 뒤섞인 눈빛이 순간적으로 번뜩이고, 한마디, 방근인가, 라고 매우 쉰 목소리를 벌린 입으로 짜내었다.

이방근은 잠자코 있었다.

"넌 방근이잖아. 이방근이야. 날 데리러 온 건가."

정세용의 눈빛은 그 말과는 반대로 겁을 내고 있었다. 마치 노인네 같은 말이었다.

이방근은 순간 웃음이 나와 당황했는데, 갑자기 무서운 자기혐오감에 빠져 마른입에 쓴 침이 솟아나는 것을 삼켰다. 누구도 웃지 않았다.

"정세용 씨." 강몽구가 날 선 목소리로 말했다. "민족 앞에 중대한 죄를 범한 민족반역자, 정세용에 대한 사문은 끝났지만, 정세용 씨는 모든 반민족적 범죄 행위를 부정했다. 거기에는 민족적 양심의 고통은 조금도 찾아볼 수 없다. 여기에 우리의 사문을 뒷받침하는 증인이 있다."

"증인이라니 무슨 소리야, 방근이, 넌 여기까지 뭘 하러 온 게야? 난 무법한 인민재판은 인정할 수 없다. 이방근이 무슨 증인이야? 민족 앞에 대죄를 범하고 있는 건 공산당이다. 이건 법의 근거도 없는, 그야말로 엉뚱한 수작이다."

"전 증언을 하지 않을 겁니다."

"뭐라고?"

이방근은 지극히 침착하면서도, 다음 행위에 대한 초조함을 느끼고 있었다. 증언만이라면 하루가 걸려도 좋다. 지금 시간이 경과하면 살의가 약해진다. 이방근은 이쪽이 죽일 수 있을 정도로 상대의 도발을 원하고 있었다. "제가 지금, 이곳에 이렇게 서 있는 것만으로도, 당신은 모든 것을 헤아리고 있겠지요."

"무엇을 헤아리고 있다는 거냐?" 이방근 앞으로 돌진하려는 것을 좌우의 게릴라가 막았다. "넌 뭘 하러 이곳에 온 거야. 이 호로자식이! 넌 미쳤어. 네가 날 납치한 범인이겠지, 네가 납치를 시킨 거야."

"납치는 우리가 했다!"

남승지가 이방근 앞으로 나와 소리를 질렀다. 무장병이 총대로 정세용의 등을 찔렀다.

"한마디, 해 두겠습니다. 당신은 경찰로서, 무릎 꿇고 목숨을 구걸한 고 경위를 태연하게 눈썹 하나 까딱치 않고 사살한 것을, 함병호가 훌륭하다, 훌륭하다며 거듭 칭찬한 것을 기억하고 있겠죠." 아니, 이래서는 말이 다르다. 마지막 순간이다, 과장을 바라는 감정 때문에 조금이라도 거짓말을 하게 해선 안 된다. 함병호가 직접 내게 한 말이 아니다. "그렇습니다. 작년 서울에서 만났던 '서북'의 문동준 부사무국장이, 감탄하면서 함병호로부터 들은 이야기를 했습니다."

"함병호? 문동준? 미친놈들이, 모두 거짓말이다! 넌 '서북' 패거리들이 하는 말을 믿는 게야." 정세용이 소리를 질러 이방근을 놀라게 했다. 항상 낮은 목소리만 들어 익숙하지 않은 정세용의 고성에, 이방근은 그만 끌려들었다. "모두 나완 관계없는 곳에서, 날조된 거짓말이다. 그 거짓말에 의거해 사문을 강행한 건데, 이방근, 넌 뭘 하려고 거기에 있는 게냐?"

유달현도 흔들리는 마스트 위에서 마지막까지 모든 것이 날조라고 주장했는데, 닮았다고 생각했다. 살기 위한, 연명하기 위한 필사적인 거짓말이다. 더 이상 시간이 지체돼서는 안 된다. 이곳은 처형의 장소이지 문답의 장소가 아니다. 이미 10분은 지났다.

심장의 고동과 함께, 무언가가 시시각각 다가오는 듯한 분위기를 느낀다.

"이제, 됐겠지요."

이방근은 강몽구를 보고 말했다. 이방근이 재촉할 것도 없이 강몽구는 시간을 서두르고 있었다. 정세용은 강몽구가 끄덕이는 것을 보았지만, 이방근의 말은 듣지 못했다. 강몽구가 게릴라들에게 턱으로 신호를 했다. 게릴라들은 분위기를 살피고 저항하는 정세용을 옆의 나무줄기에 붙들어 맸다.

"이거 봐, 방근이, 무슨 짓이냐. 너희들은 날 묶고 무슨 짓을 하려는 게냐. 방근이, 줄을 풀어, 풀라고." 정세용이 발버둥 치며 절망적인 소리를 질렀다. “너, 넌 날 죽이는 걸 도우러 온 게냐. 넌 무슨 원한이라도 있는 거냐. 너와 나의 관계에 무엇이 있단 말이냐. 방근이, 살려줘! 이봐—…….”

부르짖는 정세용의 입을 대원이 수건으로 틀어막았다. 두 개의 눈빛이 발광하고, 동공에 뇌수까지 달할 듯한 캄캄한 구멍이 열려 있었다. 버둥거리는 양 다리도 묶였다. 그다지 굵지 않은 나무줄기가 흔들려 머리 위 가지로부터 눈이 흘러내렸다. 눈을 가렸다. 사지를 묶인 정세용은 눈과 입이 막힌 머리를 심하게 흔들고 있었지만, 길게 이어지지 않았다. 소나무 숲 위로 드러난 회색 하늘에서 이방근과 주위 사람들의 머리와 어깨에 하얗게 눈이 춤추듯 떨어지고 있었다. 어라, 어디선지, 째깍, 째깍, 째깍……시계의 초침 새기는 소리가 또렷이 들려, 깜짝 놀랐지만, 이명이었다. 그것이 부웅, 부웅, 날아다니는 벌과 같은 소리를 내며 머릿속을 세차게 치기 시작했다. 수면 부족 탓일 것이다.

무장병이 강몽구에게 다가갔다. 이방근은 순간 당의 결정에 의한 처형을 게릴라 스스로가 행하는 대로 맡기려는, 마치 어떤 유혹의 목소리를 따르는 듯한 생각에 사로잡혔다. 하지만 아니다, 고개를 흔들면서, 옆의 게릴라에게 지시를 내리는 강몽구를 손짓으로 제지했다.

“이방근 동무.”

강몽구가 턱을 들어, 이방근을 응시했다.

이방근은 강몽구에게 일단 시선을 돌렸다가, 남승지에게 권총을 넘기라고 말했다. 서울에서 멀리 바다를 건너, 양력 정월 1일 아직 어둠에 싸였던 이른 새벽, 성내의 집을 나서는 그에게 주었던 권총이었다.

남승지가 고개를 흔들었다.

“이리 줘.”

이방근은 거친 목소리를 냈다.

"당의, 우리의 임무입니다."

"이 동무, 그만둡시다. 적어도 정세용은 당신의 친척 형이오. 우리 조선의 예법에 어긋나오."

"난 무엇 때문에 이곳에 온 겁니까. 증언이 없어도 정세용은 그 죄업에 의해 처형됩니다. 내 앞에 있는 건 친척인 정세용이 아닙니다. 내가 이곳에 온 건 단순한 증언 때문이 아닙니다."

목소리가 갈라졌다. 그는 목구멍에 커다란 담이 걸린 것 같아, 눈 위에 가래 덩어리를 뱉어 냈다. 강몽구는 지금 내가 말뿐인지 아닌지, 죽일 수 있는지 없는지를 확인하고 있는 것이 아닌가. 이방근은 남승지의 손에서 소형 권총을 낚아채듯이 자신의 손에 들었다.

"장전돼 있겠지."

남승지는 고개를 끄덕였다.

좋아. 이방근의 움직임에 주위가 마른침을 삼켰다. 실패해선 안 된다. 눈앞까지, 2미터까지 다가가 심장을 겨누고 쏜다. 이상하다. 권총을 쥔 순간, 몹시 취해 무중력 상태가 된 듯한 감정이 전신을 휘감아, 이방근은 거의 권총을 떨어뜨릴 뻔했다. 권총을 쥔 손에 힘이 들어가지 않았다. 자신의 의지로 단단히 잡고 있으면서도, 그 힘이 닿지 않고 꼼짝달싹 할 수 없는 무력감이 심신을 적셨다. 권총을 쥔 채로 오른손의 다섯 손가락이 얼어 버린 것처럼 경직되어 있었다. 쏘지 못하고 만다! 필사적으로 질타하는 목소리.

두 사람만의 이 세상과 격리된 듯한 장소에서, 정세용과 결말을 짓는다……. 막연하게 상상하고 있던 장소가, 이곳이었던가.

강몽구가 정세용의 재갈을 풀라고 명했다. 필사적으로 입 주위를 우물거리며, 정세용이 뭔가를 말하려 했던 것이다. 게릴라가 정세용에게 다가가 입을 묶은 수건을 풀었다.
"눈가리개를 풀어 줘."
소리칠 힘을 잃은 정세용이 격한 숨을 토해 내며 매우 쉰 목소리를 냈다.
"풀지 마."
이방근이 말했다.
"앞에 있는 건 이방근이로군. 눈가리갤 풀어."
"풀지 마."
"눈가리개를 풀어 줘, 놈의 얼굴을 봐야겠다."
"풀지 마!"
"풀어 줘!"
풀면 끝이다……! 오른팔이 표적을 향해 움직였다. 전신이 폭발하는 무시무시한 마찰이 얼음의 열을 발하며 등을 뛰어오른다. 풀지 마! 눈가리개가 풀리자 2미터 거리에서 시선이 충돌했고, 정세용이 끼–악 하고 무서운 비명을 지른 순간, 거의 지옥의 불꽃이 들여다보이는 그 눈을 향해 발사되려던 권총의 총구멍이 왼쪽 가슴을 향해 불을 뿜었다. 찌르는 칼날을 뽑는 듯한 감각이 이방근의 전신을 서서히 달렸다.
이방근은 옆에 망연히 서 있던 남승지에게 권총을 돌려주고, 다가오는 강몽구를 거들떠보지도 않은 채, 꿈속의 아무도 없는 설원에서 살인을 범한 듯한 황량한 마음에 사로잡혀, 소나무 숲 밖의 눈 속을 향해 걸어갔다.
이방근은 10여 분 뒤에 소나무 숲 끝의 바위 위에 앉아 있는 자신을 깨달았다. 깨달은 것이 아니다. 뒤를 따라와 근처에서 지켜보고 있던 강몽구와 남승지가, 눈을 뒤집어쓰면서 바위 위에 그대로 얼어붙은 듯 움직이지 않는 이방근을, 가만히 둘 수 없어 말을 걸었다. 내버려 두면 이방근은 바위 위에서 몇 시간이라도 계속해서 앉아 있었을지도 모른다.

그는 살해 행위로부터, 말을 걸어와 어깨에 손이 닿기까지의 일을 전혀 기억하지 못하고 있었다. 가슴을 찌른 단도를 뽑아내는 감각이 손에 남아 있는 듯해서 그것이 자기 손의 연장선에서 살인 행위가 있었다는 것을 간신히 납득시키고 있었다. 권총 사살이란 사실은 합선된 퓨즈처럼, 어디론가 날아가 버렸다.

동굴로 돌아온 이방근은 죽은 듯이 잠이 들었다.

5

눈은 싸라기눈으로 바뀌어 내리고 있었다. 바람에 날린 싸라기눈이 장지문에 닿아, 손톱으로 할퀴는 듯한 소리를 냈다. 안뜰을 하얗게 메운 잘게 부순 쌀알 같은 눈 위로 싸라기눈이 바람에 날리며 달리는 소리를 냈다. 축항 방파제와 바위에 부서져 흩어지는 파도 소리가 초가지붕을 스치는 바람의 저편에서 들려왔다.

날이 밝고, 두터운 구름 저편으로 태양이 중천에 떴을 무렵이 돼서야 이방근은 어제 이른 새벽, 산의 동굴 옆 소나무 숲 속에서 처형이 이루어진 사실을 인정할 수 있었다. 그러나 그 인식은 허공에 떠 있어, 처형당한 것이 정세용이고, 직접 처리한 것은 이방근 자신이었다는 것이, 분열 상태에서 하나의 사실로 합치되기까지는 얼마간의 시간이 필요했다. 소형 브라우닝으로 사살한 사실을 인식하면서도, 이상하게 피살자의 심장에 단도를 푹 찌르고 뽑은 순간의 감각이 여전히 손에 남아 있었다.

그는 예전으로 돌아간 것처럼, 하숙집의 좁은 방 벽쪽에 붙여 놓은 소파에 줄곧 앉아 있었다. 나의 이 정신 상태는 뭔가. 살인에 대해 이것저것 얼마나 많이 생각해 왔던가. 죽일 수 없는 이유는, 살인이라는 행위보다도 그 결과가 견디기 힘들다, 그러한 이유에서 오는 살해에 대한 공포였을 터이지만, 그것을 넘어선 결과의 이 상태는, 살해에 졌다는 말인가. 살인 이전에 두려워하며 예상하고 있었던 일이, 지금 그렇게 되었다.

그만큼 고민한 끝에 행한 살해의 대가가 만족스럽지 않았다. 한순간에 모든 존재가 걸린 정열의 폭발 결과는 참으로 어이없고 공허했다. 현실의 피막이 벗겨져 완성된 꿈에 삼켜진 몸이 아직 충분히 헤어나지 못하고 있었다. 꿈의 광경으로 떠오르는 눈 덮인 산으로 오르내린 왕복이, 살해할 가치가 있는 여정이었던가. 죽은 지금, 그는 이미 경찰 간부도 친척도 아닌, 한 사람의 인간이고, 한 남자의 죽음이었다. 한 사람의 남편과 자식의 죽음, 그리고 아버지의 죽음, 결국 죽일 필요가 없었다……는 생각이 머리를 스쳤지만, 그러나 그렇지 않다, 정세용은, 스스로도 가담하여 만들어 낸 이 학살의 땅에서, 살해당하는 것이 당연하다고 납득하는 마음이 불쑥 일어났다.

이방근은 역시 정세용의 살해 자체에 만족하고 있었다. 게릴라가 처형을 했다면, 얼마나 마음이 가벼울 것인가. 눈 위의 사살은 내 자신이 선택한 길이다. 길은 이미 선택되고 말았다. 넌 비겁자, 신의 얼굴을 한 악마다. 넌 스스로 손을 더럽히지 않는다. 반드시 대신할 놈에게 살인을 시키는 것이다……. 이방근, 이 위선자 놈아.

이방근은 손바닥에서 아직 사라지지 않은, 상대의 심장에서 뽑은 피투성이가 된 단도의 감촉을 인정하면서, 난 두 번째 살인도 할 수 있다고 생각했다. 두 번째? 이번이 두 번째가 아닌가. 거친 밤바다 위에서 유달현은, 만약 그때 청년들이 없었다면 마스트 위에서 그가 외쳤듯이, 바로 내 손에 죽었을 것이다, 넌 나를 죽이려 하고 있다, 악마 같은 자식! 넌 이전부터 나를 죽이려고 했어. 난 두 번째 살인을, 하수인으로서 두 번째 살인을 했다. '서북'처럼 다음 살인을 하려고 생각하면, 할 수 있다. 난 죽일 수 있다. 이방근은 전율을 일으키며 소파에서 일어났다. 난 태연하게 살인을 할 수 있는 인간이 된 것인가.

다음날, 점심 때 박산봉이 얼굴을 내밀었다. 강한 소망에 반하여, 정세용 납치와 사문에서 제외되었던 박산봉은, 인민재판의 결과, 정세용이 제대로 처형된 것인지, 친척인 이방근이 참가했으니까 혹시 목숨을 건진 것은 아닌지 의구심을 지니고 있었다.

그는 주뼛주뼛 그러한 의문을 입 밖에 내고, 사문의 결과가 총살형이었다는 걸 알자, 자신의 원한이 풀리기라도 한 것처럼, 잘됐다! 라며 무릎을 쳤다. 처형은 게릴라가 했습니까? 내가 현장에 있었다면, 이 손으로 했을 텐데! 라고 말할 것 같은 쾌재와 아쉬움이 섞인 어조였다. 음, 그럴 예정이었지만, 내가 했어. 내가 했다? 뭐라고요, 선생님이 하셨단 말씀입니까? 그래 내가 했다고. 이방근은 거의 미소를 짓듯이, 일부러 그랬지만, 자랑하듯 말했다.

"선생님, 정말로 하신 겁니까?"

"자넨 내가 한 게 마음에 들지 않나?"

"헷헤, 선생님은 마음에도 없는 말씀을 하시고……."

박산봉은 놀라움에서 감탄, 그리고 공포의 표정조차 보이며, 소파에서 엉덩이를 떼며 이방근으로부터 멀어졌다.

"자네도 꽤 과장이 심하구먼." 이방근은 껄껄 웃었다. "거짓말이야, 거짓말. 게릴라가 했어. 그게 조직의 임무라는 것이지."

박산봉이 돌아간 뒤, 정오를 조금 지나 부엌이가 아버지 심부름이라며 부르러 왔다. 무슨 일일까. 오늘은 은행에 가지 않았던 것인가. 예의 게릴라 측과의 교섭 건일지도 모른다. 교섭이고 뭐고, 정세용은 이제 이 세상에 없다. 그는 부엌이에게 무슨 일이냐고 묻지 않았지만, 그녀 쪽에서 한마디, 정세용이 죽은 모양이라고 이방근을 당황하게 만들었다. 도대체 누가 정세용의 살해를 알렸지? 마치 추격자가 바로 근처까지 다가온 듯한 놀라움이었다. 어떻게 죽은 것을 알고 있지? 음. 이방근은 몹시 격앙되어 있었다. 잘 모르겠수다……. 그렇지, 알리가 없을 것이다. 이틀 전에 바로 내가 죽였다. 그렇다고 해도 이상하다. 게릴라 측이 처형의 통고라도 한 것인가.

이방근은 부엌이를 돌려보내고, 어떤 사태가 일어나더라도 대처할 수 있는 살인자로서의 마음의 준비를 충분히 하고, 천천히 하숙집을 나왔다.

아버지는 은행에서 경찰로부터 전화를 받고 집으로 돌아와 있었다. 경찰은 가족들에게 경찰을 파견하여 공비들의 잔학 행위를 알렸다고 한다. 세용이의 머리가……. 아버지가 말을 잇지 못했다. 뭐라고요? 세용이의 목이라니, 무슨 말씀입니까? 이방근은 자신이 하수인이면서도, 정세용의 머리가 남문길 변두리의 무선전신국 문기둥 위에 걸려 있었다는 말에 경악했다. 그 순간, 그는 정세용을 자신이 사살했다는 것을 완전히 잊어버릴 정도였다. 이방근은 깊은 호흡을 조용히 반복하고 놀라움을 진정시키는데 시간이 걸렸다.

"세용 형님의 머리가 틀림없습니까?"

"틀림없다는구나……."

경찰이 정세용의 머리를 확인하고 나서, 경찰서로 부른 아내가 남편이라고 재확인했는데, 아내는 그 자리에서 실신해 자택으로 옮기고, 부모에게는 단지 시체가 경찰서에 안치되어 있다고만 알렸다. 부모도 몸져누웠다는 것이었다.

도대체 어떻게 된 일인가. 설마 내가 산에서 죽인 시체가, 아니 머리다, 사체의 머리가 성내로 돌아오다니. 게릴라 놈들은 도대체 무슨 짓을 한 건가. 누가 정세용의 목을 자른 걸까. 적어도 산의 현장에는 강몽구와 남승지가 있었고, 이 두 사람이 속한 그룹이 주도한 잔학 행위에, 이방근은 절망적인 분노를 느꼈다. 강몽구가? 남승지가? 이방근은 몸서리를 쳤다. 그는 돋아나는 소름과 충격으로, 피살자 측에선 친척으로서의 슬픔과 게릴라에 대한 분노를, 아버지 앞에서 연기가 아닌 자연스러운 행동으로 보일 수 있었다.

왜 무선전신국인가? 이왕이면 경찰서 문 앞까지 가져다 놓았으면 좋았을 테지만, 성내 중심부까지는 침입할 수 없었던 것이다. 무선전신국을 택했던 것은, 성내 중심을 벗어난 삼성혈의 소나무 숲 맞은편이고, '서북'의 사설 고문실이 있다는 것에 대한 보복이었는지도 모른다.

아버지는 오후에 상갓집에 간다고 했다. 머리만 가지고 장례식을 한다는 것은, 전대미문의 일이지만, 당연히 이방근도 가야만 한다. 무덤 없는 도민의 사체가 길 위에 굴러다니고, Y리의 상근의 나이 든 부친이나 처자의 사체처럼 뼈만 남기고 썩어가게 내버려 두는 세상이지만, 이쪽은 도경 경무계장, 경감이라는 직급이 있는 사람이다. 경감은 지방 제2급의, 서귀포나 모슬포의 경찰서장과 동격의 직급으로, 4·28화평협상 파괴 활동에 대한 논공에 의한 것이었다. 그리고 이번에는 '순직'이며, 일계급 승진이 예상되는 것이다.

가령 사체가 있다고 해도, 너무나 갑작스러운 죽음이기 때문에, 이제부터 풍수사, 혹은 풍수에 밝은 고학의 유식자에게 부탁하여, 묘지의 지맥, 수맥의 지형, 방위의 길흉을 점치는 최소한의 절차가 필요했다. 사체가 가족의 품에 돌아온 뒤에도, 정식으로 장례식을 치르기까지는 상당한 시일이 걸릴 것이다. 이 나라에서 장례식은 전답을 팔아서라도 비용에 충당해야 하는 대사였다.

성내 가까운 곳에 적당한 장지가 금방 발견될 리도 없고, 한창 동란인 때에 지관이라 불리는 풍수가가 여기저기 답사하면서 토지를 물색하는 일도 어려웠다. 어쨌든 번문욕례의 복잡한 의식이 행해지는 것인데, 장례식은 유족과 그 친척인 정씨 문중이 주재하기 때문에, 이씨 집안에서는 장례식 참석만으로 충분했다. 그러나 이 뜻밖의 사태가 어떻게 된 것인지, 이방근은 알 수 없었다. 누구도 알 수 없을 것이다.

그러고 보면, 이방근은 그의 장례식에 출석하게 될 자신의 일까지는 생각하지 못했다. 살인자가 피살자의 장례식에 참석하게 되겠지만 장례식은 조만간 치러질 것이라는 점을 생각하지 못했던 게 이상했다.

살의에 정열이라는 것이 있는 걸까. 순수하게 높아져 가는 살의의 투명한 강도. 생살(生殺)의 경계를 오가는 살의의 정열을 내장한 다이아몬드 섬유. 그 섬유 다발이 눈 위에서 작열했던 것이 아니었던가. 그 결과가 성내에 내던져진 잘린 목이라니. 내가 하수인이 아니었다면, 여전히 살의만을 간직한 인간이었다면, 그 섬유 한 가닥이 끊어지고, 다시 한 가닥이 끊어져, 지금까지 다져왔던 살의가 사라져 버릴 것이다. 쿵, 쿵……. 스크루에 잘려 수박처럼 해면에 부침하며 떠다니는 유달현의 머리가, 어느새 정세용의 머리가 되어, 어두운 바다에 떠다녔다. 마치 악몽의 이미지가 현실을 앞지르고 있는 듯했다.

오후에 이방근은 아버지와 함께 장례식을 치르기 전인 상갓집으로, 분향만 하고 곧 돌아올 생각으로 잔설을 밟으며 집을 나섰다. 이씨 집안의 부자가 함께 외출하는 것은, 오랜만에 보는 마을의 진풍경이었다. 투시력이 있다면 어떻게 될까. 아들은 살인자인 것이다.

두 사람은 잘린 머리가 늘어서 있는 관덕정 광장 길을 피해, 북국민학교를 왼쪽으로 돌고 북신작로를 거쳐 ○중학교 근처로 통하는 길을 택했다. 잔설을 밟는 구두 소리가 귀에 울린다. 사살의 순간, 선혈이 눈을 물들였을 광경을 이방근은 보지 않았다. 눈에 들어왔을 테지만, 기억하지 못했다. 그렇다, 사체가 아닌 머리만이 옮겨진 데에는 이유가 있다. 이방근은 아까부터 생겼던 응어리가 풀리기 시작한 듯한 기분이었다. 사체는 골짜기 밑으로 옮겨졌는지, 눈 덮인 소나무 숲 속에 방치돼 있는지 알 수 없었지만, 어쨌든 게릴라가 적의 사체를 짊어지고, 눈 속을 이동할 수는 없을 것이었다. 그렇게까지 해서 사체를 성내로 들여놓을 필요도 없었다. 자루에라도 넣어 옮기기 쉽게 하려고 참수한 것은 아닐까. 그것은 전투력을 잃고 산야를 방황하고 있는 게릴라들의, 전투를 대신한 하나의 시위이기도 할 것이다. 명백한 이유였지만, 사체의 일부를 성내로 옮겨와 사람들 눈에 띄게 한 것은 마찬가지다.

상갓집에는 친척인 정씨 일가, 이웃 사람들, '서북' 출신도 있는 경찰 관계자들이 얼굴을 내밀고 있었는데, 장례식 일정도 정해지지 않았기 때문에, 조문객의 출입은 많지 않았다. 그래도 10여 명의 손님들에게 술과 음식을 대접하러, 친척이나 이웃의 부녀자들이(이씨 집안에서는 부엌이가 와 있었는데) 바쁘게 움직이고 있었다.

급조한 관이 안치돼 있었는데, 아버지의 말에 따르면 속에 든 것은 머리뿐이라고 했다. 정세용의 부모는 몸져누운 상태였지만, 외가 쪽인 정씨 일가가 이방근을 보는 눈초리에, 그는 어쩐지 숨겨진 악의가 있는 것처럼 느껴져 견딜 수가 없었다. 눈가리개를 풀어 두 사람의 시선이 부딪히고, 정세용이 끼-악 하고 비명을 지른 순간의, 거의 총탄을 쏘는 듯한 그 눈이 정씨 일가의 눈과 겹쳐지면서 마치 무수한,

천 개가 넘는 어둠의 눈이 자신을 둘러싸고 있는 것 같은 착각에 빠졌다. 이마에 흥건히 식은땀이 배 어나왔다.

이방근은 일단, 밥상 앞에 앉기는 했지만, 상 위의 음식이나 술에는 거의 입을 대지 않고, 잠시 후 아버지와 함께 자리에서 일어났다. 자리에서 일어났을 때, 이방근은 관속에서 일어난 머리가 데굴데굴 구르는 소리를 내는 걸 들었다고 생각했지만 환청이었다. 관은 옆방에 안치되어 이방근의 시선이 닿는 곳에는 없었다.

"강몽구에게 부탁하려고 생각했는데, 이런 결과가 되었다. 그 남자는 이런 짓을 하는 인간이냐?"

아버지는 좋지 않은 길을 걸으며 말했다.

이방근은 뜨끔하여 입을 열었다.

"산 쪽에서 한 건 틀림없지만, 강몽구가 관계돼 있다고는 할 수 없겠지요."

아버지, 머리는 잘렸지만, 죽인 것은 접니다.

"어험, '서북'과 똑같은 짓을 한다."

"예, 그렇습니다." 이방근은 맞장구를 치며 이야기를 돌렸다. "아버지는 이대로 집으로 가십니까?"

"아니, 난 지금부터 은행 쪽으로 돌아간다."

눈앞에 신작로인 동문길이 보였다. 이방근은 동문길에서 아버지와 헤어져 집으로 향했다.

서울에서는 제주도로 병력 증파의 새로운 소문이 돌고 있다고 문난설이 전화로 이야기했는데, 3월로 들어서자, 제주도 현지에서도 예측했던 일이지만, 제주도 지구 전투사령부가 설치되고, 사령관으로 육사 부교장인 유 대령이 입도하여, 지금까지 토벌대 사령관이었던 제2

연대장이 참모를 겸임하게 되었다. 한성주에 의하면, 제2연대병력 외에, 특수부대 1개 대대, 서울에서 철도경찰본부응원대, 충청남도 지구의 경찰응원대 등, 국방부의 정예라 칭하는 3천여 명, 경찰 천 2백여 명, 게다가 우익 테러 집단이 투입되고 있다고 한다.

전투사령부는 대한민국 정부 미군사고문단장으로, 여수·순천사건의 진압 작전을 직접 지휘했던 로버트 준장 이하, 신성모 국방장관 등의 현지 지도하에 놓여, 미군함, 잠수함, 다섯 대의 비행기가 제주도로 보내졌다. 정월 당초의 합동작전을 해체, 대규모로 재편한, 입체적 토벌섬멸작전이라 일컫는 3월 대공세가 시작된 것이었다.

지리산, 태백산맥 등의 산악부를 근거지로, 정부군의 소탕작전에 타격을 주며 확대된 본토의 게릴라 활동은, '북'으로부터 원조의 희망도 끊기고, 도민의 지지를 잃어 괴멸에 가까운 제주도 게릴라의 한 줄기 빛이기도 했다. 서울, 부산 등의 도심부에 미친 게릴라 투쟁의 파급에 속을 끓인 미국은, 게릴라 토벌이 조기에 달성되지 않는 한, 국가적 원조는 불가능하다고 한국 정부에 공공연히 압박을 가했다. 그러자 이승만 정권은 특히 게릴라 투쟁의 진원지이자, 장기화되고 있는 제주도 게릴라를 철저히 섬멸한다는 성명을 내고 총력을 기울였다. 제주도가 빨갱이의 섬으로 날조되고, 반공국가 존립을 위해서는 제주도 전체를 희생해도 어쩔 수 없다는 것이, 친일파 정권의 확립과 유지를 위한 대의명분이었기에 제주도가 그들의 희생양이라고 하는 인식을 이방근과 한성주는 같이하고 있었다.

음, 역사라는 것은 어디를 향해 흘러가고 있는 것일까? 과거의 민족반역자나 친일파를 위해 제주도민은 사살되고 멸망해 가는 것이야……. 한성주는 생각을 같이하는 이방근뿐만 아니라, 아버지 이태수 앞에서도 그러한 이야기를 하고 있는 모양이었지만, 아버지는 말없이 고개를 크게 끄덕였다는 것이었다.

성내를 포함해 해안지역에서는 토벌대의 움직임을 볼 수 없었지만, 토벌대 측은 경찰을 해안지역의 경비로 돌리고, 토벌대는 대대 단위로 게릴라 소탕지역을 할당하여 산악부로 포위망을 형성하기 위한 포진을 하고 있었다.

토벌 측은 선무 공작을 계속하는 한편, 지금까지 간과했던 도민 학살을, 게릴라 평정작전에 마이너스가 되는 것이라고 반성하고, 적어도 비무장공비로서 무차별적으로 사살되었던 동굴로 도피 중인 피난민에 대해서는 귀를 자르거나 목을 베는 대상에서 제외시켜, 대부분을 수용소로 보냈다. 제주읍에 속한 봉개, 용강 등, 동부 일대의 게릴라 수색작전에서 발견된 피난민은 그러한 취급을 받았다.

깊게 굽이치는 계곡과 삼림에 둘러싸인 중산간지대인 용강, 봉개지구에서, 휘몰아치는 눈보라 속에 실행되었던 대대병력에 의한 게릴라 수색작전에서는, 한 개의 게릴라 아지트도 발견하지 못한 채 끝났다고 하는데, 그곳에는 이미 게릴라 자체가 없었던 것이다. 대신 토벌대가 찾아낸 몇 개의 동굴에는, 불에 탄 마을을 등진 백 명을 넘는 노인과 부녀자들이 추위와 굶주림을 견디며 빈사 상태에서 비와 이슬을 피해 있었다. 동굴 깊은 곳에서는 유해가 나와 토벌대원을 놀라게 했다. 게릴라들도 필시 비슷한 상태일 것이었다. 피난민들은 빵 한 조각을 얻기 위해 학살의 공포에 떨면서도 하산했고, 몇 군데에 건설 중인 수용소 중의 하나, 또는 비행장에 증설된 수용소로 보내졌다. 예전 같으면 동굴 입구에 휘발유를 뿌리고 불을 붙여 전원을 태워 죽였을 것이다.

게릴라 색출을 위해 봄을 앞두고 산림의 벌채가 개시되어, 중산간지대의 부락 전역에 몇 번인가 소개령이 내려지고, 타지 않고 남아 있던 부락이 새로이 초토화작전에 편입됨과 동시에, 해안지대의 전 부락에 대한 '축성' 명령으로, 약 3미터 높이의 돌담으로 끝없이 둘러싸인 전략촌 건설이 강제로 진행되었다.

성내에 가깝지만 초토화된 R리의 이웃 마을 연동리도 마찬가지로 마을 주민들이 소개한 폐촌이었는데, 그곳에 갑자기 축성 명령이 내려져, 해안 부락에 소개해 있던 마을 주민과 이웃 마을 ○리의 주민이 연일 동원되었다. 보름여 만에 돌담의 축성작업이 거의 끝나갈 무렵인 3월 중순 전에, 산에서 수백에 달하는 피난민들이 장사진을 이루며 내려왔다. 게릴라도 섞여 있던 피난민들은, 사상 심사를 받기 위해 불탄 자리에 만들어진 돌담뿐인 전략촌에서, 지면에 거적 한 장을 깔았을 뿐인 수용생활을 이어 가고 있다고 했다.

추위에 얼고 초근목피로 굶주림을 견뎌온 입산자, 피난민들의 하산이 이어져, 그들은 우리 안 빈사 상태의 동물 무리처럼 전략촌의 돌담 안으로 들여보내졌다.

이방근은 송 선주와 동행한 조천리에서, 같은 조천면인 낙선리에서 소개되어온 마을 주민의 이야기를 들었다.

작년 말에 소각된 낙선리의 마을 주민 대부분은 해안 부락으로 소개했지만, 올해 들어 동원 명령을 받고, 마을의 불탄 자리에, '함바'라고 부르는 가건물을 세워, 마을을 둘러싸는 세로 백 미터, 가로 백 50미터의 돌담을 쌓고 있다고 한다. 이 전략촌의 성벽 안에서, 마을 주민들은 토벌대의 감시하에 낮에는 밖에서 농사를 짓고, 밤에는 죽창을 들고 보초를 서는 집단생활을 하고 있는데, 3미터 높이의 돌담 여기저기에 있는 총구멍으로부터 토벌대의 총구가 들여다보고 있어서, 낙선리는 동시에 전초기지나 마찬가지였다.

토벌대는 게릴라에 대한 투항, 하산을 권고하는 삐라를 비행기에서 한라산일대, 중산간지대에 살포했다. 게릴라 근거지를 특정하지 못한 채 그럴듯한 주변에 포진하여, 스피커로 라디오 방송을 내보내, 투항과 하산을, 그렇지 않으면 섬멸의 죽음뿐이라고 외치면서, 무력공격으로는 완수할 수 없는 게릴라 세력 내부의 와해를 꾀했다.

투항하여 산길을 내려오는 게릴라의 뒤에서 같은 게릴라가 발포하는 자중지란이 일어나고 있었다.

한동안 멈추었던 미군에 의한 함포사격으로 연일 해안지역의 상공으로 포탄을 쏘아 산악부에 검은 불꽃을 올리고, 비행기가 폭격을 거듭하고 있었다.

연일 제주도 상공을 돌고 있는 연락기는 전투사령관이 탑승한 사령기로, 거기에서 비행장의 미군 캠프에 주둔하고 있는 로버트 준장이 지령하는 모든 작전을 지휘하고 있다고 한다. 눈 위의 게릴라의 움직임을 하나도 놓치지 않고 추적하는 정찰기의 정보 발신하에, 게릴라 근거지로 보이는 지역을 향해 폭탄 투하나 바다로부터의 함포사격을 퍼붓고 있었다. 적이 있는 목표를 노리지 못하는 것이 화가 날 뿐이겠지만, 함포사격에 진절머리를 낸 아버지도 요행수도 있는 법, 총도 백발을 쏘면 그중에 한 발은 맞는 법이었다.

전투사령부 요원의 탑승기가 한라산 동쪽 중턱의 밀림에 추락하여, 기체가 크게 파손된 가운데 승무원들은 탈출에 성공했지만, 추락하는 비행기를 목격하고 가장 가까운 곳의 아지트에서 현장으로 급히 달려갔던 게릴라들이 기내에서 발견한 서류에서는 모든 도민을 총동원하여 백 미터 간격의 일렬횡대로 나란히 세우고 그 배후에 토벌대가 서서, 산기슭에서 산을 샅샅이 뒤지는 작전을 개시, 산정상인 백록담까지 총진격해서 게릴라 섬멸을 기한다는 작전 계획서가 있었다고 한다.

이러한 계획은 이미 항간에 퍼져 있었는데(모든 도민을 동원하게 된다면, 도민 자신들이 알아야 할 것이다), 이는 이리저리 생각한 끝에 나온, 그렇다면 더욱 한라산의 지형을 잘 알지 못하는 탁상공론에 가깝다고 해야 할 것이었다.

게릴라 측에 관한 정보는 강몽구에게 들은 것이었다. 3월에 접어들면서 곧바로 이방근은 송래운과 함께, 강몽구와 조천리의 부(夫) 선주의 집에서 만났다. 정세용이 죽은 지 보름가량이 지났지만, 강몽구는 정세용 처형에 대해 화제로 삼지 않았다. 그는 정세용의 건은 이미 과거형이고, 목전에야말로 중요한 안건이 있다는 듯이, 미리 송래운을 통해 이방근에게 제기되고 있던 문제로 화제를 옮겼다.

강몽구라기보다 게릴라 측의 제기는, 게릴라 전원의 점차적인 섬 밖 탈출이었다. 어디선가 들은 적이 있는, 아니 어디에서 이 문제가 제기되었는지 출처를 의심하지 않을 수 없는 이야기가 송래운을 통해 나왔을 때, 이방근은 놀라지 않았다. 당사자인 게릴라 조직들이 그렇게까지 인식하지 않을 수 없게 만든 절망적인 상황의 출현에 이방근은 새삼 경악을 금치 못했다.

게다가 그 내용인즉, 탈출한 게릴라가 본토의 남해안에 상륙하고, 육로로 지리산으로 들어가, 지리산 게릴라와 합류한다……는 그 탈출 계획 자체가, 이방근의 이해를 크게 뛰어넘는 것이었다.

한 사람당 7, 8만 원의 탈출자금을 확보해서, 하산해도 사형이나 무기징역을 피할 수 없는 2백 명 정도가 탈출한다(액면대로 계산하면 천수백만 원이 될 것이다). 경찰의 블랙리스트에는 약 5백 명의 중요 멤버가 올라 있다고 했는데, 2백 명 외에는 전원이 하산 권고에 응한다는 것이었다. 이것은 마치 나를 겨누고 있던 패배주의, 투항주의, 반혁명이라는 비판, 아니 투항 그 자체인 것이다. 남승지를 파견해서 요청한 조직파괴 행위의 중지가 역전되어 버렸다. 게릴라 조직 내부에서는 강경파와의 의견 대립도 있을 것이다. 가령 전원이 한 곳에 집결한다고 하면, 5, 6톤급 어선 두세 척으로 2백 명 정도는 충분히 실을 수 있지만, 지리산 게릴라와 합류한다는 것은, 어떠한 혁명정신과 신념에게서 나온 생각인가. 이상했다. 이방근의 입장에서 보면 관념적 환상이었고, 객관적 판단의 기준을 상실한 산에 있는 인간들의 그야말로 모험담 같은 발상이며, '로맨틱'과도 무관한 이야기였다.

단순 계산으로는 여수에서 전북, 전남, 경남 삼도의 경계를 이루는 산악지대의 정점이 되는 지리산까지 직선거리로 7, 80킬로, 여수반도 서쪽 해안의 순천만으로 들어가, 어느 해변에 상륙하면 5, 60킬로를, 두세 명이나 몇 명의 조직책의 그룹이라면 몰라도, 누가 봐도 일반인이 아닌, 수염을 깎아 본들 분명히 게릴라임을 알 수 있는 집단이, 읍내나 농촌지대를 통과하여 육상이동이 가능할 리가 없었다. 게다가 지리산은 한라산과 거의 다름없는 천 9백 미터나 되는 험준한 산이었다.

어째서 이런 상식적으로 생각해도 불가능한 일이 게릴라 내부에서 논의되어 조직결정으로 나오는 것인가. 한라산에 추락한 정찰기에서 발견된 전투사령부의 탁상공론적인 작전 계획서의 내용과도 어딘가 닮아 있었다. 일본으로 전원이 탈출할 수는 없겠지만(그것이 이방근의 당초 계획이지만), 혹시 겉으로 내세우는 명분이 지리산이고, 일본으로 탈출을 계획하려는 게 아닌가 하고 이방근은 생각했다. 그러나 지리산이라면 몰라도(가령 지리산 합류가 이루어진다면, 이것은 불굴의 혁명적 정신의 구현과 승리가 될 것이다), 일본으로의 탈출은 명분상 불가능했다.

선주그룹의 보스 송래운, 그리고 부선주도 이방근과 함께 계획의 합리성에 대해서 이야기를 나누었다. 계획이 납득할 수 있다면 배를 제공하거나 탈출자금을 요청하는 데도 응하고 싶었다. 가정해서 하는 이야기지만, 뱃삯은 기본적으로 없다고 봐야 하고, 상륙 후를 대비한 돈도 얼마간 필요할 것이다. 집단적인 하산에서 승선까지 문제도 있다. 그러나 결론적으로 실현 불가능한, 너무나도 비현실적인 계획이라는 걸 이유로 거부를 결정했다. 본토로의 상륙, 게다가 지리산 게릴라와의 합류 자체가 실로 관념적이어서, 도대체 이게 혁명조직에서 나온 발상이 맞나 하는 것이 세 사람의 일치된 견해였다. 그들의 생각은 어떻게 여기까지 비약한 것일까. 꿈, 꿈을 먹는 무언가……. 어쨌든 목적이 제주도 탈출에 있는 것만큼은 틀림없었다.

이방근뿐만 아니라 송래운도 이방근의 의견이 바른 길이라며 찬성했다. 부 선주도 육지(본토)의 지리산에 가까운 해안으로 사람을 옮기는 것은 어려운 일이 아니다, 그러나 산부대에는 특별한 '기술'이 있는지는 모르지만, 상륙하고 나서 어떻게 할 것인가, 라며 승낙하지 않았다. 강몽구 자신도 게릴라 조직 내의 강경파의 의견을 받아들이는 면모를 보이고는 있었지만, 탈출 외에 방법이 없는 것을 확실히 인지한 게릴라에게, 앞으로의 투쟁은 어떻게 되는 것인가. 이방근은 자신이 게릴라라도 되는 양 눈앞에 새카만 액체가 퍼져 떠다니는 것을 보는 느낌이었다. 이방근은 잠시 숨을 죽였다. 확실한 괴멸의 싸움으로 발을 내딛는 것밖에 되지 않을 것이다. 달리 방법이 없다. 두려운 사태가, 아직 당분간 거리가 있다고 느꼈던 사태가 현실이 된 듯했다. 눈앞에 퍼진 새까만 액체는 절망적인 마음의 움직임이었다.

이방근은 그날 밤, 송래운과 함께 부 선주의 집에서 하룻밤을 묵었지만, 강몽구는 심야에 아지트를 향해 파도 소리 높은 마을을 떠났다.

오늘은 아침부터 시끄러웠다. 비가 내리고 있지만, 관덕정 광장을 중심으로 빗속 행진을 하고 있는 모양이었다.

역적의 남로당을 쳐부수러 가자
역적의 폭도를 잡으러 가자
역적의 민애청(民愛靑)을 잡으러 가자
대한민국 만세를 부르면서 잡으러 가자……

'반공멸비가(反共滅匪歌)'라는 '노래'였다. 한때 국민학생들이 선무가를 합창하는 행진이 계속되었는데, 최근에는 행진의 발소리도 크고, 씩씩한 노랫소리가 읍내에 울려 퍼졌다. 대한청년단이 축이 되어, 익찬부인회(翼贊婦人會)나 소년단, 게다가 하산 후에 석방된 부녀자들을 동원하여, '사냥'의 노래를 소리 높여 부르며 데모 행진을 했다.

정오가 다 돼서였는데, 아침부터 이어진 빗속 행진은 사전에 짜 넣은 전주곡이었는지 관덕정 광장에서 투항한 게릴라의 행진이 있으니 '구경'하러 나오라며 동원을 알리고 다니는 소리가 골목에 울렸다. 이방근은 불길한 예감에 두근거림이 한동안 멈추지 않았는데, 광장에는 비가 오지 않더라도 나갈 마음이 생기지 않았다. 그는 부엌이에게 만일 남승지나 양준오 등의 모습을 발견하면 바로 돌아오라고 일러두었다.

부엌이가 나간 뒤 10분 혹은 20분 정도 지났을까, 집 위에 하늘 주위로 까마귀 떼로 보이는 이상한 울음소리가 나서 이방근은 툇마루로 나왔다. 빗속에서 까마귀들이 상공을 날아다니고 있었는데, 아무래도 행선지는 관덕정 방향인 듯했다. 광장의 시체나 목 잘린 머리를 노린 까마귀들이 떼를 지어 모이는 일은 있었지만, 일제히 울음소리를 내고 성내 상공을 선회하면서 광장에 모여드는 일은 없었다.

투항 게릴라들의 행진이라고는 하지만, 죽은 자가, 그것도 대량의 시체들이 옮겨지고 있는 것은 아닐까. 어떤 시체인지 모르지만, 토벌대에게 살해당한 것임에 틀림없을 것이다. 부엉이가 불길한 예감을 적중시키는 소식을 가지고 바로 돌아오지 않은 것이 그나마 안심이었다. 무슨 이유로 발포를 하는지 이따금 총성이 울렸다.

그로부터 한 시간이 채 안 되어 부엉이가 돌아왔다. 행진 의식이 끝난 것이었다.

당장에라도 쓰러질 듯한 수십 명의 게릴라가 사열종대로 질척거리는 광장 주위를 돌며 행진했는데, 게릴라 전원이 사람의 자른 머리를 꿰찌른 죽창을 짊어지고 있었다는 것이다. 머리의 행렬이었수다……. 죽창에 꿰인 머리는 같은 게릴라의 머리였다. 비에 씻긴 피가 푸른 대나무를 타고 떨어졌다. 까마귀 무리가 상공을 까맣게 메우고 선회하면서, 살아 있는 것처럼 움직이는 머리의 행렬을 노리고 내려왔다. 머리뿐만이 아니었다. 행진하는 게릴라들이 이미 송장 냄새를 발하고 있는 살아 있는 시체였다. 총성은 까마귀를 향한 것이었다.

조천리에 장이 섰던 날, 면사무소 앞의 신작로를 천천히 달려오는 지프 위에 죽창에 꿰어 있던 봉두난발한 게릴라의 머리를 떠올렸다. 토벌대와 '서북'들이 나누어 탄 두 대의 지프, 그 수십 미터 뒤쪽에서 따라온 네 명의 미군이 타고 있던 지프, 관속에 정세용의 절단된 머리. 무감각, 익숙해질 것. 무감각하게 견딜 것.

며칠 전, 조천에서 송 선주와 함께 만났던 강몽구의, 게릴라 제주도 탈출 이야기가 충격이었던 것은, 반혁명적 조직의 파괴라고 이방근을 공격했던 측이, 반대로 탈출을 이야기하기 시작했다는 사실만이 아니라, 그 계획이 너무나도 공상적이었기 때문이다.

작년 여름, 게릴라 사령관 김성달과 그 외 조직 간부 여섯 명이 '북'으로 제주도를 탈출한 것처럼, 소수라면 본토로 탈출한 후 지리산으로 합류하는 것도 불가능하지는 않을 것이다. 가령 제주도 출발 당초에 소수 단위로 행동한다고 해도, 하나의 목적지에 전원 합류하여 재회를 이루는 것은 바라지 않는 게 좋았다. 일단 섬을 나간 뒤에는 각자의 길을 찾아야 할 것이었다.

불가능한 일이지만, 게릴라 스스로의 집단탈출 계획은, 현재 송래운의 협조를 받으면서 한대용과 함께, 하산한 자들이나 경찰로부터의 도피자들을 섬 밖으로 내보내고 있는 이방근의 일에 박차를 가하도록 만들었다. 이미 게릴라 조직으로부터 반혁명, 반조직적 파괴행동이란 비난은 없었다. 이미 조직 대부분이 붕괴되어, 그 힘이 사라지고 있었다. 이방근은 송래운과 의논해서, 필요하다면 본토로 탈출시키기 위한 배를 내는 것을 생각했는데, 한두 사람은 둘째 치고, 거기에는 탈출하려는 게릴라들이 살아남을 길도, 투쟁의 길도 없었다. 하물며 지리산으로 간다는 것은, 궁지에 몰린 자들의 환상이었다. 그러나 제주도에서 조직적으로 탈출하는 것이 불가능하게 된다면 방침을 다시 바꾸어 철저히 항전을 이어 가거나, 아니면 전원이 투항하는 방법 외에는 달리 없었다.

토벌전이 계속되면서, 궁지에 몰린 쥐가 고양이를 무는 상황에서 게릴라 소부대의 기습공격이 격해지는 가운데, 남승지를, 양준오를, 그리고 여동생의 '남편'을 살해한 오남주(체포되자마자 총살을 당할 것이다)를, 작년 4·3 직후에 이방근 앞으로 편지를 남기고 입산한 한라신문 기자였던 김동진을, 아니, 게릴라 전원을, 이 섬에서 탈출시키고 싶었다. 강몽구는 어찌 할 셈인가. 정세용의 머리를 잘랐을지도 모르는 남자. 게릴라의, 섬사람들의 목이 무수히 잘려 길가에 머리가 나뒹굴고 있었다. 머리에 관한 논의는 그만두자, 나는 머리가 붙어 있는 아직 살아 있는 정세용을 죽인 것이다. 이성운 게릴라 사령관…….

관음사가 불길에 휩싸였다는 사실을 안 것은 저녁때였다. 토벌대가 불을 지른 것이 2, 3일 전이라고 하니, 조천리에서 강몽구를 만난 전후일 것이다. 강몽구도 어느 아지트에 당도한 뒤 절의 화재 소식을 들었을 것이다.

게릴라 측이 이용하고 있는 것을 알면서도 손을 쓰지 못했던 것은, 한라산 신(神)도 모신 관음사가 도민의 두터운 신앙의 대상이 되어온, 제주도에서 유일한 본산이기도 했기 때문이다. 제주도의 대표적인 건축이며, 중요한 벽화 등이 있는 대가람의 대웅전이 모두, 휘발유를 뿌리고 불을 질러 재가 돼 버렸다는 것이다.

토벌대의 관음사 소각에 격분한 산 정상 가까운 돌오름에 포진하고 있던 게릴라 부대가, 관음사 부근에 주재하고 있던 전투사령부 외 기타 병력과 교전, 상당한 격전으로 쌍방에 사상자가 다수 나왔다는 이야기도 들려왔다.

용백이나 목포 보살 등은 사전에 하산했을 것이다. 그러나 아마도 부엌과 접해 있던 신자용 큰 방의 2층에 버려진 노인들의 경우, 움직임이 자유롭지 않은데 어떻게 되었을까. 절과 함께 타 죽었다는 말인가.

계모인 선옥은 절의 소실에 충격을 받은 모양이었다. 산달이 가까운 그녀가 항아리처럼 부른 배를 흔들며 팔자걸음을 걷는 모습은 아무래도 동물, 아니 생물적인 냄새가 났다. 인간이 기특한 존재로 보이는 것은, 이런 때이다……. 그녀는 작년 말, 일부러 한라산 중턱의 관음사까지 이웃의 부녀자들과 함께 '고행'을 겸해 참배하고, 남아 출산을 기원하는 불공을 드릴 만큼(출산 예정인 4월까지 한 달에 두 번 공양을 이어 가고 있는 모양이다), 신앙 대상으로서의 절의 존재는 둘째 치고, 남아 출산 기원에 지장을 초래하는 꼴이 되었다. 다시 어딘가 말사에라도 들러 다시 참배할 수밖에 없을 것이었다.

생각해 보면, 많은 도민들의 생사가 오늘 내일에 달려 있는 작금에, 그럴 계제가 아니지만, 이 집에서는 남아 출산 또한 절대적이라는 것이다. 게다가 출산 예정일이 4월 상순, 5, 6일경이어서, 아버지도 선옥도 혹시 4월 3일로 빨라지는 것은 아닐까 하고 크게 걱정하고 있었다. 어떻게든 불길한 4·3봉기 1주년인 4월 3일을 피하고 싶은 것이, 선옥으로서는 부처님께 빌 수밖에 없는 마음이었다.

이윽고 최근에 없는 격전이었다는 관음사 전투의 상황이 전해져 왔다.

게릴라는 처음에, 집단 귀순의 태세에 있다고 정보를 흘려놓고, 관음사 부근에 주둔한 전투사령부와 호응하여 게릴라 세력을 분단시키기 위해 빗게오름 근처에 포진하고 있던 독립대대를 관음사 근처까지 유인했다. 게릴라는 계속 내리는 비와 해빙이라는 하늘이 준 기회를 이용하여, 토벌대에게 일제공격을 시작했다. 악천후 속의 장시간에 걸친 전투는 치열했던 듯, 지형의 특성을 잘 이용한 게릴라의 맹공에 지형에 어두운 토벌대가 궁지에 몰렸지만, 날아온 미정찰기의 로켓포의 원호사격으로 구출되었다고 했다. 토벌대 측의 사망자는 27명, 게릴라 측도 다수라고 하지만, 지금으로서는 알 수 없었다.

전투사령부는 폭도들의 귀순기간을 3월 25일로 한정하고, 이후에는 결정적인 전멸작전을 전개한다고 게릴라 측에 최후 통고를 했지만, 귀순기간 전후에 상관없이 전면적인 소탕작전을 이어 갔다.

토벌대는 귀순한 게릴라로부터 조직 병력의 현 상황, 이동하는 아지트의 정보, 작전이나 암호 사인 등, 많은 정보를 입수하고 있었다. 투항 게릴라를 적의 색출을 위한 안내자로 선두에 세운 토벌작전은 급속한 전과를 올렸다. 선무 공작의 영향도 물론이거니와, 최종적인 공비섬멸작전에 대한 공포, 굶주림에 의한 무력감이 많은 게릴라들을 귀순하게 만들었다고 할 수 있다. 드높았던 영웅적 혁명정신은 꺾였고, 남은 육체는 시체나 다름없었다. 게릴라들이 처음으로 맞이한 겨울 동안에 아사, 병사, 동사자가 속출하여 그들의 시체가 지금은 아무도 없는 동굴이나, 행진 중에 쓰러졌을 설원에 흩어져 있다고 했다.

귀순자 중에 ○중학생으로, 이성운 사령관 직속의 행동 대원이었던 17세 소년 게릴라를 신문해, 한라산 서북의 어승생악 지하 동굴에 있는 병기창 정보를 얻은 토벌대 사령부는, 소년을 안내자로 내세워 제2연대장의 직접지휘 하에 수색전을 펼쳐, 구일본군 지하 요새였던 병기 은닉 장소를 발견하여, 소총 370정과 실탄 수천 발을 노획했다고 발표했다. 저장병기의 상실은, 최종단계에 들어간 공방전을 이어 가는 게릴라 측에게 커다란 타격일 수밖에 없었다.

게릴라의 패배와 함께 하산자가 잇따랐다. 하산자 중에는 투항자 외에 체포자들이 포함되어 있었다. 그들은 각각 다른 그룹으로 나뉜 채 긴 대열을 지어 하산했는데, 토벌대에게 긴 여정을 끝으로 연행되는 그들의 모습은, 비참한 패잔 게릴라병이었다. 일부에서는 관덕정 광장에서처럼 자른 머리를 들고 행진하였다.

산악지대에서 하산해 오는 그들은 성내 바로 앞의 광양을 거쳐 남문길로 들어가, 읍내 안쪽을 지나 산지의 양조장을 향해, 느릿느릿 당장이라도 쓰러질 듯 휘청거리다가도 토벌대가 내려치는 총대에 맞고 전진하면서, 길가로 나온 구경꾼들이 보내는 시선의 너울에 노출되었다. 관덕정 광장의 머리를 둘러멘 행진 때도 그러했지만, 예전에 그들을 애국의 혁명전사라고 칭송했던 군중들로부터 욕설과 돌이 날아들었다. 돌을 맞으며 쫓겨나는 것이 아니라, 증오의 시선과 돌세례로 환영받는 향토사수의 혁명전사들. 구경꾼들 속에는 지인이나 가족들이 있어서, 울부짖는 사람도 있었지만, 다가가서 이야기를 나눌 수도 없었다.

거무칙칙하게 얼굴이 부어오르거나 변형된 사람은 아마도 고문을 당한 것이리라. 그들은 거의가 부상자여서, 걷는 것도 간신히 한쪽 다리를 끌며 해변의 양조장 구내로 들어갔다. 관덕정 광장 쪽으로 남문길을 내려가기 전에, 농업학교의 마구간이나 창고, 텐트에 수용되는 자도 있었는데, 양조장 창고에는 2백여 명의 하산자로 가득 차 있었다.

이방근은 광양 쪽에서 남문길로 향하는 하산자들의 대열이 보인다고 하여, 하숙집에서 읍내 가운데로 나가, 구경꾼이 되고 싶진 않았지만, 혹시 남승지 등이……라는 마음이 강해, 그저 그것만으로 구경꾼들의 욕설과 울음소리 틈에 끼어 있었다.

남승지나 양준오가 귀순에 응할 리는 없다고 해도(으음, 그것은 모를 일이지만), 귀순 하산자에 의한 통보 등으로 토벌대의 색출작전이 크게 효과를 발휘하는 한편, 게릴라 조직이 소수 단위로 뿔뿔이 흩어져, 서로 연락도 끊긴 채 방황하다가 체포될 가능성은 충분히 생각할 수 있었다. 남승지나 양준오가 체포된 경우에는, 그 자리에서 총살당하지 않는 한, 성내로 연행되어올 것은 확실했다.

아득한 한라산 중턱 밀림 속의 관음사가 타오르는 것은 성내에서는 볼 수 없었지만, 모든 중산간지대에 내려진 소개령으로, 소각이 시작된 여기저기에서 부락이 타오르는 불길이, 낮에는 새카맣게 연기를 토해 냈고, 밤에는 어둠 속에 붉은 빛을 발했다.

삼의양오름 동쪽 기슭 부근에도 검은 불길이 올랐는데, 산천단의 십여 호 마을은 흔적도 없이 타버렸고, 게릴라에게 동정적인 젊은 학승이 주지로 있던 산천단포교당의 작은 암자도 소실되었을 것이다. 산천단 동굴에 살던 목탁영감은 어찌 되었을까. 절도 마을도 사라진 폐허의 동굴에 남아 있다고는 생각할 수 없었다.

6

그 밑동에 버려진 학살 사체가 늘어나도 경찰 구내의 벚꽃은 난잡할 정도로 만개했다. 일제강점기에 일본의 국화로서 '내지(內地)'에서 들여온 묘목을 심은 것이, 이제는 노목의 면모를 보이며 사체 위에 꽃잎을 떨구고 있었다. 한라산 동쪽 능선에 솟아오른 성판악의 벚나무 원생림에도 벚꽃이 피었을 것이다.

지난 4월 5일 이른 아침, 선옥은 예정대로 4월 3일을 무사히 넘겨 사내아이를 출산해서 이제는 이씨 집안에서 여왕의 자리에 군림한 분위기였다. 사내아이를 낳은 것만으로 지금까지와는 달라 보이니 이상한 노릇이었다. 마흔을 넘긴 첫 출산이지만 베테랑 산파 덕에 거의 순산을 한 것이었다.

기쁨이었다. 선옥의 임신 사실을 알았을 때 아버지에게는 방탕한 아들에 대한 보복의 마음도 있었겠지만, 지금은 현실로서 생명을 얻은 기쁨이자, 이방근으로서도 우선은 남동생이 생겼다기보다, 그 새로운 생명이 우주의 한 점으로 민들레 홀씨의 깃털을 타고 내려왔다는 감격, 그리고 아버지의 기쁨과 함께하는 기쁨이었다. 이방근은 그 눈 내리는 조천리의 사형장에서, 생을 선택하는 운명의 길을 연 작은 아기를 떠올렸다. 신기한 일이다. 아버지와 선옥의 자식, 이씨 집안의 '후계자', 남동생이라기보다도, 학살의 폐허에서 태어난 생명에 대한 경외 같은 것이라고 느꼈다. 살인은 부질없다. 생명은 부질없다. 여기내 생명도 부질없다. 민들레 홀씨의 깃털처럼 부질없다. 어째서 태어나는 것인가. 부질없기 때문인가.

축하객이 매일같이 찾아왔다. 이방근은 그들과 얼굴을 대하는 것이 싫어 외출하거나, 때로는 일부러 우체국에 전화를 걸러 외출하거나 했다. 그들과 얼굴을 마주하면 반드시 서른 살 넘게 차이나는 동생의 출생에 대해, 축하를 곁들인 한마디를 듣곤 했다.

작명을 부탁받은 한성주가 근(根)은 돌림자니까 그대로 두고, 춘(春)을 더해 이춘근(李春根)이라고, 태어난 지 얼마 안 된 갓난아기에게 어엿한 이름을 붙였다. 이번 4월은 평소와 다른 봄이다. 이 땅에 봄의 뿌리를 심자! 춘근이, 춘근아! 앗핫핫, 이런 주제넘은…….

경사스러운 일이었다. 유산도 그리고 사산도 아니고 무사히, 아니 무사한 것이 문제가 아니었다. 만일 여자아이가 태어났다면, 그 작은 생명을 앞에 둔 아버지와 선옥의 전율, 그 작은 생명을 그 자리에서 말살시킬 듯한, 거의 분노가 한데 섞인 절망이(참으로 불합리하지만), 어두운 바다 속처럼 퍼져 이 집을 메웠을 것이다. 여자아이는 없는 것만 못하다. 그리되지 않은 것이, 그리고 4월 3일을 이틀 넘긴 것이 이방근에게는 더할 나위 없는 기쁨이었다.

그리고 이 집의 기쁨이 성내의 양조장에 수용되어 있는 남승지를 빼돌리는 데 결코 나쁘게 작용하지 않았다.

부엌이가 연행된 하산자 중에서 남승지를 발견하고 이방근에게 소식을 알린 것은, 선옥이 출산하기 하루 전인, 4월 3일을 무사히 넘긴 다음 날 저녁때였다. 이씨 집안의 큰일인 출산일은 둘째 치고, 이방근은 부엌이의 보고에 놀랐지만, 내심 쾌재를 불렀다. 적의 수중에 있긴 했지만, 어쨌든 성내에 있는 것이다. 결국 올 것이 온 것인가. 그가 죽어서가 아니라, 살아서 하산하는 데도, 시기, 패배의 시기가 필요했다.

동문교 근처에서 수십 명의 행렬 속에서 남승지를 발견했을 때, 그도 부엌이를 인지하고 눈짓을 해 왔는데, 부엌이는 고개를 조금 끄덕여 보이고는 모르는 체하면서 행렬이 산지천을 따라 양조장이 있는 하구 쪽으로 향하는 걸 끝까지 지켜봤다고 했다.

이방근은 하산한 사람들이 체포된 게릴라들인 것 같다는 말을 듣고 안심했다. 역시, 어쩌면 나의 탈출 계획이 어디선가 영향을 주었을지도 모르는 그러한 귀순, 또는 투항자가 아니어서 다행이었다. 성내의 무선전신국 기둥 위에 내건 정세용의 머리를 떠올리며, 새삼 분노와 불쾌한 마음이 치밀었지만, 남승지는 포로로 생환한 것이고, 설령 귀순이었다고 해도, 그러한 마음을 능가하는 기쁨이었다.

이방근은 불가능하다고 생각하면서도 처음부터 남승지의 석방, 말하자면 수용소 창고에서 빼내는 것을 생각하고 있었다. 가능, 불가능은 둘째 치고 빼내는 일에 대해 망설임은 없었다. 실제로 그가 체포되어 성내에 있는 한은, 어떻게 그곳에서 그를 구출할까, 그것뿐이었다. 모험소설을 빼닮은 구출작전 같은 것은 있을 수 없었고, 생각하고 있지도 않았다.

어떻게 할까. 경찰에 유치되어 있는 것이라면 몰라도, 토벌대의 통제하에 있고, 게다가 투항자라면 몰라도, 체포된 게릴라를 석방하는 것은 생각 자체가 모험소설도 아닌 허무맹랑한 것이었지만 이방근은 돈으로 게릴라의 목숨을 사는 것을 생각했다. 죽은 사람조차 때로는 귀를 베고, 머리를 잘라 돈으로 바꾸었으니, 이 대한민국에서 돈으로 안 되는 일은 없을 터였다. 확실히는 알 수 없지만 이방근은 최악의 사태를 각오하고 있었다. 우선은 움직여야 했다.

수용자는 취조를 받은 뒤 본토로 밀항선 크기의 작은 화물선으로 이송된다. 패잔의 몸으로 거친 바다에 시달리며 화물처럼 실려 고향을 벗어난 타지로 이송된다. 본토로 이송되는 것만으로도, 본인들과 가족들은 이 땅에서 학살을 면하고 목숨을 건진 것으로 생각하지만, 한 번 섬을 떠난 자는 다시 돌아오지 못한다. 작년부터, 직접 총살을 면하고 본토로 이송된 게릴라들 중 누구 하나 돌아온 자는 없다고 관계자는 말했다.

행선지는 목포형무소, 대구형무소, 그리고 서울의 마포형무소였고, 스무 살 미만의 청년은 인천형무소로 보내졌다. 형무소의 감옥 문을 들어가기 직전까지 '미결'이었던 그들은, 형무소 운동장에서 한 명 한 명 번호를 호출받으며 닥치는 대로 무기형! 무기형! 무기형! 20년형! 하고 즉결 형이 언도되었다. A는 사형, B는 무기, C는 20년, D는 10년의 네 단계로 나뉘어 있었지만, 이렇다 할 사실심리도 없이 운동장에 나온 법무장교의 일방적인 선고로 대부분이 무기, 혹은 20년형의 판결을 받았다. 이 순간부터 한 사람은 무기형수, 또 한 사람은 20년형수……로 실감도 하지 못한 채 분류되어 버렸다. 이를 재판의 결과라고(형무소에 집어넣기 위해서는) 했다. 비상사태하에서는 평시의 재판 수속을 밟을 수 없다는 것이 이유이리라. 법치국가의 체재를 유지하기 위해서는, 어쨌든, 뭔가의 이유가 필요하기 마련이었다.

한 쪽에서는 '법', 한쪽에서는 무법. 경찰서 유치장에서 간수의 '대석방!'이라는 소리와 함께 감방 밖으로 나오면 그 길이, 그대로 트럭에 실려 비행장의 사형장으로 연결돼 있고, 유치장 안에서도 죽는 사람이 속출하여 구내의 벚나무 밑동에 방치되었다.

본토로의 이송자가 도중에 해상에서 총살되어 다리에 바위를 달아 바다로 내던져지는 일도 빈발하고 있어서, 사람들이 말하듯이 일단 화물선에 태워져 섬을 떠난 사람은 두 번 다시 돌아오는 일이 없었다. 본토로의 이송은 비용만 축내는 식충으로 간주되어 도중에 총살돼 바다로 버려지는 것이었다. 무수하게. 밀항선 마스트 위에서 죽은 유달현도 바다에 내던져졌지만, 총살당한 사체에 비하면 그나마 낫다고 해야 할 것이다.

이방근은 우선 아버지와 상담했다. 예전과 다름없는 아버지와 관계였다면 상의 같은 것은 하지 않았을 것이다. 유원의 출국 이후의 일이다. 그것은 상의의 형태를 취했지만, 당연히 일어날 아버지의 반발을 우려해, 그것을 미연에 방지하기 위한 것도 있어서, 지금 자신이 하고 있는 일을 알려 두려는 태도였다. 분명히 이방근은 아버지에게, 상의할 것이 있습니다…… 고 이야기를 꺼냈다. 아버지와의 '상의'가 지금까지 없던 일이고, 상의할 내용도 물론이거니와, 선옥의 남아 출산을 본 나흘 후의, 웃음이 얼굴에서 아직 가시지 않은 아버지는 우선 자식의 태도에 놀랐던 것이다.

이방근은, 실은 남승지가 입산해 있었는데, 소탕 작전으로 체포되어 현재 양조장에 수용이고, 자신은 지금 그의 석방을 위해 움직이고 있다는 사실을 이야기했다. 이승만 대통령이 섬을 방문해서 관덕정 광장이 군중들로 메워졌던 그 전날이었다.

이승만은 9일에 섬에 와서, 다음 날 10일 오전, 사체와 머리가 정리된 관덕정 광장의 식장에서 연설을 마치고는 곧바로 섬을 떠났다. 민심과 폭동진압 상황을 시찰하는 것이 명목이었지만, 엄중한 경계하에서 동원된 군중들에게 단지 얼굴만 내밀고 끝났다. ……우리들은 대구 폭동, 여순사건 등, 공산당의 파괴 공작을 여러 차례 경험해 왔지만, 제주도 폭동과 같은 대규모의 반민족적 행위는 이제껏 없었던 바이다. 나는 마지막 한 사람도 남김없이, 역적무리들을 섬멸하라고 군수뇌부에게 지시하고 있고, 진압은 시간문제이다……. 박산봉에게서 들은 연설의 일부였다. 교통 통제로 운전을 할 수 없었던 그는 차고 앞에서 단상에 선 이승만을 보았다고 했다. 바람도 없는, 밖으로 나가면 한라산이 바라보이는 쾌청한 봄날이었다. 이방근은 같은 시각, 서재 소파에 앉아 밝은 봄볕을 한껏 받아들인 안뜰을 바라보고 있었다.

아버지는 남승지 석방 공작 이야기를 듣고 놀랐지만, 이방근의 확고부동한 각오 같은 걸 감지했는지, 굳이 반대는 하지 않았다. 찬성도 하지 않았다. 이는 협력은 하지 않겠다는 것이었다. 아니, 반대가 없는 것만으로 충분하다. 이것은 게릴라 측의 패배가 결정적이고, '폭도평정'이 눈앞에 다가와 있다는 생각의 반영이며, 이미 게릴라는 공포의 존재가 아니라는 의미일 것이었다. ……그런 일이 가능할까? 잘 모르겠지만, 어떻게든 할 생각입니다. 그래서 어떻게 하겠다는 게냐. 섬 밖으로 빼낼 겁니다. 섬 밖? 네가 갖고 있는 배로 말이냐? 예―. 일본으로? 예―……. 아버지는 아무 말도 하지 않았다.

폭도평정. 친일파 숙청이라는 격랑이 일고 있는 사회에서, 제주도에서 게릴라를 평정한 승리는 이승만 정권유지의 근거를 굳힘과 동시에, 반공, 멸공 국시체제를 한층 강화시켜 철저한 빨갱이 사냥이 이루어질 것이다. ……친일파 숙청, 반민특위가 승리한다면……. 친일파 정권이 쓰러질 경우에는 제주도 사태가 바뀔 수 있고, 토벌에 큰 영향이 생긴다는 것이다……. 한성주와의 문답을 나눈 한 장면은 결국 꿈같은 이야기였고, 게릴라 토벌은 정부군의 승리로 끝나려 하고 있었다.

이방근은 대한청년단 제주도 지부장인 함병호와 만나고 있었다. 이것저것 생각하지 않았던 것은 아니지만, 처음부터 그에게로 목표를 좁히고 있었다. 경찰이 아닌, 군부와의 연결이 필요했다. 이미 사상의 문제가 아니었다. 대국은 결정적이다. 한 명의 패잔 게릴라를 섬 밖으로, 아니 대한민국 밖으로 빼내는, '추방'해 버리는 것뿐이었다. 그들은 쓰레기와 같은 짐 속에서 하나를 빼 버리면 되는 것이었다.

이방근은 북신작로의 옥류정 2층의 한 방에서 함병호와 만났다. 서울의 문동준을 통한 간접적인 것이었지만, 그의 증언으로 이방근은 정세용을 죽였다. 상대는 의식하지 못하지만, 살인자 대 살인자라는 구도가 되는 셈인가. 이방근은 가슴이 떨리면서도 묘하게 대등한 감정을 느꼈다. 필요하다면 나는 이 남자를 죽일 수 있다. 이방근은 남승지가 친한 후배라고 당당히 이야기하고, 해방 후에 홀로 귀국, 과격한 길을 걸어 오늘에 이르렀지만, 일본에는 어머니와 여동생이 있다. 단지 그뿐이고, 그런 그를 본토로 보내는 것은 참을 수가 없다. 그 청년을 자신에게 넘기길 바란다. 돈은 마련하겠다. 말하자면 남승지의 목숨을 돈으로 사겠다는 것이고, 그것으로 암묵적인 양해가 성립되었다. 함병호도 돈에 의한 '거래'인 만큼 이것저것 묻지도 않았을 뿐더러, 필요 이상으로 이야기를 하지 않았다.

그는 이방근을 신뢰할 만한 인물, 설령 그가 다소 용공을 했다 해도, 고도의 반공이론과 사상을 몸에 익힌, 그리고 주호에다 매력 있는 인물로 평가하고 있었다. 그런 이방근에게 한 명의 패잔 게릴라가 필요하다면 함병호는 그것을 거래하면 되는 일이었다.

물론, 거래가 전제지만 이방근의 태도에 감동을 받은 듯한 함 회장은, 해 보자고 말했다. 자기 쪽에서 조사해 보겠지만, 이 선생과 친한 공비 청년은 성내 주둔 제2대대 지휘하에 관리되고 있을 것이므로, 역시 대대장 레벨을 넘어 제2연대장, 현 전투사령부 참모장 전(全) 중령의 사인이 필요하다. 어찌하면 좋을지 잠시 생각해 보자고 함병호는 보류가 아닌, 이방근의 부탁을 받아들이고 자리에서 일어났다.

남은 것은 돈을 마련하는 것인데, 백 50만 원 정도를 생각해야 한다. 아마 함 회장이 말 한 대로, 제2연대장을 거쳐 제2대대장의 선에 이르게 되겠지만, 돈은 배분율은 둘째 치고 세 사람 모두에게 주어야 한다. 큰돈이지만 어떻게든 되겠지. 백 50만, 집 한 채를 사고도 남을 돈이다. 한대용이 선주인 발동선 가격. ……으흠, 지금 마련할 수 있는 돈은 전부 털어서라도 써야 한다. 사람 한 명을 사는 데 최저 백만 원은 필요하다. 본토로 보내진다면, 도중에 물고기 밥이 될지도 모르는 짐에 지나지 않는 것이, 필요한 곳에서는 인간으로 되살아나, 인간으로서 가격이 매겨지고, 인간 한 사람을 사는 데에 최저 백만 원이라. 양준오가 하산했을 때는(마지막까지 산속에서 버티다 죽을지도 모르지만. 혹은 언젠가 하숙집으로 하산해 온 신영옥처럼 성내로 잠입해서 이 집으로 찾아올지도……. 아니, 아니다), 돈 거래에 한계가 있지만, 시간을 두고 재산을 처분한다면 어떻게든 될 것이다. 어쨌든 지금으로서는 괜찮다.

작년 봄 이후, 현재의 국제신문과는 완전히 다른 경영체로 황동성이 계획하고 있던 신문 발행에 대비하여, 이방근의 협력 분으로 2백만 원을 아버지가 있는 식산은행, 옆의 제일은행에서 수차례 걸쳐 서울에 있는 은행으로 옮겼는데, 그 돈은 손을 대지 않고 있었다.

이승만이 제주도에 온 선물로 250명가량의 잡범을 포함한 유치자의 방면조치가 취해져, 전투사령부 명령으로 석방되었다(석방된 자는 뭔가의 형태로 반공 관계조직에 편입되어, 말하자면 앞잡이 일을 하게 된다). 그 한 명에 들어가느냐 마느냐가 생사의 갈림길이 되지만, 토벌대 측에서 보면 그것은 단순한 숫자에 지나지 않았다. 학살을 말하자면 그 수를 헤아릴 수 없기 때문에, 그러한 숫자의 부류에도 포함되지 않을 것이다.

함병호의 조력으로 남승지의 석방이 실현되었다.

4월 중순의 밤, 이미 양조장에서 농업학교의 제2대대 본부로 신병이 인도된 남승지를, 함병호와 동행한 이방근이 특별석방증명서를 손에 들고 자택으로 데리고 돌아왔다. 신원인수인, 이방근. 이미 함병호에게 건네진 백 50만 원의 배분을 이방근은 모른다. 더 이상 이방근과는 관계없는 일이었고, 함병호는 아무것도 이야기하지 않았으며, 이방근도 묻지 않았다.

고문 등의 후유증도 있겠지만, 몸이 극도로 쇠약해진 남승지는, 양조장의 창문 없는 창고의 수용생활에서 벗어나, 지금 마을의 어슴푸레한 길을 걸으며 빈약한 가로등 불빛조차 눈부실 것임에 틀림없다. 그는 틀림없는 현실로서 자유의 몸이 돼 있었다.

응접실에서 이방근으로부터 오늘 밤 남승지의 석방 소식을 들은 아버지는, 씻고 나온 남승지의 인사를 받았다. 그는 부엌이가 사 온 속옷으로 갈아입고, 임시로 품이 큰 이방근의 옷을 걸치고 있었다. 이태수의 방에서 인사를 하고 나온 남승지는, 서재 소파에서 마주한 이방근에게 2, 3일 안에라도 일본으로 출발하라는 말을 듣고, 갑작스런 일이기도 했지만 크게 놀랐다. 놀라고 있을 때가 아니다. 양조장에서 영문도 모른 채 불려 나와 남겨 두고 온 동지들을 마음 쓸 때가 아니다. 전장에서 살아남았다고 생각하면 되는 것이고, 사실 그러했다. 조국으로 돌아가는 것이 아니라, 고향 땅에서 조국에 등을 돌린다고 해도. 함병호에 따르면, 그들 자신은 아직 모르는 일이지만, 양조장의 수용자는 내일 본토로 이송된다고 했다.

남승지는 출도를 거부했다. 이방근은 항변을 허락하지 않았고 조금의 유예도 주지 않았다. 몸은 쇠약해졌지만 움직일 수 없는 상태는 아니다. 내일 한대용이 온다. 오늘 밤, 내일 혹은 모레까지 잘 먹고, 푹 쉬고 나서 출발한다. 함께 수용되어 있던 자들은 내일 산지 축항에서 본토로 이송된다는 이야기다. 이미 게릴라 자체가 전원 탈출을 생각하고 있었다. 일본으로 가지 않고 어디로 가겠나. 마포형무소인가?

다시 한라산으로?(이방근은 죽음의 산이라고는 하지 않았다) 이 섬에 머무를 것인가, 놈들의 앞잡이로서. 지리산 게릴라와 합류하기 위해 섬을 떠나는 배는 없네.

고문의 흔적인지, 목 주위의 피부가 검은 내출혈로 사람의 색이 아닌 것처럼 죽어 있었다. 셔츠 소매를 걷은 팔은 부기가 빠지고 있었지만, 내출혈의 멍이 잉크로 피하주사라도 맞은 것처럼 퍼져 있었다.

소파에 얕게 앉아 고개를 숙인 남승지는 이방근이 묻는 대로 그간의 경위를 간단히 이야기했다. 이미 강몽구나 조직부의 동지들과 뿔뿔이 헤어져, 몇 명의 무장 게릴라와 함께 있던 남승지는 용강 위쪽 산소를 파고 숨어 있다가 체포되어, 관음사가 불탄 자리에 포진하고 있는 제2대대 본부의 임시 막사로 연행되었다. 체포되었을 때 취조를 핑계 삼아 손목시계를 빼앗겼다고 했다. 기이하게도 4월 3일. 보름 정도 전인 저녁때였다. 관음사에서 그는 손발을 전깃줄에 감긴 채 전기 고문을 받았지만, 토벌대는 눈앞에 다가온 승리를 확신하고 있는 듯, 그다지 집요한 신문은 하지 않았다.

다음 날, 관음사에서 수십 명이 함께 연행되어 하산한 뒤, 성내의 양조장 창고에 처넣어졌는데, 거기에서 담당했던 북조선 함경도 출신과 제주도 출신 경찰 두 명의 고문과 신문은 혹독하여, 곤봉으로 5, 60회나 얻어맞아, 다리와 엉덩이 살이 찢겨 뼈가 보이고, 뼈에 구멍이 날 정도였다고, 남승지는 바짓단을 올려 정강이뼈가 함몰된, 지금은 검붉은 살의 조직으로 덮여 굳어 있는 부분을 보여 주었다. 다음 날 취조에도 나가지 못한 채 일주일이나 몸져누워 있었다는 것이다. 경찰은 관음사의 군부에서는 취조하지 않았던 도경 경무계장 정세용의 납치 살해에 대해 유도심문으로 추궁을 시작했지만, 어딘가 다른 게릴라 소대가 모험주의적 행동으로 나선 것이 아니냐며, 남승지는 전혀 모르는 일이라고 일관했다는 것이다.

먹을 것이 없었다. 보리로 지은 주먹밥이 한 개씩 주어질 뿐이었는데, 그것도 소화되지 않고 그대로 배출되었다. 물 부족으로 모두가 탈수 상태에 빠져 있었다. 비가 자비였다. 비가 내리면 창고 입구 옆에 있는 사람이 고무신에 빗물을 받아 돌려가며 마셨는데, 그런 그들 중에서 남승지만이 호출을 받은 채 돌아오지 않게 된 것이었다. 남승지 본인도 몰랐던 일이고, 설마 석방되어 지금처럼 성내에 있는 이방근의 방에 있을 것이라고는 누구도 생각하지 못할 것이었다. 어떤 일이 계기가 되어 총살당했을 것이라고 생각하고 있을지도 몰랐다.

이방근은, 양준오의 소식은 모르나? 하고 물었다. 남승지는 이미 이방근이 물어볼 것에 대비해 마음의 준비를 하고 있었는지, 상체를 바로 하고 앉아, 그는 처형됐습니다, 하고 차분하게 대답했다. 이방근은 처형이라는 한마디에 순간, 머릿속이 뒤집힐 듯한 착란증세를 보였다. 토벌대에 체포되어 처형……이라는 생각이 내달렸지만, 그 의미를 알 수 없었다. 남승지가 조직책으로 방문한 성내 그룹의 아지트에서 양준오를 찾았지만, 모습이 보이지 않아 따져 묻자, 조직의 식량확보, 그 밖의 투쟁방침에 강경하게 비판을 행하여, 책임자의 반론에 자기비판을 거부하고 그대로 아지트를 떠나려고 한 결과, 반동적 기회주의, 투항, 패배주의 분자로서 사살됐다고 했다.

이방근은 말이 없었다. 그 이상 듣고 싶지도 않았다. 다만, 조직에서 처형된 것이 사실인지, 죽은 것도 틀림없는지 되물었다. 그렇습니다. 오오, 하늘이여, 무너져 떨어져라. 양준오는 정세용이 아니란 말이다. 언제 일인가? 지난 달 초입니다. 반당이라느니, 조직이라느니 하지만, 도대체, 그 당이 존재하고 있는가. 실체가 없는 유령 당이, 반당, 반조직으로 동지를 죽이다니……. 음, 탈주하려고 했다는 건 사실인가. 녀석은 왜 산에 들어간 거야. 내가 그의 입산을 그토록 반대했는데…….

이방근은 양준오가 남승지의 선을 통해 입당하고, 입산까지 한 것에 생각이 미쳐, 그 이상의 말을 참았다. 나도 살인자가 돼 버렸지만, 게릴라에 의한 정세용 사체의 참수나 동지 간의 처형, 하필이면 양준오에 대한 처형……. 이방근은 가슴 가득 검은 구름 덩어리가 채워진 것처럼 가슴이 답답해져, 커다란 숨을 토해 내고는 소파에서 일어났다. 자리에서 일어나는 것이, 지금 그가 할 수 있는 동작의 전부인 듯했다. 그는 가슴에서 검은 구름을 토해 내듯, 반복하여 커다란 숨을 토해 냈다. 그리고 다시 소파에 앉더니, 팔걸이에 오른쪽 팔꿈치를 괴고 그 손으로 이마를 받쳤다. 눈앞에 똑같은 절망에 빠진, 심신이 모두 구겨진 한 사람의 패잔 게릴라가 있는 것이다. 이방근은 자신의 거친 호흡을 의식하면서, 잠시 같은 자세로 앉아 있었다.

"방근 씨." 남승지가 침묵의 막을 조용히 열었다. "저는 제주도를 떠나지 않겠습니다."

"그 얘긴 하지 말게. 끝난 일이야."

오른손으로 이마를 받친 이방근은 눈을 감은 채 말했다.

"끝나지 않았습니다."

"……"

"양준오 동지는 일본 고베 시절부터 존경하는 동무이자 선배였습니다. 저는 이 땅에서, 절망 속에서 죽고 싶을 정도입니다……."

남승지가 얼굴을 감추듯이 오른손을 이마에 댔다.

"양준오 얘긴 그만둬."

이방근은 자세를 바꾸지 않았다.

"한라신문의 김문원 동지를 죽게 한 것도 접니다……."

남승지는 돌아보지도 않는 이방근을 개의치 않고 이야기를 이어 갔다. '선전포고' 삐라 3천 장 인쇄라는 조직명령의 직접 지시자는 자신이고, 만일 그때 무조건 복종이라는 조직원칙에 반해, 김문원이 삐라 인쇄의 혁명적 임무수행을 거부하고 반혁명적 입장에 섰다면, 자신은 조직책으로서 문책을 받고 어떤 조직적 제재가 가해졌을 것이다, 아니 자신은 그것이 두려워 산으로 돌아가지 않았을지도 모른다, 그의 결사적인 삐라 인쇄 수행으로 자신만 살아남았던 것이다…….

"조직적 제재란 건 처형을 말하는 건가?"

이방근은 팔걸이에서 오른쪽 팔꿈치를 떼고 남승지를 똑바로 보았다.

"그렇습니다."

"흠, 처형, '서북'도 처형, 혁명당도 처형. 말하지 마, 끝이 없어. 그 일과 승지가 섬에 남아 살해당하는 것과 무슨 관계가 있다는 건가. 그런 얘긴 아예 그만 둬. 이 섬에서 살기 위해선 사람을 죽일 수 있어야 해."

남승지는 깜짝 놀란 듯이 이방근을 보았다. 그렇다, 난 살인자다, 정세용의 머리를 자른 것은 누군가? 이미 물을 것도 없었다. 모든 것은 패배의 저편으로 사라졌다.

남승지는 조금 있다가, 김동진이 귀순하여 포로수용소로 들어간 것 같다고 했다. 당초 게릴라 제3지대(애월, 한림, 대정, 안덕, 중문 지구)에 속해 대원의 정치교육을 담당하고 있었던 김동진은 조직 붕괴 속에서 3, 4명의 그룹과 도피, 방황하던 중, 토벌대가 마이크로 귀순을 종용하자 이에 응했다. 남승지가 관음사의 불탄 자리에 설치된 제2대대 본부의 임시막사로 연행됐을 때, 신문하던 장교로부터 수용소에 연행된 귀순 게릴라 중에 전직 기자인 김동진이란 인텔리가 있었는데, 그는 연로한 부모에게 효도하기 위해 귀순했다는 말을 들었다고 한다. 흐음, 그편이 훨씬 도움이 되는 생각이다. 붕괴되고 실체가 없는 조직을 위해 산야에 뼈를 드러내는 것이 혁명을 위한 일인가.

남승지는 이틀 후의 저녁, 이방근과 함께 남해자동차의 택시로 성내를 나섰다.

그저께 밤에 석방되고 나서 정확히 이틀이 지났지만, 남승지의 체력은 상당히 회복돼 있었다. 이씨 집안에 그러고도 용케 들어왔다고 할 만한 고약한 냄새가 나는 남루한 옷과 운동화를 벗어 버리고, 이방근이 사다준 옷을 몸에 걸치고 섬을 떠난다. 쪽문을 나선 대문 밖에서 남승지는 몸집이 큰 부엌이와 포옹을 했다. 누이를 대하듯이. 부엌이가 눈물을 흘리고, 남승지의 눈도 젖어 있었다.

도중에 S리의 고모에게 인사를 하고 섬을 떠나고 싶었지만, 그럴 상황이 아니었다. 대경실색할 고모를 앞에 두고, 그저 잠시 들를 수는 없었다. 이방근이 가까운 시일 내에 전갈하기로 하고 조천리에 들어선 두 사람은 부 선주 집에서 한대용과 합류했다. 송래운도 와 있었다.

밀항자들은 밤늦게, 곶의 현장으로 직접 모인다고 했다.

한대용과 송래운이 현장으로 가고, 남승지와 단둘이 된 이방근은 부드러운 남포등 불빛 아래에서 도쿄의 M읍대 주소와 기숙사 호출전화 번호를 적은 메모를 남승지에게 건넸다.

"여동생의, 유원이의 주소야."

"……?" 남승지는 메모 종잇조각을 손에 든 채 말문이 막혔다. 그리고 한마디.

"저는, 만나지 않을 겁니다."

"만나지 않겠다고?"

"……" 남승지는 고개를 끄덕였다. "어떻게 만날 수 있겠습니까? 제가, 이런 제가 뭐라고 이러십니까."

콧방울을 실룩이는 남승지는 손에 든 메모를 찢어 버리진 않았지만, 이방근에게 되밀었다.

"가지고 가게나. 자넨 지금 일본으로 향하는 걸세. 같은 일본 땅에, 그 녀석이 있네. 그 녀석은 내 여동생이야. 동생은 자네를 반갑게 맞아 줄 거야."

오빠, 좀 안정되면 정말로 일본에 오실 거죠? 앞으로 몇 년이나 유원을 혼자 있게 하지 마세요……. 부산에서 이 오빠에게 안겼던 것이 마지막 이별이었던 여동생의 말이었다. 오빠…….

이방근은 남승지가 내민 메모지를 집어 남승지의 상의 주머니에 손끝으로 밀어 넣었다. 그리고 이걸 가지고 가라며, 자신의 손목시계를 풀어 남승지에게 건넸다.

"팔에 차."

잠시 주저하던 남승지는 고급시계를 말없이 그 내출혈의 멍이 채 가시지 않은 손목에 찼다.

밝은 달빛을 받은 곶의 해안가 바위 그늘에는 많은 사람들이 모여 있었다. 거의 보름달이다. 열 명 정도가 한 척의 거룻배로, 바위에서 10여 미터 떨어져 닻을 내리고 있는 발동선으로 옮겨 타고 있었다.

배는 동란의 고향인 섬을 버리고 떠나가는 사람들을 가득 실어 백 명에 가까웠지만, 대부분은 '뱃삯'이 없었다. 언제까지나 이어질 일은 아니었다. 저주받은 이 섬을 떠나려는 자는 많이 떠나라. 그리고 살아남아라. 저주받은 민족. 산에 있던 조직이 뿔뿔이 흩어져 하산해 온 자, 수용소에서 일단 석방되었지만 섬을 떠나는 자, 경찰에 쫓기고 있는 자. 뱃삯을 내고 섬을 떠나는 자. 남승지는 몇 명인가 같은 그룹은 아니지만, 산의 동지를 만난 모양이었다. 그러나 거의 말이 없었다.

양준오는 죽었다.

바닷바람이 불어왔다. 풍요를 품은 봄밤의 바다 냄새였다. 바위에 하얗게 부서지는 파도가 해초의 냄새를 퍼트렸다. 밀항자들의 볼을 어루만지며 스쳐 지나가는 바람이, 이 섬을 덮고 있는 주검 위를 부드럽게 쓰다듬듯 살랑거리며 바다의 냄새를 실어 나를 것이었다.

두꺼운 바닷바람에 휩싸이면서 이방근과 남승지 두 사람의 악수가 포옹으로 바뀌었다.

커다란, 억센 포옹. 이방근은 남승지를 안으며 오른손으로 상처받은 젊은 친구의 등을 가볍게 계속 토닥거렸다.

남승지가 울고 있는 것 같았다. 닿았던 볼이 조금 움직이며 눈물방울이 넘쳐흐르는 순간, 이방근은 뜨거운 것이 자신의 볼을 적시는 것을 느꼈다. 오열할 듯 숨을 참고 있는 남승지의 격한 고동을 이방근은 가슴으로 직접 들었다. 심장이 울리고, 바위에 부서진 파도가 끊임없이 흩어졌다.

학살은 계속되고 있었다. 관덕정 광장은 시체를 겹겹이 쌓아 놓은 방치장이 되어, 송장 썩는 냄새로 들끓는 분지가 되었고, 2백여 구에 이르는 시체가 동문길에서 동문교를 넘어, 신작로 길가에 침목처럼 널려 있었다.

전신주와 수목 가지에 밧줄로 목을 매단 시체가, 단오의 바람에 발기한 남근을 내민 채 흔들렸다. 전신이 혹은 하반신이 알몸인 청년의 검은 가랑이가 부풀어 올라, 남근이 힘차게 융기하여 하늘을 향했다. '나는 반도입니다. 대한민국의 국시를 거역한 반도의 말로는……' 가슴에 늘어뜨린 마분지도 바람에 흔들렸다.

사지가 없이 몸통뿐인, 목구멍이 들여다보이는 머리만 남은, 능지처참 당한 사체도 널려 있었다. 초여름의 작열하는 태양에 달구어져 내뿜는 썩은 냄새와 구더기 떼가 끊임없이 솟아 나왔다. 사체의 눈, 코, 입, 귀, 잘린 목의 구멍 등 약한 부분에서부터 육체의 내부를 파먹고, 사체 위를, 안면을 뒤덮은 노란, 그리고 피로 물든 빨간 구더기 떼가 시체 썩은 물로 젖은 지면에 미끄러져 떨어졌다. 시체 썩은 물과 피로 주변의 땅은 심하게 질척거렸다.

이들 시체는 계속해서 성내로 옮겨졌고, 다시 트럭에 실려 비행장 등으로 옮겨져 소각되거나, 구덩이에 던져져 불도저로 지면과 함께 다져졌다. 소개령 해제로 초토화 작전에 의해 촌락이 완전히 불타 없어지는 일은 사라졌지만, 이미 중간산간 부락은 흔적도 없이 다 타버렸고 대부분의 해안 부락도 사라졌다. 도민들의 시체를 낡은 타이어와 함께 중유를 뿌려서 태우는 검은 연기가 상공을 뒤덮었다. 그리고 다시 새로운 시체가 관덕정 광장으로 실려 왔다.

토벌전도 최종단계에 들어서면서 게릴라는 거의 완전히 괴멸되었다. 이제는 필요 없어진 것인지, 선전역할을 그만두게 된 듯한 부스럼 영감의 모습이 보이지 않게 되었다. 부엌이조차 그 행방을 모르지만, 학살된 시체의 수는 성내만 보더라도 예전보다 더 늘어가고 있었다. 길가의 가게는 문을 닫고 주민은 잠시 그곳을 떠났다. 업무를 중지할 수 없는 제일과 식산, 두 은행은 관덕정 뒤편 읍사무소의 방 하나를 빌려 임시 사무소를 열었다. 아버지는 읍사무소를 왕래하면서 식산은행의 2층 이사장실을 사용하고 있었다.

이곳은 전장이다. 동서고금, 끝나는 일 없이 싸움이 계속되어온 전장이다. 이곳은 전장이 아니다. 평화로운 섬이었다. 지배자가, 강력한 힘이 이곳을 전장으로 만들었다. 전장이 아니고서는, 현 상황에 몸을 담그고, 절망에 견딜 수는 없을 것이다. 견디는 것이 절망을 넘고 있었다. 잊는 것, 체념하는 것, 무의식으로 점점 가라앉게 만드는 것. 관덕정 광장 옆을 지나는 이방근은 시체의 산, 각각의 살해 결과를 바라보면서 이전보다 더욱 이 절망을 견딜 수 있는, 죽은 자들과의 불가사의한 거리감, 학살의 공포와의 균형감각을 유지하고 있는 자신을 의식했다. 살인자의 눈을 하고, 자신이 살인자라는 자각과 함께 생겨난 것이었다. 살인자인 까닭에 보다 절망을 견딜 수 있다면, 어떻게 할 것인가. 그는 이러한 종류의 힘이 살인에 대한 면역을 동반한 무서운 타락의 징조임을 느끼고 있었다.

이방근은 한대용으로부터 권총을 양도받았다. 전부터 갖고 싶다면 드리겠다, 자신은 일본에 가면 구할 수 있다고 했던 권총이었다. 그는 항상 권총을 몸에 지니고 있던 탓인지, 이방근이 부탁하자 어디에 쓸 것인가는 묻지도 않고 선뜻 상의 안주머니에서 꺼내 이방근에게 건넸다. 자신과 마찬가지로 몸에 지니는 정도로밖에 생각하지 않았을 것이다.

정세용 살해 후, 이방근은 꽤 오랫동안, 단도를 상대의 심장에 찌르고 빼낸 순간의 감촉이(꿈과 동질의 감각일 것이다) 사라지지 않았지만, 그것이 사라지자 곧 권총을 잡았을 때의 감촉이 되살아났다. 그 감촉은 황동성에게서 받았던 당시의, 아직 피를 보기 전의 권총을 손에 쥐었을 때와는 아주 달랐다.

심야, 서재의 소파에 앉은 이방근은 살인자가 됨으로써 자기 안에 있는 학살의 공포와의 균형이 잡혀 있음을 자각하고 있었지만, 지금 손바닥에 들어온 새로운 권총의 감촉은, 이 무서운 정신의 균형에 약간의 살을 붙여, 보강하고 있는 느낌을 갖도록 만들었다.

이방근이 권총을 갖고 싶다고 생각한 것은 새로운 살해를 생각했기 때문이 아니었다. 살해의 기억을 스스로 되살린 손의 감촉이 권총을 원했던 것은 사실이지만, 그것이 전부는 아니었다. 그러나 죽일 수는 있다. 그는 살육의 장소에서 살아가는 자의 무감각, 익숙함을 초월한 '강함'을 갖추고 있는 자신을 발견하고 오싹해졌다. 살인의 공포, 살인의 결과를 견뎌 내는 것에 대한 공포가 지금 내 안에서 점점 사라지고 있다는 것인가. 그것은 또다시 사람을 죽일 수 있다는 것이었다. 또다시가 아니다. 반복해서 죽일 수 있는, 비약하는 이상한 내면의 감각이었다. 연속살인을 저지르는 살인자의 연쇄적인 내부의 연결고리를 이해할 수 있을 것 같은 기분이 들었다.

그렇다면 내가 죽인 것이라고 살인을 공언할 수 있는가. 거기에는 사회에 대한 공포가 있다. 자신에게 파멸을 가져오는 공포. 따라서 살인은 은밀히 이루어진다.

이방근의 내부에서 살해는 꿈의 기억으로 용해되어 있었다. 꿈에서의 살해도 꿈의 기억으로 남고, 현실의 살해도 그 존재가 작렬하는 살해의 순간이 지나가고 나면 모든 것이 시시각각 떠나가는 현실이 그러하듯이 기억으로밖에 남지 않는다. 현실도, 꿈속에서의 선명하고 강렬한 살인 장면도, 마침내 시간이 지남에 따라 같은 기억으로 용해된다. 이제는 정세용을 살해한 순간의 감각은, 기억을 통한 꿈의 감각과 동일한 것이 되어, 죄의식을 자각하는 근거조차 모호하게 만든다. 동시에, 죽일 수 있다는, 본능의 의지와 같은 형언하기 어려운 것이, 살인에 대한 마음속 망설임과 공포를 지우고 있는 듯한 자신에게서 이방근은 공포를 느꼈다. 여기 있는 나는, 인간으로 존재할 수 없게 된다. 꿈의 감각과 동질화되어 용해되어 가는 현실의 감각을 되찾아야 한다.

이방근은 서재의 탁자에서 온돌방의 머리맡으로 옮겨 두었던 남은 소주를 컵에 따라서 한 모금 마셨다. 부엌이도 대문 옆의 자신의 방으로 돌아간 모양이었다. 발 아래쪽 앉은뱅이책상 위에서 남포등의 불꽃이 흔들리고 있었다. ……내가 자살한다면, 어떤 방법이 있을까? 이방근은 멍하니 생각한다. 그리고 장소로는, 어디에서? 그리고 시각은? 흐음, 만일 지금 이 시각에, 이 잠자리 위에서라면 어떨까. 총성을 듣고 부엌이가 달려오는 것이 아닐까. 역시 수중에 있는 권총이 가장 적당한 것이 아닐까. 그는 권총을 손에 들고, 이렇게……라며 오른쪽 관자놀이에 대보았다. 흠, 아니면 정세용을 사살했을 때처럼 자신의 심장에. 상대의 심장에 박아 넣었으니 이것이 좋을지도 모르겠군. 아니, 이 방법은 어렵군, 총구가 반대 방향이라서 조준이 빗나갈 위험이 있다. 권총을 든 손이 부자연스러웠다. 단도 대신에 식칼을 가슴에 찔러 넣는 것은……, 가능할 것 같지 않았다. 끈으로 목을 맬까. 러시아 소설의 등장인물처럼 목 주위가 잘 조여지도록 밧줄에 비누를 칠해서. 목을 매는 것도 꼴사납다……. 아니다, 나는 특별히 자살을 하려는 건 아니다.

다음날 오후, 이방근이 아버지 집으로 다시 옮기는 것을 생각하면서도, 일단은 하숙집으로 돌아와 있었는데, 밤 일곱 시를 넘어 부엌이가 아버지의 심부름이라며 찾아왔다. 부엌이는 박산봉이 구 '서북', 대한청년단 사무소에 폭탄을 던지고 죽었다고 말하여 이방근을 놀라게 했다.

그는 서둘러서 부엌이와 함께 이미 경계망이 깔려 있는 거리를 집으로 향했다. 박산봉 본인뿐만 아니라, 아무래도 지부장인 함병호도 죽은 것 같았다.

경찰로부터 사건의 경위를 듣고 놀란 아버지는 남해자동차의 운전수가 범인인 만큼 곤혹스러워하고 있었다. 이미 사장대리로서 호출을 받은 총무부 책임자가 사정청취를 받고 있지만, 곧 돌아온다고 했다. 하숙집의 가택수사, 주인 부부를 연행하여 취조 중인 모양인데, 당연히 배후 관계의 추궁이 시작되고 있을 것이었다. 박산봉과 개인적인 접촉이 있는 이방근에게 참고인으로 당장 출두해 달라는 요청은 지금으로서는 없었다.

'서북'의 뒤를 쫓고 있었던 건지, 근처에 숨어 있었는지, 박산봉이 한청(韓靑)사무소에 들어가려는 함병호 등을 향해 돌진하면서 던진 수류탄의 폭발로 함병호는 사망하고, 한 명이 부상, 박산봉 자신도 부상을 당해 움직이지 못하는 것을 '서북'이 사살한 듯했다.

생각지도 못한 일이었지만 우연한 사건은 아니었다. 이승만이 섬에 왔을 때 그 연설내용을 박산봉으로부터 들은 이래 만나지 않았기 때문에, 벌써 한 달 가까이 됐을 것이다. 그는 이방근에게도 그런 기색을 보이지 않고 결행했던 것이었다.

이방근은 언젠가의 꿈, 정세용 사문을 위해 산에 오르기 전날 밤, 그날의 꾼 꿈을 떠올렸다. 해안에서 낚시를 하고 있는 정세용과 함병호를 뒤에서 도끼를 치켜들고 덮친 박산봉이 반대로 사살당하는 꿈이, 밤의 피막처럼 몸을 감싸는 바람에 소름이 돋았다.

아버지는, 도대체 어찌 된 일이냐, 넌 뭔가 짐작 가는 게 없냐고 물었지만, 박산봉의 내적 동기는 차치하고, 이방근에게도 돌발적인 사건인지라 대답을 할 수가 없었다. 설령 짚이는 데가 있더라도 입 밖에 낼 수는 없었지만.

"수류탄은 어디서 구했을까?"

"예-, 저도 아까부터 그걸 생각하고 있었습니다만, 모르겠습니다."

아니, 생각해 보니, 수류탄 한두 개는 간단히 구할 수 있을 터였다. 남해자동차가 독점하고 있는 군 관계물자의 운반을 담당하고 있는 박산봉은, 모슬포 연대의 보급부와는 잘 알고 지낸 터라, 탄약고와 무기고에서 수류탄이나 총 한두 정을 부정 유출해 손에 넣기는 어렵지 않았을 것이다.

살육의 땅에서 패배로 내몰린 붕괴한 조직의 한 사람인 박산봉의 행위는 결코 이상한 것이 아닌, 본인의 '혁명적' 결의와 연계된 것이었다. 정세용 납치과정에서도 제외되면서 입산하여 정세용의 사문에 참가하려던 길마저 끊긴 그는, 내가 정세용과 함병호를 해치우겠다고 말한 대로 해치운 것이었다. 사라봉에서 함병호가 꿩 대신 노인을 사살하는 순간을 목격한 것도 행동의 계기로 작용했을 것이다. 이방근은 폭탄테러를 찬미한 문난설의 육촌 오빠 문동준의 '정의의 폭력', '순수폭력, 테러'라는 말을 떠올렸다. 박산봉의 자폭적인 죽음에 절망의 냄새를 맡으며, 가슴 안쪽으로 찔러드는 슬픈 감정의 움직임을 억눌렀다. 언제나 골똘히 생각하는 듯한 표정의 완고한 노동청년, 사생아라고 울면서 출생의 비밀을 털어놓았던 남자. 애국청년이었다.

박산봉 사건이 있고 나서 며칠 후인 5월 15일, 제주도 지구 전투사령부가 해산되었다. 전투사령관 유(兪) 대령은 1계급 승진하여 서울로 승리의 개선을 이루고, 멸공의 영웅으로 성대한 환영식전에 임했다. 게릴라 진압의 공식발표와는 반대로, 남겨진 독립대대와 제주주둔 제2연대는 게릴라 잔당의 섬멸을 기하여, 대량의 도민을 빨갱이 용의자로 체포, 연행하여 경찰의 감방, 군의 영창, 헌병대 감방, 농업학교를 비롯한 각 학교, 공회당, 교회의 지하실, 경찰지서, 농가의 마구간, 양계장, 양조장, 신한공사(新韓公司) 창고 등, 섬의 도처에 감금했다. 수감 장소가 마땅치 않아, 석방 대신에 해안에서 죽이는 일도 있었다. '오늘도 사람을 실은 배 한 척, 돌을 실은 배 한 척이 바다로 나갔어.' 돌을 매달아도 곧 해변에 많은 시체가 밀려왔다.

6월에로 접어들었다.

시체가 관덕정 광장을 메우고 있는 가운데, 게릴라 사령관 이성운의 사체가 도청과 경찰서 청사가 있는 구내 입구, 돌로 된 문기둥에 세워진 십자가에 매달린 지도 벌써 며칠이 지났다. 이성운과 소수의 게릴라 대원이 S리와 삼양리 사이의 보리밭에서 토벌대와 격렬하게 교전한 뒤, 사살된 이성운의 사체가 지프에 세워져, 출신지인 조천면 신촌리 일대에 이동 '전시'한 후에(전시, 토벌대가 사용한 공적인 용어다), 성내로 옮겨진 것은 일주일쯤 전인 7일 저녁이었다. 대대적인 선전으로 시체들이 썩는 광장에 모인 군중들 앞에서 여기저기 질질 끌려 다녔지만, 곧 제2연대장의 명령으로 중지되었다. 적이지만 훌륭하다, 예를 갖춰 대우하라고 했던 모양이었다.

이방근은 다음 날 해질 무렵이 되어, 숨을 멈출 수밖에 없는 악취가 가득한 광장의, 그곳만이 알코올 냄새가 코를 찌르는 현장으로 발걸음을 옮겨, 양손을 넓게 펴고, 두 다리가 한데 묶여 십자가에 매달려 있는, 낡은 일본군복 차림에 각반을 찬 채 죽은 이성운을 보았다. 모자를 쓰지 않아, 검고 덥수룩한 머리칼이 초여름의 바람에 작은 파도를 일으키고 있다. 입술을 다문, 아름답고 멋진 표정이었다. 이성운……. '이 자는 공비수괴 이성운이며, 대한민국의 국시를 어긴 반역자이다. 이것이 반역자의 말로의 모습이다…….' 가슴에 종이를 붙인 포고의 판자가 축 늘어져 있었다. 사체들의 고약한 냄새 속에서 알코올 냄새는 장기간의 '전시'에 버틸 수 있도록, 이성운의 사체 전신에 뿌려져 있었다.

산악부의 아지트를 떠나 소부대와 행동을 같이 한 이성운이, 해안지대인 S리 근처에서, 때마침 밭에서 파낸 감자를 먹고 있을 때, 토벌대의 포위공격을 당하는 곤경에 빠졌다. 권총의 명수라 불리는 그는 후퇴하는 부하들의 엄호사격을 하며 마지막 한 발까지 다 쏘고 사살되었는데, 연대 토벌 본부에서는 그를 생포하지 못했던 것을 문제시했다. 발표에는 우연히 80세의 늙은 농부가 발견해 S리 경찰지서에 통보했다고 하지만, 사전에 성내에서 토벌대가 현장부근으로 출동해 있던 것으로 보아, 이미 이성운의 하산 정보를 접하고 있었음을 알 수 있다. 통보자는 공표되지 않았지만, 누설된 이야기에 따르면, 이성운과 행동을 함께하고 있던 총무부원이 이탈, 밀고한 듯했다.

토벌대에서는 이성운이 본토로의 탈출을 도모하고 해안 근처까지 하산해 왔다고 하지만, 본인이 사살되었으니 그것은 알 수 없었다. 만일 본토로 탈출하려 했다면, 혹시 지리산 게릴라와의 합류를 생각하고 있었던 것은 아닐까.

지리산으로의 게릴라 집단 탈출을 송 선주에게 제기해 온 강몽구는 어찌하고 있을까.

이성운의 가족은 작년 말 이래, 처자는 물론, 모친을 포함해 8촌 친척에 이르기까지 역적의 혈연자로 학살당했다.

한성주는 4·3사건 이전의 중학교 교원 시절에 집에도 자주 드나들던 이성운뿐만 아니라, 도당 간부로 지하활동을 하고 있던 그의 형 동운과도 알고 지냈는데, 동운은 강몽구와 마찬가지로 아직 산악부에서 소부대 행동을 하고 있는지도 모른다.

능지처참, 이는 옛말이고, 옛일에 속한다. 지금이 고려시대인 중세인가. 이조 말기. 정부의 자객에 의해 상해에서 암살되어, 한국으로 이송된 개화파 김옥균의 사체가 한강변 양화진에서 다시 갈가리 찢겨, 능지처참의 극형에 처해진 것은 1894년. 3·1독립운동 때에 일제 관헌에게 체포된 애국자들이 철사로 목이 꿰어 무를 말려놓은 것처럼 무수히 매달렸던 것이 1919년…….

지금은 1949년 6월……. 20세기 후반으로 접어드는 참이다. 세계대전에서 민주주의 국가의 승리. 민주주의 국가의 기수, 미국. 미국의 지배하에서 이루어진, 본래의 인간 형태를 갖추지 않은 죽은 자들의 전시. 이 나라에 인간이 계속 존재한다면, 이러한 '전시'는, 야만성의 전시는 역사에 남을 것이다.

밤에, 서울의 문난설이 내일 아침 황동성이 보석으로 풀려난다고 전화로 알려 주었다. 이미 4개월 반이 지났다. 이방근은 늦은 것이 아니냐고 말했지만, 문난설은 다른 장로들에 비하면 아직 젊기 때문이겠지요, 라고 대답했다. 이미 이광수는 연행 당초부터 병든 몸인 탓도 있지만, 3월 초에 채 한 달이 못 돼 보석으로 풀려났고, 제1호인 박흥식도 4월 20일에 병보석. 같은 날에 노령과 병보석으로 풀려난 최린에 대해서는 문제시하는 자가 없었지만, 박흥식의 보석에 대한 여론의 눈은 냉엄하여, 일련의 보석 결정은 반민특위활동의 후퇴라는 인상을 주었다.

이방근은 가능하면 6월 중에라도 서울에 가고 싶다고 말하여 문난설을 기쁘게 했다. 기쁨이 전해지는 그 입술의 움직임, 얼굴 표정이 확실히 보여, 이방근은 가슴이 옭죄어왔다. 기쁨은, 멋진 것이다. 기쁨. 이 지상에 기쁨이 있는가.

서울은 지금 일주일 전에 일어난 경찰에 의한 반민특위 탄압사건 때문에, 올 1월의 백(白) 아무개에 의한 반민특위 관련 국회의원들을 대상으로 한 암살미수 사건 때에 못지않은 충격 속에 있었다.

예기치 못한 일은 아니었지만, 공통의 이해관계 집단으로서 친일파 숙청에 위기감이 고조되어 있던 경찰의 궐기였다.

6월 6일 오전 일곱 시, 관할서인 서울 중부서 경찰 40명이 서장의 지휘하에 남대문의 반민특위 사무소 주변을 지키며, 출근하는 반민특위 국회의원들, 그 외 직원과 특경대를 한 명씩 연행해, 35명을 서울 시내의 각 경찰서 유치장에 집어넣고 폭행을 가했던 것이다. 전치 1

개월 이상의 중상자 두 명, 3주 이상 네 명, 2주 이상 여덟 명, 1주 이상 여덟 명.

국회는 심의중지, 내각총사직 요구를 압박하여 어수선했지만, 정부 측의 사후처리 변명으로 아무래도 흐지부지 막을 내릴 듯했다.

지난 5월 중순에는, 다분히 정부가 날조한 남로당 국회 프락치 사건에 따라 반민특위 위원을 포함한 무소속 소장파 의원들이 체포되면서 약화되고 있던 반민특위는, 새로운 타격을 받고 사실상 해체로 이어졌다. 역시 올 것이 온 것인가. 연초에 시작됐던 반민특위 활동에 의한 친일파 체포는 늦은 감이 있었지만, 그래도 올 것이 왔다며 뜨거운 흥분을 억누를 수 없었건만, 지금은 모든 것이 해체로 돌진해가고 있다. 반민법 폐기가 눈앞에 다가와 있었다.

모든 친일파가 자유의 큰길을, 합법적인 면죄부를 몸에 지닌 온갖 잡귀들이 똥오줌에 듬뿍 젖어든 오물을 뿌려 대면서 역사의 큰길을 힘차게 나아갈 것이다. 정부 내의 친일파 숙청, 반민특위의 승리는 제주도의 승리……. 한성주의 무참한 꿈이었다. ……이래도 오래 살아야 하는가. 동포의 시체 위에서. 도대체 내가 한 일은 무엇일까……. 한성주는 찾아온 이방근에게 사발에 담긴 다갈색 탕약을 천천히 마시며 말했다. 그래도 끝까지 살아야 되고, 건강을 회복해서 오래 살아야지. 삼촌은 제 어린 동생 춘근이 이름을 지어 준 대부십니다. 이 땅에 봄의 생명이 뿌리를 내리라고…… 말이죠.

친일파를 토대로 완성된 '신생독립국'의 추악한 면모. 나의 반일 사상이란 무엇인가. 친일파만을 용서할 수 없는 나의 사상적 근거는 무엇인가. 이방근은 분명히 서대문형무소 출소 후, 해방까지의 수년간을 보호관찰하에 있으면서도, 어떻게든 친일 활동을 하지 않고 견뎌 낸 것은 사실이지만, 생각해 보면 그것은 아버지 이태수 덕분이었다.

그는 일체 사람과의 교제를 끊고 집에 틀어박히거나 한라산의 관음사에 은거하거나, 어쨌든 나날의 양식을 구하기 위해 밖으로 나가 일하지 않아도 되는 인간이었다. 당시의 조선에서 실제로 일자리를 얻고 생활하기 위해 조금이라도 친일을 하지 않고 살 수 있었을까. 아버지 이태수가 친일파의 유력자라는 것이, 이방근이 친일을 하지 않아도 되는 방패 역할을 했다고 할 수 있었다. 의식적으로 친일을 하지 않겠다고만 하면 친일을 하지 않아도 되는 조건을 누렸다고 해야 할까. 이방근이 제멋대로 말하고 제멋대로 행동하는 것도 결국은 이태수의 덕이라는, 예전부터 내게 쏟아졌던 비판은 사실이다.

학살의 고향 섬에서, 밤낮 인간이 살해당하는 것을 보면서도, 도대체 내가 할 수 있었던 일은 무엇인가. 굳이 말하자면 배, 그래, 대부분의 사재를 털어서 한대용과 함께 뱃일에 힘을 쏟은 건 사실이다. 밀항은 이제 종국에 이르렀다. 한대용의 배 외에, 송래운과 협의한 뒤였지만, 부(夫) 선주의 배로 한 사람당 3만 원 내외의 '할인' 뱃삯을 이방근이 지불하고, 백 명 이상이 섬을 빠져나갔다. 요 한 달 동안에도 한대용이 월 2회 왕복하면서 약 2백 명의 밀항자를, 그 대부분의 인원을 뱃삯 없이 일본으로 보내고 있었다. 만약 전원을 무료로 계산하면 1인당 5만 내지 10만 원이라 해도 천만 원을 넘는 금액이다. 일본으로부터 밀수입의 이익은 대부분 그것으로 상쇄되었다. 한대용은 애국자였다. 절망의 섬을 뒤로하고 살아남으려는 사람들의 구출에 전력을 기울이고 있었다.

이방근은 토벌의 종식과 동시에, 자기 자신도 서서히 종식을 향하고 있다는 기묘한 감각의 일상 속에 있었다. 그리고 살육이 끝남에 따라, 살인자로서 학살의 공포에 맞서 견딜 수 있었던 평형감각이 흔들리고, 무너지는 것을 의식했다. 새로운 상황과의 관계에 의한 자기 붕괴이고, 이제는 살인자라는 존재만이 남아 있었다. 그것은 정세용을 사살한 뒤의 소나무 숲에 쌓인 눈 위의 공백이었다.

이대로라면, 난 살인을 반복하게 된다. 어떻게 하면 거기에서 벗어날 수가 있을까.

이방근은 권총을 손바닥에 올려놓고 바라보면서, 다시 죽일 수 있는지 자문했다. 할 수 있다, 그는 권총을 고쳐 쥐며 생각한다. 그리고 '할 수 있다'는 단정이 사라져 있음을 자각했다. 죽일 수 있다. 그러나 죽이는 일은 없다. 죄의식을 자각하는 근거를 가질 수 없는 공백의 자신. 공백은 메워져야만 한다.

이방근은 이제야 겨우 탁상공론과 같은 명제, 가장 자유로운 인간은 살인을 하지 않는다, 죽이기 전에 자신을 죽인다, 살인자는 자유롭지 않다, 라는 의미를 알게 된 느낌이 들었다. 그러나 이미 죽여 버린 뒤였다.

주위에는 아무도 남아 있지 않았다. 남승지가 떠나고, 양준오가 살해되고, 박산봉마저 폭사하였다. 유원과도 다시 만날 일은 없을 것이다. 한 사람, 사랑하는 문난설이 있다. 그러나 그녀가 사랑하는 이방근은 이미 없다.

꿈에, 정세용의 아내가 희미하게 모습을 드러내고 사라졌다. 그녀도 그리고 시아버지도 심신을 회복하고 있었지만, 정세용의 모친은 계속 몸져누운 상태였다. 정세용의 아내는 오빠 부부가 사는 광주로 이주할 생각인 모양이었다. 그것이 좋을 것이다. 정세용의 유가족 중에 죽는 사람이 나오지 않은 것이 위안이었다.

태어난 갓난아기가, 크게 축복받은 갓난아기가 2개월 이상 건강하게 울고 있었다. 그토록 아버지와 선옥이 신경을 썼던 생일이므로 잘 기억하고 있다. 4월 5일.

젖비린내 나는 것을 안고 어르자, 까맣고 예쁜 눈동자를 활짝 열고 웃었다. 갓난아기가, 작은 생명이 웃는다. 어린 남동생. 모르는 사람은 내 자식이라고 생각할 남동생. 말하자면 내 탓이고, 그렇지, 아버지가 변변찮은 나를 비꼬듯이, 너보다 훌륭하고 멋진 자식을 낳아 후계자로 만들어 보이겠다……는 원대한 기개하에 힘쓴 결과가 너라는 형태로 태어난 생명이다. 난 너를 이 손으로 안아서는 안 된다. 적어도 머리에는 권총의 냄새가 남아 있는 이 손으로 안는 것은 그만두자. 살인자의 어린 동생아, 훌륭하게 자라라, 이 폐허 위에서. 나는 이 폐허와 함께 사람을 죽인 것이다.

까맣고 커다란 갓난아기의 눈동자가 빛나는 것을 가만히 보고 있을 수 없어 이방근은 시선을 돌렸다. 형님은 살인자인가요. 그래, 난 사람을 죽였다. 4월 3일, 그 4월 3일에 네가 태어났다면 어찌 되었을까. 4월 3일, 그리고 네가 여자아이로 태어났다면, 그 자리에서 살해당했을 것이 틀림없다. 남자보다 여자 쪽이 낫다. 네 누이인 유원, 작은 악마의 속삭임. 그러나 지금은 아버지의 기쁨을 함께 기뻐할 것이다.

언젠가 장래에, 네 생일과 4월 3일에 대해 이야기하겠지. 4월 3일이 결코 저주받은 날이 아니었다는 것을. 10년 후, 20년 후, 30년 후, 너는 내 나이에 가까워진다. 30년 후, 이 불행한 민족과 나라 위에 행복이 있을까. 들어 보거라, 난 우리 나이로 서른넷이다. 30년 후에는, 난 지금 아버지의 나이가 된다. 그 전에 세상에 있을지 없을지는 차치하고 말이다. 아아, 형님, 저는 이틀 먼저, 4월 3일에 태어났으면 좋았을 것을……. 그래, 그런 날이 반드시 찾아온다. 앗핫핫하아, 그러나 태어난 날을 이러니저러니 하는 게 아니다.

며칠 후, 밤에 문난설로부터 다시 전화가 걸려 왔다. 이방근이 전화를 할 생각이었지만, 원래 살던 곳으로 막 이사를 한 터라, 짐이 정리되지 않아 어수선했기 때문이다.

이방근은 어제, 하숙집에서 이사해 집으로 돌아왔다는 것을 이야기하고, 나흘 뒤인 22일에 배편이 있을 것 같으니, 그 배로 서울에 갈 생각이라고 말했다. 정말로 너는 갈 생각인가. 아아, 가고말고, 난설이를 만나기 위해 가고말고. 그래서 난설이와 약속한 것이다.

이방근은 웃으며, 실은 남동생이 생겼다, 서른 살 이상이나 어린 남동생이 생겼다, 마치 아들 같은……. 난설이는 목소리를 높여 축복하고, 그리고, 선생님, 저도 아이를 갖고 싶어요. 선생님의 아이를 갖고 싶어요……. 이방근은 가슴이 무겁게 욱신거렸다. 선생님은요? 이방근은 대답 대신에 가볍게 웃었다. 어째서 선생님은 아무 말도 없으세요……? 아이, 살인자의 아이를……. 난설이여, 난 살인자야. 이방근은 순간 정세용의 살해를 고백하고 싶은 충동을 느꼈다. 난설이는 날 이해할 수 있을까. 이해? 난설이가 판단을 내린다면 그것은 모두 옳다. 이방근은 그녀와 만나면, 어딘가 달라진 자기 자신을 간파당할 것 같은 공포를 느꼈다. 그저 혼자 남은 난설이에게 살인을 고백할 수 있을까. 자신의 살인 행위를 어떻게 남에게 설명할 것인가, 그것은 거의 불가능했다. 설명이 아닌 것이다…….

이방근은 산천단 벼랑 끝에 서 있었다. 울창한 수령 6백 년의 높이 20미터가 넘는 곰솔 여덟 그루의 거목이, 길 아래에 10여 채가 있던 마을의 불탄 자리에 그늘을 드리우고 있었다. 검은 돌담의 잔해만이 늘어선 작은 마을의 흔적. 그리고 멀리 저편으로 점재한 마을들의 불탄 흔적. 고원 도처에 들불이 핥고 지나간 듯한 갈색 땅이 드러나 있고, 삼림과 숲이 붉게 타서 문드러진 들판 일대에, 말뚝 같은 고목의 무리가 우뚝 서 있었다.

산천단에 겨우 당도하여, 이방근은 우선 벼랑길 옆의 목탁영감이 살았던 깊지 않은 나지막한 동굴 안을 들여다보았지만, 노인이 있을 리 만무했다. 찌그러진 알루미늄 냄비 하나와 이가 빠진 식기 두 개가 남겨져 있었다. 폐허로 변한 산천단에서, 동굴에 혼자 있는 것은 아닌지, 혹은 사살된 노인의 시신이 동굴 입구나 안쪽에 뒹굴고 있는 것은 아닌지…… 하는 생각을 하며 올라왔지만, 곶처럼 돌출된 벼랑 뒤쪽의 포교당 작은 건물이 불탄 자리에도 노인의 자취는 없었다. 종일, 동굴의 돌판 위에서 목탁을 두드리며 끊임없이 염불을 읊는 기괴한 단신의 노인을, 토벌대가 어디론가 연행하여 사살한 것인가. 아니면, 어디론가 사라져 버린 것인가. 끝없는 허공의 구름처럼 어딘가로, 어딘가가 아닌, 본래의 무(無)로 말인가.

生也一片浮雲起　삶이란 한 조각 구름이 일어남이요
死也一片浮雲滅　죽음이란 한 조각 구름의 스러짐이라
浮雲自體本無實　구름은 본래 실체가 없는 것이니
生死去來亦如然　살고 죽고 오고감이 모두 이와 같도다

4·3 이전에 가끔 찾아오는 이방근에게 노인이 중얼거리던 시. 이조 중기 도요토미 히데요시(豊臣秀吉)가 침공한 임진왜란 때 승병 5천을 이끌고 왜병과 싸운 의병장, 서산대사(西山大師)의 시라고 했다.

벼랑 위를 덮은 소나무 숲도 불타버린 무인의 산천단을 떠도는 개 한 마리 없었다. 멀리 까마귀 떼가 날고 있었다. 바라보고 있자니, 이쪽으로 날아오고 있는 것 같았다. 시체를 쪼아 먹는 검은 눈의 검은 새. 그러나 반포지은(反哺之恩)이라고 일컬어지듯이, 새끼가 성장하면 늙은 어미에게 입으로 먹이를 옮겨 주며 백 일간 보살핀다고 한다.

까마귀는 효성이 지극한 새인 것이다. 쪼아 머금은 시체를 늙은 까마귀나 상처 입은 까마귀가 있는 곳으로 가지고 간다.

포교당이 불탄 자리에서 조금 떨어진 절벽의 바위 표면에 푸르름이 넘치는 무성한 잎에 싸인 것처럼 하얀 꽃의 군락이 눈에 들어왔다. 다가가 보니, 난, 애처로운 석골풀이었다. 가늘고 긴 몇 장의 하얀 꽃잎을 별처럼 펼친 채, 꽃술 부분을 물고기 입처럼 열고 바람에 은은하게 흔들리는 꽃의 모습은, 마치 일제히 사람에게 이야기를 걸고 있는 듯한 정경이다. 그는 살며시 코를 가까이 대었다. 향기가 스미듯 전해져 왔다. 백란이었다. 이방근은 난설을 생각했다. 문난설의 이름을 듣고 백란이라고 한 것은 단선이었다. 단선이 백란이지. 아니에요, 저는 하얀 나비…….

이방근은 다시 코를 가까이 대고 꽃술 끝에 볼을 간질이고 나서, 꽃 앞을 떠났다.

동굴 앞으로 돌아온 이방근은 길가의 돌 위에 앉아서, 몇 개의 오름 무리가 솟아 있는, 초록과 불탄 자리가 얼룩을 이룬 고원 경사면의 드넓은 공간을 바라보았다. 여기서는 배후의 절벽 그늘이라 한라산은 보이지 않았다. 아득히 눈 아래로 성내의 칙칙한 읍내 모습이 나지막하게 펼쳐져 있었다. 오른쪽 산지 언덕으로부터 서서히 솟아오른 사라봉 너머는 깎아지른 절벽 아래로 바다다.

살육자들이 승리자로서 서울로 개선한 뒤, 폐허의 광야를 가로질러 가는 바람 속에 허무가 있는가. 섬을 뒤덮은 시체가 허무를 부정한다. 죽음의 폐허에 허무는 없는 것이다. 아득한 고원의, 보다 저 멀리, 초여름의 햇볕에 반짝이는 부동의 바다가 보였다.

파란 허공에 총성이 울렸다.

평화를 위한 진혼곡

—

김환기

1997년 김석범은 '필생의 역작'인 『화산도』를 완성했다. 작품이 비록 일본어로 쓰여지긴 했으나 한국/한국인/한국사회의 정서를 충실하게 담았을 뿐만 아니라 재일 디아스포라라는 특별한 위치에서 일구어낸 소중한 문학적 소산으로서, 특히 〈4·3〉과 맞물린 격동기 해방정국을 형상화한 역작이라는 점에서 세간의 이목을 끌기에 충분했다.

〈4·3〉이란 무엇인가. 이 사건은 해방정국에서 전개되고 있던 냉전구도에 대한 제주 민중의 저항이었고, 분단의 비극적 현실을 가장 집약적으로 보여준 선연한 폭력의 기억이었다. 광복 70주년을 맞이한 우리에게 남겨진 이 역사의 부채는 사건의 진실을 통해서만이 비극의 되풀이를 막을 수 있다는 교훈을 우리 앞에 던진다. 작가는 '말할 수 없는 존재들'을 대신해서 말하는, 역사의 수많은 하위주체들에게 강요된 침묵과 억압당한 생채기들을 활성화하는 존재이다.

저 고요하고 평화로운 지금의 제주 바다와, 그 너머로 탄식과 폭력 속에 놓인 절망과 극한 슬픔들로 얼룩진 과거의 잊혀진 기억은 결코 둘이 아니다. 폭력의 기억을 불러내는 것이야말로 평화를 위한 것이다. 위로받지 못한 정령들을 불러내어 그들의 슬픔과 좌절에 귀 기울이도록 만드는 것, 그래서 직면하게 되는 불편한 진실의 내막을 헤아림으로써 폭력의 역사를 반복하지 않도록 해야만 한다. 이렇게 사회적 역사적 성찰을 구조화하는 것이야말로 사회개량의 신화에 걸맞은 작가의 역할이자 문학 본연의 기능이 아닐 수 없다. 소설이 '인간 기록의 가장 세밀한 보고서'로 일컬어지는 이유도 여기에 있다.

그런 맥락에서 『화산도』는 한국소설계에서 거둔 값진 소산들과 당당히 한 자리를 차지한다고 단언할 수 있다. 성좌와도 같이 조밀하게 구성된 각계각층의 인물들이나 시공간의 넓이는 비록 〈4·3〉을 전후로 이삼 년에 불과한 시간대이지만, 이 시공간은 결코 제주에만 한정되지 않는다. 일본과 한반도 본토, 제주에 이르는 공간적 배경에다, 인물들이 맥동하는 신구 세대의 긴장/대립은, 단순한 갈등구도를 넘어 구 식민세대와 해방이후 세대의 대립과 갈등으로 확산되고, 다시 분단의 냉전구도와 통일을 열망하는 구도로 재배치된다.

『화산도』에서 접하게 되는, 하층민으로부터 사회 상층부에 이르는 다채로운 인물들의 성찬은 부엌이로부터 이방근을 거쳐 당대의 정치가, 변호사, 재력가, 군인, 경찰에 이르는 각계각층에 걸쳐 있다. 이러한 특정/불특정 인물군의 생생한 현장성을 확인해볼 수 있는 서사구조야말로 『화산도』가 가진 특장이 아닐 수 없다.

『화산도』는 서장과 27장에 걸친 이야기, 마무리 장으로 구성돼 있는데, 이 흥미로운 구성은 화산섬인 제주의 공간적 특징(한라산)을 염두에 둔 듯, 서장-전개·위기·절정(1-27장)-종장의 형식과 건축학적 구도 안에는 〈4·3〉으로 치달아가는 아득한 높이와 깊이를 갖춘 이야기의 전개방식이 인상적이다. 작가 특유의 간접화법과 직접화법이 뒤섞인, 그래서 인물의 결곡한 의식과 섬세한 관찰이 혼연일체를 이루며 역사적 개인들의 단단한 세계가 만들어진다는 것도 주목할

만한 대목이다.

작품의 내용을 일별해 보면, 시대적으로는 1948년 전후 해방정국의 격동기를 배경 삼고, 공간적으로는 제주도-목포-광주-대전-서울-부산의 육로와 해로, 일본의 홋카이도-도쿄-교토-오사카-고베를 잇는 한반도 바깥의 육로와 해로를 아우른다고 할 수 있다. 또한, 정치이념적으로는 한반도(특히 제주도)에서 반목했던 남북한/좌우익의 갈등/대립과 함께, 〈제주4·3사건〉을 둘러싼 군경-미군-무장대-제주도민 사이의 사상/무력충돌을 전면화하면서도, 유엔의 단독선거 결정과 남북분단, 이승만 정권의 등장과 함께 일제강점기 친일파 세력이 재기하는 사회현실만이 아니라 여수순천반란사건 등의 극한적 대립 양상도 잘 형상화되어 있다.

뿐만 아니라 역사문화적으로는 당대 한반도에 존속해온 봉건적인 가부장제, 경제자본, 해외유학, 신세대의 결혼관/자유연애 등등, 해방 직후 제주도의 생태학적 문화지리를 깊이 있게 부조해 내고 있어서, 해방정국의 정치경제의 현실만 담아냈다는 선입견을 정정할 수밖에 없다. 그런 측면에서 『화산도』는 사회역사, 민속종교, 통신교통, 의식주와 교육에 이르는, 당대의 정치역사성, 사회문화적 지점을 총체적으로 형상화한, 작가 자신에게는 필생의 역작이 아닐 수 없다. 그러하기에 『화산도』는 민족의 자화상이자 디아스포라 소설, 저항/고발문학, 세계문학, 국가/자기중심적인 세계에 대한 안티테제의 역할과 기능을 포괄하고 있다고 할 수 있다.

200자 원고지 2만 2천여 매라는 분량도 그러하지만, 1965년부터 시작된 창작의 여정은 30여 년에 걸쳐 언어와 발표매체를 달리하며 이어져 왔고, 마침내 2015년, 광복 70주년을 맞는 오늘 모국어의 외피를 입고 한국의 독자들 앞에 등장했다. 전쟁과 폭력을 기억하는 것은 평화를 위한 것이다. 이 방대한 노작(역사/휴먼 드라마)을 관통하는 정신을 한마디로 표현하면, 그것은 〈평화를 위한 진혼곡〉이라고 생각한다.

지난 몇 년 간 『화산도』의 저 아득한 말들의 성찬 속을 헤매었다. 그러나 이 귀한 만남을 통해 읽고 연구하는 차원을 넘어, 김석범 작가의 두터운 신뢰와 격려 속에 난산을 거듭하며 겨우 번역을 마무리할 수 있었다. 원고 번역을 탈고할 즈음 『화산도』가 2015년 〈제주4·3평화상〉 수상작으로 결정됐다는 반가운 소식도 들려왔다.

엄청난 분량의 원고에 담긴 작가의 마음과 노력을 모두 헤아리지 못한 부분이 있다면 그것은 전적으로 역자의 책임이다. 작가가 이룬 필생의 작업이 한국문학을 더욱 풍요롭게 만드는 계기가 되기를 바라며 독자들의 많은 관심과 질정을 부탁드린다.

지은이

김석범(金石範)

1925년 일본 오사카에서 태어났고, 교토대학을 졸업했다. 〈제주4·3〉을 테마로 한 대하소설 『화산도』를 집필하고, 일본에서 4·3진상규명과 평화인권운동에 젊음을 바쳤다. 1957년 『까마귀의 죽음』을 발표하여 최초로 국제사회에 제주4·3의 진상을 알렸다.

대하소설 『화산도』로 일본 아사히(朝日)신문의 〈오사라기지로(大佛次郎)상〉(1984), 〈마이니치(毎日)예술상〉(1998), 제1회 〈제주4·3평화상〉(2015)을 수상했다. 1987년 〈제주4·3을 생각하는 모임 도쿄/오사카〉를 결성하여 4·3진상규명운동을 펼쳤다. 재일동포지문날인 철폐운동과 일본 과거사청산운동 등을 벌려 일본사회의 평화, 인권, 생명운동의 상징적인 인물로 추앙받고 있다. 주요 소설로서는 『까마귀의 죽음』, 『화산도』, 『만월』, 『말의 주박』, 『죽은 자는 지상으로』, 『과거로부터의 행진 상·하』 등이 있다.

옮긴이

김환기
동국대학교 일어일문학과 졸업
(현) 동국대학교 교수/동국대일본학연구소 소장
『시가 나오야』, 『재일 디아스포라 문학』, 『브라질(Brazil) 코리안 문학 선집』, 「코리안 디아스포라 문학의 '혼종성'과 초국가주의」 외 다수.

김학동
일본 호세이(法政)대학 일본문학과 졸업
(현) 동국대학교 일본학연구소 연구원/공주대학교 출강
『재일조선인문학과 민족』, 『장혁주의 일본어작품과 민족』, 『한일 내셔널리즘의 해체』(역서), 「김석범의 한글 『화산도』론」 외 다수.

火山島 12

2015년 10월 16일 초판1쇄
2016년 8월 26일 초판2쇄
2021년 1월 15일 초판3쇄

지은이 김석범
옮긴이 김환기 · 김학동
펴낸이 김흥국
펴낸곳 보고사

책임교열 유임하(문학평론가/한국체대 교수)
책임편집 황효은
표지디자인 정보환 · 손정자
제작관리 조진수 **마케팅** 이성은
인쇄제본 영신사 **종이** 한서지업사 **코팅** IZI&B

등록 1990년 12월 13일 제6-0429호
주소 경기도 파주시 회동길 337-15 보고사
전화 031-955-9797(대표)
02-922-5120~1(편집), 02-922-2246(영업)
팩스 02-922-6990
메일 kanapub3@naver.com / bogosabooks@naver.com
http://www.bogosabooks.co.kr

ISBN 979-11-5516-472-3 04810
979-11-5516-460-0 04810(세트)

정가 13,000원